|grafit|

Dieses Buch ist ein Roman. Handlungen und Personen sind frei erfunden.
Ähnlichkeiten mit lebenden oder toten Personen sind nicht gewollt
und rein zufällig.

Bibliografische Information der Deutschen Nationalbibliothek
Die Deutsche Nationalbibliothek verzeichnet diese Publikation
in der Deutschen Nationalbibliografie; detaillierte bibliografische Daten
sind im Internet über http://dnb.d-nb.de abrufbar.

© 2025 by GRAFIT in der Emons Verlag GmbH
Cäcilienstraße 48, D-50667 Köln
Internet: http://www.grafit.de
E-Mail: info@grafit.de
Alle Rechte vorbehalten
Umschlaggestaltung: www.buerosued.de
Gestaltung Innenteil: DÜDE Satz und Grafik, Odenthal
Lektorat: Dr. Marion Heister
Druck und Bindearbeiten: GGP Media GmbH, Pößneck
ISBN 978-3-98659-024-6
1. Auflage 2025

Die automatisierte Analyse des Werkes, um daraus Informationen
insbesondere über Muster, Trends und Korrelationen gemäß
§ 44b UrhG (»Text und Data Mining«) zu gewinnen, ist untersagt.

Silke Ziegler

Die Frauen von Château Blanc

Roman

Für Ulrike Walzer

Danke, dass ich dich kennenlernen durfte.

Der Schwache kann nicht verzeihen.
Verzeihen ist eine Eigenschaft des Starken.
Mahatma Gandhi

Prolog

Paris

Florence betrat den Jardin du Luxembourg an der Porte Observatoire. Doch selbst der Anblick des prächtigen Palais du Luxembourg, in dem das Oberhaus des französischen Parlaments tagt, konnte ihre trüben Gedanken nicht aufhellen. Während sie den von dicht gewachsenen Bäumen gesäumten breiten Weg entlangeilte, hatte sie weder einen Blick für die anmutigen Statuen, die die Rasenfläche zierten, noch nahm sie die Menschen um sich herum wahr. Das ältere Ehepaar, das sich in gedämpftem Ton miteinander unterhielt, die junge Mutter, die einen grauen Kinderwagen vor sich herschob und ununterbrochen auf ihr weinendes Baby einredete, zwei lachende Jugendliche mit Skateboards unter den Armen.

»Ich habe mit meiner Kollegin in Sète gesprochen. Du kannst dort in vier Wochen anfangen. Chantal hat eine deiner Nachrichten gefunden und mir ein Ultimatum gesetzt.«

Bitterkeit kroch in Florence' Kehle hoch.

»Bitte nimm es nicht persönlich. Aber wir sind seit fünfzehn Jahren verheiratet. Die Kinder würden es nicht verstehen.«

»Ah!«, platzte es aus Florence heraus.

Zwei Frauen, die ihr entgegenkamen, musterten sie mit merkwürdigen Mienen. Doch das war Florence gleichgültig. Innerhalb von nicht einmal zehn Minuten hatte Jean-Luc Rossier, ihr Vorgesetzter und langjähriger Geliebter, ihr Leben komplett über den Haufen geworfen. Ohne Vorwarnung, ohne irgendwelche Anzeichen, die Florence darauf vorbereitet hätten, was er ihr dann mit kühler und distanzierter Stimme eröffnet hatte. Seine Frau war hinter ihre Affäre gekommen.

Florence ließ ihren Blick über die im warmen Licht der Maisonne glitzernde Wasseroberfläche des Grand Bassin wandern. Sie zog sich einen der unzähligen Stühle heran, die weit verstreut um das Wasserbecken herumstanden. Nur wenige waren besetzt. Frustriert ließ sie sich auf die Sitzfläche fallen. Sie liebte Paris. Die Stadt war in den letzten fünfzehn Jahren zu ihrer Heimat geworden. Florence trug schon lange das Alltagsgefühl der Hauptstädter im Herzen. Paris erschien ihr wie die gute Freundin, die sich in der schwierigsten Zeit ihres Lebens als rettender Anker entpuppt hatte. Die Stadt mit ihren vielen interessanten Ecken, wundervollen Parks, grünen Gärten und eleganten Straßen hatte Florence jeden einzelnen Tag, Monat für Monat, über so viele Jahre erobert und verzaubert. Nicht grundlos wurde Frankreichs Hauptstadt als schönste Stadt der Welt bezeichnet. Diese einzigartige Mischung aus pulsierenden Vierteln, die Sinne anregender Kunst und Kultur und dem dezenten Schleier des Pompösen, der in Paris allgegenwärtig zu sein schien, machte einen Großteil der Faszination aus.

Florence rückte sich einen zweiten Stuhl zurecht und legte ihre Füße hoch. Wie sollte sie ihrer Tochter beibringen, dass sie sich von ihren langjährigen Freundinnen würde verabschieden müssen, dass sie ihre Wohnung, die sich nur zwanzig Gehminuten von hier befand, aufgeben und gegen eine neue Bleibe in Florence' Heimatstadt eintauschen mussten? Ambre würde toben. Florence' Augen füllten sich mit Tränen. Konnte der Tag noch schlimmer werden? Normalerweise wäre Jean-Luc der Mensch, bei dem sie nun Halt suchen würde, der sie in den Arm nehmen und ihr erklären würde, dass sie gemeinsam eine Lösung für ihr Problem fänden. Doch nicht diesmal. Diesmal war alles anders. Diesmal würde der blonde Mann mit den eisblauen Augen nicht da sein, um ihr Problem zu lösen, denn er selbst war das Problem. Florence musste daran denken, wie sie ihm das erste Mal begegnet war. Als er sich an jenem warmen Augustmorgen ihrer Abteilung, die aus Florence und drei Kolleginnen bestand, als ihr neuer Vorgesetzter vorgestellt hatte. Für Florence war es Liebe auf den ersten Blick gewesen.

Sie schnaufte. Liebe! Konnte sie wirklich jemanden lieben, mit dem sie in fünf Jahren maximal eine Handvoll gemeinsamer Nächte verbracht hatte? Der bei jedem ihrer Treffen stets die Uhr im Auge behalten hatte, um sich bei seiner Familie nicht zu verraten und in Schwierigkeiten zu geraten? Der sein Bett mit einer anderen teilte? Florence legte den Kopf in den Nacken und beobachtete ein Flugzeug, das über die Stadt flog. Die weißen Kondensstreifen zerrissen den Himmel in zwei Hälften. Auch Florence' Leben war zerrissen. In die eine Hälfte, die sie in ihrer Heimatstadt Sète verbracht hatte, und in die zweite Hälfte, die sie hier gelebt hatte. Ein Leben ohne Ambre und eines mit ihrer Tochter. Ambre hatte noch nie einen Hehl aus ihrer Abneigung gegen Jean-Luc gemacht. Ihrer Meinung nach hatte ihre Mutter es nicht nötig, sich mit der Rolle der Geliebten eines Mannes abzufinden, der keine Eier in der Hose hatte, um eine Entscheidung zu fällen.

Doch hatte Florence überhaupt je auf einen Entschluss Jean-Lucs gehofft? War es nicht vielmehr der Reiz des Verbotenen gewesen, die Gewissheit, dass die Affäre nie ernstere Töne würde anschlagen können, was Florence dazu veranlasst hatte, sich auf die Avancen ihres verheirateten Vorgesetzten einzulassen?

Sie schüttelte den Kopf. War sie tatsächlich dermaßen verkorkst, dass sie bereits mit Anfang dreißig all ihre Hoffnungen auf eine von Vertrauen und Harmonie geprägte Beziehung verloren hatte? Dass sie stattdessen lieber nahm, was sich ihr auf dem Silbertablett anbot? Einen Mann, der niemals ihr gehören würde? Ja, beantwortete sich Florence ihre Frage umgehend. Sie war definitiv verkorkst. Anders konnte sie sich nicht erklären, wie sie sich in eine derart ausweglose Situation hatte manövrieren können.

»Ich dachte, es sei für dich am einfachsten, in deiner Heimatstadt wieder Fuß zu fassen. Du hast mir ja sehr oft von der Familie erzählt.«

Florence verdrehte die Augen. Jean-Luc, dieser Idiot! Spielte sich als Heilsbringer auf, dem einzig an ihrem Wohlergehen gelegen war. Als ob es ihn überhaupt auch nur ansatzweise interessierte, wo Florence die nächsten Jahre verbringen würde. Solange es eben nicht in Paris wäre ...

Sie atmete tief durch. Musste sie eigentlich so mit sich umspringen lassen? Was war mit ihren eigenen Plänen, mit ihren Zielen, ihrer beruflichen Perspektive? Sie trug die Verantwortung für ihre Tochter. Wer war ihr Vorgesetzter eigentlich, dass er ihr sagte, wie ihre Zukunft auszusehen hatte?

Florence beobachtete zwei Tauben, die am Rand des Wassers entlangstolzierten und um die Wette gurrten. Sète! Hatte sie sich nicht geschworen, nie wieder in ihre Heimat zurückzukehren? Florence wollte nicht von Paris weg. Sie fühlte sich hier wohl, liebte die aufregende Atmosphäre genauso wie die Vielfältigkeit des Alltags, die sich hier bot. Florence bewunderte es, wie die Einwohner dem stressigen Trubel trotzten. Ja, selbst die vollgestopfte Métro gehörte für sie zum Leben dazu. Die Fahrzeuglawinen, die sich auf den Hauptverkehrswegen durch die Stadt quälten, die Menschenmassen, die frühmorgens und nach Feierabend Straßen und Plätze bevölkerten.

War die Welt nicht heute Morgen, als sie ihre Wohnung verlassen hatte, noch in Ordnung gewesen? Die Resignation angesichts der Aussichtslosigkeit ihrer Lage wich langsam aufkeimender Wut. Ambre hatte recht gehabt. Niemals hätte Florence sich damit begnügen dürfen, bei einem Mann nur die zweite Geige zu spielen. Wer war sie, dass sie sich mit Brotkrumen zufriedengab, die man ihr hinwarf?

Entschlossen wischte sie sich über die Augen und setzte sich aufrechter hin. Eine Florence Fournier gab nicht klein bei. Weder würde sie um ihren Job betteln, noch würde sie diesem Mistkerl auch nur eine weitere Träne hinterherweinen. Wenn sie Paris verließ, dann weil sie es wollte. Weil *sie* die Entscheidung traf, nicht irgendjemand, der weder an Florence' noch an Ambres zukünftigem Leben interessiert war.

Wieder blickte sie in den Himmel und versuchte, sich daran zu erinnern, wie blau der Horizont über dem Mittelmeer strahlte. Florence schloss die Augen und stellte sich vor, wie eine leichte Brise vom Wasser her wehte. Wie der Wind ihre Haut streichelte, wie das Salz in der Luft ihre Lungen erreichte. Nichts davon gab es in dieser Stadt. Stattdessen waberte die Hitze über dem Asphalt, dass man das Gefühl bekam, kaum frei atmen zu können. Abkühlung erfuhr man nur in den grünen Parks der Stadt, die Straßen waren im Hochsommer wie leer gefegt. Wer konnte, verließ die Hauptstadt, um der drückenden Schwüle zu entkommen. Florence' Körper entspannte sich ein wenig.

Sie würde an einen Ort zurückkehren, wo andere Menschen ihren Urlaub verbrachten. Wo eine Arbeit auf sie wartete, die Florence mit Dankbarkeit erfüllte. Und wo ihre Familie lebte. Was würde ihre Mutter, ihre Oma, ihre Uroma sagen, wenn sie erführen, dass Florence und Ambre Paris verließen und heimkehrten?

1

Sechs Wochen später

»Was machst du?«

Florence blickte kurz zu ihrer Tochter, die neben ihr saß und mit ihren monströsen Kopfhörern auf den Ohren aussah wie ein NASA-Astronaut. »Ich halte kurz an.«

»Was?« Ambre schüttelte den Kopf.

Florence deutete auf die Kopfhörer.

Widerwillig schob Ambre sie nach hinten und zeigte demonstrativ auf ihr freigelegtes Ohr. »Also?«

»Ich brauche eine kurze Pause.«

»Nach sieben Stunden Fahrt?« Ihre Tochter runzelte die Stirn. »Wir sind doch fast da.«

»Ich brauche eine Pause, bevor ich ...« Florence hielt inne. »... bevor ich den Frauen der Familie gegenübertrete.«

»Den Frauen der Familie?«, wiederholte Ambre in ungläubigem Tonfall. »Wie das klingt! Wir sind doch nicht verdammt oder so.«

»Nein, das sind wir nicht.« Florence seufzte. Dann öffnete sie die Tür. »Gib mir einfach einen Moment, okay?« Nachdem sie den Wagen verlassen hatte, legte sie eine Hand aufs Autodach und beugte sich nochmals herab. »Möchtest du nicht auch aussteigen?«

Ambre verdrehte die Augen. »Nee, lass mal. Mir ist gerade nicht so nach ›in Erinnerungen schwelgen‹ oder anderem philosophischem Kram.«

Florence musste schmunzeln und drehte sich vom Fahrzeug weg. Der Étang de Thau lag still und glänzend vor dem Parkplatz, den sie angesteuert hatte. Sie strich sich eine Strähne hinters Ohr und trat näher an die Uferkante. Das Wasser schwappte in sanften Wellen gegen die Felsen. Von hier aus konnte sie Sète bereits sehen.

Der Mont Saint-Clair ragte unübersehbar am gegenüberliegenden Ufer empor. Das Anwesen ihrer Familie, das ehemalige Weingut Château Blanc, lag außerhalb der Stadt, inmitten von Weinfeldern. Ihre Mutter hatte erst überrascht, dann freudig reagiert, nachdem Florence ihr verkündet hatte, dass sie nach Sète zurückkehren würde.

Aufgrund des angespannten Wohnungsmarkts und der Kurzfristigkeit ihres Umzugs waren sie übereingekommen, dass Florence und Ambre vorübergehend in die Rosenvilla ziehen sollten, einen kleinen Anbau, der sich hinter dem Haupthaus des Weinguts befand, in dem Florence' Mutter Louise mit ihrer eigenen Mutter Pauline und Uroma Antoinette lebte. Florence' Opa Pierre Castelloux war bereits vor mehr als fünfundzwanzig Jahren nach einer schweren Krebserkrankung gestorben. Da sich seine Frau Pauline damals nicht in der Lage gesehen hatte, das Gut allein weiterzuführen, hatte sie in Rücksprache mit ihrer Tochter, Florence' Mutter, und deren Mann, der als Staatsanwalt tätig war, mehrere Weinberge verkauft, um ihren weiteren Lebensunterhalt zu sichern. Das verbliebene Grundstück, das zum Haupthaus gehörte, umfasste auch nach den Landverkäufen noch immer stattliche drei Hektar, sodass Florence' Mutter über genügend Fläche für ihren Gemüse- und Obstanbau sowie ihre Blumenzucht verfügte. Seit dem Tod von Florence' Vater vor zwanzig Jahren war das Verhältnis zwischen Mutter und Tochter getrübt. Florence hatte daher keine Ahnung, wie sich das Zusammenleben mit den drei Frauen gestalten würde. Aber vielleicht machte sie sich auch einfach nur viel zu viele Gedanken.

Sie blickte zum Wagen zurück. Ambre hatte ihre nackten Füße auf das Armaturenbrett gelegt und wippte mit dem Kopf. Florence lächelte. Ihre Tochter hatte nach Florence' Verkündung des Umzugs vier Tage lang nicht mit ihr gesprochen. Ganz behutsam hatte Florence immer wieder versucht, Ambre die Vorzüge eines Neuanfangs im Süden schmackhaft zu machen. Und war letztlich erfolgreich gewesen. Noch immer überwog die Skepsis bei Ambre, aber die Aussicht auf tägliches Baden im Meer, den Strand vor der

Haustür und die wesentlich milderen Wintertemperaturen hatte ihre Wut leicht abgeschwächt. Florence hoffte inständig, dass ihrer Tochter der Neuanfang in der Schule nicht allzu schwer gemacht würde. Auf keinen Fall wollte sie, dass Ambre durch den Umzug Nachteile entstünden.

Als ihre Tochter aufsah, winkte Florence, doch Ambre schüttelte nur den Kopf.

Der kleine Sturkopf! Florence schmunzelte bei dem Gedanken. War sie je anders gewesen? Wenn sie ehrlich in sich hineinhörte, kannte sie die Antwort. Sie musste daran denken, wie überstürzt sie vor mehr als fünfzehn Jahren ihre Heimat verlassen hatte und nach Paris gezogen war. Mit rationalen Gründen hatte Florence' Entscheidung damals wenig zu tun gehabt.

Sie atmete aus und blickte zurück aufs Wasser. Was würden die nächsten Wochen für sie bereithalten? Von Ambre wusste Florence, dass diese bereits ihren Vater über ihre Rückkehr informiert hatte. Um ihr den Neustart so leicht wie möglich zu machen, wollte Florence auch Julien mit ins Boot holen. Er war in Sète gut vernetzt und wusste als Lehrer sicherlich, wie sie Ambre in Bezug auf die neue Schule unter die Arme greifen konnten.

»Maman, kommst du? Ich muss mal!«

Jetzt gab es kein Entrinnen mehr. Florence musste sich ihrer Vergangenheit stellen. Ihrer Familie mit all den Unwägbarkeiten, die sie vor so langer Zeit hinter sich gelassen hatte. Dem Mann, von dem sie vor langer Zeit so bitter enttäuscht worden war, und dem Ort, wo sie ihre Kindheit und Jugend verbracht hatte, mit all den Höhen und Tiefen, die die ersten Jahre ihres Lebens geprägt und beeinflusst hatten.

Keine Viertelstunde später bog Florence in den sandigen Feldweg ein, der zum ehemaligen Weingut ihrer Familie führte. Die Junisonne brannte selbst jetzt am späten Nachmittag unerbittlich auf die ausgetrockneten Felder ringsum. Die hellen Mauern des Weinguts, die dem Anwesen einst seinen Namen gegeben hatten, wurden von der Sonne in gleißendes Licht getaucht.

»Ich habe Hunger.« Ambre schob die Kopfhörer etwas nach hinten.

»Wir haben noch ein paar Sandwiches in der Kühlbox.« Florence verlangsamte das Tempo, als das schmiedeeiserne Tor vor ihnen auftauchte. »Endlich geschafft!«

»Können wir Pizza bestellen?«

Florence verzog die Mundwinkel. »Lass uns erst mal ankommen, dann sehen wir weiter, d'accord?«

»Meinetwegen.«

Während sie vor die breite Treppe des Haupthauses fuhren, dessen weiße Fassade das helle Licht reflektierte, wurde auch schon die Tür aufgerissen, und Florence' Mutter humpelte heraus, in der rechten Hand einen Gehstock. Hinter ihr tauchte Oma Pauline auf, die Antoinettes Rollstuhl schob, der die alte Frau seit Jahren begleitete.

»Oma!«, entfuhr es Ambre, während sie bereits die Beifahrertür aufstieß.

Florence zählte innerlich bis zehn, bevor sie den Motor abstellte und ihrer Tochter folgte.

»Ambre! Florence!«, rief Louise Fournier, breitete den linken Arm aus und eilte ihrer Tochter und Enkelin entgegen.

»Willkommen zu Hause«, erklärte Antoinette, bevor sie ihre Tochter anwies, sie über die Rampe auf den Vorplatz zu schieben.

Florence umarmte die Frauen und sah, wie auch ihre Tochter von ihnen lautstark begrüßt und geherzt wurde.

»Hattet ihr eine gute Fahrt?« Ihre Oma musterte Florence eindringlich.

Sie nickte. »Kein Stau, kein Unfall, keine besonderen Vorkommnisse.« Sie lächelte.

»Ich kann es noch gar nicht glauben«, merkte Louise an, die mit Tränen in den Augen von ihrer Tochter zu ihrer Enkelin sah. »Ich habe …«

»Noch heute Morgen meinte sie, ihr kämt nicht. Dass ihr es euch in letzter Minute anders überlegen würdet.« Florence' Oma schüttelte den Kopf.

»Wir haben bereits Nachmieter für unsere Wohnung«, erklärte Florence, während sie sich dem Kofferraum zuwandte. »Die Anzeige war noch keine drei Stunden online, als ich schon zwanzig Besichtigungstermine vereinbart hatte.« Sie hob die Koffer aus dem Wagen.
»Soll ich dir helfen?« Ihre Mutter trat neben sie.
Florence schüttelte den Kopf. »Nein, danke. Lass nur. Deinem Bein scheint es ja nicht besonders zu gehen.«
Louise seufzte. »Es ist immer mal besser, mal schlechter.«
»Und heute ist es schlechter?« Florence sah ihre Mutter voller Mitgefühl an.
Diese zuckte mit den Achseln.
»Erzähl mir von Paris«, hörte Florence im Hintergrund ihre Uroma sagen, bevor Ambre begeistert dazu ansetzte, die Hauptstadt in den leuchtendsten Farben zu beschreiben.

Da ihre Mutter ihr berühmtes Zitronenhähnchen mit Reissalat für Florence' und Ambres Ankunft vorbereitet hatte, war die Pizzabestellung ausgefallen.

Nun sah Florence sich in dem kleineren Schlafzimmer der Rosenvilla um und legte ihren Koffer aufs Bett. Aus dem Raum nebenan ertönte Ambres Stimme, die gerade mit ihren Pariser Freundinnen telefonierte. »Hier ist absolut nichts, Léonie. Nur Einöde. Wenn ich aus dem Haus komme, sehe ich nur Felder und ... na ja, nichts eben. Du kannst dir nicht vorstellen ...«

Florence musste schmunzeln, obwohl ihr klar war, dass ihr einige Kämpfe und Diskussionen mit ihrer Tochter bevorstehen würden. Insgeheim musste sie Ambre natürlich recht geben. Das Freizeitangebot für Jugendliche in Paris, die Ablenkungsmöglichkeiten, das Sport- und Kulturangebot, war mit dem von Sète kaum zu vergleichen. Das Leben hier im Süden verlief anders. War das damals nicht auch einer der Gründe für Florence' Weggang gewesen?

Sie stellte sich ans Fenster und blickte auf die dichten Rosenstöcke neben den Mauern, die dem Anbau vor vielen Jahren seinen

Namen verliehen hatten. Bei dem Gebäude handelte es sich keineswegs um eine Villa im herkömmlichen Sinn. Es war Antoinettes Großvater gewesen, der seiner Frau, einer begnadeten Malerin, ein Atelier hatte erschaffen wollen, wo sie ungestört ihrer Kunst nachgehen konnte. Der Anbau war Ende des 19. Jahrhunderts errichtet worden. Erst Antoinettes Tochter, Florence' Oma, hatte mit ihrem Mann die großräumige Werkstatt zu einem kleinen Gästehaus umgebaut, in dem sich mittlerweile zwei gemütliche Schlafzimmer mit eigenen Bädern sowie ein Wohnzimmer mit integrierter Küchenzeile befanden. Es war nicht groß, aber Florence war ihrer Mutter dankbar, dass diese ihnen nicht vorgeschlagen hatte, zu ihr, Pauline und Antoinette ins Haupthaus zu ziehen. Fünf Frauen unter einem Dach, Florence verdrehte die Augen. Das würde nicht lange gut gehen. Hier konnten sich Ambre und sie zumindest etwas zurückziehen, wenn sie dem Familientrubel mal entkommen wollten.

Hinter den Rosenstöcken, die weiß, orange und rot blühten, hatte ihre Mutter ein großes Lavendelfeld angelegt, das Florence noch nicht kannte. Louise probierte gern neue Dinge aus. Sie hatte früher viele Jahre als Floristin gearbeitet und nach dem Tod von Florence' Vater beschlossen, das weitläufige Grundstück des ehemaligen Weinguts zu nutzen, um sich endlich selbstständig zu machen. Ein Schicksalsschlag als Chance für einen Neubeginn, dachte Florence nicht ohne Bitterkeit. Auch sie selbst hatte diese Erfahrung machen müssen. Hatte lernen müssen, dass Zukunftspläne nichts wert waren, wenn einem das Leben einen Strich durch die Rechnung machte.

Sie riss sich zusammen. Sie war kaum eine Stunde hier. Warum mussten die negativen Gedanken schon wieder die Oberhand gewinnen? Hatte sie sich nicht vorgenommen, ihr neues Leben in Sète unbelastet zu beginnen? Florence ließ sich aufs Bett sinken. Unbelastet. Wie sollte das funktionieren? Jede Ecke der Stadt, jede Straße, jeder Platz war mit Erinnerungen behaftet. Dieser Ort war ihre Heimat. Wäre sie in die Normandie oder in die Bretagne gezogen, wäre ein unbelasteter Neuanfang eventuell möglich ge-

wesen. Aber nicht hier im Süden, nicht in der Kleinstadt, wo sie mehr als ihr halbes Leben verbracht hatte.
»Und es ist so heiß, das könnt ihr euch gar nicht vorstellen«, erklang Ambres Stimme aus dem Nebenraum. »Wie gern würde ich jetzt mit euch im Parc de Bercy sitzen und eine kühle Cola trinken.« Ambre stöhnte auf. »Es nervt alles so! Ich hoffe nur, dass die Mädels hier unten genauso gechillt sind wie ihr.« Sekunden später lachte sie laut auf.

Florence erhob sich wieder und öffnete den Koffer. Sobald sie ausgepackt hatte, wollte sie noch in die Stadt gehen. Vielleicht konnte sie Ambre davon überzeugen, sie zu begleiten. In den letzten zwei Jahre hatte sie ihre gesamten Sommerferien hier unten bei ihrem Vater verbracht. Florence hingegen war jeweils nur wenige Tage geblieben, nachdem sie ihre Tochter hergebracht hatte.

Bis heute hatte sie nicht verwunden, dass ihre Mutter von einem Kletterausflug, den sie mit Florence' Vater vor vielen Jahren in die französischen Alpen unternommen hatte, allein zurückgekehrt war. Er war abgestürzt und hatte nur noch tot geborgen werden können. Es war Florence' Mutter gewesen, die auf den Ausflug gedrungen hatte. Ihr Mann hatte Bedenken gehabt, Florence bei Oma und Uroma allein zu lassen. Als ob er geahnt hätte, was passieren würde. Doch Louise hatte einen Streit mit ihm vom Zaun gebrochen und erklärt, sie sei schließlich nicht nur Mutter und habe ein Recht darauf, ihrem geliebten Hobby nachzugehen. Ja, sie hatte ihm sogar gedroht, allein loszufahren, wenn er nicht mitkommen wolle.

Florence legte eine Hand auf ihre Brust und atmete einige Male tief ein und aus. Bis heute hegte sie den Verdacht, dass ihr Vater an jenem Tag den Kopf nicht frei gehabt hatte. Dass er abgestürzt war, weil er ihre Mutter widerwillig begleitet hatte und nicht über die nötige und so wichtige Konzentration und Fokussierung verfügte.

Seit dem Vorfall war das Verhältnis zwischen Florence und Louise nachhaltig gestört. Ihre Mutter hatte nie auch nur ansatzweise versucht, mit Florence über das traumatische Ereignis zu sprechen. Jegliche Fragen seitens ihrer Tochter hatte sie bisher ausweichend und schwammig beantwortet. Florence fuhr sich übers Gesicht. Es war müßig, dem alten Groll erneut Raum zu geben. Laurent Fourniers Tod lag zwanzig Jahre zurück. Florence konnte die Zeit nicht zurückdrehen. Und sie wusste, dass es ihr nicht guttat, zu sehr in der Vergangenheit zu kramen.

Sie holte ihre Kleidung aus dem Koffer und legte sie in den Schrank. Daneben hing das Porträt eines Kindes. Antoinette, Florence' Uroma. Lorraine, die Künstlerin und Großmutter von Antoinette, hatte es gemalt, als ihre Enkelin fünf Jahre alt war. Florence bewunderte die feinen Gesichtszüge, die klar ausgearbeitete Haarpracht, die Antoinette auf dem Bild in einer ausgeklügelten Zopffrisur trug. Florence streckte ihre Hand aus und fuhr sachte über die Leinwand. Ganz vage konnte sie die Züge ihrer Uroma in dem Kind erkennen, das ihr mit strahlender Miene aus klaren Augen entgegenblickte.

Mittlerweile war Antoinette neunundneunzig Jahre alt, fast ein ganzes Jahrhundert Leben. Florence hatte es gerade einmal auf ein Drittel davon geschafft. Wie viel Leid und Freud passten in eine einzige Biografie?

Sie schüttelte den Kopf. Abstruse Gedanken an diesem schönen Samstagnachmittag. Sonnenstrahlen erhellten das Zimmer. Staubpartikel wirbelten durch die Luft. Florence räumte ihre Unterwäsche in die Schublade der Kommode neben der Tür und stellte den leeren Koffer in die Nische zwischen Wand und Schrank. Dann verließ sie das Zimmer. Nebenan redete Ambre pausenlos wie ein Wasserfall. Florence ging davon aus, dass der Koffer ihrer Tochter noch unberührt neben deren Bett stand.

Sie trat ins Freie und steuerte das kleine Lavendelfeld an. Die violetten Blüten und der vertraute Geruch vertrieben ihre Grübeleien. Sie rieb mit Daumen und Zeigefinger an einer der Pflanzen und roch dann an ihrer Hand. Der Ärger mit Jean-Luc war in diesem Moment fast vergessen, Paris schien weiter weg als der Mond. Und Florence überkam das eigentümliche Gefühl, sich an genau dem Ort zu befinden, wo sie hingehörte. War das möglich?

Noch gestern um diese Zeit hatte sie mit einer langjährigen

Kollegin in einem ihrer Stammcafés im Quartier Latin gesessen und einen Latte macchiatto getrunken. War das wirklich erst vor vierundzwanzig Stunden gewesen? Florence schlenderte an dem Feld entlang und ließ ihren Blick über die Quitten-, Kirsch- und Feigenbäume wandern, die das Grundstück Richtung Süden befriedeten. Daneben befanden sich mehrere Olivenbäume, auf der anderen Seite grenzten unzählige Beete mit bunt blühenden Blumen, deren Namen Florence nicht kannte, an das Haupthaus. Einige Meter entfernt befand sich das großzügige Auslaufgehege von Louise' Hühnern. Florence betrachtete die Tiere, die unermüdlich nach Körnern pickten.

Das Wetter war klar, zu ihrer Rechten erstreckten sich endlose Felder, auf denen Weinstöcke Reihe um Reihe hintereinanderstanden. Früher gehörten diese Ländereien zum Château Blanc. Heute kümmerten sich die neuen Eigentümer, Winzer aus der weitläufigen Nachbarschaft, um die Reben. Florence sah zum Haus zurück, auf der Veranda des Haupthauses entdeckte sie Antoinette in ihrem Rollstuhl. Sie winkte ihrer Urgroßmutter zu, doch Antoinette regte sich nicht. Wahrscheinlich war die alte Frau eingenickt. Die friedliche Idylle, die der Anblick Florence vermittelte, wärmte ihr Herz.

Eine Stunde später stand Florence am Quai Général Durand und blickte auf das glitzernde Wasser des Kanals, der Sète durchzog. Ambre hatte keine Lust gehabt, mit ihr in die Stadt zu fahren. So hatte sich Florence eines der alten Fahrräder aus dem Schuppen hinter der Rosenvilla hervorgeholt und war über die Felder in den Ortskern gefahren. Langsam dämmerte ihr, welch gravierende Änderungen ihnen bevorstanden. Die letzten Wochen waren wie Nebelschwaden an ihr vorbeigezogen. All die bürokratischen Aspekte eines Umzugs hatten erledigt werden müssen. Florence hatte funktioniert. Sie hatte sich eine Liste erstellt, was sie alles bedenken mussten, und ihre Aufstellung Punkt für Punkt abgearbeitet. Doch in dieser Zeit hatte sie überhaupt nicht bemerkt, dass sie ihr Gefühlsleben, die emotionale Seite eines derart großen

Schrittes, komplett ausgeblendet hatte. Nun stand sie hier in der Abendsonne, das tiefblaue Wasser des Mittelmeers vor ihr, die drei- und vierstöckigen Stadthäuser auf der anderen Uferseite ihr gegenüber, und ihr wurde zum ersten Mal bewusst, was sie getan hatte. Was in den letzten Tagen alles geschehen war. Ambre und sie hatten ihren Lebensmittelpunkt aufgegeben. Ihr sicheres Nest, das Florence für ihre Tochter und sich in mühsamer Arbeit in Paris eingerichtet hatte, existierte nicht mehr. Sie setzte sich auf einen der Betonklötze und streckte ihre Beine aus. Am Nachmittag war leichter Wind aufgekommen, der nun ihre vom Radfahren erhitzten Wangen etwas kühlte. Ein Ausflugsschiff verließ gerade den Anleger. Der Boden des Boots war verglast, sodass die Touristen im Untergeschoss des Schiffs während ihrer einstündigen Fahrt einen klaren Blick in die Unterwasserwelt rund um Sète genießen konnten. Auch Florence war bereits mehrfach mit Ambre auf dem Boot gewesen und die Küste entlanggetuckert. Mittlerweile würde ihre Tochter ihr lediglich ein müdes Lächeln schenken, wenn sie ihr einen derartigen Vorschlag unterbreiten würde. Ja, Ambre war fast erwachsen. Florence war kaum älter als ihre Tochter gewesen, als sie bemerkt hatte, dass sie schwanger war. Soweit sie bisher mitbekommen hatte, hatte ihre Tochter allerdings noch keinen Freund. Doch konnte Florence sich da wirklich sicher sein? Würde Ambre es ihr erzählen, wenn es einen Jungen in ihrem Leben gäbe? Florence schloss die Augen und lauschte auf das Stimmengewirr um sie herum. Sie wollte auf jeden Fall verhindern, dass ihr Kind dieselben Fehler machte wie sie selbst. Wobei sie Ambre niemals als Fehler bezeichnen würde.

Ganz im Gegenteil, ihre Tochter war das Beste, was Florence in ihrem Leben zustande gebracht hatte. Natürlich war sie unbestreitbar viel zu früh schwanger geworden. Damals war sie selbst noch ein halbes Kind gewesen. Mittlerweile hatte sich die Situation relativiert, und Florence genoss es regelrecht, im Gegensatz zu vielen Bekannten, eine junge Mutter zu sein. Ambre war fast volljährig, und Florence hatte ebenfalls noch einen Großteil ihres Lebens vor sich.

Sie seufzte. Blendete sie den unangenehmen Aspekt ihrer Situation nicht aus, weil es zu schmerzhaft wäre, zugeben zu müssen, dass eben nicht alles so lief, wie sie es sich wünschte? Wann hatte Ambre ihr das letzte Mal von sich erzählt? Von ihrem Leben, ihrem Alltag? War es in Paris nicht eher ein Nebeneinanderherleben gewesen? Eine Art Wohngemeinschaft zweier Personen, die zufällig Mutter und Tochter waren?

Florence öffnete wieder ihre Augen und betrachtete ein junges Pärchen, das eng umschlungen an ihr vorbeischlenderte. Wann genau hatte sie die Verbindung, die Nähe zu Ambre verloren? Obwohl ihre eigene Jugend nicht allzu weit zurücklag, war Florence klar, dass sie kaum die passende Ansprechpartnerin für ihre Tochter war, wenn es um Probleme mit Jungs ging oder um die Frage, welche Klamotten gerade hip waren. Trotz ihres jungen Alters war sie eben doch Ambres Mutter, nicht ihre Freundin, Schulkameradin oder gute Bekannte. Florence erhob sich und stellte sich dicht an die Uferkante. Das dunkle Wasser unter ihr schwappte gegen die Betonwand. Sie konnte ein paar kleine Fische erkennen, die zwischen einem Ausflugsschiff und der Mauer herumschwammen.

Auf der Pont de la Savonnerie stand eine Familie mit zwei kleinen Kindern, die einem herannahenden Motorboot zuwinkten. Florence musste lächeln. Als Ambre jünger war, hatte sie es ebenfalls geliebt, Wildfremden in vorbeifahrenden Autos oder Schiffen zuzuwinken. Wenn sie jemand bemerkt und zurückgegrüßt hatte, war sie jedes Mal in lauten Jubel ausgebrochen. Florence schüttelte unmerklich den Kopf. Wo war nur die Zeit geblieben? War es nicht erst gestern gewesen, als ihre kleine Tochter ihre schmale Hand in Florence' geschoben hatte, wenn sie durch einen der unzähligen Parks in Paris spaziert waren? Wenn sie einen der vielen Spielplätze in ihrem Viertel angesteuert hatten? Ja, damals war das Leben noch einfacher gewesen. Zumindest erschien es Florence in ihrer Erinnerung als berechenbarer, planbarer.

Was würden die nächsten Wochen bringen? Wie würde sie sich an ihrem neuen Arbeitsplatz einleben? Florence liebte ihren Job als Sozialarbeiterin über alles. Und es hatte ihr fast das Herz gebrochen, als sie all die Schicksale ihrer Schützlinge und von deren Familien, die sie aktuell betreut und unterstützt hatte, in die Hände ihrer Kollegen hatte legen müssen. Florence war noch nie eine Angestellte gewesen, die von acht bis fünf arbeitete. Oft waren die Jugendlichen, die ihre Hilfe benötigten, frühstens am späten Nachmittag erreichbar, manchmal sogar erst abends. Obwohl Florence offiziell feste Arbeitszeiten hatte, hatte sie noch nie ein Kind oder einen Jugendlichen abgewiesen, der sie nach acht Uhr abends oder auch am Wochenende mit der Bitte angerufen hatte, schnellstmöglich zu kommen. Alkohol- oder Drogenprobleme, Gewalt, psychische Einschränkungen und Missbrauch kannten keinen Feierabend.

Wenn Florence gebraucht wurde, war sie da. Immer. Zu vielen ihrer Schützlinge hielt sie den Kontakt auch noch, wenn diese ihr Leben längst in den Griff bekommen hatten. Sie traf sich mit ihnen auf einen Kaffee, telefonierte mit ihnen, um sich von den neuesten Entwicklungen in deren Leben berichten zu lassen, oder sah sie, wenn sie einen anderen Fall an der gleichen Schule, im gleichen Haus betreute. Da Florence für ein Viertel in der nördlichen Banlieue von Paris zuständig war, begegnete sie immer mal wieder den gleichen Gesichtern. Doch davon musste sie sich nun endgültig verabschieden. Einige »ihrer« Jugendlichen hatten geweint, als Florence sie über ihren Wegzug informierte. Auch Florence war manches »Au revoir« so schwergefallen, dass sie sich wiederholt gefragt hatte, ob sie wirklich das Richtige tat. Selbst jetzt war sie sich nicht sicher, ob ihr Entschluss, der ihr quasi aufgezwungen worden war, alternativlos war. Sie war vor vollendete Tatsachen gestellt worden. Was hätte sie gegen ihre Versetzung tun sollen? Doch so bekamen Ambre und Florence nun die Möglichkeit, unbelastet in die Zukunft zu blicken.

Sie spürte Bitterkeit in sich aufsteigen. Nie wieder würde sie sich auf einen verheirateten Mann einlassen. Am besten machte sie die nächsten Jahre einen großen Bogen um jegliches männliche Wesen, das zufällig ihren Weg kreuzte. Zweimal hatte sie sich zutiefst getäuscht. Und zum zweiten Mal musste sie nach einer schweren Enttäuschung ihr Leben neu ordnen. Nie wieder würde sie zulassen, dass ein Mann ihre Zukunft beeinflusste. Ab sofort würde Florence sich ganz genau überlegen, wen sie in ihr Leben, in ihre Familie ließ und wen nicht. Und obwohl ihr bewusst war, dass diese Erkenntnis reichlich spät kam, möglicherweise sogar zu spät, schwor sie sich, Ambres und ihr eigenes Wohlbefinden über alles zu stellen. Über jede anstehende Entscheidung. Sie würde nicht akzeptieren, dass irgendwer sie oder Ambre ein weiteres Mal verletzte.

Als Florence auf das Haupthaus zufuhr, erblickte sie schon von Weitem ihre Uroma Antoinette mit Oma Pauline und ihrer Mutter auf der weitläufigen Terrasse.
»Setz dich ein wenig zu uns.« Pauline winkte ihr zu.
Aus dem Wohnzimmer klang Édith Piafs Stimme herüber, die gerade betonte, dass sie nichts bereue. Florence musste schmunzeln. Seit sie denken konnte, war Antoinette der größte Fan der französischen Chansonette, den man sich überhaupt vorstellen konnte. In ihren jungen Jahren hatte sie die herausragende Sängerin, die in Frankreich eine Art Nationalikone darstellte, mehrfach live gesehen. Wie oft hatte sie Florence von den Konzerten der Piaf erzählt? Von der Ausdrucksstärke der Sängerin geschwärmt?
Florence brachte das Fahrrad in den Schuppen und umrundete das Haus. »Manche Dinge ändern sich offensichtlich nie«, merkte sie grinsend an, während sie die Stufen zur Veranda erklomm.
»Manche Dinge werden mit der Zeit immer besser«, korrigierte ihre Uroma sie mit einem angedeuteten Lächeln.
Florence ließ sich auf den Stuhl neben ihr fallen. »Wo ist Ambre?«
»Sie ist noch nicht aus ihrem Zimmer herausgekommen«, erwiderte Louise und schob Florence einen kleinen Teller mit Madeleines hin.
»Nein, danke«, wehrte sie ab. »Nach dem grandiosen Hühnchen schaffe ich keinen Bissen mehr.«
»Du hast doch gerade einiges abtrainiert.« Pauline lachte.

»Ihr seid wieder zu Hause«, schaltete sich Antoinette mit leiser Stimme in das Gespräch ein.

Zu Hause, wiederholte Florence stumm. Waren sie zu Hause? Ihre Uroma fasste nach ihrer Hand und drückte sie leicht. »Ihr seid heimgekehrt.«

»Ja, das sind wir wohl«, stimmte Florence zu und verzog ihr Gesicht. »Es fühlt sich aber noch nicht so an. Und ich hoffe sehr, dass dies irgendwann Ambres Zuhause werden kann.«

»Gib euch Zeit«, mahnte Pauline ernst und nahm einen Schluck aus ihrer Teetasse. »Es wird sich alles finden, wenn Ambre ihre neuen Klassenkameraden kennengelernt hat und du deine neue Stelle angetreten hast.«

Nachdenklich blickte Florence in die Gesichter der Frauen. Vielleicht benötigten sie wirklich Geduld und Zeit. Zeit, um ihre Wurzeln zu verpflanzen. Zeit, um anzukommen. Um sich ein neues Nest zu bauen.

Im Gras neben dem Haus zirpten die ersten Zikaden. Ein Geräusch, das sie beinahe vergessen hatte. Ein Geräusch, das unverwechselbar für Südfrankreich stand. Für ihre Heimat. Für ihr Zuhause.

2

Als Florence am nächsten Morgen erwachte, hörte sie – nichts. Trotz dreifach verglaster Fenster war es in ihrer Wohnung in Paris nie derart ruhig gewesen wie in diesem Moment in ihrem Schlafzimmer. Kein pausenloses Hintergrundrauschen des Autoverkehrs, kein Stimmengewirr, das vom Bürgersteig heraufdrang, kein Gepolter der Nachbarn im angrenzenden hellhörigen Treppenhaus. Florence drehte sich auf die Seite und lauschte in die Stille. Sie angelte sich ihr Handy vom Nachttisch, kurz nach neun. Wann hatte sie das letzte Mal länger als bis sieben geschlafen?

Als ihr Magen knurrte, setzte sie sich auf und schlug die Decke zurück. Ambre schien noch nicht wach zu sein. Florence stand auf und öffnete erst das bodentiefe Fenster, bevor sie die außen liegenden Holzklappläden löste und zurückschlug. Sie fuhr sich durch ihr kinnlanges Haar und atmete den süßen Duft der Blumenpracht ein, die sich über die Beete neben dem Anbau erstreckte. Aber Florence erkannte noch eine andere Geruchsnote. Das war doch …

Sie trat ins Freie und sah sich um. Tatsächlich! An der Klinke der Eingangstür hing eine weiße Tüte, aus der es verdächtig nach Baguette und Croissants duftete. Mit nackten Füßen lief Florence an der Außenmauer entlang und nahm die Tasche von der Klinke.

Ihre Mutter bog um die Ecke. »Bonjour, Florence!«

»Bonjour, Maman.« Sie zeigte auf ihre Hand. »Hast du das Frühstück für uns bestellt?«

Louise schmunzelte. »Deine Urgroßmutter schwört nach wie vor jeden Morgen auf ihr Pain au chocolat. Und Hugo hat seit mehr als einem Jahr einen Lieferservice im Angebot. So muss ich nicht täglich zu seiner Boulangerie fahren. Ich dachte, ein gutes Frühstück würde euch euren Neubeginn etwas versüßen und erleichtern.«

Nachdenklich musterte Florence ihre Mutter und nickte. »Das ist sehr nett. Ambre scheint noch zu schlafen. Aber wenn sie aufwacht, hat sie sicherlich großen Hunger.« Sie deutete mit dem Daumen zu ihrem Zimmer. »Ich mache mir dann mal einen Kaffee.«

Sie wollte sich umdrehen und wieder ins Innere verschwinden.

»Florence?« Ihre Mutter folgte ihr.

»Hm?« Florence nestelte am Tütengriff herum.

»Was ist in Paris geschehen?« Louise' Blick wurde eindringlich.

Florence schluckte. »Was meinst du?«

»Magst du mir nicht erzählen, warum ihr wirklich zurückgekommen seid?« Sie berührte Florence' rechten Oberarm. »Gab es Probleme in der Schule?«

Florence zögerte. »Wie kommst du darauf?«

Ihre Mutter verzog den Mund. »Florence, ich kenne dich. Als wir das letzte Mal telefoniert hatten, hast du kein Wort davon erwähnt, dass ihr überlegt habt, aus Paris wegzuziehen. Und keine zwei Wochen später verkündest du wie aus heiterem Himmel, dass ihr nach Sète ziehen wollt.«

Was sollte sie darauf erwidern? Florence wandte ihren Kopf ab. »Ich habe einen Fehler gemacht.« Eine Biene landete auf einem der Rosenbüsche und krabbelte einen Stängel entlang.

»Was für einen Fehler? In deinem Job?«

Florence schüttelte den Kopf.

»Ein Mann?«, wollte Louise mit behutsamer Stimme wissen.

Florence seufzte.

»Klar, ein Mann. Was sonst?« Ihre Mutter fuhr Florence sachte übers Haar. »Wenn du reden möchtest ...«

Florence erwiderte nichts, drehte sich um und betrat ihr Schlafzimmer.

»Lasst es euch schmecken!«

Sie hob ihre Hand und nickte, sah aber nicht mehr zu Louise zurück.

Den Vormittag verbrachte Florence damit, erst das Wohnzimmer zu inspizieren, indem sie sämtliche Schranktüren öffnete und den Inhalt, alte Fotoalben und Bücher, Kartenspiele und Puzzles, begutachtete, bevor sie sich auf den Weg zu einem Rundgang über das Grundstück machte. Überall entdeckte sie Neues. In der hintersten Ecke des Gartens hatte ihre Mutter einen Pavillon aus Holz errichten lassen, der wie gemacht war, um sich dort niederzulassen und in Ruhe ein gutes Buch zu genießen. Um einen gemütlichen Nachmittagskaffee einzunehmen. Oder auch für ein nettes Treffen mit Freunden. Dick gepolsterte Loungesessel und eine farblich dazu passende Bank standen um einen runden Holztisch herum und luden zum Innehalten ein.

In einer anderen Ecke hatte Louise einen steinernen Springbrunnen errichten lassen. Das leise und gleichmäßige Plätschern des Wassers wirkte beruhigend, sanft und wunderbar harmonisch inmitten der farbenfrohen Rhododendronbüsche. Fast erschien es Florence, als erwache das Anwesen zu einem neuen Leben. Als die Familie vor vielen Jahren das Weingut aufgegeben hatte, lag die größte Fläche des Grundstücks brach. Weder Pauline noch Louise hatten nach dem Krebstod von Paulines Mann Pierre die Energie, über alternative Nutzungsmöglichkeiten des Bodens nachzudenken. Erst seit dem Fortgang Florence' nach Paris war das Anwesen nach und nach wiederauferstanden, wenn auch nun nicht mehr als Weingut.

Den Nachmittag verbrachte Florence mit ihrer Familie. Ambre kroch gegen fünfzehn Uhr aus ihrem Zimmer und sah sich sofort nach etwas Essbarem um, bevor sie wieder verschwand, um sich erneut bei ihren Freundinnen über die Einöde zu beschweren, in der sie gelandet war.

Am späten Abend fasste sich Florence endlich ein Herz und nahm ihr Smartphone, um den Anruf zu absolvieren, den sie gern vermieden hätte und schon den ganzen Tag vor sich hergeschoben hatte.

»Pergolet.«

Florence blickte kurz zu der geschlossenen Tür von Ambres Zimmer und lehnte sich auf der Couch zurück. »Ich bin es, Florence.«

»Florence!« Julien zögerte kurz. »Seid ihr schon angekommen?«
Sie wusste natürlich, dass Ambre ihrem Vater bereits vor Wochen von ihrem Umzug nach Sète erzählt hatte. »Gestern am späten Nachmittag.«
»Hat alles gut geklappt? Wie läuft es mit deiner Familie?«
Während ihrer Beziehung hatte Julien die Reibereien zwischen Florence und ihrer Mutter immer wieder mitbekommen. Und selbstverständlich kannte er durch sie auch die Vorgeschichte, die zum Unfall ihres Vaters geführt hatte, auch wenn er selbst ihn nie persönlich kennengelernt hatte. »Wir sind noch nicht einmal vierundzwanzig Stunden hier«, wich sie aus.
Er lachte kurz. »Stimmt auch wieder.«
Florence schloss die Augen und versuchte, die aufwallenden Erinnerungen zu verdrängen. »Warum ich anrufe ...«
»Ja?« Er klang erwartungsvoll.
»Es geht um Ambre«, begann sie gedehnt.
»Das habe ich mir fast gedacht.« Wieder erklang sein so vertrautes Lachen.
In den letzten Jahren hatte Florence ihn kaum gesehen. Sie hatte Ambre meist nur bei ihm abgesetzt, und außer zwei, drei Sätzen Small Talk hatte es zwischen ihnen nichts zu reden gegeben. Ihre Tochter war mittlerweile alt genug, um ihren Vater selbst über die Neuigkeiten in ihrem Leben auf dem Laufenden zu halten.
»Ich möchte, dass wir ihr den Neubeginn so leicht wie möglich gestalten«, fuhr Florence fort. »Dass wir sie unterstützen. Eine neue Schule, neue Klassenkameraden ... Ich befürchte, dass es nicht ganz einfach für sie werden könnte.«
»Wo ihr euren Umzug ja auch nicht wirklich freiwillig beschlossen habt«, ergänzte Julien.
Florence fuhr sich über die Stirn. Er wusste es. Verdammt, Ambre!
»Sie hat es dir erzählt?« Eigentlich hätte sie sich die Frage sparen können, doch die Worte waren raus, bevor sie darüber nachdenken konnte.
»Sie ist meine Tochter, Florence. Hätte sie mich anlügen sollen?«

Er hatte recht. Sie waren erwachsene Menschen. Eine Affäre mit dem eigenen Vorgesetzten war weder strafbar noch ein Weltuntergang. Sie war auch nur ein Mensch. Wer könnte sie besser verstehen als Julien, setzte sie in Gedanken hinzu.

»Nein«, erklärte sie leise. »Nein, natürlich nicht.«

»Es tut mir leid.« Seine Stimme klang ehrlich, ohne Häme, ohne auch nur den Hauch von Schadenfreude.

Fast wurde ihr wehmütig ums Herz. »Tja, so ist das Leben, nicht wahr?«

»Wenn du mal reden möchtest …«

Sie verzog das Gesicht. »Danke, aber ich denke, eher nicht. Worum ich dich aber bitten möchte, ist, dass du dich etwas mehr um Ambre kümmern solltest. Sie ist wegen des Umzugs nicht allzu gut auf mich zu sprechen. Und da die meiste Arbeit in den letzten Jahren an mir hing, würde ich …«

»Die meiste Arbeit, ja?«, unterbrach Julien sie ungehalten. »Was hätte ich denn bitte schön tun sollen, Hunderte Kilometer von euch entfernt?«

Wut kochte in ihr auf. »Klar, ich bin also selbst schuld, dass ich meine Tochter fünfzehn Jahre lang allein großziehen musste. Hätte ich mir ja denken können.«

»Du weißt, dass ich das so nicht gesagt habe.« Er bemühte sich hörbar um Ruhe, doch sein überheblicher oberlehrerhafter Ton brachte Florence nur noch mehr auf die Palme. »Hör zu, ich wollte dir einfach nur erklären, dass du dich bitte ihrer annimmst. Wie ein Vater. Sie wohnt jetzt nicht mehr weit von dir entfernt. Es wird wohl nicht zu viel verlangt sein, dass du deinen Vaterpflichten nachkommst.« Florence wusste, dass sie unfair wurde, aber die aufgestaute Enttäuschung, die Scham über ihr eigenes Versagen und der Zorn, der noch immer in ihr loderte, hinderten sie daran, ihren Ton zu entschärfen.

»Das werde ich«, erklärte er kühl. »Danke für den Hinweis. Bonne soirée!«

Im nächsten Moment klickte es in der Leitung.

Fassungslos starrte Florence auf ihr Telefon.

Das durfte doch nicht wahr sein! Ihr Plan, unbelastet und ohne jegliche negativen Gefühle in ihr neues Leben in Sète zu starten, hatte ja hervorragend geklappt.

Wütend schlug sie auf das Kissen neben ihr.

3

Jacqueline Drugot war eine Frau wie ein Naturereignis. Laut, temperamentvoll, alles mit sich reißend, was sich in ihrem Umfeld befand, und übermächtig. Florence versuchte sich auf ihre neue Vorgesetzte zu konzentrieren. Die gestrige Auseinandersetzung mit Julien hatte ihr mehrere Stunden Schlaf geraubt. Erst frühmorgens war sie nach endlosem Grübeln und Selbstvorwürfen endlich eingeschlafen. Heute Morgen nach dem Aufwachen hatte ihr Kopf gedröhnt, als ob sich eine komplette Baustelle samt Presslufthammer in ihrem Hirn breitgemacht hätte. Nicht die besten Voraussetzungen, um mit voller Energie eine neue Arbeitsstelle anzutreten. Sie bemühte sich, dem Monolog ihrer Chefin zu folgen.

»Ich schätze es sehr, wenn meine Mitarbeiter sich kreative Lösungen überlegen. Es muss nicht nach Schema F laufen. Sie machen Ihren Job ja auch nicht erst seit gestern. Daher denke ich, Sie verstehen, was ich meine.« Jacqueline Drugot beugte sich über den Schreibtisch. »Was ich nicht schätze, sind Alleingänge, Madame Fournier.« Ihre hellen Augen blitzten auf. »Wir arbeiten im Team, und ich erwarte, dass wir uns absprechen. Dass wir unsere Fälle diskutieren, insbesondere wenn eine Klärung nur sehr schwierig möglich ist.« Sie schob ihr Kinn vor. »Monsieur Rossier hält sehr große Stücke auf Sie. Als er mich vor vier Wochen angerufen hat, hat er Sie angepriesen, als ob Sie den kompletten Laden in Paris allein geschmissen hätten.« Ihr Gesicht nahm einen fragenden Ausdruck an.

Florence riss sich zusammen und versuchte, den Schmerz zu ignorieren. »Wir waren in Paris eine sehr gut eingespielte Mannschaft«, wich sie der unausgesprochenen, im Raum hängenden Frage aus.

Für Sekunden musterte Jacqueline Drugot Florence, bevor sie

schließlich nickte. »Hm. D'accord.« Sie lehnte sich zurück. »Darf ich fragen, ob Ihr Umzug mit Ihrer … Arbeit zusammenhing?«

Florence erwiderte Drugots Blick offen. »Ich bin aus privaten Gründen nach Sète zurückgezogen.«

Der Blick ihrer Vorgesetzten wurde bohrender. »Gut. Ich hoffe sehr, dass die Lobeshymne Ihres ehemaligen Chefs keine heiße Luft war.« Sie zuckte mit den Schultern. »Ich möchte Ihnen um Gottes willen nichts unterstellen, Madame. Aber bei einer derart übersteigerten Ankündigung einer neuen Mitarbeiterin werde ich natürlich hellhörig. Nichts für ungut.« Sie streckte ihre rechte Hand über den Schreibtisch. »Willkommen in meinem Team, Madame Fournier. Auf eine gute und fruchtbare Zusammenarbeit!«

»Danke, Madame.« Florence erwiderte den Händedruck. »Ich werde mein Bestes geben.«

»Davon gehe ich aus.« Ihre Chefin zwinkerte. »Wie lange waren Sie nicht hier?«

»Da meine Familie und der Vater meiner Tochter hier leben, bin ich auch in den letzten Jahren regelmäßig in Sète gewesen«, erzählte Florence. Ihr Kopf fühlte sich mittlerweile an, als sei er in einer Schraubzwinge eingespannt, die mit jeder Minute fester gezogen wurde. Sie musste dringend eine Schmerztablette nehmen.

»Das heißt, Sie kennen die Örtlichkeiten«, folgerte Jacqueline Drugot hörbar zufrieden. »Es ist auf jeden Fall von Vorteil, wenn Sie sich in der Stadt zurechtfinden. Ich nehme an, dass Ihnen unsere Schulen und Kindertagesstätten ebenfalls bekannt sind.«

»Da ich für Ambre, also für meine Tochter, eine neue Schule suchen musste, habe ich einen groben Überblick über die Einrichtungen.« Florence fuhr sich über die Stirn. Vor ihren Augen flimmerte es, sie betete stumm, dass es nicht noch schlimmer würde. Das Bild an der Wand hinter ihrer Vorgesetzten, das zwei weiße Pferde zeigte, die durch aufspritzendes Wasser galoppierten, verschwamm vor Florence' Augen.

»Alles in Ordnung?«

Florence nickte. »Nur ein wenig Kopfweh.«

»Das kann am anderen Klima liegen. Kommen Sie, ich stelle

Ihnen Ihre beiden neuen Kollegen vor. Wir haben jeden Montag eine Teamsitzung, in der wir uns über die aktuellen Fälle austauschen. So bekommen Sie gleich einen ersten Einblick in die Arbeit, die hier auf Sie wartet.« Jacqueline Drugot hievte sich aus ihrem Sessel.

Florence stand ebenfalls auf, griff nach ihrer Tasche und folgte der kräftig gebauten Frau, die sie auf Mitte fünfzig schätzte.

Ihre Chefin klopfte an der Bürotür nebenan, bevor sie die Klinke herunterdrückte.

»Bonjour! Ich möchte euch unsere neue Kollegin vorstellen.« Sie nannte Florence' Namen, während diese ihren Blick durch das Zimmer schweifen ließ.

Vor dem breiten Fenster standen sich zwei Schreibtische gegenüber. Am rechten saß ein blonder Mann, der Anfang bis Mitte dreißig war. Er hob zur Begrüßung die Hand und nickte Florence lächelnd zu. Jacqueline Drugot stellte ihn als Thomas Marlant vor. Die ältere Frau an dem anderen Tisch hieß Sylvie Famony. Sie verzog nicht die geringste Miene und machte keinen Hehl aus ihrer offenkundigen Ablehnung. Das konnte ja heiter werden!

Ein offener Rundbogen zu ihrer Linken führte in ein weiteres Büro. »Und das dort ist Ihr Schreibtisch. Ihre Vorgängerin ist vor neun Monaten in Rente gegangen. Es wurde also höchste Zeit, dass wir Ersatz bekommen.« Drugot zeigte in den kleinen Raum hinein. »Sie können sich dort einrichten, wie Sie möchten. Telefon, Laptop und Drucker sind bereits vorhanden. Wenn Sie noch etwas benötigen, sagen Sie mir einfach Bescheid. Die Gelder sind naturgemäß knapp, aber ich werde schauen, was ich tun kann.«

Florence begutachtete die Nische, die etwa halb so groß wie das Büro ihrer Kollegen und durch den Rundbogen zwar dem geräumigeren Raum angegliedert war, durch die angrenzenden Mauern aber fast den Charakter eines abgetrennten Zimmers hatte.

»Schön«, merkte sie an. In Paris hatte sie sich mit fünf Kollegen ein Großraumbüro geteilt.

»Ich dachte, es sei ein guter Einstieg für Madame Fournier, unserer Teamrunde beizuwohnen«, fuhr ihre Vorgesetzte fort und forderte ihre Mitarbeiter mit einer Handbewegung auf, sich zu erheben.

Gemeinsam verließen sie den Raum und steuerten das Zimmer gegenüber an. Als Jacqueline Drugot die Tür öffnete, erkannte Florence einen Besprechungsraum, in dem sich ein ovaler Tisch und fünf Stühle befanden.

»Diesen Raum nutzen wir auch für Eltern- oder Familiengespräche«, erläuterte die Leiterin in Florence' Richtung. »Hier können wir Diskretion und Privatsphäre wahren. Auf dem Server ist eine Datei hinterlegt, in der jeder von uns einträgt, wann er das Zimmer benötigt. So wissen alle auf einen Blick, wie sie ihre Gesprächstermine legen können. Bitte.«

Sie setzten sich.

»Seit zwei Monaten bieten wir einmal wöchentlich eine Art offene Sprechstunde an«, erzählte Jacqueline Drugot weiter. »Natürlich sind wir per Mail oder Telefon immer während unserer Arbeitszeiten erreichbar. Aber wir dachten, es sei nicht verkehrt, wenn Jugendliche auch ohne vorherige Kontaktaufnahme hier vorbeikommen könnten.« Sie sah zu Thomas Marlant, bevor sie sich Sylvie Famony zuwandte. »Diese Woche betreut Sylvie die Sprechstunde. Wir wechseln uns wöchentlich ab. Das heißt, Sie müssten sich diesen Termin blocken, sobald Sie an der Reihe sind.« Sie hielt inne und schien zu überlegen. »Wie wäre es mit übernächster Woche? So haben Sie diese und nächste Woche genug Zeit, um sich mit Ihren neuen Fällen und der Arbeitsweise hier im Haus vertraut zu machen.« Ihre Miene wurde fragend.

Florence nickte. »Das klingt gut. Vielen Dank.«

Jacqueline Drogot nickte. »Bien! Dann wollen wir mal loslegen. Thomas, fängst du vielleicht an?«

Als Florence ihn von der Seite musterte, wandte er seinen Kopf und lächelte. »Einen guten Start auch von mir.«

»Danke.«

Sylvie Famony, die Florence gegenübersaß, blieb weiter stumm, während ihr Kollege begann, von einem kleinen fünfjährigen Jungen zu berichten, der nach seiner persönlichen Einschätzung sexuellen Missbrauch erlitt. Das Kind äußerte sich nicht, daher vermutete Thomas Marlant, dass es jemand aus dem näheren Umfeld des Jungen sein musste. Er hegte die starke Befürchtung, dass Paul, so hieß das Kind, ein Familienmitglied schützte. Dass der Kleine eingeschüchtert, möglicherweise sogar bedroht worden war. Thomas öffnete die Akte und schob sie Florence hin. Ein trauriges Schicksal, aber leider Alltag in ihrem Job. Paul war kein Einzelfall. Und es erschütterte Florence immer wieder aufs Neue, wenn sie von derartigen Verdachtsfällen erfuhr.

Florence lenkte den Wagen an den Straßenrand und sah aufs Meer, das zwischen den Häusern in der Ferne hindurchblitzte. Es war ein heißer Junimorgen, die Sonnenstrahlen ließen die Wasseroberfläche wie Millionen Diamanten glitzern. Vor einer Viertelstunde hatte Florence eine Schmerztablette genommen, seitdem beruhigte sich das Dröhnen in ihrem Schädel etwas. Ihr erster Fall in Sète!

Sie atmete einmal durch, während sie ihren Blick über den Neubau wandern ließ. Der Kindergarten war klein, bestand nur aus zwei Gruppen. Eine der Erzieherinnen hatte mit Jacqueline Drugot Kontakt aufgenommen, da sie bei einem Geschwisterpaar, Léonie und Mathéo Rammiers, drei und fünf Jahre alt, seit einigen Wochen gravierende Verhaltensänderungen festgestellt hatte. Die Mutter hatte sie bereits darauf angesprochen, doch deren gleichgültige Reaktion ließ bei der Angestellten weitere Alarmglocken schrillen. Florence sollte sich nun das Gebaren der Kinder ansehen. Noch war überhaupt nicht klar, was hinter dem veränderten Benehmen der Kinder steckte. Kleinkinder durchlebten immer wieder unterschiedliche Phasen. Es war nicht ungewöhnlich, dass sich Charakterzüge zu gewissen Zeitpunkten deutlicher und dadurch eben auch auffälliger formierten. Ein Indiz, dass in diesem Fall möglicherweise innerfamiliäre Probleme dahinterstecken könnten, war, dass bei beiden Kindern im gleichen Moment Auffälligkeiten bemerkt worden waren. Ebenso schien die merkwürdige Reaktion der Mutter darauf hinzudeuten, dass sie die Ursache für das veränderte Verhaltensmuster ihrer Kinder wenn nicht gar kannte, so doch zumindest erahnte.

Florence nahm ihre Tasche vom Beifahrersitz und stieg aus dem Wagen aus. Madame Génier, die Erzieherin, hatte darum gebeten, dass sie nach halb elf kam, da dann die erste gemeinsame Singrunde vorüber war und die Kinder frei spielen konnten. Florence erinnerte sich noch gut an die Zeit, als Ambre in dem Alter gewesen war. Damals bestand ihr Alltag noch nicht aus endlosen Diskussionen mit ihrer Tochter. Ambre war ein sehr pflegeleichtes Kind gewesen.

In der École maternelle hatte sie nie Probleme gehabt, Freunde zu finden oder sich anzupassen. Erst als sie auf die École primaire, die Grundschule, gewechselt hatte, trat immer wieder die Frage auf, warum ihr Papa nicht bei ihnen lebte. Ihre Fragen waren bohrender und drängender geworden. Ambre hatte die Aufenthalte bei Julien schon immer sehr genossen. Offensichtlich machte sie sich damals erstmals ernsthafte Gedanken darüber, wie andere Familien zusammengesetzt waren. Auch wollte sie immer wieder von Florence wissen, warum sie denn keine Geschwister habe.

Obwohl Florence damals erst Mitte zwanzig gewesen war, war ihr tief in ihrem Inneren immer bewusst gewesen, dass sie kein zweites Kind bekommen würde. Als sie Jean-Luc kennenlernte, fühlte sie sich in ihrer Vorahnung bestätigt. Ein Kind mit einem verheirateten Mann wäre das Allerletzte gewesen, was Florence in den Sinn gekommen wäre. Niemals hätte sie ein weiteres unschuldiges Wesen in ihre zerrissene Familie aufnehmen wollen. Florence' Traum von Vater, Mutter, Kind hatte sich nicht erfüllt, war frühzeitig geplatzt, ohne dass sie daran etwas hätte ändern können. Sie war alleinerziehend, weil die Umstände sie dazu gezwungen hatten. Freiwillig hatte sie sich auf ein weiteres derartiges Abenteuer nicht mehr einlassen wollen.

Sie verdrängte das Gedankenchaos und konzentrierte sich auf den anstehenden Termin. Während sie auf den Eingang der École maternelle zusteuerte, erklang lautes Kinderlachen aus dem Gartenbereich hinter dem Gebäude. Florence trat an die gläserne Eingangstür und spähte ins Innere. Sie entdeckte einen engen Flur mit einer langen Reihe Garderobenhaken. An jedem Haken war ein kleines Bildchen angebracht. Florence erkannte rot-weiße Boote, gelbe Sonnen und grüne Palmen. Zwei Türen gingen von dem Gang ab. Florence vermutete, dass sich dahinter die Gruppenräume befanden. Da sie keine Klingel fand, klopfte sie gegen die Scheibe.

Kurz darauf erschien eine junge Frau im Flur. Sie hatte einen dicken Schlüsselbund in der rechten Hand und kramte sekundenlang daran herum. Dann öffnete sie die Tür.

»Bonjour, Madame. Was kann ich für Sie tun?«

»Mein Name ist Florence Fournier. Sind Sie Madame Génier?«

Die Erzieherin lachte. »Nein, ich bin Giselle Lunot, eine Auszubildende. Madame Génier befindet sich bei ihrer Gruppe im Garten. Kommen Sie doch herein, ich bringe Sie hin. Geht es um Léonie und Mathéo?«

Florence bestätigte ihre Vermutung und folgte ihr durch eine der Türen, hinter denen sie richtigerweise die Gruppenräume vermutet hatte. Zwölf kleine Stühlchen standen in einem Kreis. Es gab verschiedene Themenbereiche an den Wänden. Florence erkannte eine kleine Holzküche neben einem hohen Stapel Gesellschaftsspiele. Gegenüber türmten sich mehrere Kisten mit Bausteinen, zwei rote Bobbycars standen verwaist vor einem der großen Fenster.

»Sehen Sie die Dame mit dem hochgesteckten Haar an der Schaukel?« Die Auszubildende zeigte ins Freie.

Florence folgte ihrem Blick und nickte.

»Das ist Madame Génier.« Die Angestellte verzog ihr Gesicht. »Ich muss zurück in die Küche. Eines der Kinder wartet dort auf mich.«

»Danke.«

Die junge Frau verschwand durch eine weitere Tür. Florence betrat das Außengelände und verfolgte, wie schätzungsweise fünfundzwanzig Kinder laut durcheinanderredeten und lachten, während einige in einem Sandkasten aus Holz gerade Kuchen backten und andere mit Stelzen über das Gelände stolzierten, schaukelten oder auf Dreirädern über die mit Kreide aufgemalten Spielstraßen sausten.

Florence ging auf Madame Génier zu und stellte sich vor, während sie ihr die Hand hinhielt.

»Danke, dass Sie so schnell kommen konnten.« Die etwa Sechzigjährige zögerte. »Ich war mir nicht sicher, ob ich Sie überhaupt kontaktieren sollte.« Sie zeigte unauffällig auf einen dunkelhaarigen Jungen, der mit einem Mädchen neben dem Sandkasten stand und laut diskutierte. »Das ist Mathéo. Letzte Woche hat er sich mit einem anderen Jungen geprügelt, der bis dahin sein bester Freund war. Er hat ihn an der Wange verletzt ...« Sie seufzte. »Nicht schwer, aber das Kind hat geblutet. Da war für mich ein Punkt erreicht, an dem ich mir gesagt habe, es müsse etwas unternommen werden.«

Florence nickte. Die Bedenken, die Menschen ihr gegenüber äußerten, ob und wann man sich einmischen dürfe, einmischen solle, waren ihr zur Genüge bekannt. Die meisten Menschen taten sich schwer damit, Behörden einzuschalten, wenn sie Dinge beobachteten, die sie für falsch hielten. Sei es die Nachbarin, die immer wieder einmal mit einem blauen Auge oder Prellungen an den Oberarmen gesichtet wurde, sei es das kleine Nachbarskind, das entweder immer verschüchterter wirkte oder von Tag zu Tag aggressiver wurde.

»Es ist auf jeden Fall kein Fehler gewesen, Madame Génier. Kinder können sich nur sehr bedingt selbst schützen. Und wenn es Probleme innerhalb der Familie gibt, ist die Hemmschwelle für sie umso größer, sich jemand Fremdem anzuvertrauen. Sie wollen ihre Eltern verständlicherweise nicht anschwärzen, einige werden auch unter Druck gesetzt, nicht zu reden. Wenn es Ihnen recht ist, bleibe ich ein Weilchen hier und sehe mir die beiden einfach ein wenig an. Dann können wir im Anschluss entscheiden, ob ich noch Einzelgespräche mit ihnen führe oder auch mit beiden gemeinsam. Sicher fällt uns das Passende ein.« Sie lächelte aufmunternd. »Wo ist Mathéos Schwester?«

»Léonie sitzt da drüben auf dem grünen Dreirad. Das blonde Mädchen mit der roten Hose.«

Florence betrachtete das Kind, das etwas abseits von den anderen auf einem der Fahrzeuge saß und teilnahmslos das Treiben um sich herum verfolgte. »Was können Sie mir über die beiden sagen?«

Die Erzieherin blickte von Léonie zu deren Bruder zurück. »Ich kenne Mathéo schon sehr lange. Er ist seit gut drei Jahren bei uns, seine Schwester seit zwanzig Monaten. Beide waren immer sehr unauffällige Kinder. Unauffällig im positiven Sinn«, setzte sie nach. »Sie haben sich gut in die Gruppen eingefügt, waren hilfsbereit, lernbegierig, kontaktfreudig.«

»Klingt erst mal gut«, merkte Florence an, während sie beobachtete, wie Mathéo das Mädchen neben sich zu schubsen begann.

Als Madame Génier sich in Bewegung setzen wollte, um einzugreifen, hob Florence eine Hand. »Würden Sie bitte einen Moment warten?«

»Natürlich.«

»Du blöde Schnepfe«, schimpfte Mathéo lauthals los. »Du weißt doch gar nicht, wovon du redest.«

»So geht das fast jeden Tag. Mehrmals.« Madame Génier zuckte mit den Achseln. »Wir reden dann selbstverständlich mit ihm und erklären ihm auch, dass das so nicht geht, aber ...« Sie verstummte.

Nachdem sich Florence das Verhalten der beiden Kinder innerhalb der Gruppe noch eine weitere Stunde angesehen hatte und die Erzieherin ihr mehr Eckdaten zu der Familie genannt hatte, entschied sie, dass ein Gespräch mit Léonie und Mathéo nicht schaden konnte. Die Ausdrucksweise des Jungen deutete stark darauf hin, dass sein Verhalten von zu Hause beeinflusst wurde.

4

Ambres Herz schlug laut gegen ihren Brustkorb, als sie die schwere Holztür ihrer neuen Schule aufstieß. Sie hasste es, die Neue zu sein. Sie hasste es, dass in wenigen Minuten zig Augenpaare sie mustern würden, dass ihre neuen Klassenkameraden im Bruchteil einer Sekunde ein erstes Urteil über sie fällen würden.
Was will die Bohnenstange hier?
Uh, sieh dir mal an, wie arrogant sie da steht.
Aus Paris? Warum ist sie dann jetzt hier? Wahrscheinlich stimmt mit ihr etwas nicht.
Massen von Schülern drängten an Ambre vorbei über die engen Flure. Hastig überflog sie die Tafel neben dem Eingang, an der ein Plan der Schule hing. Ihr zukünftiges Klassenzimmer befand sich im ersten Stock, fand sie nach sekundenlangem Suchen heraus. Wie sie all das hier verabscheute! Sie wollte bei ihren Freundinnen sein, in Paris, ja, selbst eine Doppelstunde bei ihrer verhassten Mathelehrerin Madame Laurens erschien ihr in diesem Moment als die verlockendere Option.
Ambre drehte sich um und verfolgte, wie die Jugendlichen drängelnd und lachend durch die Flure stoben. Viele bewegten sich laut diskutierend in Gruppen fort, andere ließen sich schweigend mittreiben. Keiner von ihnen wirkte so verloren, wie Ambre sich gerade fühlte. Mit jedem Schritt, den sie dem Klassenzimmer mit den vielen unbekannten Gesichtern näher kam, wurden ihre Beine schwerer. Sie musste sich regelrecht zwingen, einen Fuß vor den anderen zu setzen.
Eine halbe Stunde hatte sie heute Morgen vor ihrem Kleiderschrank verbracht und sich letztlich doch für ihre ausgebleichte, enge Lieblingsjeans und ein bequemes kariertes Hemd zu ihren hohen schwarzen Doc Martens entschieden.

Wieso hatte ihre Mutter sie nur in diese verfluchte Situation bringen müssen? Dieser Idiot von Jean-Luc! Ambre war von Anfang an klar gewesen, dass die Affäre ihrer Mutter in einer Katastrophe enden würde. Warum hatte ihre Mutter sich ausgerechnet auf ihren verheirateten Chef einlassen müssen? Für ihr Alter sah Florence doch gar nicht so schlecht aus mit ihrem schwarzen kinnlangen Haar und dem ebenmäßigen Gesicht. Auch Falten waren bisher kaum bei ihr zu erkennen. Immer wieder wurde sie für Ambres Schwester gehalten. Es gab doch wirklich genug Männer auf dieser Welt!

Aber erst hatte es mit Ambres Vater nicht geklappt und nun der Ärger mit Jean-Luc. Sie seufzte, als sie am oberen Treppenabsatz ankam. Ihre Handinnenflächen waren schweißnass, sie begann zu zittern. Ein Blick auf die Uhr zeigte ihr, dass ihr nur noch zwei Minuten blieben. Zwei Minuten, bevor sie die Höhle des Löwen betreten musste. Zwei Minuten, bevor sie ...

»Ambre?«

Sie drehte sich um und sah einen hageren älteren Mann auf sich zukommen.

»Ambre Fournier?«

Ein Kloß bildete sich in ihrer Kehle. Sie nickte.

»Bonjour. Ich bin Monsieur Katouche, dein neuer Klassenlehrer. Ich unterrichte deine Klasse in Englisch und Chemie.«

Ihre Lieblingsfächer, schoss es Ambre dankbar durch den Kopf.

»Bonjour, Monsieur«, stammelte sie unbeholfen.

»Keine Angst, die Klasse beißt nicht.« Er schenkte ihr ein aufmunterndes Lächeln. »Und auch wir Lehrer hier sind alle ... sehr umgänglich.« Er verzog seine Mundwinkel. »Lass uns hineingehen.«

In diesem Moment ertönte der Gong, der den Beginn der Stunde anzeigte. Ambre folgte dem Lehrer und blieb unschlüssig im Türrahmen stehen.

Er begrüßte kurz die Klasse, bevor er Ambre zu sich winkte. »Das ist eure neue Mitschülerin Ambre Fournier. Sie ist vor Kurzem von Paris hierher nach Sète gezogen, und ich möchte euch bitten, sie freundlich aufzunehmen und sie zu unterstützen, damit sie sich schnell hier einlebt und die Schule und ihre neue Klasse besser kennenlernt.«

Drei Mädchen in der hinteren Reihe, die auffällig geschminkt waren, steckten die Köpfe zusammen und kicherten. Eine war blond, die anderen beiden hatten rabenschwarze, lange Haare. Ihre dick umrahmten Augen verharrten unerbittlich auf Ambre.

Sie wandte ihr Gesicht ab, als sie bemerkte, wie die drei sie aus zusammengekniffenen Augen weiter beobachteten. Ein Junge in der zweiten Reihe mit dunklem, verwuscheltem Haar nickte ihr leicht zu und lächelte. Seine stahlblauen Augen blitzten auf. Als sie seinen Blick erwiderte, spürte sie Hitze in ihren Wangen aufsteigen.

»Möchtest du dich vielleicht kurz vorstellen?«, wandte sich Monsieur Katouche in diesem Moment an sie.

Ambre zuckte mit den Schultern und räusperte sich. Hilfesuchend umklammerte sie die Riemen ihrer Schultasche fester. »Bonjour zusammen. Ich bin Ambre und komme aus Paris ...« Sie stockte. »Aber das wisst ihr ja schon.«

Sie versuchte sich an einem unbeholfenen Grinsen. Was sollte sie sonst noch sagen? Was gab es schon Interessantes von ihr zu berichten? Verdammt! Warum hatte sie sich nicht im Vorfeld Gedanken darüber gemacht? Sie war so blöd.

Die Jugendlichen starrten sie weiter stumm an. Sie schienen darauf zu warten, dass sie fortfuhr. Wahrscheinlich hofften sie, dass durch den Neuzugang in ihrer Klasse und dessen Vorstellung ein Teil der Unterrichtsstunde verplempert wurde. Je krampfhafter Ambre nachdachte, was sie noch erzählen konnte, umso weniger fiel ihr etwas ein. Ihr Hirn schien plötzlich aus einer weichen, aufgeplusterten Wattewolke zu bestehen. Viel Luft, wenig Substanz.

»Vielleicht möchtest du noch etwas über deine Hobbys erzählen? Welches deine Lieblingsfächer sind? Ob du Geschwister oder ein Haustier hast? Ich bin mir sicher, das würde deine neuen Klassenkameraden interessieren«, versuchte Monsieur Katouche, ihr zu helfen.

»Hobby?«, wiederholte Ambre zögernd. »Ich zeichne gern.«
Wieder lachte das Trio in der letzten Reihe.
»Uh, ich zeichne gern«, wiederholte eines der Mädchen leise Ambres Worte, doch sie konnte es durch den ganzen Klassenraum hören. »Ich komme aus Paris und zeichne gern.« Affektiert strich sie sich durchs Haar und kicherte.
Verunsichert blickte Ambre zu ihrem Lehrer, der ihr erneut aufmunternd zunickte.
»Meine Lieblingsfächer sind Englisch und Chemie.«
»Eine Streberin, die schleimt sich bei Katouche ein«, flüsterte es irgendwo aus der zweiten Reihe.
Ambre schluckte. »Geschwister habe ich keine. Haustiere auch nicht.« Sie zögerte. »Aber meine Oma hat ein paar Hühner.«
Die Blondine aus dem Trio prustete laut los. »Hühner«, platzte es lachend aus ihr heraus in Richtung ihrer Tischnachbarinnen.
Monsieur Katouche sah sich im Klassenzimmer um. Ambre knetete ihre Finger, während sie darauf wartete, dass etwas passierte. Dass ihr Lehrer ihr sagen würde, wie es weiterginge. Erleichtert atmete sie aus, als er an das Ende der ersten Reihe zeigte.
»Neben Anouk ist noch ein Platz frei.« Er nickte dem rothaarigen Mädchen zu, das dort saß. »Sicher hast du nichts dagegen, wenn sich Ambre neben dich setzt.«
Anouk schüttelte den Kopf und sah sich unsicher zu den drei Kichererbsen in der letzten Reihe um. Ambre sah kurz zu Monsieur Katouche, bevor sie ihren Kopf senkte und hastig auf den ihr zugewiesenen Tisch zuging.
»Salut«, hauchte Anouk, nachdem Ambre sich gesetzt hatte und ihre Tasche neben sich stellte.
»Da sitzen ja die Richtigen zusammen«, zischte es irgendwo hinter Ambre.
Wo war sie hier nur hineingeraten? Als sie sich unauffällig umdrehte, fing sie erneut den Blick des dunkelhaarigen Jungen auf. Wieder begannen ihre Wangen zu glühen. Was für ein Schlamassel!
Monsieur Katouche wechselte in die englische Sprache und begann, einen Text zusammenzufassen, den sie offensichtlich in der vor-

herigen Stunde bearbeitet hatten. Ambre hörte nur mit einem Ohr hin, da das Wispern in ihrem Rücken ihr jegliche Konzentration raubte.

Die drei Mädchen hatten sie auf dem Kieker. Sie schnappte nur einzelne Worte auf, doch die waren alles andere als schmeichelhaft. Pariser Püppchen, Großstadttussi und blasse Bohnenstange waren noch die freundlicheren Bezeichnungen, die fielen. Ambre presste ihre Lippen aufeinander. Sie wollte nicht hier sein. Nicht in diesem Klassenzimmer, in dieser Schule, an diesem Ort.

Warum hatte ihre Mutter ihr das angetan? Sie hätte sich doch einfach für einen anderen Stadtteil bewerben können. Nein, es musste gleich ein Umzug von mehreren hundert Kilometern sein. Wie es Ambre dabei ging, war ihrer Mutter völlig gleichgültig gewesen. Wie sie all das hier hasste!

Sie spürte Anouks Ellbogen an ihrem Unterarm.

»Hm?« Unsicher sah sie ihre Tischnachbarin an, die mit den Augen auf Monsieur Katouche deutete. Mist, Ambre war anscheinend drangenommen worden, ohne es zu bemerken. Konnte es noch schlimmer kommen? Sie streckte ihren Rücken und wandte sich dem Lehrer zu. Da sie nicht mitbekommen hatte, was er von ihr wollte, sah sie ihn nur stumm an.

»I asked you if you know this text?«, wiederholte er seine Frage, während er auf das blaue Büchlein in seiner Hand zeigte.

Ambre musterte das Cover und schüttelte den Kopf.

»Okay.« Monsieur Katouche nickte.

Dann erklärte er ihr, sie solle es sich heute Nachmittag besorgen, damit sie es in der nächsten Stunde zur Hand hätte. Heute solle Anouk ihr eigenes Exemplar mit ihr teilen. Die rothaarige Schülerin nickte heftig und schob ihr Buch in die Mitte des Tisches. Als die Mädchen in der letzten Reihe erneut zu feixen begannen, warf Anouk Ambre einen schüchternen Blick zu.

5

Florence parkte ihren Wagen am Straßenrand und stieg aus. Das elfstöckige Hochhaus, in dem Marlène Lorrant wohnte, überragte die anderen Gebäude in der Straße. Florence erkannte zwischen mehreren hochgewachsenen Zypressen hindurch und über die Häuser hinweg, die sich den Hügel hinab in die Landschaft schmiegten, das dunkle Blau des Étang de Thau. Rosa Rhododendronbüsche blühten neben dem Gehweg. Die Sonne wärmte Florence' Gesicht.

Sie schloss die Augen und genoss die Strahlen auf ihrer Haut. Vielleicht war es doch keine so üble Idee gewesen, herzuziehen. In den zwei Tagen, seit sie sich in Sète befanden, hatte sich natürlich noch kein echtes Heimatgefühl einstellen können. Dafür war die Zeit viel zu kurz gewesen. Doch Florence spürte, wie die Hektik der Großstadt und die stets spannungsgeladene Atmosphäre, die durch den nie endenden Verkehr und die immensen Menschenmengen in Paris entstand, in ihren Gedanken langsam verblassten. Es schien, als streife sie die Erinnerungen an überfüllte Métrostationen, mit Passanten verstopfte Straßen und den ständigen Hintergrundlärm mehr und mehr ab.

Um zu den Menschen zu gelangen, die ihre Unterstützung brauchten, benötigte Florence in Sète nur wenige Minuten. Wie viel Zeit konnte sie sich durch die kurzen Wege sparen? Zeit, die ihr für andere Dinge zur Verfügung stand. Florence öffnete die Augen wieder und bewunderte den traumhaften Weitblick. Auf dem Wasser erkannte sie kleine weiße Punkte, Yachten und Sportboote, deren Besitzer das schöne Wetter für eine Fahrt über den Étang nutzten. Der Himmel über ihr erstreckte sich in diesem einzigartigen und unverwechselbaren Blau, wie Florence es nur hier aus dem Süden kannte. Keine einzige Wolke zerriss den strahlenden Farbton.

Eine ältere Frau mit einem kleinen Jungen trat aus dem Hochhaus, in dem Marlène Lorrant wohnte. Das Kind zog weinend an ihrem Arm, während die Frau leise auf es einredete. Florence überquerte den Parkplatz vor dem Gebäude und steuerte auf den Eingang zu. Sie überflog die Schilder, bis sie den gesuchten Nachnamen fand, und klingelte. Kurz darauf summte es, und der Türöffner wurde aktiviert. Florence trat ein. Nach dem gleißenden Sonnenlicht draußen lag der Flur dunkel vor ihr. Sie musste einen Moment warten, bis sich ihre Augen an den Unterschied gewöhnt hatten. Marlène wohnte im siebten Stock. Florence ging zum Fahrstuhl und wartete, bis er ins Erdgeschoss kam. Keine zwei Minuten später verließ sie den Lift wieder und sah sich suchend auf der Etage um.

»Hier um die Ecke«, ertönte es plötzlich.

Florence folgte der Richtung, aus der die Stimme gekommen war, und erblickte ein junges blondes Mädchen, das im Flur vor einer offenen Wohnungstür stand.

»Bonjour«, grüßte Florence. »Bist du Marlène?«

Die Jugendliche nickte.

Florence streckte ihr die Hand hin. »Ich bin Florence.«

»Kommen Sie herein. Meine Mutter ist auch da.«

Florence folgte ihr in die Wohnung, die überraschend hell und freundlich wirkte. Eine weiße Ikea-Garderobe hob sich von zitronengelben Wänden ab.

»Bonjour.« Eine Frau um die vierzig mit brünetten, kurzen Locken betrat den Gang. »Ich bin Juliette Lorrant.«

»Sie hatten meine Vorgesetzte kontaktiert?« Florence stellte sich ein weiteres Mal vor und erwiderte den Händedruck.

Marlènes Mutter nickte und zeigte auf eine offene Tür. »Gehen wir doch ins Wohnzimmer.«

Florence betrat den Raum nach den beiden Frauen. Eine breite Fensterfront gab einen phänomenalen Blick auf den Étang frei. »Wow!«

»Unverbaubar«, erklärte Madame Lorrant lächelnd.

»Der Ausblick ist phantastisch.« Florence stellte sich ans Fenster und bewunderte das Panorama. Am anderen Ufer zeichneten sich deutlich die Häuser von Balaruc-les-Bains ab. Zu den wenigen Booten, die Florence von der Straße aus hatte erkennen können, gesellten sich nun weitere Segelschiffe, eine größere Yacht und drei Jetskis, die über das Wasser zu fliegen schienen.

»Möchten Sie etwas trinken?«

Florence drehte sich wieder um. »Sehr gern, danke. Vielleicht ein Wasser?«

Marlène hatte sich auf eine hellblaue Stoffcouch gesetzt.

Ihre Mutter nickte und verließ das Zimmer.

»Wie geht es dir?«

Marlène zuckte mit den Schultern. »Ganz gut, schätze ich.«

»Im wievielten Monat bist du?« Florence zog sich einen der gepolsterten Esszimmerstühle heran und setzte sich der Jugendlichen gegenüber.

»Anfang des dritten«, antwortete Marlène leise.

»Voilà.« Ihre Mutter kehrte zurück und stellte ein Tablett mit einer Wasserkaraffe und drei Gläsern auf den gläsernen Couchtisch.

»Vielen Dank.« Florence wartete, bis auch Madame Lorrant auf dem Sofa Platz genommen hatte. »Wie ist denn deine schulische Situation?«

Wieder zuckte das Mädchen mit den Achseln. »Gut, denke ich. Ich gehe aufs Lycée und möchte unbedingt meinen Abschluss machen.«

»Sie ist sehr intelligent«, ergänzte ihre Mutter und tätschelte Marlènes Hand. »Diese Schwangerschaft ...« Sie schüttelte den Kopf. »Damit verbaut sie sich ihre gesamte Zukunft.«

»Siehst du das genauso?« Florence wandte sich an die Jugendliche. »Was empfindest du, wenn du an das Baby denkst?«

»Es ist doch noch gar kein ...«, setzte Madame Lorrant an, wurde jedoch von ihrer Tochter unterbrochen.

»Sie hat *mich* gefragt, Maman!« Marlène klang wütend.

Ihre Mutter seufzte, verkniff sich jedoch jeglichen Kommentar.

»Ich kann mir das schon vorstellen. Ein Baby ...« Das Mädchen lächelte selig.

Florence nickte. »Ich nehme an, dass in der Schule noch niemand davon weiß.«

Marlène schüttelte den Kopf. »Ich habe es nur meiner besten Freundin erzählt. Und natürlich Nathan.«

»Er ist der Vater?«

»Madame Fournier«, mischte sich Marlènes Mutter erneut ein.

»Nennen Sie mich gern Florence.«

Madame Lorrant schnaubte. »Gut, Florence. Marlène ist fünfzehn, Nathan ist zwei Monate älter als sie. Die Kinder wissen doch gar nicht, was da auf sie zukommt.«

Florence verzog ihre Mundwinkel. »Ich glaube, die meisten Eltern wissen nicht, was auf sie zukommt. Gerade beim ersten Kind.« Sie hielt inne. »Aber Sie haben natürlich recht. Das Alter der beiden ist ... sehr jung.«

»Sehr jung?« Die Frau schüttelte ihren Kopf. »Sie sind selbst noch Kinder.«

»Ich verstehe Ihre Bedenken sehr gut, Madame.«

»Juliette.«

Florence nickte. »Juliette. Aber letztlich ist es Marlène, die entscheiden muss. Wir können ihr Möglichkeiten aufzeigen, wie es weitergehen kann, welche Unterstützung ihr zusteht. Aber das letzte Wort ...«, sie sah zu dem Mädchen, »das hast du. Es ist dein Körper, deine Schwangerschaft, dein Kind.«

»Ich dachte, Sie würden mir helfen ...«, murmelte Juliette Lorrant und wandte ihren Kopf ab.

»Du willst es mir ausreden«, brauste Marlène auf. »Seit ich es dir gesagt habe, erklärst du mir, wie schwierig es ist, ein Kind aufzuziehen. Warum hast du mich überhaupt bekommen?«

»Das kannst du doch nicht vergleichen«, versuchte ihre Mutter sich zu verteidigen. »Ich war zehn Jahre älter als du, war verheiratet, hatte ...«

»Ja, klar«, höhnte Marlène genervt. »Papa ist schon vor über zehn Jahren gegangen ...«

»Deine Mutter macht sich Sorgen«, ergriff Florence das Wort, da sie fürchtete, die Stimmung könne sich weiter aufheizen. »So ticken Mütter eben.« Sie lächelte nachsichtig. »Ich selbst war siebzehn, als ich schwanger wurde. Nicht viel älter als du.«

Sie spürte die überraschten Blicke von Mutter und Tochter auf sich. »Und ich war von Beginn an alleinerziehend. Es war nicht einfach, ganz sicher nicht. Aber ich habe nie auch nur eine Sekunde an meiner Entscheidung gezweifelt.« Sie musterte Marlène. Das Mädchen trug eine lila Tunika zu einer schwarzen Leggings. Ihre Füße waren nackt. »Du musst dir klar darüber sein, dass die nächsten Jahre kein Zuckerschlecken werden. Dein Baby wird dich brauchen. Und wenn du die Schule beenden möchtest, was ich dir dringend raten würde, wird man auf deine Situation nicht allzu viel Rücksicht nehmen. Natürlich kommt es auf den Schulleiter und auch auf die Lehrer an. Aber auf einen Kinder- beziehungsweise Mutterbonus solltest du eher nicht hoffen.«

»Ich schaffe das«, erklärte Marlène trotzig und reckte ihr Kinn nach vorn. »Und Nathan wird mir helfen.«

Ihre Mutter seufzte erneut.

»Gut, dann sollten wir überlegen, welche Schritte wir als Nächstes gehen. Es gilt, sowohl die Wohnsituation als auch deine weitere schulische Ausbildung zu optimieren. Einige Wochen wirst du mit hoher Wahrscheinlichkeit ausfallen. Hierfür müssen wir eine gute und praktikable Lösung finden.« Florence holte einen Notizblock und einen Stift aus ihrer Tasche und sah erst Juliette, dann Marlène aufmunternd an. »Machen wir uns an die Arbeit.«

Als Florence am späten Nachmittag in ihr Büro zurückkehrte, saß ihr Kollege an seinem Schreibtisch und starrte mit grimmigem Gesicht auf den Bildschirm. Der Platz von Sylvie Famony war leer.

»Probleme?«

Thomas Marlant blickte auf und hob die Hand. »Salut.« Er schüttelte den Kopf. »Nein, nein. Es ist einfach immer wieder dasselbe. Du willst helfen, aber manchen Menschen …« Er seufzte. »Einige sind eben beratungsresistent.«

Florence nickte. »Mehr als unsere Unterstützung anbieten und versuchen, die Leute zu überzeugen, unsere Hilfe anzunehmen, können wir nicht.«

Er winkte ab. »Lassen wir das einfach. Wie war Ihr erster Tag?« Er kniff seine Augen zusammen. »Wollen wir uns nicht lieber duzen?«

Florence lächelte. »Sehr gern.« Sie streckte ihm die rechte Hand hin. »Florence.«

»Thomas.«

»Ich glaube, es war ganz gut.« Sie berichtete ihm von ihrem Besuch in der École maternelle und dem Gespräch mit Marlène Lorrant.

»Schwanger mit fünfzehn«, wiederholte er nachdenklich. »Das ist schon bitter.«

»Sie kann es schaffen. Ihre Mutter ist für sie da, und Marlène macht einen sehr vernünftigen und gefestigten Eindruck.«

Er nickte und wandte seinen Kopf ab. »Dann müsste ich jetzt schon ein achtzehnjähriges Kind haben«, sinnierte er zögernd.

Florence musterte ihn von der Seite. Sein blondes Haar schimmerte im Licht der hereinfallenden Sonne. Dichte Augenbrauen überschatteten seine braunen Augen. Er war ein gut aussehender Mann, befand Florence für sich.

»Ich habe eine fünfzehnjährige Tochter.« Sie lächelte.

Überrascht sah er sie wieder an. »Fünfzehn? Aber du bist doch …«

»Ich bin dreiunddreißig«, erklärte sie schulterzuckend.

»Schwanger mit siebzehn.« Sie verzog ihr Gesicht.

»Ich hätte dich jünger geschätzt.« Er fuhr sich durchs Haar.

»Fünfzehn. Wow!«

»Es war sicher nicht einfach, aber für mich gab es keine andere Option.«

»Das ist … mutig.«

»Oder naiv.« Noch immer stand sie vor den beiden Schreibtischen.

»Setz dich doch. Sylvie kommt heute nicht mehr ins Büro. Oder machst du Feierabend?«

Florence schüttelte den Kopf und lehnte sich gegen die Tischkante. »Nein, ich möchte noch meine Berichte schreiben. Dann kann ich morgen direkt starten.« Sie verdrehte die Augen. »Ich hasse diesen Papierkram.«

Er lachte. »Wem sagst du das?«

»Wie lange arbeitest du schon hier?«, wollte Florence von ihm wissen.

»Seit sechs Jahren. Ich komme ursprünglich aus Valence. Bin dann aber wegen der Liebe hierhergezogen und habe auf Anhieb den Job hier gefunden.«

»Das klingt nett.«

»Na ja. Die Liebe hat sich mittlerweile erledigt.« Er lehnte sich auf seinem Stuhl zurück. »Aber den Job habe ich behalten.«

»Das tut mir leid.«

»Das mit dem Job oder das mit der Liebe?« Er grinste schief.

Sie lachte.

»Was ist mit dir? Warum hast du unserer Hauptstadt den Rücken gekehrt?«

Sie atmete aus. »Aus dem gleichen Grund, aus dem du nach Sète gezogen bist.«

»Eine neue Liebe?« Er hatte sie falsch verstanden.

»Eine alte Liebe in Paris beendet«, korrigierte sie.

»Das tut mir jetzt leid.«

Sie deutete mit einer Hand einen Kreis neben ihrer Schläfe an. »Genug des Selbstmitleids. Was uns nicht umbringt, macht uns stärker.«

Er streckte seinen Rücken durch. »Auch wieder wahr.« Dann reckte er eine Faust in die Luft. »Wir lassen uns nicht unterkriegen.«

»Niemals«, stimmte Florence ihm zu und steuerte ihre Nische an. Während sie den Inhalt der Schreibtischschubladen begutachtete, wandte sie sich erneut an Thomas. »Wie klappt die Zusammenarbeit mit Madame Drugot und Sylvie Famony? Gibt es etwas zu beachten?«

Seine Mundwinkel zuckten. »Sylvie ist etwas eigen. Ich glaube, das macht aber auch der Job. Sie ist seit mehr als dreißig Jahren Sozialarbeiterin. Fast so lange, wie wir auf der Welt sind. Im Großen und Ganzen kommt man gut mit ihr klar.«

Florence musste an die finstere Miene denken, mit der sie von der älteren Kollegin bedacht worden war.

»Und Jacqueline ist klasse. Sie setzt sich immer für ihre Leute ein. Im ersten Moment kann sie einem vielleicht etwas plump vorkommen, aber das ist ihre Art. Wenn es Probleme gibt, steht sie ausnahmslos hinter uns. Es sei denn, du bindest sie nicht ein. Alleingänge sind etwas, was sie abgrundtief hasst. Wenn du Fragen hast, wenn Schwierigkeiten auftreten, wende dich jederzeit an sie. Sie ist kompetent und hat genau wie Sylvie einige Jahrzehnte Berufserfahrung auf dem Buckel. Sie ist wirklich sehr klar und sicher bei allem, was sie tut.«

Seine Worte deckten sich mit Florence' erster Einschätzung ihrer neuen Vorgesetzten. »Klingt, als ob man es hier gut aushalten könne.« Sie fuhr den Laptop hoch und begann, eine Liste mit fehlendem Büromaterial zu erstellen.

»Auf jeden Fall«, bestätigte Thomas. »Unsere Fälle können wir uns nicht aussuchen. Und wir sind auch nicht immer erfolgreich, das bringt der Job leider mit sich. Aber die Arbeitsbedingungen könnten kaum besser sein.« Er drehte sich auf seinem Stuhl zu ihr um. »Und wo kann man sich schon in der Mittagspause die leichte Brise des Meeres um die Nase wehen lassen?«

6

Florence konnte ein schwaches Grinsen nicht unterdrücken, als sie in die Einfahrt von Château Blanc bog. Thomas Marlant war sehr nett, er hatte in der letzten Stunde ein wenig aus dem Nähkästchen geplaudert und ihr von zwei Fällen erzählt, die ihm in den vergangenen Monaten sehr an die Nieren gegangen waren.

Zum einen ging es um ein drogenabhängiges siebzehnjähriges Mädchen, das zuerst den Anschein gemacht hatte, als sei es bereit, Thomas' Unterstützung anzunehmen. Die Mutter war selbst tablettenabhängig, der Vater unbekannt. Als sie mit Thomas bereits Pläne für ihre nähere Zukunft geschmiedet hatte, einen Praktikumsplatz in einer Werbeagentur und einen Wohnplatz in einem Modellprojekt für süchtige Minderjährige ergattert hatte, war es zu einem schweren Rückschlag gekommen. Nachdem die Jugendliche tagelang vermisst worden war, hatte ein Fischerboot sie knapp eine Woche nach ihrem Verschwinden aus dem Meer gefischt – mit einer Überdosis Heroin im Blut.

Im zweiten Fall ging es um eine Familie mit vier Kindern. Die Eltern waren mit der Erziehung ihrer Sprösslinge komplett überfordert gewesen. Und obwohl Thomas sich wochenlang bemüht hatte, die drei Mädchen und deren Bruder in Pflegefamilien unterzubringen, war er letztlich an diversen bürokratischen Hürden gescheitert. Er hatte die Familie weiter begleitet, die Situation hatte sich aufgrund der Alkoholsucht der Eltern mehr und mehr zugespitzt. Im Oktober letzten Jahres hatte man die sechs tot in ihrer Wohnung aufgefunden. »Erweiterter Suizid«, hatte Thomas sichtlich mitgenommen erklärt und den Kopf geschüttelt. Florence war bewusst, dass ihre Arbeit nicht immer von Erfolg gekrönt war. Sie konnten nicht alle retten. Aber derartige Ereignisse brachten selbst den hartgesottensten Sozialarbeiter an seine Grenzen. Auch im auf den ersten Blick beschaulichen Sète gab es keine schöne heile Welt. Auch hier lebten Menschen mit Problemen, die manch einer nicht allein bewältigen konnte.

Florence stellte den Wagen vor den Schuppen, stieg aus und ging auf die Rosenvilla zu, als sie ihre Mutter erblickte, die beim Lavendel stand. Sie stützte sich auf ihren Gehstock und betrachtete die Pflanzen mit nachdenklichem Gesichtsausdruck.

»Salut, Maman.« Florence nahm ihre Tasche von der Schulter und stellte sich neben Louise.

»Wie war dein Arbeitstag?«

Florence spürte den prüfenden Blick ihrer Mutter auf sich. »Gut.«

»Hast du nette Kollegen?«

Wieder musste Florence an Thomas denken. Während seiner Erzählungen waren seine Augen aufgeblitzt. Florence hatte die Leidenschaft für seinen Beruf aus jedem seiner Worte heraushören können. Ihre ältere Kollegin hingegen ...

»Ja, ich denke schon, dass das passen könnte«, wich sie aus.

»Hast du Ambre schon gesehen?«

Ihre Mutter verdrehte die Augen.

»Was ist?«

»Sie war kurz da und ist dann gleich wieder abgedampft zu ihrem Vater.«

Florence runzelte die Stirn. »Sie ist zu Julien gegangen?«

»Sie war extrem schlecht gelaunt«, erwiderte ihre Mutter und nickte. »Ich glaube, ihr erster Schultag war nicht so berauschend.«

»Mist!« Florence hatte so gehofft, dass Ambre einen guten Start haben würde. »Hat sie etwas gesagt?«

Ihre Mutter schüttelte den Kopf. »Sie war nicht lange da, eine Viertelstunde vielleicht. Ich habe sie gefragt, ob sie etwas essen möchte, doch das hat sie abgelehnt. Angeblich hatte sie keinen Hunger.« Sie seufzte.

»Wann ist sie denn gegangen?«

Louise sah auf ihre Uhr. »Vor ungefähr zwei Stunden.«

»Dann kommt sie sicher bald heim. Ich rufe sie gleich mal an.«

Florence zeigte auf ihre Tasche. »Ich habe eingekauft. Vielleicht habt ihr später Lust auf ein leckeres Stück Tarte aux pommes?«

Das Gesicht ihrer Mutter nahm eine verzückte Miene an. »Niemand backt so einen phantastischen Apfelkuchen wie du, Florence. Oma und Uroma werden sich sicher auch sehr darüber freuen.«

»Dann werde ich mal loslegen.« Florence wandte sich zum Gehen.

»Ich glaube, Ambre leidet darunter, dass ihr Vater nicht bei euch wohnt.«

Florence zählte stumm bis zehn, bevor sie sich erneut umdrehte. »Was willst du damit sagen?«

Louise hob die Schultern. »Nichts, ich habe nur den Eindruck, dass ...«

»Wir sind seit zwei Tagen hier, und du maßt dir an, mir erklären zu wollen, was meine Tochter belastet?«

»Florence«, setzte Louise an. »So habe ich das doch nicht gemeint ...«

Florence nickte. »Oh doch! Genauso hast du es gemeint. Du hast es mir nie verziehen, dass ich damals nach Paris gegangen bin. Dir wäre es doch lieber gewesen, ich hätte mich damals entschieden, in Sète zu bleiben. Meine Gefühle haben dich ja noch nie interessiert.«

Ihre Mutter stützte sich fester auf ihren Stock und hinkte auf Florence zu. »Das stimmt nicht. Ich habe ...«

Wut kochte in ihr hoch. »Hat es dich denn je interessiert, dass du mir mit deinem Egotrip meinen Vater genommen hast? Als ich in Ambres Alter war, war ich bereits Halbwaise. Denkst du, das hat mich nicht belastet? Denkst du, ich hätte mir nicht auch gewünscht, dass Papa noch leben würde? Dass ihr nie zu diesem verdammten Ausflug aufgebrochen wärt?«

Die Augen ihrer Mutter begannen, verdächtig zu glänzen. »Florence, ich wollte nie ...«

»Was? Was hätte ich denn tun sollen?« Nun war sie nicht mehr zu bremsen. »Julien hat mich betrogen. Er wusste, dass ich schwan-

ger bin, und hat die Nächstbeste flachgelegt. Du erinnerst dich?«
Ihre Stimme wurde lauter.
»Das wollte ich doch gar nicht …« Louise fuhr sich übers Gesicht. »Ich dachte nur … Hättet ihr damals miteinander geredet …« Florence lachte auf. »Geredet! Er hat eine andere gevögelt, Maman. Ich habe ein Kind von ihm erwartet, und er hat es mit einer anderen getrieben.«
»Florence, bitte!«
»Klar«, stieß sie genervt hervor. »Contenance, Florence. Bloß immer schön die Haltung wahren.« Sie schüttelte den Kopf. »Es stinkt mir so. Du hast mir meinen Vater genommen! Du wolltest unbedingt klettern gehen!«
Sie ließ ihre Mutter ohne ein weiteres Wort stehen und eilte auf die Haustür der Rosenvilla zu.
»Florence«, rief ihre Mutter hinter ihr her. »Bitte lass uns doch reden.«
Mit zitternden Fingern schloss sie auf und knallte die Tür hinter sich zu. Immer dieselben Vorwürfe. Seit Ambres Geburt ließ ihre Mutter sie spüren, dass sie ihr eine Mitschuld daran gab, alleinerziehend zu sein. Es war so unfair. Und doch war es Florence von Anfang an klar gewesen, dass das Zusammenleben mit ihrer Familie nicht einfach werden würde. Noch immer waren die Spannungen aus der Vergangenheit zu spüren. Unausgesprochene Gefühle, unterschwellige Vorwürfe hingen bleischwer in der Luft. Sie mussten dringend eine eigene Wohnung finden. Vielleicht konnte sie ihre Kollegen und ihre Chefin fragen, ob sie von einer freien Wohnung wussten.
Während Florence die eingekauften Lebensmittel auspackte, rasten ihre Gedanken. Sie spürte den Herzschlag an ihrem Hals. Florence versuchte sich zu beruhigen. Sie packte die Äpfel auf die Arbeitsplatte und begann, sie klein zu schneiden.
Während sie anschließend den Teig knetete, klopfte es an der Eingangstür. Ihre Mutter, die noch mal mit ihr reden wollte? Oder Ambre? Florence wischte sich die Hände ab und ging zur Tür. Ambre würde mit Sicherheit nicht anklopfen.

»Oma!«, entfuhr es ihr überrascht, nachdem sie die Tür geöffnet und Pauline erblickt hatte.

Die ältere Frau zeigte in den Raum. »Darf ich reinkommen?«

Florence trat zur Seite. »Klar.«

»Du backst?« Ihre Oma wies mit dem Kinn Richtung Arbeitsplatte.

Florence nickte.

»Was hast du zu deiner Mutter gesagt?« Direkt wie immer.

Florence stöhnte auf. »Hat sie sich über mich beschwert?«

Paulines Blick wurde durchdringend. Ihre Augen waren klar und stechend wie eh und je. »Was hast du zu ihr gesagt?«, wiederholte sie ihre Frage.

»Wir haben … gestritten«, bekannte Florence und ärgerte sich sogleich über ihr schlechtes Gewissen. »Sie hat mir Vorwürfe gemacht.« Sie atmete aus. »Wegen Ambre.«

»Und was hast du ihr vorgeworfen?« Die ältere Frau fuhr sich durch ihr kurzes Haar. Pauline war schon immer eine Frau der Tat gewesen. Von Diplomatie hielt sie nicht allzu viel. Sie mochte es direkt und ohne Umweg und erwartete die gleiche Ehrlichkeit von ihrem Gegenüber.

Florence wusste, dass sie ihr nichts vormachen konnte. »Es ging um Papa«, bekannte sie leise.

»Mal wieder.«

»In ihren Augen bin ich eine schlechte Mutter, weil ich damals nach Paris gegangen bin«, brauste Florence auf. »Weil ich ihrer Meinung nach dadurch Ambre den Vater vorenthalten habe. Aber das stimmt nicht. Ich habe …«

Pauline hob eine Hand. »Louise würde niemals denken, dass du eine schlechte Mutter bist.«

»Doch«, beharrte Florence. »Sie … macht mir Vorwürfe.«

»Und du machst ihr Vorwürfe«, konterte Pauline trocken.

»Ich habe ein Recht dazu«, wisperte Florence. Sie spürte, wie ihre Augen feucht wurden. »Er war mein Vater.«

Pauline nickte. »Und du bist ihre Tochter.« Sie fasste Florence am Oberarm und schob sie zur Küchenzeile. »Was hältst du davon, wenn ich dir ein wenig bei deiner Tarte aux pommes helfe? Beim Backen redet es sich oft leichter.« Ein sanftes Lächeln umspielte nun ihre Lippen.

Als der Kuchen eine Stunde später fertig war, holte Florence ihn aus dem Ofen. Ihre Oma war schon ins Haupthaus zurückgekehrt, da sie Antoinette einen kleinen Spaziergang durch die Weinberge versprochen hatte. Florence stellte die Backform auf die Arbeitsplatte.

Zwei Tage, ging es ihr durch den Kopf. Ganze zwei Tage hatte es gedauert, bis sie mit ihrer Mutter aneinandergeraten war. Tolle Leistung! Als sie gerade die Küche in Ordnung bringen wollte, ging die Haustür auf, und Ambre trat ein. Florence warf einen flüchtigen Blick auf die Uhr. Es war kurz nach halb acht.

»Salut, mein Schatz! Wie war dein Tag?« Sie bemühte sich um einen heiteren Ton.

»Die Schule ist das Allerletzte«, stieß Ambre genervt hervor und warf ihren Rucksack auf den Boden.

»Könntest du deine Schulsachen bitte mit etwas mehr Respekt behandeln«, bat Florence, während sie sich ihrer Tochter näherte.

Ambre ließ sich aufs Sofa fallen und schnürte ihre Docs auf. »Ich gehe da nicht mehr hin.«

Florence setzte sich auf die Kante des Sessels. »Was ist denn geschehen?«

Ambre presste ihre Lippen aufeinander und schüttelte den Kopf.

»Gab es Ärger mit deinen neuen Klassenkameraden?« Florence musterte das angespannte Gesicht ihres Kindes.

»Ich gehe da nicht mehr hin«, wiederholte Ambre mit fester Stimme. »Und du kannst mich nicht zwingen. Ich wollte nie von Paris weg. Nur wegen dieses Idioten sitzen wir jetzt hier in der Pampa!« Sie erhob sich und steuerte auf den Kühlschrank zu.

»Hast du Hunger?«

»Hab schon bei Papa gegessen.«

Florence verdrehte die Augen, verkniff sich jedoch jeglichen Kommentar. Julien. Ihre andere Baustelle. »Was gab es denn?«

»Burger.«

Klar, als Teilzeitvater, der sich lediglich für die schönen Seiten des Lebens zuständig fühlte, war es einfach, bei seiner pubertierenden Tochter zu punkten. Das Thema gesunde Ernährung blieb dann wohl an Florence hängen und reduzierte ihren Beliebtheitsgrad bei Ambre weiter. Sie stand auf. »Ich habe gerade eine Tarte aux pommes gebacken.«

Ambre deutete auf die Arbeitsplatte. »Bin nicht blind.«

Florence zwang sich zur Ruhe.

Ambre öffnete den Kühlschrank, holte sich eine Cola heraus und setzte die Flasche an ihren Mund.

»Magst du mit mir reden?«, versuchte Florence es ein weiteres Mal. »Sicher gibt es eine Lösung, was auch immer ...«

Ambre ließ den Arm mit der Flasche sinken und kniff die Augen zusammen, während sie ihre Mutter anstarrte. »Hast du mich nicht verstanden? Ich gehe da nicht mehr hin! Und ich brauche keine beschissene Lösung! Ich bin nicht einer deiner Fälle, an denen du dein Helfersyndrom ausleben kannst.« Sie stampfte mit dem rechten Fuß auf. »Ich bin deine Tochter. Und ich will zurück nach Paris.«

»Ambre«, Florence schluckte, »wir waren uns doch einig, dass wir gemeinsam nach ...«

»Wir waren uns einig?«, unterbrach ihre Tochter sie aufgebracht. Wütend strich sie sich eine Strähne aus dem Gesicht, die sich aus ihrem Zopf gelöst hatte. »Du hast entschieden, weil du deine Affäre gegen die Wand gefahren hast.«

Die Worte versetzten Florence einen Stich. »Lass uns bitte ...«

»Nein«, fiel Ambre ihr erneut ins Wort.

Florence sah, dass ihre Lippen zitterten, eine Träne löste sich aus dem linken Augenwinkel und lief Ambres Wange hinunter. »Ambre ...«

»Ach, Scheiße!«

Ihre Tochter drehte sich um und stürmte in ihr Zimmer. Zwei Sekunden später knallte die Tür zu.

»Na prima«, murmelte Florence resigniert. Erst Julien, dann ihre Mutter und jetzt Ambre. Sie trat an die Küchenzeile und begutachtete den Apfelkuchen. Während sich Hoffnungslosigkeit in ihr breitmachte, teilte sie die Tarte und legte eine Hälfte auf einen großen Kuchenteller. Nach einem weiteren Blick zu Ambres Zimmer nahm sie den Kuchen und verließ das Haus.

Antoinette saß mit geschlossenen Augen auf der Veranda des Haupthauses und schien zu dösen.

Als Florence die Treppen hinaufstieg, öffnete die alte Dame ihre Augen. Das faltige Gesicht verzog sich zu einem sanften Lächeln. »Florence, was riecht denn da so gut?«

Florence setzte sich in einen der Sessel neben ihrer Uroma. »Ich bringe euch ein Stück Tarte aux pommes.«

»Ach, wie lange habe ich deinen köstlichen Apfelkuchen schon nicht mehr gegessen.«

Florence spürte den Blick Antoinettes auf ihrem Gesicht. »Zu lange«, gab sie bedauernd zu.

»Jetzt seid ihr ja da.« Die alte Frau streckte einen Arm aus und bedeckte Florence' rechte Hand mit ihren Fingern. »Ich freue mich so sehr über eure Rückkehr.«

»Ja, ich bin auch froh, dass ich wieder hier bin. Und Ambre ...« Sie brach ab, da sie Antoinette nicht mit ihren Sorgen belasten wollte.

»Ambre wird bald neue Freundinnen finden.« Antoinettes Kopf wackelte.

»Ja, mit Sicherheit«, stimmte Florence zu. »Oma meinte, sie wolle einen Spaziergang mit dir unternehmen.«

»Pauline ist drinnen mit Louise. Die beiden haben etwas Geschäftliches zu besprechen. Wir waren bereits ein wenig unterwegs.« Sie schnaufte schwer. »Aber das Schieben des Rollstuhls ist für Pauline so anstrengend. Sie ist ja auch nicht mehr die Jüngste.« Ein verschmitztes Grinsen machte sich auf ihren Lippen breit. »Ich muss aufpassen, dass sie sich nicht übernimmt. Sie hatte schon immer so viel Energie und merkt einfach nicht, wenn sie sich überfordert.«

»Kinder«, frotzelte Florence und lachte. Dann erhob sie sich wieder. »Ich möchte die beiden nicht stören. Am besten lasse ich den Kuchen hier bei dir stehen.«

Antoinette nickte. »Herzlichen Dank, Florence.«

»Ich muss zurück. Ambre ist … Ich möchte noch versuchen, mit ihr zu sprechen.«

»Geh nur, Kind. Kümmere dich um deine Tochter. So ein Umzug ist nicht leicht in dem Alter. Die Unsicherheit ist groß, die neue Umgebung … Aber sie schafft das. Sie ist eine Kämpferin. Wie alle Frauen dieser Familie.«

Florence musste schmunzeln. Wie eine Kämpferin kam sie sich nicht gerade vor. »Bonne nuit!«

»Bonne nuit, Florence!«

Als sie in die Rosenvilla zurückkehrte, hörte sie, wie sich Ambre gerade lautstark und mit aufgebrachter Stimme am Telefon über die Trottel in ihrer neuen Klasse beschwerte.

Florence seufzte. Vielleicht war es besser, mit einer Unterredung bis morgen zu warten. Sie sah auf ihr Smartphone. Dafür sollte sie ihre andere Baustelle in Angriff nehmen. Zögernd griff sie nach dem Telefon und betrat ihr Schlafzimmer. Sie wollte nicht, dass Ambre ihr Gespräch mit Julien hörte. Nervös lauschte sie dem Tuten am anderen Ende.

»Pergolet.«

»Ich bin's.«

»Florence. Bonsoir.« Er klang distanziert.

»Ich wollte mich entschuldigen.« Florence legte eine Hand auf ihr Schlüsselbein.

»Ist etwas passiert?«

»Nein, warum?« Florence verstand nicht.

»Du entschuldigst dich nie, Florence.«

»Es tut mir leid, d'accord? Was ich da gestern gesagt habe … Ich habe das nicht so gemeint.«

Schweigen.

Florence betrachtete das Porträt von Antoinette. »Ambre war bei dir.«

»Ja, sie kam vorhin vorbei. Wir haben uns etwas zu essen gemacht und ein wenig geredet.«

»Hat sie von der Schule erzählt?«

»Willst du mich etwa aushorchen?«

Florence riss sich zusammen. »Julien, sie kam hier stinksauer an. Irgendetwas muss vorgefallen sein. Zumindest hat sie mir erklärt, dass sie nicht mehr in die Schule gehen möchte.«

»Die Neue zu sein ist nicht einfach.«

Tolle Weisheit. »Also?«

Er schnaubte. »Was hältst du davon, wenn wir morgen zusammen zu Mittag essen? Ich lade dich ein.«

Florence zögerte.

»Wir könnten in Ruhe reden und überlegen, wie wir Ambre in ihrer Situation am besten helfen.«

»Also gut«, stimmte sie schließlich zu. »Wann und wo?«

7

Schleierwolken zogen über den strahlend blauen Himmel von Sète. Das Meer funkelte wie Millionen Edelsteine. Drei Segelschiffe zogen träge übers Wasser. Einzig das Schreien von zwei Möwen, die unermüdlich am Horizont kreisten, durchschnitt die beruhigende Stille, die über dem Meeresfriedhof lag. Es war noch früh am Tag. Außer Florence befanden sich nur wenige weitere Besucher auf dem Gelände. Sie schlenderte an den aufwendig gestalteten Gräbern vorbei und musste an das Gedicht »Le cimetière marin« von Paul Valéry denken, das sie vor vielen Jahren im Französischunterricht besprochen hatten. Auch der Dichter hatte hier 1945 seine letzte Ruhe angetreten, viele Jahrzehnte bevor Florence' Vater hier bestattet worden war.

Obwohl es zwanzig Jahre her war, hatte sich jeder einzelne Moment dieses Tages in Florence' Gedächtnis eingebrannt. Es waren unzählige Reden in der Trauerhalle gehalten worden, bevor man Laurent Fournier die letzte Ehre hier hoch über dem Golfe du Lion erwiesen hatte. Ihre Mutter war untröstlich gewesen. Als der Pfarrer am offenen Grab die letzten Worte gesprochen hatte, war sie weinend zusammengebrochen. Antoinette hatte sich um die kleine Florence gekümmert, für die in jenen Tagen eine ganze Welt zerstört worden war. Unzählige Hände hatten sie getröstet, ihr unbekannte Menschen hatten ihr zugeraunt, wie unfassbar traurig und tragisch der viel zu frühe Tod Laurent Fourniers war. Hohle Worte, die Florence' Schmerz in keiner Weise zu lindern vermochten. Zu viele Fremde, die keinerlei Anteil an ihrem Leben, einer Zukunft ohne Vater, hatten.

Keine zehn Tage zuvor hatte sich ihr Vater von Florence verabschiedet. »Wenn ich zurück bin, bringe ich dir das Surfen bei. Du bist jetzt alt genug, Florence.« Er hatte ihr einen Kuss aufs Haar gehaucht, sie ein letztes Mal in den Arm genommen und war zu Louise in den Wagen gestiegen.

Florence blieb zwischen den Gräbern stehen und wischte sich über die Augen. Ihr Vater fehlte ihr entsetzlich. In ihren Gedanken sah sie ihn noch immer als jungen Mann von nicht einmal vierzig Jahren, mittlerweile wäre er sechzig. Ihr schwarzes, dichtes Haar, ihre smaragdgrünen Augen, der sportliche Körperbau, all das hatte sie von ihrem Vater geerbt.

Laurent Fournier war ein sehr guter Schwimmer gewesen. An den Wochenenden war er meist der Erste am Strand gewesen, um seine obligatorischen drei Kilometer zu schwimmen. Meist begann er die Saison bereits Mitte Februar und ließ sie erst spät im November ausklingen. Laurent Fournier war jedoch kein Abenteurertyp gewesen. Er schwamm stets nur in Sichtweite des Ufers, niemals wäre er ein unnötiges Risiko eingegangen. Sein ausgeprägtes Sicherheitsbedürfnis hatte sich jedoch im wahrsten Sinne des Wortes erst nach seinem Unfall ausgezahlt. Die von ihm abgeschlossenen Versicherungen hatten seiner Frau und seiner Tochter ein weitgehend sorgenfreies Leben gewährleistet, gewährleisteten dies bis heute.

Die Härchen auf ihren Armen stellten sich auf, als Florence an den Moment denken musste, als Pauline ihr verkündet hatte, dass ihr Vater verunglückt war. Der Augenblick war unwirklich gewesen. Sie hatte mit Antoinette auf der Terrasse gesessen und Karten gespielt. Nie würde sie den Ausdruck auf dem Gesicht ihrer Oma vergessen, als diese aus dem Haus getreten war. Pauline, die nichts so leicht umhaute. Pauline, die die direkteste und ehrlichste, aber auch die undiplomatischste und schonungsloseste Person war, die Florence kannte. Sie hatte nichts beschönigt. Hatte freiheraus gesagt, was geschehen war.

»Florence, dein Vater ist tödlich verunglückt.«

Jetzt rannen ihr die Tränen ungehindert über die Wangen. Dein Vater ist tödlich verunglückt. So steril und sachlich diese Worte klangen, so unumkehrbar grausam waren ihre Konsequenzen. Tödlich. Verunglückt. Er würde nie wieder zu ihr zurückkehren.

Er würde ihr niemals das Surfen beibringen. Er würde nie wieder seine Bahnen am Strand von Sète ziehen.

Florence schluckte. Sie ging den schmalen Weg zwischen den Gräbern entlang, bis sie an der letzten Ruhestätte ihres Vaters ankam. Wenn sie sich nach rechts drehte, blickte sie direkt aufs Meer. Hier hätte es ihrem Vater gefallen. Tiefe Trauer erfüllte ihren Brustkorb. Ja, es hätte ihm gefallen. Vierzig oder fünfzig Jahre später. Wenn seine Tochter in der Mitte ihres Lebens angekommen wäre, wenn seine Enkelin eine eigene Familie gegründet hätte, wenn seine Frau grauhaarig und faltig auf der Veranda ihren Lavendel betrachtet hätte. Dann hätte es ihm hier gefallen. Er hatte doch noch so viel vorgehabt, er wäre noch gebraucht worden. Er würde heute noch gebraucht, verbesserte sich Florence hastig. *Sie* brauchte ihn. Brauchte seinen Rat, seine weisen Anregungen. Florence wünschte sich nichts sehnlicher, als dass er Ambre hätte kennenlernen dürfen. Er wäre so stolz auf seine Enkelin. Sicher wüsste er, wie sie wieder Zugang zu ihrer pubertierenden Tochter hätte finden können.

Florence ging in die Hocke und legte eine Hand auf die weiße, marmorne Grabplatte. »Du fehlst mir so, Papa.« Sie senkte ihren Blick. »Vielleicht wäre ich niemals nach Paris gegangen, wenn du damals noch gelebt hättest ...« Ihre Stimme versagte. Leise schluchzte sie vor sich hin. »Es ist alles so schwierig. Maman und ich ...« Wieder verstummte sie. »Wir schaffen es ohne dich einfach nicht. Dann Julien, der ... Er hat mich so enttäuscht. Ich wünschte, er wäre wie du. Verantwortungsbewusst, immer für seine Familie da.«

Florence wusste, dass ihre Gedanken unfair waren. Was wusste sie schon von ihrem Ex-Freund? Sicher, wenn er eine Beziehung hätte, hätte Ambre ihr wahrscheinlich davon erzählt. Wie früher, wenn sie von ihren Aufenthalten von ihm zurückkehrte und von einer Cathèrine berichtete, die »total nett« war. Oder von Monique, die »so ein komisches Lachen hatte«. Ja, Florence hatte kein Recht, über Julien zu urteilen. Nicht mehr. Damals hatte er sie betrogen und enttäuscht. Aber mittlerweile gingen sie getrennte Wege. Er war der Vater ihrer Tochter. Nicht mehr. Aber auch nicht weniger.

»Und Ambre«, fuhr sie zögernd fort. »Sie hasst mich. Was bin ich nur für eine Mutter? Sie hatte in Paris alles, was sie zum Glücklichsein brauchte. Und ich habe es ihr genommen. Ja, sie hasst mich. Und ganz ehrlich? Sie hat recht.«

Neben der Platte wuchs ein Büschel Unkraut. Florence zupfte an den Blättern und legte sie sorgsam zur Seite. Keine zwanzig Meter entfernt befand sich ein Mülleimer. Dort würde sie sie auf dem Rückweg entsorgen.

»Warum muss nur alles so furchtbar kompliziert sein?« Sie kam sich vor wie ein quengelndes Kind, das seine Gefühle nicht kontrollieren konnte. Florence richtete sich wieder auf und atmete tief ein. Der süße Duft der Blumen auf den Gräbern um sie herum trieb ihr erneut Tränen in die Augen. Diese überwältigende Ruhe, die über dem Friedhof lag, die Grenzenlosigkeit des Meeres, die Weite der Landschaft beruhigten sie etwas. Vielleicht sollte sie mit Ambre noch mal herkommen.

Vor einigen Jahren war sie mit ihr schon einmal hier gewesen. Doch damals war ihre Tochter zu jung gewesen, um zu verstehen, was dieser Ort für Florence bedeutete. Ambre kannte ihren Opa nicht. Sie hatte keinerlei Vorstellung von ihm, wusste nur von Fotos oder aus Erzählungen von ihm. Und Louise? Warum bloß sprach sie nicht mit Florence? Sicher war es hart, den eigenen Ehemann so jung zu verlieren. Aber Florence hatte ihren Vater verloren. Manchmal überkam sie das Gefühl, dass ihre Mutter derart in ihrer eigenen Trauer, in ihrem eigenen Verlustschmerz gefangen war, dass sie nicht erkannte, was ihre Tochter verloren hatte. Es waren stets Pauline und Antoinette gewesen, die Florence den Trost gegeben hatten, den sie so dringend brauchte.

Doch war das wirklich so gewesen? Oder verdrängte Florence lediglich die Zeit mit ihrer Mutter, weil sie die Nähe zu ihr vermisste? Weil sie sich tief in ihrem Inneren nichts sehnlicher wünschte, als dass ihr Verhältnis wieder so eng und herzlich würde wie vor dem Unfall? Wie gern hatte sie früher ihre Mutter lachen hören! Wenn ihr Vater einen Witz gemacht hatte oder wenn sie einfach nur glücklich gewesen war. Wenn sie mit ihrem Mann und ihrer Tochter schöne Momente erlebte. Ja, ihre Mutter hatte das schönste Lachen, das Florence je gehört hatte. Wann war dies zum letzten Mal erklungen? Sie konnte sich nicht erinnern. Waren die Narben, die der Unfall in der Familie hinterlassen hatte, möglicherweise zu groß und tief, als dass sie jemals verheilen würden? Der Verlust eines Menschen war unumkehrbar, der Tod etwas Endgültiges. Konnte diese Lücke je geschlossen werden? Oder mussten die Hinterbliebenen lernen, mit dieser Leere zu leben? War es möglich, dasselbe Glück zu empfinden wie zuvor? Als das Leben noch vollkommen schien? Als Florence sich niemals hätte vorstellen können, dass ihre kleine heile Welt zerbrechen könnte?

Sie wusste es nicht. Selbst nach so vielen Jahren konnte sie nicht beurteilen, wie sehr der Tod ihres Vaters ihr Leben, ihre Zukunft beeinträchtigt hatte. Ihr Gefühl vermittelte ihr immer wieder aufs Neue, dass der Schmerz endlos, unerträglich und unheilbar schien. Doch entsprach diese Wahrnehmung der Realität?

Florence warf einen letzten Blick auf das Grab von Laurent Fournier, nahm das Unkraut auf und machte sich auf den Rückweg.

8

Während Julien darauf wartete, dass der Kaffee durch die Maschine lief, schossen ihm tausend Gedanken durch den Kopf. Er hatte gestern einen schönen Nachmittag mit Ambre verbracht. Er konnte gar nicht in Worte fassen, wie sehr er sich freute, dass seine Tochter nach Sète gezogen war – und Florence ebenfalls.

Julien legte das Baguette auf den Tisch, das er vor einer Viertelstunde in der Boulangerie bei ihm um die Ecke gekauft hatte, und holte gesalzene Butter, Käse und Salami aus dem Kühlschrank. Die ersten zwei Stunden fielen für ihn heute aus, da die Klasse, der er jetzt eigentlich die Entstehung von Vulkanen näherbringen sollte, einen Ganztagesausflug nach Montpellier unternahm. Julien hatte also ausnahmsweise Zeit für ein ausgedehntes Frühstück. Als das Wasser durchgelaufen war, nahm er die Kanne heraus und schenkte sich eine große Tasse Kaffee ein. Schwarz, ohne Zucker. Ohne das starke Gebräu konnte Juliens Tag nicht beginnen. Er setzte sich an den kleinen Küchentisch, schnitt das Baguette auf und bestrich es mit der Butter.

Wie sollte er sich weiter verhalten? Als er sich das bevorstehende Treffen mit Florence in Erinnerung rief, erhöhte sich sein Pulsschlag. Er hatte in der Vergangenheit so vieles falsch gemacht. Obwohl er sich vorgestern am Telefon über Florence' abweisende und unfreundliche Art geärgert hatte, wusste er doch, dass sie mit ihren Aussagen recht hatte. Er war nicht für Ambre da gewesen. Bisher hatte er seine Tochter lediglich einige wenige Wochen im Jahr gesehen. Meist war sie für längere Zeit im Sommer bei ihm gewesen, hatte die Frühjahrsferien und ab und zu ein paar Tage um Weihnachten herum bei ihm verbracht. Genügte das, um seiner Vaterrolle gerecht zu werden?

Bitterkeit stieg in ihm auf. Ja, er hatte Fehler begangen. Fehler, die sein Leben in eine andere Bahn als geplant gelenkt hatten. Verdammt! Julien fuhr sich durchs Haar. Er liebte Ambre über alles. Sie war das Beste, was er in seinem Leben zustande gebracht hatte, und doch hatte er sie alleingelassen. Gut, allein nicht direkt, verbesserte er sich sofort. Sie hatte Florence, und Julien war überzeugt davon, dass seine Ex-Freundin eine hervorragende Mutter war.

Wenn er ehrlich zu sich selbst war, musste er zugeben, dass er sich auf das anstehende gemeinsame Mittagessen freute. Wie lange hatten sie nicht mehr miteinander geredet, wenn er einmal von den wenigen Sätzen absah, die sie bei kurzen Telefonaten oder beim Abholen oder Bringen von Ambre gewechselt hatten? Fünfzehn Jahre, fast sein halbes Leben, resümierte er wehmütig.

Julien konnte sich noch in jedem Detail an seine erste richtige Begegnung mit Florence erinnern. Sie hatten die gleiche Schule besucht, und er schwärmte schon länger für das dunkelhaarige Mädchen aus der Parallelklasse. Dass sie sich an jenem Abend getroffen hatten, war purer Zufall gewesen. Julien war durchaus bewusst, dass er nie das gewesen war, was man gemeinhin als Mädchenschwarm bezeichnete. Heutzutage würde ihn sein Umfeld wahrscheinlich einen echten Nerd nennen. Als Jugendlicher war er weder eine Sportskanone gewesen noch besonders attraktiv. Er war zwar auch nicht gerade unansehnlich, aber eben einfach nicht der Typ, auf den Mädchen wie Florence standen.

Dass sie letztlich doch zusammengekommen waren, hatte er indirekt einem seiner Mitschüler, George Kartache, zu verdanken. George war *der* Rugbystar des Lycées gewesen, welches sowohl Florence als auch Julien besucht hatten. Groß, breitschultrig, dunkelhaarig, durchtrainiert, immer einen lockeren Spruch auf den Lippen, charmant. Ein echter Hingucker, wenn man der weiblichen Schülerschaft hatte Glauben schenken wollen. Und natürlich hatte sich George für ein Mädchen wie Florence interessiert. Für Julien war sie damals die hübscheste Frau der Welt gewesen. Gut, das war vielleicht ein Superlativ zu viel. Aber die hübscheste Frau Frankreichs allemal.

Er musste schmunzeln. George war an jenem Abend mit Florence verabredet gewesen. Die beiden waren im Kino. Julien hingegen war allein unterwegs gewesen. Obwohl es ein Samstagabend war, hatte er sich nicht verabredet. Julien war seit jeher eher ein Einzelgänger gewesen. Zwei, drei gute Freunde, mehr benötigte Julien noch nie. Er hatte sich an jenem Abend an den Hafen gesetzt und ein wenig auf seiner Gitarre gespielt. Was für George sein Sport gewesen war, war für Julien von Kindesbeinen an die Musik. Wenig spektakulär, nichts, bei dem einem die Mädchen zujubeln konnten, wenn man nicht gerade in einer angesagten Band spielte.

Als Florence an jenem Abend plötzlich neben ihm auftauchte, meinte er, seinen Augen nicht zu trauen. Sie fragte ihn, ob sie sich ein wenig zu ihm setzen dürfe. Julien hatte sein Glück kaum fassen können, er stotterte und stammelte vor sich hin, so wild hatte sein Herz in jenem Moment gepocht. Sein Schwarm stand wahrhaftig vor ihm und fragte ihn, ob er sich zu ihm setzen dürfe. Wie abgefahren war das denn!

Er war kaum noch in der Lage, sich auf sein Gitarrenspiel zu konzentrieren, doch Florence hatten die falschen Akkorde nicht gestört. Sie war selbst derart neben der Spur gewesen, dass sie seine Aufregung gar nicht bemerkt hatte. Zumindest hatte sie ihm das viele Wochen später erzählt, als sie zusammen über ihr erstes Aufeinandertreffen gelacht hatten. George hatte an jenem Abend so ziemlich alles falsch gemacht, was man als junger Mann bei einer Frau vermasseln konnte. Er schien plump und aufdringlich gewesen zu sein, hatte sich in keiner Weise für Florence interessiert, sondern stattdessen nur von seinen letzten sportlichen Erfolgen geschwärmt. Weil er dann auch noch anfing, über seine zahlreichen Ex-Freundinnen herzuziehen, hatte Florence die Notbremse gezogen und ihn sitzen gelassen.

Als sie Julien begegnet war, war sie eigentlich schon auf dem Heimweg gewesen. Es war kurz nach elf, sie hatte die Nase gestrichen voll. Ja, und dann setzte sie sich einfach so zu ihm und lauschte seinen schiefen Melodien.

Während er sich die Szene ins Gedächtnis rief, schlich sich ein leichtes Lächeln auf seine Lippen. Amüsiert schüttelte Julien den

Kopf. Damals hätte er die Welt umarmen können. Bis heute stand er tief in George Kartaches Schuld. Hätte dieser seine Chance nicht derart versemmelt, wäre Julien nie in den Genuss von Florence' Aufmerksamkeit gekommen. In der Schule hatte sie zuvor stets durch ihn hindurchgesehen, wenn sie sich auf dem Flur begegnet waren.

Als er ihr viel später gebeichtet hatte, dass er seit Monaten in sie verschossen gewesen war, war Florence aus allen Wolken gefallen.

Julien seufzte. Sie hatten zwei wundervolle Jahre miteinander verbracht. Als sie sich kennenlernten, waren sie beide fünfzehn, so alt wie nun seine eigene Tochter. Wo war nur die Zeit geblieben?

Mit einem Mal fühlte Julien sich uralt. Er hatte nie geheiratet. Nachdem Florence nach Paris gegangen war, war er fast zwei Jahre lang Single geblieben. Damals war er nicht in der Lage gewesen, etwas an seiner Situation zu ändern. Ihr Wegzug hatte ihn geradezu gelähmt. Während seines Studiums in Lyon war er dann langsam wieder zu neuem Leben erwacht. Er hatte andere Frauen kennengelernt und war auch die eine oder andere Beziehung eingegangen. Doch der großen Liebe war er kein zweites Mal begegnet. Die Zeit mit Florence war unvergleichlich gewesen, etwas Besonderes, das er so bisher nicht noch einmal erlebt hatte. Aber auch das war ihm erst sehr viel später bewusst geworden. Offensichtlich hatte er Florence erst verlieren müssen, um zu erkennen, was sie ihm tatsächlich bedeutet hatte.

Julien erhob sich und räumte den Tisch ab. Er ließ gleich eine Klassenarbeit in Musik schreiben. Als er im Wohnzimmer seine Tasche holte, fiel sein Blick auf die Gitarre in der Ecke. Wehmut stieg in ihm auf. Er hatte Florence sehr geliebt. Und er hatte sie unendlich verletzt. Weil er ein Feigling gewesen war. Anstatt zu ihr und seinem ungeborenen Kind zu stehen, hatte er sie im Stich gelassen. Und bis heute nicht den Mut gefunden, ihr die Wahrheit zu beichten. Wie armselig er doch war! Würde er es jetzt schaffen, reinen Tisch zu machen? Seine Angst, auch noch Ambre zu verlieren, wuchs. Wie hatte er Florence' Vertrauen dermaßen enttäuschen können?

Julien räumte den Rest des Baguettes in seine Tasche, schloss den Riemen und verließ die Wohnung. Einen Schritt nach dem anderen, beschwor er sich auf dem Weg zur Schule. Er würde abwarten, wie sich sein Verhältnis zu Ambre und Florence in den nächsten Tagen entwickelte. Dann konnte er immer noch entscheiden, ob und wie er ihnen die Wahrheit offenbarte.

Und wieder suchte er nach einem Schlupfloch. Das war doch nicht er. Julien erkannte sich selbst kaum wieder. Nie zuvor und auch nie wieder danach hatte er sich so schäbig und feige verhalten wie damals vor Florence' Weggang. Was war nur mit ihm los? Für sein Benehmen gab es keinerlei Rechtfertigung, und das wusste Julien nur zu gut. Er musste endlich Farbe bekennen. Sonst würde er bald auch noch den letzten Zipfel Selbstachtung verlieren.

9

»Uh, der Pariser Chic wird auch immer vorhersehbarer«, raunte Marie, die Blondine des Trios, hinter Ambre. Während die Sportlehrerin ihnen erklärte, wie sie die Übung auf dem Trampolin durchführen sollten, flüsterten die drei Grazien pausenlos miteinander. Gerade hatten sie sich erneut auf Ambre eingeschossen. Wie sie dieses Getue hasste! Schon in der ersten Stunde hatte Marie mit ihren beiden dunkelhaarigen Busenfreundinnen Caroline und Anna hinter Ambres Rücken über die Beweggründe des Umzugs der »Neuen« spekuliert. Ambre hatte nicht alles verstanden, nur einzelne Wortfetzen wie »Mobbing«, »Schulverweis« und »Ehrenrunde« waren zu ihr gedrungen.

Ambre ballte ihre Hände zu Fäusten, als sie Maries provokanten Blick aus Augen mit viel zu dick getuschten Wimpern auffing. Unglückseligerweise schienen Marie und ihre Gefolgschaft die Klasse fest im Griff zu haben. Die Mädchen, die nicht zu dem engsten Dunstkreis des Trios gehörten, reagierten unterwürfig und eingeschüchtert, wenn sie von einer der drei angesprochen wurden.

Wie Anouk zu den aufgeputzten Girlies stand, hatte Ambre bisher noch nicht erkennen können. Die gestrigen Pausen hatte sie etwas abseits von den anderen lesend auf dem Hof verbracht. Kommentare der eingebildeten Ziegen ignorierte sie weitestgehend, soweit Ambre es mitbekam. Wo war sie hier nur hineingeraten?

»Ambre«, erklang die Stimme von Madame Sovellier in diesem Moment. »Möchtest du es als Erste versuchen?«

Mist, sie hatte nicht zugehört! Was sollte sie tun? Hastig ließ sie ihren Blick über die aufgebauten Sportgeräte wandern und überlegte.

»Du springst über den Kasten, ohne ihn mit den Füßen zu

berühren, dann geht es über das Trampolin auf die Bank, den Barren entlang mit beiden Händen, und am Ende versuchst du dich an einem sauberen Strecksprung«, erläuterte die junge Lehrerin lächelnd. »Ich gehe davon aus, dass die Möglichkeiten an deiner Pariser Schule etwas ... vielfältiger waren als hier, aber wir müssen eben das nutzen, was uns zur Verfügung steht.«

Ambre schüttelte den Kopf. »Geräteturnen haben wir in diesem Schuljahr noch überhaupt nicht gemacht.«

»Na, umso besser«, ermunterte Madame Sovellier sie. »Dann probiere es einfach. Übung macht den Meister.«

Ambre konzentrierte sich und versuchte, die gehässigen Kommentare von Marie und Konsorten auszublenden. Diesen blöden Schnepfen würde sie es zeigen. Sie spannte ihren Körper an, nahm Anlauf und rannte los. Den Parcours bewältigte sie problemlos, doch vor dem Strecksprung geriet sie ins Taumeln und verlor fast das Gleichgewicht. Ambre verlagerte ihren Schwerpunkt und bemühte sich, nicht hinzufallen, während die drei Modepüppchen unterdrückt loskicherten.

»Marie«, mahnte Madame Sovellier mit ernster Stimme, bevor sie sich an Ambre wandte: »Das war fürs erste Mal sehr gut. Etwas weniger Schwung am Schluss, dann hätte der Sprung auch noch gesessen. Prima!« Sie winkte. »Los geht's, Caroline, du bist an der Reihe.«

»Lass dich nicht beirren«, raunte Anouk neben ihr, als Ambre sich zu den wartenden Schülerinnen gesellte. »Am besten würdigt man die drei Kleingeistigen einfach keines Blickes.« Sie zuckte mit den Schultern und verzog keine Miene.

Ambre musste ein Grinsen unterdrücken. »Kleingeistige.« Augenblicklich ging es ihr besser. »Danke.«

Anouk schüttelte den Kopf. »Wofür? Wenig Hirn und viel große Klappe. Mehr habe ich dazu nicht zu sagen.«

Vielleicht war die Situation doch nicht so unerträglich wie anfangs gedacht. Ambre drehte sich leicht zur Seite und musterte die blonde Marie unauffällig. Das dick aufgetragene Make-up war an einigen Stellen verlaufen und wirkte fleckig. Am Haaransatz entdeckte Ambre bei genauerem Hinsehen einen schmalen dunklen Rand. Die dünnen Lippen wirkten durch den mehr als großzügig aufgetragenen Lippenstift künstlich und aufdringlich. Vielleicht verbarg sich unter der Maske ein ganz gewöhnliches Mädchen, das aus unerfindlichen Gründen etwas darstellen wollte, was eigentlich gar nicht vorhanden war.

»Vergiss sie«, unterbrach Anouk Ambres Gedankengang, da sie offensichtlich ihrem Blick gefolgt war. »Und lass dich bloß nicht von denen einschüchtern.« Sie musterte Ambre. »Du scheinst in Ordnung zu sein.«

Ambre wusste darauf nichts zu erwidern.

Auch in den weiteren Schulstunden hörte das Gestichel und Gehetze der drei Grazien, der »Kleingeistigen«, wie Anouk sie bezeichnet hatte, nicht auf. Ambre versuchte, die verletzenden Bemerkungen zu ignorieren, doch ganz gelang ihr das nicht.

Da die letzten Stunden wegen Krankheit eines Lehrers ausfielen, hatte Ambre bereits gegen halb zwölf schulfrei. Während sie das Klassenzimmer verließ, begegnete sie den Augen des dunkelhaarigen Jungen mit dem wirren Haar, von dem sie mittlerweile wusste, dass er Louis hieß. Er nickte ihr leicht zu und verzog seine Lippen zu einem angedeuteten Lächeln. Ambre spürte, wie ihr erneut das Blut in die Wangen schoss. Verdammt, war das peinlich! Hastig wandte sie ihren Kopf ab und eilte aus dem Klassenraum.

Was war sie nur für eine blöde Kuh? Das Trio würde mit einer solchen Situation sicher hundertmal souveräner umgehen. Warum musste Ambre jedes Mal rot werden, wenn Louis sie ansah? Sie hatte doch bisher keine Probleme im Umgang mit Jungs gehabt. Wieso dann also jetzt? Was sollte das? Weshalb konnte sie seinen Gruß nicht einfach ganz normal erwidern?

Ambre stürmte die Treppen hinunter und ging zu ihrem Rad. Da sie keine Lust hatte, jetzt schon nach Hause zu gehen, entschied sie sich, die entgegengesetzte Richtung einzuschlagen und an den Strand zu fahren. Sicherlich war dort um diese Uhrzeit nicht viel los. Sie löste das Schloss, legte ihren Rucksack in den Fahrradkorb und ließ sich den Berg hinunterrollen. Auf den Straßen war wenig

Verkehr, die meisten Leute befanden sich bereits bei ihrer Arbeitsstelle. Ambre holte sich auf dem Weg aus Sète heraus eine Cola und ein Käsesandwich und fuhr im Anschluss weiter. Nach einer guten halben Stunde erreichte sie einen der zahlreichen Parkplätze, die sich zwischen Sète und Agde entlang des Meeres reihten. Nur vier Autos standen auf der sandigen Fläche. Ambre stellte ihr Rad ab, schnappte sich Rucksack und Mittagessen und erklomm die Treppe, die zum Strand führte.

Zu ihrer Linken saß eine junge Mutter mit zwei kleinen Töchtern auf einer bunt gemusterten Decke und aß. Rechts von Ambre lag eine Gruppe Erwachsener, die sich in einer fremden Sprache unterhielten. Touristen. Ambre vermutete, Deutsche oder Holländer, genau konnte sie es nicht erkennen. Sie steuerte auf das Wasser zu, legte ihren Rucksack kurz vor der Brandung in den Sand, zog Schuhe und Strümpfe aus und krempelte ihre Jeans nach oben. Der Sand fühlte sich warm an ihren Sohlen an, die Sonne stand bereits hoch am Himmel. Warum hatte sie Anouk nicht gefragt, ob sie hätte mitkommen wollen?

Ambre ging ans Wasser und streckte ihre Zehen ins blaue Nass. Herrlich! Wie schön wäre es, wenn ihre Freundinnen aus Paris hier sein könnten! Sie hatten ihr zwar alle versprochen, Ambre in den Sommerferien zu besuchen, doch bis dahin war es noch lang. Ambre schloss die Augen und sog den salzigen Duft ein, der vom Meer zu ihr wehte. Die Wärme in ihrem Gesicht ließ sie für einen Moment all die Veränderungen vergessen, die gerade in ihrem Leben geschahen.

War ein Neuanfang vielleicht doch eine Chance, wie ihre Mutter es ihr schon mehrfach hatte weismachen wollen? Um diesen Augenblick würden ihre Freundinnen Ambre mit großer Sicherheit beneiden. Sie öffnete die Augen wieder und blickte auf die schier endlose Weite, die sich vor ihr erstreckte. Ihr Vater lebte hier, und ihre Oma, Uroma und Ururoma ebenfalls. Und auch wenn sie auf ihre Mutter momentan alles andere als gut zu sprechen war, war Ambre tief in ihrem Inneren bewusst, dass auch diese mit dem Umzug zu kämpfen hatte. Dass dieser Idiot von Jean-Luc sie abserviert hatte, machte ihr mehr zu schaffen, als sie vor Ambre zugeben wollte.

Ambre wandte ihren Kopf und sah den Strand entlang Richtung Sète. In der Ferne erkannte sie zwei Frauen, die mit ihren Hunden am Meer entlangjoggten. Ein Segelboot schaukelte sanft zwischen den Wellen. Gab es einen schöneren Platz für ihr Vorhaben? Ambre kehrte zu ihrem Rucksack zurück und holte ihren Zeichenblock heraus. Sie schlug das Deckblatt zurück, ließ sich auf den Sand fallen und zog einen Bleistift aus ihrem Mäppchen. Minutenlang überlegte sie, wie sie beginnen sollte. Das Motiv, an welches sie sich als Nächstes wagen wollte, stand bereits seit gestern fest. Sie musste schmunzeln, während sie begann, ein Raster aus Hilfslinien auf dem Blatt anzubringen.

10

Als Florence ins Büro kam, saß ihre ältere Kollegin bereits an ihrem Schreibtisch. Thomas war nicht da.

»Bonjour.«

Sylvie Famony erwiderte den Gruß so leise, dass Florence sich danach fragte, ob sie überhaupt etwas gehört hatte. Die ältere Kollegin sah weder auf, noch verzog sie eine Miene. Florence ging schweigend zu ihrem Schreibtisch und fuhr den Laptop hoch. Die Berichte ihrer gestrigen Besuche hatte sie bereits verfasst, sodass sie zuerst in ihre Mails schauen wollte. Nachdem sie in der nächsten Stunde die Nachrichten durchgearbeitet hatte, klopfte es an der Tür.

»Ja.«

Es war das erste Wort, das Florence' Kollegin heute von sich gab.

Jacqueline Drugot trat ein und begrüßte die beiden Frauen. »Ich hatte gerade einen Anruf von der Polizei. Es geht um einen sechzehnjährigen Jungen, der heute Vormittag in einem Laden beim Stehlen erwischt wurde. Da es nicht das erste Mal war, meinte der Beamte, es sei vielleicht nicht verkehrt, wenn sich jemand von uns mal um den Jugendlichen kümmert und seine Situation etwas näher beleuchtet.« Sie blickte von Sylvie Famony zu Florence.

»Ich kann mich gern darum kümmern«, erklärte Florence sich sofort bereit. »Noch habe ich ja nicht allzu viele Schützlinge.« Sie lächelte.

Das Gesicht ihrer Kollegin blieb weiterhin reglos.

»Gut«, entgegnete Jacqueline Drugot und legte Florence einen Notizzettel hin. »Das sind der Name des Polizisten sowie seine Telefonnummer.«

»Ich kümmere mich gleich darum.« Florence nahm ihn auf und überflog ihn kurz.

»Wie läuft es, Sylvie?«, wandte sich ihre Vorgesetzte an ihre ältere Mitarbeiterin.

»Nichts Besonderes«, erwiderte diese undeutlich.

»Was ist mit den zwei kleinen Kindern?« Die Chefin hielt inne. »Léon und Samuel, meine ich.«

»Ich konnte noch nichts erreichen. Gestern war der Sachbearbeiter aus Montpellier nicht an seinem Arbeitsplatz. Ich versuche es später noch mal.«

Es war unüberhörbar, dass Sylvie Famony wenig begeistert war, ihrer Chefin Auskunft geben zu müssen.

Jacqueline Drugot stand weiter im Raum und schien zu überlegen. »Gut«, bekannte sie schließlich. »Vielleicht sollten wir beide noch mal in Ruhe miteinander sprechen.« Sie drehte sich auf dem Absatz um und verließ das Büro ohne ein weiteres Wort.

Florence wählte die angegebene Nummer und lauschte dem Tuten am anderen Ende der Leitung.

»Duvallier.«

Florence stellte sich dem Polizisten mit zwei Sätzen vor und erklärte, dass sie seine Kontaktdaten von ihrer Chefin bekommen hatte. »Können Sie mir etwas genauer erläutern, um was es geht«, bat sie ihn abschließend.

»Das ging ja schnell«, begann der Beamte, den Florence aufgrund seiner Stimme auf maximal dreißig schätzte. »Wir wurden heute früh von einem Ladenbesitzer in der Rue Gambetta angerufen, weil er einen Jugendlichen in seinem Geschäft beim Klauen erwischt hat.«

»Was hat der Junge gestohlen?«, hakte Florence nach.

»Einen Gürtel und drei Lederarmbänder im Gesamtwert von knapp fünfzig Euro.«

»Madame Drugot meinte, es sei nicht das erste Mal gewesen, dass der Junge auffällig wurde?«

»Nein, er wurde im Dezember und im September letzten Jahres schon weitere zwei Male ertappt.«

»Was war es damals?« Florence zog sich einen Block heran und wartete auf die Antwort.

»Moment, das muss ich erst nachsehen.«

Auch bei der Polizei von Sète schien noch vieles analog zu laufen. Zumindest hörte Florence, wie Seiten umgeblättert wurden. Der Beamte murmelte etwas Unverständliches vor sich hin.

»Hören Sie«, meldete er sich zwei Minuten später wieder. »Beim ersten Mal wollte er zwei Feuerzeuge mitgehen lassen, und im Dezember ging es um eine Handyhülle.«

»Entweder stellt er sich extrem doof an, oder die drei Vorfälle sind nur die Spitze des Eisbergs«, überlegte Florence laut.

»Wir gehen stark davon aus, dass er zwar dreimal erwischt wurde, seine Dunkelziffer jedoch wesentlich höher liegt.«

»Anzunehmen«, pflichtete Florence ihm bei. »Wie heißt der Junge?«

»Guillaume Passant. Er ist sechzehn Jahre alt und lebt mit seiner Mutter allein in einer Wohnung in der Rue Pascal.«

»Keine Geschwister?«

»Nein.«

»Gut, ich schaue, dass ich mit dem Jungen Kontakt aufnehme. Ich werde mit ihm und seiner Mutter sprechen. Was ist bei den anderen beiden Malen geschehen?«

»Der erste Ladenbesitzer hat von einer Anzeige abgesehen, nachdem Guillaume ihm den Schaden mit Hilfe seiner Mutter ersetzt hatte. Beim zweiten Mal bekam er fünf Sozialstunden aufgebrummt, die er in einem Kindergarten abgearbeitet hat.«

»Wie stellt sich die Lage diesmal dar?« Florence schrieb die Informationen hastig mit.

»Der Besitzer ist ziemlich sauer. Es wäre möglich, dass er sich nicht mit der Erstattung des Schadens zufriedengibt.«

Florence überlegte. »Weiß er von den vorherigen Vorfällen?«

»Nein, das unterliegt dem Datenschutz.«

»Gut«, wiederholte sie nachdenklich. »Ich werde mich schnellstmöglich darum kümmern. Dürfte ich Sie erneut kontaktieren, wenn sich weitere Fragen ergeben?« Sie trommelte leise mit dem Kugelschreiber auf die Schreibtischunterlage.

»Selbstverständlich. Ich verstehe nicht, warum sich der Kerl wegen solchem Kleinkram derart in Schwierigkeiten bringt. Unter uns gesagt macht er auf mich auf den ersten Blick einen nicht unintelligenten Eindruck.«

Florence seufzte stumm. »Oft ist es immens wichtig, auch hinter die Fassade zu blicken. Wenn ich einen Zugang zu ihm bekomme, finden wir vielleicht die Ursache für sein Verhalten.«

Sie bedankte sich bei dem Beamten und beendete das Gespräch. Einen Moment lang blieb sie sitzen und überlegte. Sie würde heute Nachmittag bei Guillaume vorbeigehen. In diesem Fall war es vielleicht besser, sich nicht vorher telefonisch anzukündigen.

Eine halbe Stunde später bog Florence auf den Parkplatz vor dem Wohnheim für betreute Jugendliche ein. Die Leiterin der Einrichtung hatte ihr am Telefon angeboten, dass sie sofort vorbeikommen könne. Und auch wenn Marlène Lorrant sich gegen einen Umzug hierher entscheiden sollte, war es für Florence von entscheidendem Vorteil, wenn sie sich selbst ein Bild vor Ort machte. Die nächste ungewollt Schwangere würde mit Sicherheit nicht allzu lange auf sich warten lassen. Florence stieg aus dem Wagen und ging auf die gläserne Eingangstür zu. Im Foyer hingen mehrere Tafeln mit Schaubildern der einzelnen Zimmer und Wohnungen.

»Madame Fournier?«

Florence drehte sich um und erblickte eine junge, etwas mollige Frau Ende zwanzig. »Madame Glovan?«

Die Angestellte nickte. »Bonjour. Ja, ich bin die Leiterin dieses Projekts. Wir haben eben miteinander telefoniert.« Sie zeigte um sich herum. »Möchten Sie sich einen ersten Eindruck verschaffen? Wir betreuen momentan fünfzehn Jugendliche im Alter zwischen elf und siebzehn.«

»Marlène, das Mädchen, um das es geht, ist fünfzehn«, erklärte Florence, während sie der Leiterin in einen hellen Flur folgte. »Und ungewollt schwanger.«

»Die meisten unserer Bewohner sind noch in der Schule, daher stehen die Zimmer heute Vormittag leer.« Madame Glovan holte einen Schlüssel hervor und öffnete eine der Türen. »Voilà. Dies ist zum Beispiel ein typisches Doppelzimmer. Hier wohnen zwei Mädchen, die langfristig nicht mehr zu Hause leben konnten. Bei einer der Bewohnerinnen war häusliche Gewalt im Spiel, bei der anderen ging es um Drogenmissbrauch.«

Florence spähte in den Raum hinein. Eine breite Fensterfront dominierte das Zimmer. Rechts und links standen zwei Einzelbetten. Auf einem davon erkannte sie Pferdebettwäsche, auf dem anderen lag eine geblümte Decke. Eine schmale Tür an der vorderen rechten Wand stand offen. Florence entdeckte eine kleine Dusche mit einem Miniaturwaschbecken.

»Wir sind nicht das Ritz«, erklärte Madame Glovan lächelnd. »Aber die Jugendlichen fühlen sich bei uns wohl. Jeder hat seine Privatsphäre. Außerdem gibt es noch einen großen Aufenthaltsraum und eine sehr geräumige und gut eingerichtete Küche, auf die wir sehr stolz sind. Sie glauben gar nicht, welch tiefschürfende Gespräche sich beim Backen und Kochen ergeben können.«

Florence dachte an ihre eigenen Backsessions und musste schmunzeln. »Oh doch, ich kann es mir bildlich vorstellen.« Sie lachte.

»Die Jugendlichen haben hier einen Rückzugsort. Können sich ganz auf sich selbst konzentrieren. Ohne all die Probleme, die es leider in einigen Familien gibt.«

Florence berichtete von ihrem ersten Eindruck der schwangeren Marlène Lorrant.

»Wenn das Mädchen sich noch unsicher ist, kann es gern jederzeit hier vorbeikommen und sich selbst ein Bild machen. Selbstverständlich kann sie auch ihre Mutter mitbringen.«

»Das ist sehr nett von Ihnen.« Florence folgte der jungen Frau ins Freie.

»Hier haben wir uns eine Art Garten eingerichtet. Im Sommer grillen wir oft und sitzen lange zusammen.«

Auf einer vertrockneten Grasfläche standen verteilt mehrere Klappstühle und drei runde Tische aus Plastik. Ein Kugelgrill befand sich vor dem Zaun rechts in der Ecke.

»Toll, was Sie hier geschaffen haben«, merkte Florence beeindruckt an. »Ich habe zwar erst gestern meine Stelle angetreten, aber ich gehe stark davon aus, dass sich unsere Wege künftig öfter kreuzen werden.«

Während sich Florence dem vereinbarten Treffpunkt näherte, ärgerte sie sich über die Nervosität, die sie befallen hatte. Es handelte sich doch lediglich um einen Termin mit dem Vater ihrer Tochter zwecks Problembesprechung. Konnte sie es nicht einfach als eine Art Arbeitsessen sehen? Sofort rief sie sich zur Räson. Ihre Tochter war schließlich keiner ihrer Schützlinge und Julien nicht ein Elternteil, den sie beruflich zu analysieren hatte.

Als Florence den Quai de la Résistance erreichte, herrschte reges Treiben an der Uferstraße. Julien stand an der Eingangstür des Bistros und winkte, als er sie entdeckte. Florence ging lächelnd auf ihn zu.

Unschlüssig blieb sie vor ihm stehen. Seit ihrem letzten Zusammentreffen hatte er sich kaum verändert. Sein brünettes, gelocktes Haar trug er mittlerweile etwas länger, was ihm ein weniger intellektuelles Aussehen als früher verlieh. Außerdem schien er eine neue Brille zu haben.

»Salut«, begrüßte sie ihn unsicher.

»Salut, Florence.« Er machte einen Schritt auf sie zu und hauchte ihr die obligatorischen bises auf ihre Wangen. »Schön, dass es so schnell geklappt hat.«

»Zeitlich bin ich in meinem Job ja sehr flexibel. Die meisten Kinder und Jugendlichen kann ich erst nachmittags treffen«, erklärte Florence, während ihr Herzschlag sich langsam wieder etwas beruhigte.

»Wollen wir uns auf die Terrasse setzen?«, wandte Julien sich an Florence, nachdem der Kellner sie nach ihren Wünschen gefragt hatte. »Der Meerblick hat dir die letzten Jahre doch sicher gefehlt.«

Florence stimmte zu.

Einige Minuten lang herrschte Schweigen zwischen ihnen, während sie auf der Speisekarte ihre Auswahl trafen.

»Was nimmst du?«, unterbrach Julien schließlich die Stille.

»Ich glaube, ich habe Lust auf das Hähnchen mit dem gegrillten Gemüse.«

»Gute Wahl.« Julien legte die Speisekarte auf den Tisch zurück. »Das nehme ich auch.«

Sie spürte seinen intensiven Blick auf sich. »Du hast eine neue Brille.«

Seine Lippen verzogen sich zu einem Grinsen. »Du siehst mich nach …« Er schien nachzudenken. »Wie lange ist es her? Zehn, elf Monate? Dass wir uns länger als fünf Minuten gesehen haben, muss sogar eine halbe Ewigkeit zurückliegen, aber als Erstes fällt dir ein so unbedeutendes Detail wie meine Brille auf?« Er schüttelte den Kopf.

»Dein Haar ist länger«, ergänzte sie amüsiert.

»Zu lang«, verbesserte er sie.

»Finde ich nicht. Es steht dir.«

Florence betrachtete Juliens Gesicht. Sein Teint war sonnengebräunt, die vergangenen Jahre schienen fast spurlos an ihm vorbeigegangen zu sein. Die Fältchen um seine Augen hatten sich etwas vertieft, ansonsten wirkte er jung und ausgeglichen.

»Ich sehe aus wie einer dieser Computerfreaks.« Er zog die Brauen hoch. »Aber lassen wir das.«

»Hast du heute Nachmittag noch Unterricht?«, wollte Florence von ihm wissen, nachdem der Kellner ihre Bestellung aufgenommen hatte und sie erneut in verlegenes Schweigen verfallen waren.

»Bis fünf«, erwiderte Julien knapp. »Und du?«

»Bis ich fertig bin.«

»Ich hätte nie gedacht, dass es irgendwann mal so zwischen uns sein würde«, setzte er nach weiteren Minuten der Stille an. »Dass wir uns außer Belanglosigkeiten nichts mehr zu sagen haben.«

»Du warst es, der alles kaputtgemacht hat«, konterte Florence ruhig und verschränkte ihre Arme vor der Brust. »Du erinnerst dich?«

Julien schloss kurz seine Augen und nickte. »Wie geht es dir?«

»Wie soll es mir gehen?« Unmut über den ihr unangemessen

erscheinenden Themenwechsel machte sich in ihr breit. »Ich fange gerade ein weiteres Mal bei null an.«

»Florence, dafür kann *ich* aber nichts.« Sein Ton wurde ruppiger.

»Dafür, dass es das zweite Mal ist, schon.« Ihre Hände begannen zu zittern.

»Ist das der Sinn und Zweck unseres Treffens? Dass wir uns erneut gegenseitig Vorwürfe machen?« Juliens Augen blitzten hinter den Brillengläsern auf. »Dann sollten wir es besser lassen.«

»*Wir* machen *uns* gegenseitig Vorwürfe?«, wiederholte Florence ungläubig. »Interessante Auslegung, Herr Lehrer, wirklich.« Sie schob ihr Kinn vor. »Welchen konkreten Vorwurf machst du mir denn?« Sie wusste, dass sie ungerecht wurde. Ihre Trennung lag mehr als fünfzehn Jahre zurück. Was brachte es, diese alten Geschichten erneut aufzuwärmen?

»Florence, bitte ...«

»Doch, sag schon, was genau habe ich falsch gemacht, was ich mir vorwerfen sollte?« Sie schaffte es einfach nicht, zurückzurudern. »Los!«

»Nichts«, murmelte er undeutlich. Seine Schultern sackten ab.

Ein Funken Mitleid keimte in Florence auf. Warum musste sie es immer und immer wieder auf die Spitze treiben? Es war so verdammt lange her. Und was war mit all den anderen Männern, die sie enttäuscht hatten? Julien war nicht der Einzige, der sie tief verletzt hatte. Nein, das war er wahrlich nicht. Aber er war der Einzige, den sie so sehr geliebt hatte, dass sie sich noch bis heute klar und deutlich an die Gefühle erinnern konnte, die er vor vielen Jahren in ihr ausgelöst hatte.

Glücklicherweise kam in diesem Augenblick der Kellner und brachte ihnen die Getränke und ihr Essen. Durch die Unterbrechung verflüchtigte sich die zwischen ihnen schwelende Spannung etwas.

Julien räusperte sich. »Bon appétit!«

Florence wiederholte seine Worte, bevor sie sich mit ihren Speisen beschäftigten.

»Wie hat es dir geschmeckt?« Seine Stimme klang vorsichtig.

Florence wischte sich den Mund mit der Serviette ab. »Es war sehr gut.« Sie bemühte sich um einen neutralen Tonfall. »Vielleicht sollten wir ...« Sie gestikulierte unsicher mit ihrer rechten Hand.

»Es geht um Ambre«, sagte Julien mit ernster Stimme. »Sie ist unsere Tochter. Und ich möchte, dass sie sich hier gut einlebt.« Er verstummte und blickte Florence eindringlich an. »Ich bin sehr froh, dass ihr hergezogen seid. Und ich freue mich sehr, Ambre öfter sehen zu können.« Er hielt inne. »Außerdem würde ich mir sehr wünschen, dass wir beide irgendwann einen guten Weg für einen freundlichen Umgang miteinander finden.« Er senkte seine Stimme. »Du und ich, wir haben uns einmal sehr geliebt, Florence. Und wir haben ein wundervolles Kind zusammen.«

Bei seinen Worten krampfte sich Florence' Magen zusammen. Sie schloss die Augen. Im Grunde hatte er recht. Ihr vorherrschendes Ziel sollte sein, gemeinsam ihre Tochter zu unterstützen. Ambre befand sich in einem schwierigen Alter, und wer von ihnen wusste schon, was im Kopf einer Fünfzehnjährigen vor sich ging? Warum nur gelang es Florence nicht endlich, ihre Gefühle hintanzustellen?

»Was meinst du?«, drang seine Stimme in ihre Gedanken. »Schaffen wir es, uns wie vernünftige Erwachsene um Ambre zu kümmern?« Er schnaufte. »Ich habe in der Vergangenheit viele Fehler gemacht, Florence. Das ist mir durchaus bewusst. Aber ich kann die Zeit nicht zurückdrehen. Leider.«

Florence wusste nichts zu erwidern. Was geschehen war, war geschehen. Sie konnten nur nach vorne blicken. Und es würde Ambre mit Sicherheit wenig helfen, wenn sie die Streitereien ihrer Eltern mitbekäme. Sie rang um Fassung. »Was hat Ambre dir denn erzählt?«

»In ihrer Klasse scheint es ein paar Mädchen zu geben, die sie von Beginn an auf dem Kieker hatten.« Julien schob seine Brille zurück. »Du kennst das ja. Viele kämpfen während der Pubertät mit sich selbst, sind unsicher. Sie wissen oft nicht, wie sie sich verhalten sollen, um bei den anderen gut anzukommen.«

Florence nickte. Derartige Probleme und Querelen waren in

der Tat keine ungewöhnlichen Vorkommnisse in Ambres Altersgruppe. Aber wenn es die eigene Tochter betraf, erschienen solche Schwierigkeiten doch in einem anderen Licht. »Ich versuche, mit ihr zu reden. Allerdings ...« Sie seufzte. »Sie hat mir den Umzug noch nicht verziehen.«

Julien streckte einen Arm vor und legte seine rechte Hand auf Florence'.

Überrascht von dieser Geste, zuckte sie zurück.

»Pardon.« Er wirkte verlegen. »Aber du bist ihre Mutter. Und Ambre kann sich glücklich schätzen, dich zu haben. Wir schaffen das. Zusammen.«

Da die Rue Pascal sich nicht weit entfernt von Florence' Büro befand, verzichtete sie für die kurze Strecke auf ihren Wagen und ging zu Fuß. Guillaume Passant wohnte mit seiner Mutter in einem schmalen vierstöckigen älteren Haus. Auf jeder Etage befanden sich kleine Balkone mit schwarzen, schmiedeeisernen Geländern. Die hölzerne Eingangstür wurde von weißen Stuckverzierungen umrahmt. Die verblichene Fassade, die irgendwann einmal in einem intensiven Gelb erstrahlt war, benötigte dringend eine Auffrischung. Die Passants wohnten im zweiten Stock.

Florence klingelte. Nur Sekunden später ertönte der Summer. Florence drückte gegen die Tür und betrat einen engen dunklen Flur mit steilen Treppenstufen. Die Luft war stickig, es roch nach angebranntem Fleisch. Aus einer der Wohnungen drang leise Klaviermusik.

»Hallo?«, erklang es von oben.

»Bonjour«, erwiderte Florence und beeilte sich, die Treppe zu erklimmen. Als sie um die Ecke bog, erblickte sie eine kleine, zierliche Frau, die trotz der Hitze, die in dem Gebäude herrschte, in eine dicke Strickjacke gehüllt war. »Bonjour«, wiederholte Florence lächelnd und verlangsamte ihren Schritt. Sie nannte ihren Namen und streckte der Frau die rechte Hand hin. »Ich bin Sozialarbeiterin und wurde von der Polizei über den Vorfall heute früh wegen Ihres Sohns informiert.«

Die Frau kniff ihre Augen zusammen. »Eine Sozialarbeiterin? Guillaume hat seine Stunden doch bereits abgearbeitet.«

Florence nickte. »Die er für den letzten Diebstahl ableisten musste.« Sie machte eine Pause. »Darf ich vielleicht eintreten? Ich würde auch sehr gern mit Guillaume sprechen.«

Die Frau zögerte.

»Madame Passant?« Florence betrachtete die zierliche Gestalt.

Guillaumes Mutter zuckte mit den Achseln. »Bitte.«

Florence folgte ihr durch einen winzigen Flur ins Wohnzimmer, das auf die Straßenseite zeigte. Vor den bodentiefen Fenstern erkannte sie die schmalen Balkone. Auf dem rechten Geländer stand ein großer roter Tontopf, in dem eine vertrocknete Palme ihr trauriges Dasein fristete.

»Setzen Sie sich doch.« Madame Passant wirkte unbeholfen.

Florence entschied sich für einen abgewetzten Ledersessel.

»Ich sage Guillaume Bescheid«, nuschelte seine Mutter undeutlich, bevor sie den Raum wieder verließ.

Während sie wartete, schaute sich Florence interessiert in dem kleinen Wohnzimmer um.

An der Wand neben der Tür hingen einige Fotos, die einen dunkelhaarigen Jungen in unterschiedlichen Altersstufen zeigten. Auf zweien davon war auch seine Mutter abgelichtet. Ein alter Fernseher stand neben dem linken Fenster. In einem weißen Regal reihten sich Bücher und Fotoalben aneinander. Auf dem obersten Brett standen unzählige Porzellanelefanten in den verschiedensten Ausführungen. Kleine blaue mit glänzend weißen Stoßzähnen neben schwarzen, die von Goldfäden durchzogen waren. Größere, deren Oberfläche der Haut der Dickhäuter fast täuschend ähnelte. Madame Passant schien eine Schwäche für die grauen Riesen zu haben.

»Das ist Madame Fournier.« Guillaumes Mutter schob einen schlaksigen Jugendlichen vor sich her in den Raum.

»Bonjour, Madame.«

»Bonjour, Guillaume. Du kannst gern Florence zu mir sagen.«

»Setz dich«, wies ihn seine Mutter an.

Unwillig zog sich der Jugendliche einen Esszimmerstuhl heran und nahm in einiger Entfernung Florence gegenüber Platz.

Seine Mutter blieb unschlüssig in der Tür stehen. »Soll ich …?« Sie deutete in den Flur, während sie auf ihrer Unterlippe kaute.

Florence sah von Guillaume zu Madame Passant. »Wegen mir können Sie gern bleiben.«

Die Frau wechselte einen kurzen Blick mit ihrem Sohn, der nach wie vor keine Miene verzog.

»Möchten Sie etwas trinken?«

»Ein Kaffee wäre nett«, erwiderte Florence und schenkte Guillaumes Mutter ein freundliches Lächeln. »Danke.«

»Ich habe mir gerade welchen gekocht.« Sie zeigte in den Flur. »Einen Moment bitte.«

»Ich habe heute Morgen mit Monsieur Duvallier von der hiesigen Polizei gesprochen«, begann Florence, als sie mit Guillaume allein war. »Es geht darum, was heute früh vorgefallen ist.«

Der Junge blickte noch immer starr auf den Boden.

»Guillaume?«

Seine Mutter kehrte mit einem Tablett mit einer Kanne, zwei Tassen, Milch und Zucker zurück und stellte alles auf den gläsernen Wohnzimmertisch vor Florence.

Nachdem Madame Passant ihr eingeschenkt hatte, wandte Florence sich erneut an den Jugendlichen. »Was ist da heute früh passiert?«

Als er weiterhin stumm blieb, mischte sich seine Mutter ins Gespräch. »Junge, sprich mit der Dame! Sie will dir doch nur helfen.«

»Sie wissen doch schon alles«, maulte er hörbar genervt.

»Was meinst du?« Florence nippte an ihrer Tasse.

Er schüttelte den Kopf. »Ich habe einen Fehler gemacht.«

»Einen Fehler?« Florence musterte das blasse Gesicht. »Aber es war nicht dein erster Fehler, oder?«

Er presste seine Lippen zusammen.

»Jetzt lass dir doch nicht jedes Wort aus der Nase ziehen«, mahnte seine Mutter mit dünner Stimme. »Es ist nicht immer

leicht«, merkte sie dann in Florence' Richtung an. »Sein Vater ...«
Sie winkte ab. »Er kümmert sich kaum um ihn.«

»Ich verstehe«, erwiderte Florence. »Du warst heute früh in der Stadt unterwegs. Hattest du denn keinen Unterricht?«

»Freistunde«, murmelte Guillaume unwillig.

»Es geht um einen Gürtel und einige Armbänder«, erklärte Florence erneut. »Du wolltest die Sachen gern haben, hattest aber nicht genügend Geld?« Ihr war klar, dass mit großer Wahrscheinlichkeit etwas anderes hinter den Diebstählen steckte, doch sie musste sich behutsam vorantasten. Der Jugendliche machte einen sehr verschlossenen Eindruck.

Als er wieder nichts erwiderte, hakte sie ein weiteres Mal ein: »Guillaume, ist es so, dass du den Gürtel gern gehabt hättest, aber du ihn dir nicht leisten konntest?«

»Möglich.«

Florence sah zu seiner Mutter. »Bekommt er Taschengeld?«

Die Frau schüttelte den Kopf. »Ich arbeite als Kassiererin. Heute habe ich meinen freien Tag. Die Miete ist hoch ... Wenn Guillaume etwas braucht, gebe ich ihm das Geld.« Sie stockte. »Wenn es geht.« Sie zeigte in den Raum. »Sie sehen ja selbst. Wir kommen über die Runden, aber größere Anschaffungen ... Ich muss jeden Monat aufs Neue rechnen, Tag für Tag.«

»Haben Sie sich schon mal beraten lassen, ob Ihnen Hilfen zustehen? Was ist mit dem Vater? Kümmert er sich? Zahlt er Unterhalt?«

Die Frau stieß ein bitteres Lachen aus. »Philippe und Unterhalt.« Sie verdrehte die Augen. »Ich glaube, er hat dem Jungen vor zehn Jahren zum letzten Mal etwas zum Geburtstag geschenkt. Nein, auf Philippe können wir nicht zählen.« Sie fasste sich an den Hals und schlug die Augen nieder.

»Und was ist mit staatlichen Hilfen?«

Madame Passant schüttelte den Kopf. »Das möchte ich nicht.« Sie schluckte. »Wir kommen schon zurecht. Wenn der Junge seine Schule abgeschlossen hat, kann er mitverdienen. Dann wird es sicher einfacher.«

Florence zweifelte an Madame Passants Hoffnung. »Je nachdem, welche Ausbildung Guillaume anstrebt ...«

»Ich will auf dem Bau anfangen«, warf der Jugendliche fast enthusiastisch ein. »Als Maurer.«

»Maurer?« Sie betrachtete den schlaksigen Jungen. »Eine körperlich sehr anspruchsvolle Arbeit. Aber es ist schön, dass du schon eine konkrete Vorstellung von deiner Zukunft hast.«

Sie nahm erneut einen Schluck ihres Kaffees. Irgendetwas an dem Verhältnis zwischen Mutter und Sohn störte sie, doch sie konnte nicht benennen, was es war. Es schien, als würden sich sowohl Guillaume als auch seine Mutter nicht richtig aus der Deckung wagen. Als müssten beide aufpassen, was sie von sich preisgaben. Übersah Florence hier etwas? Vielleicht war es besser, den beiden erst einmal etwas Zeit zu geben, um das Gespräch sacken zu lassen. Sie glaubte nicht, dass der Junge sich ihr in diesem Moment weiter öffnen würde.

»Wenn dir deine Zukunft wichtig ist, sollten wir uns demnächst noch mal zusammensetzen und überlegen, was wir im Hinblick auf die heutigen Vorkommnisse unternehmen können. Ich werde nochmals mit Monsieur Duvallier von der Polizei sprechen und melde mich dann wieder bei dir. D'accord?«

Eine Stunde später bog Florence in die Rue du Bois de Mon Cœur ein. Das Viertel bestand aus einem Neubaugebiet mit mehreren fünf- und sechsstöckigen Wohnhäusern. Die Familie Rammiers lebte in einem Gebäude mit einer markanten braun-weißen Fassade. Vor dem Haus erstreckte sich eine große, mit Holzbohlen ausgelegte Freifläche. Mehrere Palmen spendeten auf dem Platz Schatten.

Nachdem Florence einen Parkplatz gefunden hatte, stieg sie aus und steuerte auf den Eingang zu. Der Hausberg von Sète, der Mont Saint-Clair, erhob sich direkt vor ihr. Florence klingelte und wartete.

»Ja?«

Sie nannte ihren Namen, woraufhin die Tür geöffnet wurde.

Florence betrat ein hell gestrichenes, gepflegtes Treppenhaus. Die Familie wohnte im vorletzten Stockwerk. Florence stieg die Stufen hinauf.

Vor der Wohnungstür der Rammiers standen drei Blumentöpfe, in denen schlanke Kakteen wuchsen. Als sich Florence der Tür näherte, wurde diese bereits geöffnet.

»Bonjour, Madame«, begann Florence. »Wir hatten heute früh telefoniert.«

Die rothaarige Frau nickte. »Ich bin Valérie Rammiers.« Sie trat zur Seite. »Bitte kommen Sie doch herein.«

Florence schätzte sie auf Mitte dreißig. Die Mutter von Mathéo und Léonie war außergewöhnlich attraktiv. Sie war sehr schlank und trug ein eng anliegendes grünes Sommerkleid. Ihre Füße waren nackt. »Die Kinder spielen in ihrem Zimmer«, erklärte sie leise, während sie Florence durch einen großzügigen hellblau gestrichenen Flur in ein noch geräumigeres Wohnzimmer führte.

Eine breite weiße Ledercouch dominierte den großen Raum. Helle Hochglanzmöbel verliehen dem Zimmer ein modernes Ambiente. Ein breiter Fernseher hing an der Wand gegenüber dem Sofa. Vereinzelte silberne Bilderrahmen mit Familienfotos lockerten die sterile Atmosphäre etwas auf. Florence musste unwillkürlich an die Zeit denken, als Ambre ein Kleinkind gewesen war. Damals hatte es keinen Raum in ihrer Wohnung gegeben, in dem es nicht von Spielzeug ihrer Tochter wimmelte. In dieser Wohnung hingegen konnte man nicht einmal ansatzweise erkennen, dass hier Kinder lebten. Sie räusperte sich.

»Vielen Dank, dass Sie so schnell Zeit für mich gefunden haben.«

Valérie Rammiers wandte ihren Kopf ab. »Ihr Anruf hat mich sehr überrascht.« Sie zeigte zu dem Esszimmertisch, um den sich sechs Stühle im skandinavischen Stil gruppierten. »Wollen wir uns setzen?«

Sie nahmen Platz.

»Die Erzieherin der Kinder, Madame Génier, hatte Sie bereits angesprochen«, begann Florence mit sanfter Stimme. »Es geht um Mathéo und Léonie.«

Die Frau schüttelte ihren Kopf und strich sich eine Strähne aus der Stirn.

Florence bemerkte, dass ihre Hand dabei zitterte.

»Ich erinnere mich, aber ich verstehe nach wie vor nicht, was das Problem ist.« Sie blinzelte. »Und jetzt auch noch eine Sozialarbeiterin.« Sie atmete tief aus. »Wir sind eine gewöhnliche Familie. Die Kinder haben ihre Phasen, aber ...« Sie brach ab. »Ich weiß nicht, was ich Ihnen sagen soll.«

»Zuerst einmal möchte ich klarstellen, dass wir Ihnen in keiner Weise etwas unterstellen möchten. Madame Génier hat mir mitgeteilt, dass Ihre Kinder sich in den letzten Wochen sehr stark verändert haben. Dass ihr Verhalten auch anderen Erzieherinnen aufgefallen ist.« Sie machte eine Pause. »Oft ist es in solchen Situationen hilfreich, wenn sich jemand von außerhalb etwas intensiver mit den Kindern befasst.«

Das rechte Auge der Frau zuckte leicht. »Ich bin durchaus in der Lage, mich um meine Kinder zu kümmern, wenn es Probleme gäbe.« Sie verstummte. »Die es aber nicht gibt.« Sie knetete ihre Finger.

Florence nickte verständnisvoll. »Wie gesagt, es geht nicht darum, Sie als schlechte Mutter oder Sie und Ihren Mann als schlechte Eltern darzustellen. Die Erzieherin Ihrer Kinder hatte vielmehr die Idee, auftretende Probleme gleich an der Wurzel anzupacken und wenn möglich zu beseitigen.«

»Welche Probleme meinen Sie?« Madame Rammiers wirkte fahrig.

Florence lächelte sanft. »Ist in letzter Zeit etwas innerhalb der Familie vorgefallen? Ein Todesfall, Arbeitslosigkeit ... Kinder werden von sehr vielen unterschiedlichen Faktoren ihres Umfelds beeinflusst.«

»Ich verstehe nicht«, gab die zarte Frau zurück. »Und ich habe auch nicht das Gefühl, dass mit meinen Kindern etwas nicht stimmt.«

»Mathéo hat sich verändert. Er ist handgreiflich geworden und hat seinen Freund verletzt.« Florence bemühte sich um eine ruhige

Stimme, da sie spürte, wie angespannt die Mutter der Kinder war. Die kühle Atmosphäre der Wohnung stand in krassem Gegensatz zur Aufgewühltheit ihrer Bewohnerin.

»Er ist ein Junge, will seine Grenzen ausloten«, erklärte Madame Rammiers fast trotzig.

Florence nickte. »Das ist eine mögliche Erklärung. Da sich Léonies Verhalten aber ebenfalls stark gewandelt hat, war Madame Génier der Ansicht, ein näherer Blick auf die beiden könne nicht schaden.«

»Wir sind eine ganz normale Familie«, wiederholte die Frau mit Nachdruck.

»Darf ich kurz bei den Kindern reinschauen?« Florence beugte sich vor.

Valérie Rammiers zuckte mit den Achseln. »Wenn Sie meinen.« Sie erhob sich. »Kommen Sie. Sie spielen in Mathéos Zimmer.«

Erneut wunderte sich Florence über die Ruhe in der Wohnung. Sie betraten den Flur und kamen an einer offenen Tür vorbei, die ganz offensichtlich zu Léonies Zimmer gehörte. Der Raum glich einem Mädchentraum in Weiß und Rosa. Ein kleiner violetter Holztisch mit zwei dazu passenden Stühlchen stand neben einem rosa Bettgestell, auf dem Sternenbettwäsche lag. Zarte Spitzengardinen umrahmten bodentiefe Fenster. Mehrere Puppen lagen auf einer fliederfarbenen Decke auf dem Boden.

»Hier.«

Valérie Rammiers zeigte auf die Tür daneben und drückte die Klinke hinunter. Mathéo und seine Schwester saßen an einem hellblauen Tisch, der dem in Léonies Zimmer stark ähnelte, und malten.

»Das ist Mad…«, wollte ihre Mutter sagen, als Florence sie unterbrach. »Salut, ich bin Florence.«

»Du warst gestern im Kindergarten«, rief Mathéo aus. »Ich habe dich gesehen.«

Florence lächelte. »Das stimmt. Ich habe dich auch gesehen.« Sie wandte sich an die Mutter. »Dürfte ich kurz mit den beiden allein reden?«

Madame Rammiers blickte unsicher zu ihren Kindern. »Ja, warum nicht«, erwiderte sie nach kurzem Schweigen gedehnt. Sie drehte sich um und verließ das Zimmer.

Florence ging neben dem Tisch in die Hocke und betrachtete die Bilder. »Was malt ihr?«

»Einen Hund«, flüsterte Léonie kaum hörbar.

»Ich male einen Wikinger«, verkündete ihr Bruder selbstbewusst und versuchte sich an einem grauen Schwert.

»Wie geht es euch?«

»Gut«, erwiderten beide wie aus einem Mund.

»Du hast letzte Woche Ärger mit einem Jungen aus dem Kindergarten gehabt«, setzte Florence an, während sie Mathéo weiter beobachtete. Der Junge spannte seine Lippen an. »Kannst du dich daran erinnern, Mathéo?«

Er schüttelte heftig den Kopf, doch Florence erkannte an seiner Mimik, dass er sehr genau wusste, wovon sie redete. »Es war doch ein Freund von dir, oder nicht?«

»Pascal«, hauchte Léonie neben ihrem Bruder. »Er hat Pascal geschlagen. Dann hat seine Nase angefangen zu bluten.«

»Sei ruhig!«, herrschte Mathéo sie an. »Du weißt gar nichts.«

»Warum sagst du das?« Florence ließ sich auf die Knie sinken. »Deine Schwester war dabei, sie hat es gesehen.«

»Sie weiß gar nichts«, wiederholte Mathéo lauter. »Sie ist dumm.«

»Mathéo, das ist nicht nett.« Florence betrachtete den kleinen Jungen. »Magst du mir erzählen, warum du so etwas sagst?«

Wieder schüttelte er den Kopf.

»Woher hast du denn solche Worte? Sie sind sehr verletzend. Andere Kinder sind traurig, wenn du in diesem Tonfall mit ihnen redest.«

»Die hat er von …«, erklärte Léonie leise.

»Sei ruhig!« Mathéos Augen weiteten sich. »Du weißt nichts!«

Die Augen des Mädchens begannen zu glänzen.

»Vielleicht möchtet ihr …«, versuchte Florence es gerade erneut, als es klopfte und die Tür geöffnet wurde.

»Bonjour.« Ein gut aussehender dunkelhaariger Mann betrat den Raum. »Salut, Kinder.«

»Hallo, Papa«, erwiderte Léonie den Gruß, während Mathéo aufsprang und zu seinem Vater rannte.

»Ich bin Franck Rammiers.« Der Mann streckte Florence seine Hand entgegen, nachdem sie sich aufgerichtet hatte. »Valérie hat mir gesagt, warum Sie hier sind.«

Florence stellte sich erneut vor. »Ich denke, es wäre sinnvoll, wenn ich mit den Kindern nochmals außerhalb der Wohnung reden könnte.« Wie vorhin schon bei Guillaume Passant hatte sie auch hier das Gefühl, dass in dieser Familie irgendetwas nicht stimmte. Um sich ein klareres Bild machen zu können, war der erste Kontakt viel zu kurz gewesen. Doch ihr Instinkt sagte ihr, dass auch hier etwas aus der Balance geraten war und dass das veränderte Verhalten der Kinder darauf hinwies, dass die Rammiers Probleme hatten, die sich Florence bisher noch nicht erschlossen. »Würden Sie mir hierzu Ihre Einwilligung geben?«

Der Vater zog die Brauen hoch. »Meine Frau hat Ihnen ja schon gesagt, dass wir nicht ganz verstehen, warum sich eine Sozialarbeiterin um unsere Kinder kümmern sollte, aber wenn Sie meinen ...« Er hob die Arme, als ob er sich ergeben wolle. »Tun Sie, was Sie für richtig halten.«

11

Als Florence vor der Rosenvilla aus dem Wagen stieg, war es bereits kurz nach sieben. Das Erstellen der Berichte, nachdem sie die Familie Rammiers verlassen hatte, hatte sie länger aufgehalten als erwartet. Sie nahm ihre Tasche und steuerte auf die offen stehende Haustür zu. Pauline und Antoinette saßen auf der Veranda vor dem Haupthaus und winkten zu ihr herüber. Florence erwiderte den Gruß. Als sie um die Ecke bog und sich dem Eingang näherte, hörte sie laute Stimmen aus dem Gebäudeinneren.

»Sie interessiert sich nicht für mich.« Ambre klang aufgebracht.

»Soll ich mal mit ihr reden?« Ihre Mutter.

Florence blieb wie angewurzelt stehen.

»Du? Ihr versteht euch doch auch nicht. Dich schnauzt sie doch ebenfalls ständig an.«

Jedes einzelne von Ambres Worten versetzte Florence einen kleinen schmerzhaften Stich. Natürlich interessierte sie sich für Ambre. Bemühte sie sich denn nicht seit Jahren, sämtlichen Anforderungen des Lebens gerecht zu werden? Ambres Wohl war für sie das Wichtigste auf der Welt. Erst viel später kamen ihr Job und sie selbst.

Florence schloss die Augen. Wann hatte sie die Verbindung zu Ambre verloren? Und jetzt beschwerte sie sich ausgerechnet bei Louise! Es war so unfair! Florence spürte, wie ihre Augen zu brennen begannen. Warum musste nur alles so verdammt kompliziert sein? Erst der gestrige Zusammenstoß mit ihrer Mutter, dann der Streit mit Ambre, der emotionale Besuch auf dem Friedhof bei ihrem Vater, das mehr als seltsame Essen mit Julien.

Florence überkam immer stärker das Gefühl, mit ihrem Umzug nach Sète einen Fehler begangen zu haben. Man konnte seiner Vergangenheit nicht entfliehen. Auch wenn so viele Jahre seit ihrem Weggang vergangen waren, die alten Konflikte schwelten weiter. Nein, verbesserte sie sich sofort, sie schwelten nicht nur weiter, sie hatten sich seitdem sogar verstärkt. Gefühle änderten sich ständig. Sie schwächten sich ab oder intensivierten sich, je nachdem. Die Wut und Enttäuschung, die sie nach so langer Zeit noch immer ihrer Mutter gegenüber empfand, hatten sich zumindest nicht reduziert. Wenn sie in sich hineinhörte, konnte sie noch immer dem kleinen Mädchen lauschen, das um seinen Vater trauerte. Was empfand Ambre, wenn sie an ihre Mutter dachte? Fühlte sie sich ebenfalls im Stich gelassen, nicht genügend beachtet? Florence wischte sich über ihre Augen.

»Sie ist nur mit sich beschäftigt«, sagte Ambre in diesem Moment. »Der Job, ihr Liebhaber ...«

»Das glaube ich nicht«, erwiderte Louise leise. »Auch für deine Mutter ist es nicht ganz einfach ...«

Jetzt nahm sie sie auch noch in Schutz! Florence knirschte mit den Zähnen. Hatte sie ihr nicht erst gestern noch Vorhaltungen gemacht, die genau auf das Gegenteil abzielten?

»Lass gut sein, Oma. Manchmal denke ich, sie sieht in mir nur eine weitere Jugendliche, die sie zu betreuen hat. Ein zusätzlicher Job.«

Ambres Stimme klang resigniert. Der hörbare Schmerz schnürte Florence fast die Kehle zu. Warum hatte sie nicht bemerkt, dass ihre Tochter mehr Aufmerksamkeit benötigte? Wie hatten sie sich derart entfremden können?

»Ich kann es dir nur noch mal anbieten ...«

»Nee, lass gut sein, Oma. Ich muss jetzt auch. Rosalie wartet auf meinen Anruf.«

Leises Gemurmel.

Florence räusperte sich gedämpft.

Im nächsten Moment trat ihre Mutter aus der Villa und schrak zurück, als sie Florence erblickte.

»Salut. Hast du länger arbeiten müssen?«

»Ich bin alleinerziehend«, pampte sie Louise an. »Das Geld verdient sich nicht von allein. Und ich habe leider auch kein Weingut im Rücken.«

Ihre Mutter musterte sie bekümmert. »Ich verstehe nicht, was mit dir los ist.« Sie zeigte mit der rechten Hand zum Haus. »Sprich mit deiner Tochter. Es geht ihr nicht allzu gut.«

»Danke für deinen Ratschlag, Maman.« Das letzte Wort spuckte Florence fast aus. »Ich habe genug gehört.«

»Du hast gelauscht?« Louise umklammerte ihren Gehstock fester.

»Gelauscht.« Florence schüttelte den Kopf. »Ich wusste nicht, dass ich mich vorab ankündigen muss, wenn ich heimkomme.«

»So habe ich das doch nicht gemeint«, ruderte ihre Mutter zurück. »Ich wollte nur ...«

»Hör zu, ich bin müde. Der Tag war anstrengend. Vielleicht belassen wir es für den Augenblick einfach dabei.« Florence spürte, wie sie die Fassung zu verlieren drohte. »Ich wünsche dir noch einen schönen Abend.«

Ohne ein weiteres Wort rauschte sie an Louise vorbei und eilte in die rettende Höhle der Rosenvilla. Mit einem lauten Seufzen auf den Lippen schloss sie die Tür und lehnte sich von innen gegen das kühle Holz. Ihr Blick fiel auf ein Bild, das Antoinettes Großmutter vor Jahrzehnten gemalt hatte. Es zeigte mehrere Reihen Weinreben an einem sonnigen Herbsttag, die Blätter waren in unzähligen Gelb-, Orange- und Rottönen gehalten. Der Himmel erstrahlte in einem beinahe unwirklich wirkenden Blau über dem sanft geschwungenen Hügel. Eine Idylle. Und doch kämpfte auch hier jeder mit seinen ganz eigenen Problemen. Ob ihre Vorfahren ebenfalls immer wieder mit sich gehadert, ihre Entscheidungen hinterfragt, darüber nachgedacht hatten, was wiederum deren Ahnen vor vielen Jahren durch den Kopf gegangen war?

Müde ließ sich Florence auf das Sofa sinken, legte den Kopf zurück und starrte an die Decke. Aus dem Nebenzimmer drang die Stimme ihrer Tochter undeutlich zu ihr. Wahrscheinlich beschwerte sie sich gerade bei ihren Freundinnen über ihre teilnahmslose Mutter. Wie hatte es so weit kommen können? War Florence in

Paris wirklich zu sehr mit sich selbst beschäftigt gewesen? Gut, sie hatte einen Großteil ihrer Freizeitgestaltung Jean-Lucs Wünschen untergeordnet. Jedes Mal wenn er bei seiner Familie abkömmlich war, hatte Florence versucht, sich ebenfalls Zeit für ihn zu nehmen. Über die Monate war es zu einer Selbstverständlichkeit geworden, dass sie ihre Termine den seinen anpasste. Sie hatte das nie als Problem angesehen. Ihr war von Beginn an klar gewesen, dass er verheiratet war und somit weniger flexibel als sie.

Doch sie hatte eine Tochter, tadelte sie sich nun. Hatte sie je hinterfragt, wie ihr Verhalten von Ambre wahrgenommen worden war? Die bittere Wahrheit war, dass Florence kein gutes Vorbild abgab. In keinerlei Hinsicht.

Sie musste an ihr Gespräch mit Julien denken. Als er ihre Hand berührt hatte. An das Kribbeln, das sich ohne Vorankündigung in ihrem Arm ausgebreitet hatte. Drehte sie jetzt völlig durch? Hatte sie sich nicht vor vier Wochen noch geschworen, keinen Mann mehr in ihr Leben zu lassen? Schon gar nicht einen, der dort bereits einmal einen großen Platz eingenommen und sie zutiefst enttäuscht hatte? Juliens Worte drängten sich ihr auf. Er wollte mit ihr reden. Über damals. Über seine Fehler.

Während sie weiter Ambres Gemurmel hinter der Tür lauschte, verdrängte sie die Gedanken an ihren Ex-Freund. Sie sollte sich auf ihre Tochter konzentrieren. Sollte versuchen, das mehr als angespannte Verhältnis zwischen Ambre und ihr zu verbessern. Außerdem hatte sie einen Job, der ihr bereits am zweiten Tag aufgezeigt hatte, dass die Probleme in Sète nicht weniger kompliziert als in ihrem alten Wirkungskreis waren. Ambre und die Arbeit, wiederholte sie in Gedanken. Für mehr hatte sie momentan keine Kapazitäten frei, alles andere musste warten.

Florence wollte ihre Tochter nicht verlieren. Schon kurz nach Ambres Geburt hatte sie sich geschworen, immer und bedingungslos für ihr Kind da zu sein. So schwierig ihr Verhältnis zu Louise sich gestaltete, Florence hatte es besser machen wollen. Wieder kündigten sich Tränen an. Sie straffte ihre Schultern und erhob sich. Es nutzte niemandem, wenn sie jetzt in Selbstmitleid verfiel. Da sie vermutete, dass Ambres Telefonat noch länger dauern würde, beschloss sie, zunächst die Kühlschranktür zu reparieren, die etwas zu locker im Scharnier hing. Nachdem sie in allen Küchenschränken gesucht hatte, aber keinen Schraubenzieher finden konnte, überlegte sie kurz. Früher hatte ihr Vater sein Werkzeug in dem Schuppen, in dem mittlerweile die Räder standen, aufbewahrt. Möglicherweise befand sich seine Ausrüstung noch dort.

Als Florence kurz darauf den Holzanbau betrat, mussten sich ihre Augen erst an das schummrige Halbdunkel gewöhnen. Sie räumte die drei Räder zur Seite, von denen sie eines schon selbst benutzt hatte, um nach Sète zu fahren. Dann ließ sie ihren Blick über die deckenhohen Regale schweifen, die an zwei gegenüberliegenden Wänden montiert waren. Uralte Aktenordner, an denen zum Teil dichte Spinnenweben klebten, reihten sich aneinander. Auf dem obersten Regalboden standen zwei zerbrochene Vasen.

Florence trat näher und machte sich auf die Suche nach dem Werkzeugkoffer ihres Vaters. Einige Böden waren mit muffig riechenden Tüchern verhängt. Mit spitzen Fingern schob sie die Stoffe beiseite und inspizierte den Regalinhalt dahinter. Eine kleine hölzerne Schmuckschatulle, die neben einem Überbrückungskabel stand, erregte ihre Aufmerksamkeit. Sie nahm das Kästchen heraus und schlug den Deckel zurück. Auf einem grünen Samtkissen lagen drei Goldringe und zwei filigran gearbeitete Halsketten. Wem der Schmuck wohl einst gehörte? Florence nahm einen der Ringe auf und wollte ihn über ihren rechten Ringfinger ziehen. Doch das Schmuckstück war viel zu klein. Sie musste schmunzeln. Die einstige Besitzerin war eindeutig schmaler als Florence gewesen. Auch die anderen beiden Ringe waren für ihre Finger zu klein, obwohl Florence nicht der Ansicht war, dass sie besonders dicke Finger besaß.

Vorsichtig nahm sie eine der Ketten hoch und betrachtete den roten Stein, der von einer massiven Fassung ummantelt war. Sie zögerte nur einen Moment, bevor sie sich entschloss, die Schatulle mit in die Rosenvilla zu nehmen. Erneut machte sie sich auf die Suche nach einem Schraubenzieher und wurde fünf Minuten später, nachdem sie fast sämtliche Regalböden durchgesehen hatte, endlich fündig. Sie nahm drei verschiedene Größen mit, holte das Schmuckkästchen, das sie auf die Werkbank gestellt hatte, und kehrte ins Haus zurück. Das Scharnier am Kühlschrank war keine zwei Minuten später festgeschraubt.

Noch immer konnte Florence Ambres Stimme aus deren Zimmer vernehmen. Sie seufzte. Heute würde sie wohl kaum noch dazu kommen, mit ihrer Tochter zu sprechen. Sie schenkte sich ein Glas Wasser ein, nahm die Schatulle von der Arbeitsfläche und setzte sich damit auf die Couch. Erneut öffnete sie das braune Holzkästchen und holte den Schmuck heraus. Das Kissen fühlte sich klamm und speckig an. Vielleicht konnte man es reinigen? Florence pulte mit ihren Fingern am Rand herum und versuchte angestrengt, es aus dem Holzrahmen zu lösen. Als es endlich herausfiel, kam auf dem Boden der Schatulle ein Schwarz-Weiß-Bild zum Vorschein.

Florence fuhr mit dem rechten Zeigefinger über das wellige Foto. In der rechten unteren Ecke stand in weißer, kleiner Schrift »Le Chambon-sur-Lignon«. Das Bild zeigte eine Kirche mit einer schweren Holztür, über der sich ein kleiner Glockenturm befand, dazwischen ein rundes Relief, dessen Muster Florence nicht genau erkennen konnte. Wo war das? Der Ortsname sagte ihr absolut nichts. Sie schob ihre Finger unter den Rand des Bildes, um es aus dem Kästchen zu befreien, doch das Bild war so fest zwischen die vier Wände geklemmt, dass sie mehrere Anläufe benötigte, um den dünnen Karton ohne Beschädigungen herauszuholen. Das Foto entpuppte sich als Postkarte, als sie es umdrehte. Auf der Rückseite standen in altmodischer Schrift Antoinettes Name und die Anschrift des Weinguts als Adressatin. Nun war Florence' Neugier vollends geweckt.

Meine geschätzte Antoinette, ich habe ihn gefunden. Ich kann dir seine Rückkehr nicht versprechen, aber ich arbeite daran. Du hast uns das Leben gerettet, wofür wir ewig in deiner Schuld stehen. Herzlich, Richard

Wer war Richard? Und wen hatte er gefunden? Wem hatte Antoinette das Leben gerettet? Fragen über Fragen schwirrten durch Florence' Kopf. Vergeblich suchte sie nach einem Hinweis auf die Datierung der Karte. Aber wenn sie nach der Beschaffenheit und der Schrift ging, musste das Schriftstück mehrere Jahrzehnte alt sein. Außerdem hatte besagter Richard Antoinette mit ihrem Mädchennamen angeschrieben.

Da Ambre noch immer telefonierte und Florence keine Pläne für den angebrochenen Abend hatte, fasste sie schließlich einen Entschluss. Sie nahm Postkarte und Schmuckkästchen und erhob sich.

Als sie vor die Rosenvilla trat, erkannte sie, dass Antoinette und Pauline noch immer auf der Hauptveranda saßen und der göttlichen Édith Piaf lauschten. Die beiden Frauen hatten die Augen geschlossen, Antoinette wippte leicht mit ihrem Kopf im Rhythmus der Musik.

Als sich Florence den beiden näherte, öffnete Pauline die Augen. »Florence!«

»Bonsoir, ihr zwei«, grüßte Florence, während sie die Stufen hinaufstieg.

Antoinettes Blick blieb an der Schmuckschatulle hängen. »Was …?« Sie schnaufte.

»Du warst im Schuppen«, bemerkte Pauline trocken.

Florence nickte, bevor sie sich auf einen der Stühle sinken ließ. »Ich habe einen Schraubenzieher gesucht«, erzählte sie. »Die Kühlschranktür war locker.«

Antoinette fuhr sich mit der Zunge über die Unterlippe.

»Dabei habe ich diese Schatulle gefunden. Und eine alte Postkarte.« Mit Spannung betrachtete Florence das Gesicht ihrer Urgroßmutter.

»Eine Postkarte?« Antoinette runzelte die Stirn.

Florence nickte und legte das Schriftstück auf den Tisch.

Pauline beugte sich vor. »Was ist das für eine Karte?« Sie kniff die Augen zusammen.

»Die Karte zeigt eine Kirche in Le Chambon-sur-Lignon«, erklärte Florence, der das schwache Zucken in Paulines Miene nicht entging, als sie stumm zu Antoinette blickte.

Die alte Frau rührte sich nicht. Ihre Lippen bewegten sich leicht, als würde sie lautlos etwas vor sich hin murmeln.

»Uroma?« Florence tippte auf die Karte. »Die Postkarte ist an dich adressiert. Ein gewisser Richard bedankt sich darin bei dir, dass du ihnen ...«, sie malte mit ihren Händen Anführungszeichen in die Luft, »... das Leben gerettet hast.« Sie zögerte. »Wem genau hast du das Leben gerettet? Und wer ist Richard?«

Antoinette blickte zu Pauline, die nickte.

»Ist das ein Geheimnis?«, wollte Florence wissen, als sie die Mienen der beiden Frauen betrachtete. »Ich dachte nur ...«

Antoinette hob die rechte Hand und nahm die Karte auf. »Ich hatte ganz vergessen, dass ich sie ...«

»Warst du es, die sie in die Schatulle gelegt hat?«

Ihre Uroma nickte. »Das ist Schmuck meiner Mutter.«

»Sie muss sehr schlank gewesen sein«, merkte Florence grinsend an. »Mir passt kein einziger der Ringe.«

»Mir auch nicht«, entgegnete Antoinette. »Deshalb hatte ich die Sachen irgendwann ... weggeräumt.«

Pauline erhob sich. »Erzähl es Florence, Maman. Es ist doch auch ihre Geschichte.«

Irritiert blickte Florence von Antoinette zu Pauline. »Du kennst die Karte?«

»Ich habe sie noch nie gesehen«, erwiderte ihre Oma zögernd. »Aber ich weiß, wer sie aus welchen Gründen an Mutter geschickt hat.« Sie tätschelte Antoinettes Hand. »Erzähl es ihr«, wiederholte sie leise.

Dann verließ sie die Terrasse und verschwand im Inneren des Hauses.

»Es ist eine sehr lange Geschichte, Florence«, erklärte Antoinette mit schwacher Stimme. »Ich weiß nicht, ob du so viel Zeit hast.«

Florence lachte kurz auf. »Uroma, ich nehme mir die Zeit.«

Antoinette legte die Karte vor Florence. »Du hast sie gelesen.«

»Ja«, bestätigte sie verlegen. »Es tut mir leid. Sie war nicht an mich gerichtet.«

Antoinette winkte ab. »Wenn du sie nicht gefunden hättest … Ich wusste gar nicht mehr, dass ich sie damals mit dem Schmuck meiner Mutter in den Schuppen gebracht hatte.« Sie strich mit den Fingerspitzen über das verblasste Bild. Ihre knochigen Hände mit den braunen Altersflecken waren von unzähligen blauen Adern durchzogen. »Wahrscheinlich wäre sie erst wiederaufgetaucht, wenn irgendjemand den Schuppen abgerissen hätte. Dann hätte es mich schon lange nicht mehr gegeben.«

»Ach, Uroma.« Betreten betrachtete Florence die trüben Augen der alten Frau.

»Ich hatte ein langes Leben, sehr viel länger als viele andere Menschen. Ich bin neunundneunzig Jahre alt, Florence.« In ihrer Stimme klang nicht der kleinste Hauch Wehmut mit. »Ich habe viel erlebt.« Sie lächelte. »Viel Schönes, aber auch einiges, was niemand jemals durchmachen sollte.« Ihre Lippen verzogen sich. »Und ich bereue nichts.«

»Die Piaf auch nicht.« Florence lauschte der Musik. Die Göttliche ließ sich in »La vie en rose« gerade über Nächte der Liebe und das große Glück aus. »Es ist schön, wenn man nach neunundneunzig Jahren sagen kann, dass man alles richtig gemacht hat.«

Ihre Uroma schüttelte den Kopf. »Das habe ich nicht gesagt, Florence. Ich habe nicht alles richtig gemacht, aber ich bereue nichts. Man muss verzeihen können, auch sich selbst.«

Kluge Worte einer weisen Frau, schoss es Florence durch den Kopf. »Ich wollte, ich könnte das nach meinen gut dreißig Jahren ebenfalls von mir behaupten.«

»Verzeihen ist wichtig«, begann Antoinette und ließ ihren Kopf gegen die Lehne des Rollstuhls sinken.

12

Es ist schon so unfassbar lange her, wenn ich daran denke, wie jung ich damals war. Und doch hat sich jedes einzelne Detail tief in meine Erinnerung gebrannt, dass ich fast meine, es sei erst gestern gewesen. Um dir aufzeigen zu können, wie sich das Leben vor so vielen Jahrzehnten anfühlte, muss ich ein wenig ausholen.

Meine Geschichte beginnt Anfang des Jahres 1944, ich war knapp achtzehn Jahre alt. Es herrschte Krieg. Der Süden Frankreichs war seit über einem Jahr von den Deutschen besetzt. Mein Vater war ein angesehener Winzer in der Gegend. Wir gehörten nicht zu den ganz Großen, aber unser Château Blanc musste sich wahrlich nicht verstecken. Das Weingut florierte. Wir hatten etwa ein Dutzend Angestellte, für unser Auskommen war gesorgt. Und doch spürten natürlich auch wir die Begleitumstände des Kriegs. Oft musste Papa, dein Ururgroßvater, ganze Paletten Wein unter Wert verkaufen. Die Bevölkerung konnte sich Luxusgüter schon lange nicht mehr leisten. Und Wein war in jener Zeit ein Luxus. Ebenso wurde es zusehends schwerer, Lebensmittel zu beschaffen. Meine Mutter wurde von einer Köchin unterstützt, aber selbst zu zweit verzweifelten die beiden immer öfter an dem spärlicher werdenden Angebot. Die Preise explodierten, der Schwarzmarkthandel hätte jedem orientalischen Basar Ehre machen können. Nein, es waren sehr schwere Zeiten. Wir hörten natürlich von den Gräueltaten der Nazis, obwohl meine Familie hier auf dem Anwesen ein wenig wie auf einer Insel der Glückseligen verharrte. Um uns herum schien die Welt unterzugehen, aber wir selbst schwebten nie unmittelbar in Lebensgefahr. Bis zu jenem Zeitpunkt.

Einiges von dem, was ich dir jetzt erzähle, habe auch ich erst sehr viel später erfahren. Wie gesagt, ich war damals ein junges Mädchen. Im Jahr zuvor hatte ich die Schule abgeschlossen, und seitdem war ich meinen Eltern zur Hand gegangen. Aber ich fühlte, dass da noch mehr sein musste. Ich war unzufrieden, was natürlich vor allem der Situation geschuldet war. Ich wollte leben, wollte lachen, wollte meine Jugend genießen. Ich hatte wenig Lust, all meine Abende auf dem Gut zu verbringen. Ich spürte, dass da draußen so viel mehr auf mich wartete, so viel, was ich noch entdecken konnte.

Ja, heutzutage ist die Jugend frei und hat unendliche Möglichkeiten. Wenn ich mir Ambre ansehe, erfreue ich mich an ihrem unbelasteten Gemüt, an ihrer unbändigen Energie, an ihrer Neugier. Und auch du, Florence, hast noch so unglaublich viele Erfahrungen vor dir. Das Leben ist wunderschön. Selbst damals, vor mehr als achtzig Jahren. Ich kannte es ja nicht anders, bin mit den Ereignissen Anfang der vierziger Jahre groß geworden. Sicherlich ist es sehr schwierig für dich, diese Zeit nachzuempfinden. Aber wir jungen Leute hatten ähnliche Zukunftsträume wie ihr heute. Der Elan unserer Jugend ließ sich nicht von Erlassen und Verordnungen, Gesetzen und Verboten unterdrücken. Mein Wissensdrang, mein Wille, Neues zu lernen, haben mich damals nicht zur Ruhe kommen lassen. Ich wollte mich ausprobieren, mich selbst finden. Wer war ich? Und wer wünschte ich zu sein? Diese Frage stellt sich wohl jeder irgendwann im Laufe seines Lebens. Und die Antwort darauf führte zu den Ereignissen, von denen ich dir erzählen möchte.

Es war im Februar 1944. Dort, wo heute die Chantiers wohnen, befand sich vor vielen Jahrzehnten noch ein Bauernhof, der der Familie Salleville gehörte. Sie hatte zwei Söhne, Martin und Serge. Mit Martin war ich in die Schule gegangen, Serge war zwei Jahre älter als wir. Ich vermutete damals schon, Martin sei ein wenig in mich verschossen. Wir waren gut befreundet, redeten viel, wenn wir uns über den Weg liefen. Zu Schulzeiten waren wir mit unseren Rädern gemeinsam in die Stadt gefahren. Ja, man könnte wohl sagen, dass wir uns sehr gut verstanden haben. Wir sprachen über Gott und die Welt, doch den Krieg hatten wir bis zu jenem Zeitpunkt immer ausgeklammert. Natürlich erzählten wir uns die neuesten Gerüchte, die in der Region kursierten, aber ich wusste bis dahin nicht, welche Einstellung die Brüder in Wahrheit hatten.

Das Gespräch, das mein ganzes Leben veränderte, begann vollkommen harmlos. Martins Mutter hatte drei Flaschen Wein bei meinem Vater bestellt, und ich sollte die Flaschen zum Hof bringen. Das machte ich oft. Ich besaß ein dunkelblaues Fahrrad, mit dem ich viele Stunden täglich unterwegs war, um unseren Wein in die kleinen Läden zu bringen. Ich hatte nicht viel Zeit, da an jenem Tag noch weitere Kunden auf ihre Bestellungen warteten. Als ich bei den Sallevilles vom Rad stieg, kam mir Martin schon entgegen. Er wirkte aufgekratzt und nervös.

»Was ist los?«, wollte ich von ihm wissen.

Er winkte ab und schien mit sich zu kämpfen.

»Martin, was ist passiert?« Derart fahrig hatte ich ihn nie zuvor erlebt.

»Nichts«, erwiderte er mit belegter Stimme.

»Ich habe den Wein für deine Eltern dabei«, wechselte ich schließlich das Thema, da ich spürte, dass er nicht mit mir reden wollte.

Er nickte abwesend und starrte zu Boden. »Dieser verfluchte Krieg...«

»Gestern waren auch zwei Deutsche bei Papa, um Wein zu kaufen«, erzählte ich. »Der eine sah aus wie ein Schwein.« Ich bog meine Nase nach oben und grunzte. »Und der andere schlug ständig seine Hacken aneinander, nachdem er etwas gesagt hatte.« Ich schüttelte den Kopf.

»Es geschehen furchtbare Dinge«, flüsterte Martin und sah sich um.

Ich folgte seinem Blick. »Was meinst du?«

Natürlich hatte ich von den Arbeitslagern gehört, die die Nazis überall errichteten. Auch hier im Süden gab es derartige Einrichtungen, von denen niemand so genau wusste, wozu sie tatsächlich dienten und wer dort alles interniert war.

»Hitlers Armee wird immer aggressiver. Sie wollen...« Er brach ab.

»*Was?*«, hakte ich nach, da mich sein Tonfall immer mehr beunruhigte. »*Was wollen sie?*«

»*Nichts. Vergiss es.*« Er nahm mir die Tasche mit den Weinen ab. »*Was bekommst du?*«

Ich sagte ihm den Betrag.

»*Wir müssen jetzt dringend etwas tun*«, erklärte er nach Minuten des Schweigens erneut, nachdem er mir das Geld gegeben hatte.

»*Was meinst du?*« Ich verstand noch immer nicht, worauf er hinauswollte.

»*Ein paar junge Leute hier aus Sète treffen sich einmal die Woche, um …*«, er zögerte, »*… um die aktuelle Situation zu besprechen.*«

Ich musterte sein angespanntes Gesicht, wusste jedoch nichts zu erwidern.

Er hob seinen Kopf und sah mich zum ersten Mal direkt an. »*Möchtest du vielleicht mal dazukommen?*« Seine Stimme klang hoffnungsvoll.

Ich fühlte mich überrumpelt. »*Was sind das für Leute?*«

Er zuckte mit den Schultern. »*Weitläufige Nachbarn, Menschen, die der Meinung sind, man müsse etwas gegen die Deutschen unternehmen.*«

Ich zuckte zurück. »*Die Résistance?*«, murmelte ich erschrocken.

Er wandte seinen Kopf ab. »*Möglich.*«

Mein Vater hatte uns mehrfach erzählt, dass es immer mehr Franzosen gab, die im Untergrund gegen die boches kämpften, wie die Deutschen hier genannt wurden. Sie sprengten Bahnstrecken, um die deutschen Truppen von Nachschubtransporten abzuschneiden. Es hatte auch schon mehrere Mordanschläge auf hochrangige Offiziere der Wehrmacht gegeben. Wenn die Täter gefasst wurden, wurden sie öffentlich hingerichtet. Und blieben sie unerkannt, rächten sich die Nazis an Unschuldigen. All das war mir nicht neu, aber ich hatte noch nie diese Verbitterung in Martins Stimme wahrgenommen.

»*Wenn wir nichts tun, werden sie uns komplett überrennen*«, drang Martin auf mich ein.

»Ich ...« Ich musste schlucken. Was sollte ich schon gegen die Übermacht der Deutschen ausrichten können? Ich war kein politischer Mensch. Meine Welt bestand aus meiner Familie, dem Weingut und meinen Freundinnen.

»Wir treffen uns Mittwochabend.« Er deutete mit dem Daumen über die Schulter. »In der Scheune. Denk darüber nach.«

Und das tat ich. Ich konnte nachts nicht mehr schlafen, weil ich nicht wusste, wie ich mich verhalten sollte. Erst überlegte ich kurz, meinen Vater einzuweihen. Doch dann hatte ich Angst, ihn dadurch in Gefahr zu bringen. Er hatte geschäftlich immer wieder mit den Deutschen zu tun. Und Papa war schon immer eine ehrliche Haut. Was würde passieren, wenn er sich verhaspelte? Nein, das Risiko war mir zu groß. Ich musste dieses Problem mit mir allein ausmachen. In welches Dilemma hatte Martin mich nur gestürzt?

Zwei Tage später traf ich auf meiner Auslieferungstour durch Sète zufällig meine beste Freundin Chantal. Wir unterhielten uns kurz, während ich mit mir haderte, ob ich ihr von Martins Vorschlag erzählen sollte. Doch auch hier erschien mir die Gefahr zu groß, und ich entschied mich erneut dagegen.

Viel später habe ich mich immer wieder gefragt, was passiert wäre, wenn ich mich damals entschieden hätte, Martins Worte zu ignorieren. Mit ziemlicher Sicherheit sähe mein heutiges Leben komplett anders aus. Damals konnte ich nicht absehen, welche Folgen mein Entschluss nach sich ziehen würde. Ach, Florence. Ich war ein junges Mädchen, kaum älter als Ambre. Wie hätte ich ahnen können, welche Welle da auf mich zurollte? Niemals wieder hatte eine Entscheidung derart weitreichende Konsequenzen für meine Zukunft, für mein Leben, meine gesamte Existenz. Aber damals hätte ich mir doch nicht träumen lassen, was mein Verhalten auslösen würde. Heute, achtzig Jahre später, kann ich jedoch aus voller Überzeugung sagen, dass ich mich mit dem Wissen von heute wieder genauso verhalten würde. Gut, nicht ganz genauso ... Ich würde mich ... besser vorbereiten für alle Eventualitäten. Aber ich kann die Vergangenheit nicht ungeschehen machen. Damals habe ich getan, was ich für richtig hielt. Und das war es im Grunde *auch. Manchmal muss man Dinge tun, die man sich nie im Leben hätte vorstellen können. Man denkt, man sei nicht stark genug. Man könne es nicht ertragen. Und doch ... Wir sind so viel stärker, als wir glauben. Wenn es darauf ankommt, können wir über uns selbst hinauswachsen, denn leider verläuft unser Weg nicht immer so gerade und unbeschwert, wie wir das gern hätten. Es tun sich Abzweige auf, mit denen wir niemals gerechnet hätten. Wir werden vor Herausforderungen gestellt, die uns an unsere Grenzen führen. Hürden türmen sich plötzlich vor uns auf, wo noch eben alles vorhersehbar und übersichtlich schien.*

Meine liebe Florence, das Reden hat mich sehr erschöpft. Meine Geschichte ist noch lange nicht zu Ende, aber ich fürchte, ich muss dich auf morgen vertrösten. Bonne nuit.

13

Während der Fahrt zum Büro schwirrten Florence Tausende Gedanken durch den Kopf. Antoinettes Erzählung gestern Abend hatte sie tief berührt. Sie musste sich ehrlich eingestehen, dass sie noch nie darüber nachgedacht hatte, dass ihre Uroma ihre Jugend im Zweiten Weltkrieg verbracht hatte. Was hatte Antoinette damit gemeint, als sie sagte, man müsse sich selbst verzeihen können? Hatte sie etwas getan, was es zu verzeihen galt? Für Florence war ihre Urgroßmutter stets der ruhende Pol der Familie gewesen. Die burschikose Pauline mit ihrer direkten Art hatte ihr Herz ebenfalls am rechten Fleck, aber Antoinette besaß darüber hinaus das gewisse Maß Feingefühl, um aufkommende Wogen mit einer fast beiläufigen Leichtigkeit wieder zu glätten, um eskalierende Konflikte zu entschärfen, bevor Schaden entstand. Florence konnte sich nicht erinnern, dass Antoinette jemals laut geworden wäre. Die unaufgeregte, ruhige und besonnene Art ihrer Uroma hatte Florence in der Vergangenheit schon so manches Mal vor der Konfrontation mit der oft sehr emotionalen Louise bewahrt. Komplizierte Familienverflechtungen und gegensätzliche, grundverschiedene Charaktere.

Florence hätte Antoinette gestern Abend ewig zuhören können, doch im Laufe des Abends hatte sie ihrer Uroma die zunehmende Erschöpfung und Müdigkeit ansehen können. Der Blick der alten Frau hatte sich getrübt, die tiefen Runzeln ihres Gesichts schienen von Minute zu Minute prägnanter zu werden. Antoinette hatte in der Tat ein sehr langes Leben hinter sich. Und wie sie nun angedeutet hatte, schien dieses durchaus nicht nur interessant, sondern teils sogar dramatisch gewesen zu sein.

Während Florence in die Straße einbog, in der sich das Büro befand, rief sie sich Antoinettes Bericht erneut ins Gedächtnis.

Neben der Müdigkeit hatte sie noch eine andere Nuance in der Stimme ihrer Uroma wahrgenommen. Fast schien es, als durchlebte die neunundneunzigjährige Antoinette die Geschehnisse von damals ein weiteres Mal mit all den Facetten an Gefühlen, die so lange zurücklagen.

»Bonjour!«

Die Stimme von Jacqueline Drugot unterbrach Florence' Grübeln.

»Bonjour, Madame!« Florence stieg vom Rad und schloss es ab.

»Sie sind aber sportlich unterwegs«, merkte ihre Vorgesetzte lächelnd an.

»Ein wenig Bewegung schadet nicht«, entgegnete Florence und nahm ihre Tasche aus dem Fahrradkorb. »Kommen Sie zu Fuß zur Arbeit?«

Ihre Chefin lachte kurz auf. »Gott bewahre!« Sie winkte ab. »Ich wohne in Balaruc-les-Bains. Ich stelle meinen Wagen meist um die Ecke ab, da hier um diese Zeit kaum Parkplätze zu finden sind. Aber die Bewegung ...« Sie zeigte an sich herab. »Die würde mir durchaus auch guttun.«

Sie betraten das Gebäude und stiegen gemeinsam die Treppe in den ersten Stock hinauf.

»Wie waren die ersten Tage?« Als sie an Florence' Büro ankamen, blieb Jacqueline Drugot stehen.

»Auch in Sète gibt es für uns genug zu tun.«

Wieder lachte ihre Chefin. »Wie wahr!«

»Paris ist ganz anders strukturiert. Die Abteilungen sind um ein Vielfaches größer. Klar, die Einwohnerzahl ist ja auch eine andere.« Florence verdrehte die Augen. »Aber irgendwie hatte ich doch angenommen, hier im beschaulichen Süden würden die Uhren noch etwas anders ticken.«

Drugots Gesicht nahm einen nachsichtigen Ausdruck an. »Das Umfeld ist ein komplett anderes, das stimmt schon. Man kann die Region kaum mit einer Großstadt vergleichen. Aber wenn wir nur nach Montpellier sehen, wird es dort ähnlich sein wie in Paris.

Und doch gibt es auch hier viele Familien, die mit den Hürden des Alltags nicht klarkommen. Arbeitslosigkeit ist ein großes Thema. Daraus entstehen meist finanzielle Probleme, und so können sich die Folgen daraus innerhalb von Familien in gewissen Situationen hochschaukeln und zu massiven Schwierigkeiten führen.« Sie musterte Florence. »Es leben hier auch sehr viele Alleinerziehende.«

»Diese Problematik kenne ich ja zur Genüge«, erwiderte Florence ernst.

»Wie geht es Ihrer Tochter? Ist sie gut an ihrer neuen Schule angekommen?«

Florence wiegte ihren Kopf hin und her. »Ich hoffe es. Aber ich bin mir nicht ganz sicher. Im Moment lässt sie mich kaum an sich heran, da sie mir die Schuld an ihrer Lage gibt. Sie wollte nicht nach Sète.«

»Verständlich! Sie hatte in Paris ihr sicheres Umfeld, ihre Schule. Hier muss sie bei null anfangen, was ja auch uns Erwachsenen nicht gerade leichtfällt.« Ihr Blick wurde eindringlich.

Florence kaute auf ihrer Unterlippe. »Sie wissen es.«

Ihre Chefin zuckte mit den Achseln. »Ich habe eine Bekannte in der Hauptstadt, die jemanden kennt ...«

»Der jemanden kennt, der mit Jean-Luc befreundet ist«, beendete Florence den Satz resigniert.

»Manchmal ist die Welt ein Dorf. Aber Sie brauchen sich keine Sorgen zu machen. Sie sind doch sehr vielversprechend gestartet. Und was Sie in Ihrem Privatleben tun, geht niemanden etwas an.«

Florence seufzte. »Er war verheiratet.«

»Das sind sie meistens«, erwiderte Drugot emotionslos.

»Und seine Frau hat es herausgefunden.«

»Somit galt es, Sie zu eliminieren.«

Florence nickte. »Er meinte noch, er täte mir etwas Gutes. Wegen meiner Familie und so ...«

»Sie wollten gar nicht nach Sète ziehen?«

»Doch, es erschien mir auch als die naheliegendste Lösung. Meine Familie lebt hier in der Nähe auf einem ehemaligen Weingut, wo Platz genug für uns ist.« Sie lächelte. »Aber fünf Frauen unter einem Dach …«

Jacqueline Drugot zog die Brauen hoch. »Fünf Frauen?«, wiederholte sie ungläubig. »Und keine Männer?«

Florence schüttelte den Kopf und erläuterte kurz ihre familiäre Situation.

»Das klingt sehr …«

»Idyllisch? Heimelig?«, ergänzte Florence lachend.

»Ungewöhnlich«, verbesserte ihre Chefin trocken.

»Das trifft es wohl ziemlich genau.« Florence zögerte. »Aber ich denke, es wäre besser, wenn wir uns etwas Eigenes suchen, direkt in der Stadt.«

»Ich habe einen großen Bekanntenkreis, in dem ich mich gern einmal umhören kann, aber …« Sie wedelte mit der rechten Hand. »Der Wohnungsmarkt ist katastrophal. Viel Hoffnung kann ich Ihnen wirklich nicht machen.«

Florence nickte. »Das hatte ich fast befürchtet. Ich kenne die Situation ja aus Paris.«

Jacqueline Drugot berührte Florence' linken Oberarm. »Ich halte trotzdem Augen und Ohren offen. Man kann nie wissen.«

Florence bedankte sich und betrat ihr Büro. »Bonjour«, grüßte sie Thomas, der an seinem Schreibtisch saß und auf einem Bleistift kaute. Sylvie Famonys Platz war leer.

Ihr Kollege blickte auf. »Bonjour, Florence.«

»Fängst du immer so früh an?« Florence ging zu ihrem Tisch und hängte die Tasche an ihren Stuhl.

»Ich bin ein Frühaufsteher«, erklärte er mit einem breiten Grinsen. »Du weißt schon, der frühe Vogel … Außerdem habe ich später einen Gerichtstermin in Montpellier.« Er zeigte auf den Stapel Akten vor sich. »Und die Arbeit macht sich auch nicht von allein. Wie sieht es bei dir aus?«

»Ich denke, mir wird nicht langweilig.«

»Nein, das wird es mit Sicherheit nicht.« Sein Blick wurde prüfend. »Was meinst du, wollen wir beide mal irgendwann demnächst einen Kaffee trinken gehen?«

Die Frage kam überraschend. Florence betrachtete den blonden Mann mit dem charmanten Lächeln, bevor sie langsam nickte. »Ja, gern. Warum nicht?«

»Schön.« Er zog eine Grimasse. »Ich freue mich. Wir schauen einfach mal, wie es zeitlich passt. Aber nach Feierabend habe ich meistens nichts vor, wenn ich nicht gerade meine Mannschaft trainiere.«

»Welche Mannschaft?«

»Ich arbeite zweimal die Woche ehrenamtlich als Tischtennistrainer an einer Grundschule in Agde.«

»Das klingt toll.« Florence musterte ihn interessiert und wollte noch etwas erwidern, als das Klingeln ihres Telefons ihr Gespräch unterbrach.

14

Nachdenklich starrte Julien aus dem Fenster. Auf der Straße vor dem Lehrerzimmer fuhren zwei Jugendliche mit ihren Skateboards vorbei. Eine ältere Frau blieb am Schaufenster der Buchhandlung auf der gegenüberliegenden Seite stehen, während die Verkäuferin aus dem Laden trat und sie lächelnd begrüßte. Sollte er mit Ambres Klassenlehrer Kontakt aufnehmen? Er kannte Monsieur Katouche flüchtig von einer Fortbildung, die sie im letzten Jahr zusammen absolviert hatten, auch wenn sie an unterschiedlichen Schulen unterrichteten. Sozusagen ein Gespräch unter Kollegen. Doch im nächsten Moment verwarf er den Gedanken wieder. Ambre war fünfzehn. Wahrscheinlich würde sie toben, wenn sie erfuhr, dass ihr Vater sich ungefragt in ihre Angelegenheiten mischte.

»So grüblerisch am frühen Morgen?«, erklang die Stimme seiner Kollegin Anne-Sophie hinter ihm.

Julien drehte sich um und bemühte sich um ein Lächeln. Vor zwei Jahren hatte ihn mit der Sportlehrerin eine kurze Affäre verbunden, die sie jedoch nach wenigen Monaten einvernehmlich beendet hatten, als sie merkten, dass ihre Lebensplanungen zu unterschiedlich waren, als dass sie es hätten ignorieren können. Anne-Sophie war bildhübsch, langes blondes Haar, grüne Katzenaugen, hohe Wangenknochen. Der Typ Frau, nach dem sich jeder Mann, egal, welchen Alters, umdrehte. Sie war eine Abenteurerin, fuhr Motorrad, liebte Fallschirmspringen und Bungeejumping. Nach dem Abitur war sie ein Jahr lang mit Zelt und Rucksack allein durch Australien getourt. Was Julien anfangs wie magisch angezogen hatte, wurde ihm im Laufe der Wochen zu anstrengend und mühsam. Und was Anne-Sophie an Julien geschätzt hatte, seine Ruhe und Bodenständigkeit, hatte ihr irgendwann einfach nicht mehr gereicht. Sie brauche mehr Inspiration, mehr Abwechslung. Nachdem sie sich ausgesprochen und beschlossen hatten, dass eine Liebesbeziehung, die beide nicht zufriedenstellte, wenig Sinn machte, verband sie nun eine gute Freundschaft. Daher wusste Anne-Sophie auch von Ambres und Florence' Umzug.

»Manchmal frage ich mich, ob wir Eltern grundsätzlich dazu auserkoren sind, uns ständig und pausenlos Gedanken darüber zu machen, ob wir einen guten Job absolvieren.«

»Ambre?« Anne-Sophie klang mitfühlend. Sie stellte sich neben ihn und folgte seinem Blick.

»Ich möchte doch nur, dass es ihr gut geht.« Er seufzte.

»Ich habe zwar keine Kinder, aber ich glaube, bei diesem Wunsch seid ihr Eltern euch tatsächlich so einig wie bei kaum einer anderen Frage.« Sie grinste. »Magst du einen Kaffee?«

Julien schüttelte den Kopf. »Ich hatte schon drei.«

»So schlimm?«

»Ich weiß es nicht. Florence kommt momentan überhaupt nicht an sie ran. Die beiden finden gerade keinen Draht zueinander.«

»Du könntest vermitteln«, schlug seine Kollegin vor.

»Daran hatte ich auch schon gedacht.« Er musterte Anne-Sophie. »Ist ein Familienausflug zu spießig für eine Fünfzehnjährige?«

Anne-Sophie lachte. »Das fragst du ausgerechnet mich? Versuch es einfach.«

»Du hast recht«, überlegte er laut. »Was habe ich schon zu verlieren?«

»Du solltest dringend mit ihr reden.«

Julien runzelte die Stirn. »Was meinst du? Ich habe doch schon mit ihr ...«

»Mit Florence«, unterbrach sie ihn sanft und nickte. »Unabhängig von eurer Tochter. Ihr ...«

Das Telefon auf Juliens Schreibtisch begann zu klingeln. Er wandte seinen Kopf und sah zu dem läutenden Apparat.

»Geh ruhig ran.« Anne-Sophie wedelte mit der Hand. »Aber denk an meine Worte. Ihr zwei müsst miteinander sprechen. Über euch.«

Während Julien zu seinem Schreibtisch zurückkehrte, verließ sie das Lehrerzimmer. »Pergolet«, meldete er sich, als er die Nummer des Schulsekretariats erkannte.

»Monsieur Pergolet, ich habe die Mutter einer Ihrer Schülerinnen am Apparat. Madame Dumonde.« Madame Charlet, die Sekretärin des Rektors, sprach hastig.

Corinne Dumonde besuchte Juliens zehnte Klasse. Das Mädchen war bis vor wenigen Monaten noch die Klassenbeste gewesen, sehr aufgeweckt und interessiert. Seitdem sanken ihre Leistungen jedoch rapide ab. Julien hatte mehrfach das Gespräch mit ihr gesucht, leider bisher vergebens. Sie hatte sämtliche Versuche seinerseits abgeblockt.

Nachdem die Sekretärin das Telefonat durchgestellt hatte, nannte Julien erneut seinen Namen.

»Monsieur Pergolet? Hier spricht Charlotte Dumonde, die Mutter von Corinne. Sie ist …«

»Ich weiß, wer Ihre Tochter ist.« Corinnes Mutter klang völlig aufgelöst. Julien bemühte sich um Ruhe. Was war nur geschehen?

»Pardon, Monsieur. Natürlich kennen Sie Ihre Schüler. Ich wollte nicht …« Sie verstummte. »Es tut mir leid. Ich muss Corinne für die nächsten Tage entschuldigen. Da Sie Ihr Klassenlehrer sind und Corinne Sie sehr schätzt, wollte ich persönlich mit Ihnen sprechen und nicht mit der Sekretärin …« Wieder brach sie ab, ohne den Satz zu beenden.

Julien hörte ein leises Schluchzen. »Madame Dumonde?« Beunruhigt wartete er auf eine Reaktion.

»Corinne ist im Krankenhaus«, flüsterte ihre Mutter mit erstickter Stimme. »Sie hat versucht …«

»Was ist los, Madame? Was hat Corinne versucht?« Ihr Tonfall ließ bei Julien sämtliche Alarmglocken schrillen.

»Sie wollte sich umbringen.« Wieder schluchzte sie auf.

Geschockt fasste sich Julien an die Schläfe und rief sich das Bild der dunkelhaarigen Schülerin ins Gedächtnis. »Was ist passiert?«

»Sie hat Tabletten genommen. Die Ärzte haben ihr den Magen ausgepumpt.«

Julien konnte die Worte von Corinnes Mutter kaum verstehen, da sie mehrfach nach Luft schnappte und ihr Schluchzen kaum noch unterdrücken konnte.

»Wie geht es ihr?« Er wagte es kaum, die Frage zu stellen.

»Sie können noch nichts sagen«, erwiderte Madame Dumonde nun leise. »Wir sind in der Universitätsklinik in Montpellier und ...«

Julien dachte sofort an Florence. »Es ist gut, dass Sie mir Bescheid gegeben haben, Madame. Bitte richten Sie Corinne meine besten Wünsche und gute Besserung aus. Und halten Sie mich bitte auf dem Laufenden, wie ihre Genesung vorangeht.«

Nachdem er noch einige Worte mit ihr gewechselt hatte, beendete er das Telefonat.

Für einen Moment blickte er auf die Schreibtischplatte vor sich. Wie kam ein junges Mädchen mit besten Zukunftschancen bloß dazu, seinem Leben ein Ende setzen zu wollen? Corinne hatte sich verändert, das war Julien aufgefallen. Früher war sie aufgeschlossen gewesen, am Unterricht interessiert, regelrecht wissbegierig. Seit einiger Zeit hatte sie sich zurückgezogen, beteiligte sich kaum noch am Unterricht, wirkte apathisch. Aber er hatte es versucht, bemühte er sich, sich einzureden. Und doch ... Hätte er anders reagieren müssen? Das Gespräch mit den Eltern suchen?

Andererseits verhielten sich viele Jugendliche in diesem Alter auf eine Art, die Erwachsene oft nicht nachvollziehen konnten. Trotzdem konnte er sein schlechtes Gewissen nicht ignorieren. Er griff erneut zum Hörer und wählte Florence' Nummer.

»Ich bin es, Julien.«

Sekundenlang herrschte Stille in der Leitung.

»Ich wollte dir einen Vorschlag machen«, begann er beherzt, als sie weiter nichts erwiderte.

»Was für einen Vorschlag?« Sie klang misstrauisch.

»Ich dachte, es könnte Ambre vielleicht gefallen, wenn wir am Wochenende etwas zu dritt unternehmen würden. Sozusagen als Familie. Ein kleiner Ausflug.«

»Wir sind keine Familie, Julien«, erwiderte Florence kühl.

Er atmete durch. Warum konnte er nicht einmal den richtigen Ton, die passenden Worte finden?

»Das weiß ich«, erklärte er leise. »Aber wir könnten etwas Zeit miteinander verbringen. Ambre könnte auf andere Gedanken kommen. Was meinst du?«

»Ich weiß nicht.« Ihre Skepsis war unüberhörbar.

»Einen Versuch wäre es wert.« Noch wollte er nicht aufgeben. »Wenn sie merkt, dass wir gut miteinander auskommen, dass wir sie unterstützen … Florence, ein wenig Spaß könnte ihr doch gefallen.« Er hörte seine Ex-Freundin am anderen Ende seufzen. »Na los. Gib dir einen Ruck.« Er lächelte.

»Du lässt wohl nicht locker.«

Er erkannte ein Schmunzeln in ihrer Stimme. Wäre er doch nur damals ebenso zielstrebig gewesen … Julien schloss die Augen. Es war zu spät, um erneut mit der Vergangenheit zu hadern. Was geschehen war, konnte er nicht mehr rückgängig machen.

»Ist das ein Ja?«

Jetzt lachte sie. »Ich weiß nicht, warum ich mich darauf einlasse.«

»Lass uns einen schönen Tag miteinander verbringen.« Er lehnte sich zurück. »Ich bin mir sicher, dass wir es nicht bereuen werden.«

»Das hoffe ich.« Sie schnaufte. »Sagst du es Ambre, oder soll ich mit ihr reden?«

»Sprich du mit ihr«, schlug er vor. »Ich habe keine Ahnung, wann sie sich wieder bei mir meldet.« Er räusperte sich. »Außerdem habe ich noch ein weiteres Anliegen.« Er begann, Florence von Corinne und dem Anruf von Madame Dumonde zu erzählen.

15

Florence musterte das blonde Mädchen, das ihr gegenübersaß und gedankenverloren an seiner heißen Schokolade nippte. Das Café war für diese Uhrzeit gut besucht, am Nebentisch fand gerade eine ausgelassene Geburtstagsfeier statt.

»Meine Eltern sind beides Einzelkinder«, erklärte Marlène leise, »genau wie ich. Eine große Familie wie …« Sie deutete mit den Augen in Richtung der feiernden Gruppe. »… das kenne ich gar nicht. Meine Großeltern sind schon vor Jahren gestorben.«

»Wünschst du dir denn eine große Familie?« Florence nahm einen Schluck von ihrem Kaffee.

Marlène zuckte mit den Achseln. »Darüber habe ich mir ehrlich gesagt noch nie Gedanken gemacht. Klar, man denkt irgendwie schon, später habe ich mal Familie. Einen Mann, Kinder, ein Haus … Das Übliche.« Sie schürzte ihre Lippen. »Aber eben später.«

»Manchmal kommt später schneller als gedacht«, warf Florence lächelnd ein.

»Da sagen Sie etwas Wahres. Sehr viel schneller sogar.« Die Jugendliche legte beide Hände auf den noch flachen Bauch und schaute an sich herab. »Es erscheint mir so … surreal. Ich kann mir noch gar nicht wirklich vorstellen, dass da ein kleiner Mensch drin sein soll.«

»Das wird sich bald ändern.« Florence lehnte sich zurück und sah auf die Straße, wo zwei Frauen mit einem Dackel und einem Malteser standen, die sich ausgiebig beschnüffelten und umkreisten. »Wann hast du deinen nächsten Termin beim Gynäkologen?«

»In drei Wochen«, erwiderte Marlène mit einem seligen Lächeln.

»Du möchtest das Baby haben«, stellte Florence fest.

Marlène nickte.

»Dieses Wohnprojekt könnte zu euch passen.« Florence erzählte dem Mädchen von ihrem Besuch in dem Wohnheim. »Es ist wirklich schön dort. Ihr könntet gemeinsam ein kleines Apartment bewohnen.«

Marlènes Augen begannen zu glänzen. »Das klingt toll! Unser eigenes Reich. Nathan, das Baby und ich.«

»Was machen wir mit der Schule?«

»Würden Sie mitkommen, wenn ich ...« Sie schluckte. »Mon Dieu! Was werden die anderen bloß sagen?« Sie wirkte plötzlich verloren und unsicher.

»Marlène«, sagte Florence behutsam, »du bekommst bald ein Kind, für das du verantwortlich sein wirst. Wichtig sind jetzt deine Gesundheit und die des Babys. Du solltest dich nicht verrückt machen. Wie wäre es, wenn du in den nächsten Tagen erst mal mit ein paar deiner Mitschüler sprichst und sie einweihst? Dann wird es sich nach und nach herumsprechen, und du wirst nicht sofort von allen damit konfrontiert. Erzähle ihnen ganz offen, dass das nicht geplant war, du dich aber dafür entschieden hast, die Verantwortung zu übernehmen. Wenn es um das Gespräch mit dem Rektor geht, unterstütze ich dich und deine Mutter gern.« Sie streckte ihre Hand aus und umfasste Marlènes Finger, die diese ineinander verknotet hatte.

»Maman ist wütend.«

»Wütend? Oder eher besorgt?«

Marlène schüttelte den Kopf. »Sie hat Angst, dass ich in der Gosse lande. Aber sie ...« Sie schnaufte laut aus. »Nathan hält zu mir. Er kommt aus einer richtigen Familie. Er ... würde mich nie im Stich lassen.«

»Erzähl mir von ihm«, forderte Florence sie auf.

Die Miene des Mädchens wirkte mit einem Mal verzückt und weicher. »Er ist so lieb«, begann sie zu schwärmen. »Er hat noch drei Brüder. Seine Mutter ist Krankenschwester, sein Vater arbeitet bei einer Versicherung. Die ganze Familie ist ... einfach toll.« Sie seufzte. »Bei ihnen ist immer etwas los, seine Großeltern, die Eltern seiner Mutter, wohnen mit ihnen zusammen. Sie sind so liebevoll miteinander. Er freut sich so sehr auf das Baby.«

»Das klingt tatsächlich toll«, erwiderte Florence lächelnd. »Wie alt sind seine Geschwister?«

»Nathan ist der älteste, sein jüngster Bruder ist fünf.«

»Du fühlst dich wohl bei ihnen.«

Marlène nickte.

»Was ist mit seinen Eltern? Wie stehen sie zu der Schwangerschaft?«

Das Mädchen entzog Florence ihre Hände, umfasste abwesend eine Haarsträhne und wickelte sie um den rechten Zeigefinger. »Sie sind derselben Meinung wie Maman.« Sie klang wieder frustriert.

»Marlène, es sind eure Eltern. Wenn meine Tochter morgen ankäme, um mir zu verkünden, dass ich demnächst Oma werde, wäre ich auch wenig begeistert.«

Marlène presste ihre Lippen aufeinander und blieb stumm.

»Aus deinen Worten höre ich aber heraus, dass sie euch trotzdem unterstützen würden, nicht wahr?«

Sie nickte.

»Das ist gut. Weißt du, es gibt Eltern, die würden ihr Kind vor die Wahl stellen. Würden Druck ausüben. Aber deine Mutter steht zu dir. Sie wird dir helfen.«

»Sie setzt mich auch unter Druck«, widersprach Marlène.

Florence nickte. »Sie möchte dir aufzeigen, wie dein Leben mit Kind aussehen wird. Welche Probleme auf dich zukommen können. Sie ist besorgt um dich und das Baby. Ich würde das nicht unbedingt als Druck bezeichnen.« Sie überlegte. »Was ist denn mit deinem Vater?«

Die Jugendliche verdrehte die Augen. »Er hat im letzten Jahr geheiratet und ein Kind bekommen.« Sie lachte auf, doch es klang nicht freudig. »Ich habe also eine Halbschwester, die nur wenige Monate älter ist als mein eigenes Kind.«

»Ihr steht in Kontakt?«

Sie zuckte mit den Achseln. »Mal mehr, mal weniger. Seit Léa auf der Welt ist, hat er kaum noch Zeit für mich.«

»Konzentrier dich auf die Menschen, die für dich da sind, Marlène.« Florence versuchte, aufmunternd zu klingen. Sie spürte, dass das Mädchen sehr unter der eigenen familiären Situation litt. »Deine Mutter, Nathan, seine Familie, deine Freundinnen. Und auch ich bin für dich da, wenn du mich brauchst. Wenn du einen Rat möchtest oder anderweitige Hilfe. Ich begleite und unterstütze dich, solange du das wünschst.«

»Was ist, wenn ich das nicht schaffe?«

Florence schüttelte den Kopf. »Deine Zweifel sind ganz normal. Alle Eltern fragen sich das, glaub mir! Das erste Kind … das ist ein ganz großes Abenteuer. Aber wenn wir auf unser Herz und unseren Verstand hören, dann wird dieses Abenteuer zu einer wunderschönen Reise.« Sie musste an Ambre denken, an ihr kleines Mädchen, das seine zierliche Hand nach Florence ausgestreckt hatte, wenn es auf einer Brüstung oder einer Ansammlung von Steinen balancieren wollte. Wie lange war es her, dass ihre Tochter aktiv nach ihrer Unterstützung verlangt hatte? Oder war es vielmehr so, dass Florence Ambre nicht mehr hörte? Dass sie nicht erkannte, dass ihr Kind auch mit fünfzehn Jahren nach Florence' Begleitung lechzte? Sie verdrängte den Gedanken und konzentrierte sich wieder auf Marlène. »Ein Kind zu erziehen ist etwas Wundervolles«, fuhr sie fort. »Man entdeckt die Welt noch einmal mit ganz anderen Augen.« Sie musste schmunzeln. »Auch wenn deine eigene Kindheit nicht allzu lange zurückliegt, so ist es doch eine völlig neue Erfahrung, als Mutter durchs Leben zu gehen.«

»Wenn du das sagst, klingt das so … bezaubernd«, erwiderte Marlène gedehnt.

Florence lachte. »Bezaubernd trifft es nicht immer. In jeder Eltern-Kind-Beziehung gibt es harte Zeiten. Kämpfe werden miteinander ausgefochten, Grenzen müssen ausgelotet werden. Ich glaube, es gibt keine intensivere Beziehung als die zwischen Eltern und Kindern. Aber diese Liebe, die du für ein Kind empfindest, ist mit nichts vergleichbar. Du siehst dieses kleine Wesen an, und dein Herz beginnt zu lachen. Wenn du den Duft deines Kinds einatmest, weißt du, dass alles in Ordnung ist. Dass sich all die Mühe, all die Sorgen, die Probleme, die es zwangsläufig geben wird, dass sich all das lohnt. Denn diese Momente mit deinem Kind sind ... ja, sie sind tatsächlich bezaubernd. Magisch.«

»Es lohnt sich zu kämpfen«, flüsterte Marlène.

Florence nickte. »Auf jeden Fall. Es ist nicht immer leicht. Vieles ist nicht planbar. Kinder können uns an den Rand unserer eigenen Grenzen bringen. Aber ja, jede Mühe lohnt sich.«

»Wann können wir uns dieses Wohnprojekt ansehen?«, wollte Marlène im nächsten Moment unvermittelt wissen.

Florence betrachtete sie voller Anerkennung. Dieses Mädchen würde es schaffen. Sie war eine Kämpfernatur, wusste in jungen Jahren schon genau, was sie wollte. Sie würde ihrem Kind mit Sicherheit eine gute Mutter sein.

»Wann immer es euch passt«, erwiderte Florence daher zufrieden.

16

»Unsere kluge Pariserin«, frotzelte Marie gerade so laut, dass Ambre, die mit Anouk auf der Mauer des Schulhofs saß, es noch hören könnte. Die Blondine warf mit einer affektierten Geste ihr glänzendes Haar zurück und verzog missbilligend ihr Gesicht. »Wie war das noch mit Camus und der Pest?« Sie legte ihren Kopf in den Nacken und lachte laut los, bevor sie erst Caroline und dann Anna ihre Ellbogen verschwörerisch in deren Seiten stieß. »Pardon, Monsieur, aber die Interpretation der Ratten haben wir in Paris etwas anders formuliert.« Hämisch äffte sie Ambres Antwort aus der vorherigen Französischstunde nach. »Ach ja, diese superschlauen Pariser. Von den Hochintelligenten aus der Hauptstadt können wir Bauern hier im Süden noch sehr viel lernen.«

Marie seufzte übertrieben und warf Ambre einen verächtlichen Blick über die Schulter zu. Dann wedelte sie wie eine Verrückte mit ihren Händen und begann im nächsten Moment laut loszukreischen, als sei der Teufel hinter ihr her. Caroline und Anna folgten ihrer Anführerin lachend auf die Straße.

»Irgendwann bringe ich sie um, diese blöden Hühner«, zischte Ambre wütend.

Anouk winkte ab. »Vergiss es. Die sind dermaßen behämmert, die kann man doch gar nicht ernst nehmen.«

»Warum stellt sich dann keiner gegen sie?« Ambre ließ ihre Beine baumeln, lehnte sich nach hinten und stützte sich mit den Händen auf dem Mauervorsprung ab. Die Mittagssonne kitzelte sie in der Nase. »Jamal und Nadia werden von ihnen doch auch die ganze Zeit angegangen.«

»Das geht leider schon seit Jahren so. Einige der Jungs beginnen doch schon zu sabbern, wenn Blondie nur um die Ecke biegt. Die würden alles dafür tun, um diese Kleingeistige daten zu dürfen.« Sie tippte sich an die Stirn. »Die sind doch genauso bekloppt.«

»Ist sie denn wirklich so hübsch?« Ambre zupfte lose Haut an ihrem Daumen ab.

»Fragst du mich das ernsthaft?« Anouk schlug mit der rechten Hacke gegen die Steinmauer. »Ich bin kein Mann.« Sie verdrehte die Augen. »Blondie hat kein Hirn, dafür aber drei Kilo zu viel Make-up in ihrer Visage. Sonst noch Fragen?«

Ambre musste lachen. »Die sind so nervig.«

Obwohl die Worte der drei Unzertrennlichen sie nach wie vor verletzten, war der erste Schreckenseindruck der neuen Schule ein wenig verflogen. Anouk schien richtig nett zu sein, und Louis, der Ambres Puls noch immer in die Höhe trieb, wenn sie ihn nur von Weitem sah, hatte ihr schon mehrfach ein angedeutetes Lächeln geschenkt, das einfach nur umwerfend und überwältigend auf sie wirkte. Sète war nicht Paris, aber vielleicht war es auch nicht ganz so schlimm, wie Ambre ihren Freundinnen am Telefon geschildert hatte.

»Wir sollten etwas dagegen unternehmen«, schlug sie nun beherzt vor. »Vielleicht könnten wir eine Anti-Kleingeistigen-Front gründen.«

Anouk sah sie von der Seite an. »Eine Anti-Kleingeistigen-Front? Dein Ernst?«

»Mein voller«, bekräftigte Ambre grinsend. »Ist das etwa kein richtig krasser Vorschlag der …« Sie tat so, als überlegte sie. »… superschlauen Pariserin?« Sie konnte sich das Lachen nicht mehr verkneifen.

Anouk prustete los. »Ich mag dich«, stieß sie hervor, als sie sich wieder beruhigt hatten. »Ehrlich. Ich bin froh, dass du in unsere Klasse gekommen bist. Ich glaube, uns stehen richtig geile Zeiten bevor.« Sie fuhr sich durch ihr rotes Haar. »Blondie und Co., zieht euch warm an!« Dann sprang sie von der Mauer. »Ich muss nach Hause. Meine Mutter wartet. Kommst du noch ein Stück mit?«

Ambre dachte kurz nach, bevor sie den Kopf schüttelte. »Das

nächste Mal. Ich will hier noch schnell die Zusammenfassung von Camus schreiben. Danach treffe ich mich mit meiner Oma und Uroma zum Essen.«

»Cool«, befand Anouk und hauchte ihr zwei Küsse auf die Wangen. »Dann sehen wir uns morgen. Vielleicht können wir später noch mal telefonieren, wenn du magst.«

Ambre nickte. »Ja, klar. Sehr gern. Ich melde mich, wenn ich zu Hause bin.«

Nachdem Anouk gegangen war, fiel Ambre erst auf, was sie gerade gesagt hatte. Zu Hause, dachte sie überrascht. War das Anwesen ihrer Oma tatsächlich innerhalb so kurzer Zeit zu ihrem Zuhause geworden? Wenn sie ehrlich war, musste sie zugeben, dass sie die Gegenwart ihrer Familie wirklich genoss. In Paris erwartete sie nach der Schule meist ein leeres Apartment, da ihre Mutter bis abends hatte arbeiten müssen. Ambres Mittagessen bestand aus belegten Baguettes, die sie sich immer auf dem Nachhauseweg in der Boulangerie unweit ihrer Wohnung gekauft hatte. Nachmittags hatte sie sich entweder mit ihren Freundinnen getroffen oder für die Schule gelernt.

Hier hingegen begegnete sie immer jemandem, wenn sie das ehemalige Weingut betrat. Entweder sah sie ihre Oma auf ihren Beeten herumwerkeln, Uroma Pauline, die ihre Rosenstöcke pflegte oder die Hühner fütterte, oder Ururoma Antoinette, die Ambre von der Veranda her zuwinkte, auf der sie einen Großteil des Tages zu verbringen schien, wenn ihre Ururenkelin in die Einfahrt bog. Es gab stets etwas Warmes zu essen. Auf dem Tisch stand immer eine weiße Porzellanschüssel, gut gefüllt mit Macarons oder Madeleines. Ja, das Leben hier tickte anders, aber ob es wirklich schlechter war, wie Ambre im Vorfeld des Umzugs befürchtet hatte, dessen war sie sich nicht mehr so sicher.

Sie öffnete ihre Schultasche und holte Block und Stift hervor. Neben sich legte sie das Buch. Sie starrte auf das weiße Blatt auf ihrem Schoß und überlegte, wie sie beginnen sollte.

»Salut.«

Als Ambre den Kopf hoch, blieb ihr fast das Herz stehen. Louis stand keine zwei Meter vor ihr und lächelte sie erneut auf diese wunderschöne Art an.

»Salut«, presste sie überrascht hervor. Verdammt, ihre Stimme klang belegt. Sie räusperte sich.

»Was machst du da?« Er zeigte auf den Block.

Ambre spürte, wie ihre Wangen wieder zu glühen begannen. Am liebsten wäre sie im Boden versunken. Dass ihr Gesicht glühte, konnte ihm wohl kaum verborgen bleiben. »Hausaufgaben.« Warum wurde ihr nur schon wieder so heiß? Ihre Hände zitterten.

»Französisch?« Louis machte einen Schritt auf sie zu.

Sie nickte. »Ich wollte gerade anfangen«, beeilte sie sich zu sagen, als sie seinen Blick auf das weiße Papier bemerkte.

Er schien zu überlegen, was er sagen sollte. »Wie gefällt es dir in Sète?«

»Ganz gut«, erklärte sie leise.

»Wo wohnst du denn?«

»Auf dem ehemaligen Weingut meiner Familie«, erwiderte sie und erklärte Louis stammelnd, wo das Anwesen lag.

»Klingt echt cool.«

Sie zuckte mit den Achseln.

»Paris war wahrscheinlich cooler.« Klang seine Stimme ein wenig bedrückt?

»Paris ist eben Paris.« Sie kam sich unendlich dämlich vor. »Aber wir hatten kein Meer vor der Haustür«, setzte sie nach, da sie den Eindruck hatte, ihre Worte ein wenig entschärfen zu müssen.

Seine Miene hellte sich auf. »Der Strand ist echt krass. Vielleicht magst du mal zu einer unserer Partys kommen.«

Ambres Herz begann, schneller zu pochen. »Gern.«

Louis verlagerte das Gewicht von einem auf den anderen Fuß. »Ich fand das übrigens klasse, was du bei deiner Vorstellung am Montag gesagt hast.«

Ambre überkam das eigentümliche Gefühl, als wolle er das Gespräch aus unerfindlichen Gründen noch nicht beenden. »Was meinst du?« Langsam gewann sie ihre alte Sicherheit zurück.

»Das mit den Hühnern.« Er lachte.

»Wir haben keine Hühnerfarm oder so …« Sie wackelte mit dem Kopf. »Es sind nur ein paar. Sieben oder acht. Ich weiß es gar nicht genau.«

»Andere halten sich einen Hund. Ihr habt eben Hühner.«

»Sie gehören meiner Oma.«

»Gut.« Unschlüssig trippelte er vor ihr herum. »Dann …« Wieder verstummte er. »Ich denke, ich gehe dann mal.«

Enttäuschung machte sich in Ambre breit, doch sie versuchte, ihre aufgewühlten Emotionen zu verbergen. »Ja, ich muss auch gleich los.«

Louis hob die Hand und sah sie einen wundersamen Augenblick lang nur stumm an.

Ambre schluckte.

»Salut.«

»Salut.« Sie versuchte sich an einem Lächeln, hatte aber das unangenehme Gefühl, ihr Gesicht gleiche einer verzerrten Maske.

Als Louis aus ihrem Blickfeld verschwunden war, bemerkte sie, dass sie unbewusst die Luft angehalten hatte. Sie atmete tief aus. Was war das denn gewesen?

17

»Ich möchte zu Corinne Dumonde«, erklärte Florence am Empfang der Universitätsklinik in Montpellier.

Der Pfleger hinter dem Tresen starrte auf den Bildschirm vor sich. »Sind Sie eine Angehörige?« Er blickte zu ihr auf.

»Mein Name ist Florence Fournier. Ich bin Sozialarbeiterin. Corinnes Lehrer hat mich darüber informiert, was mit dem Mädchen geschehen ist. Ich würde ihr selbst und ihren Eltern gern meine Unterstützung anbieten.«

Der junge Mann nickte langsam. »Sie liegt in Zimmer zweihundertdrei. Im zweiten Stock.« Er deutete nach rechts. »Dort hinten geht es zu den Fahrstühlen.«

Florence bedankte sich und machte sich auf den Weg. Als sie wenig später aus dem Lift trat, herrschte auf dem Flur emsiges Treiben. Schwestern eilten an ihr vorbei, eine Ärztin winkte gerade einen Pfleger zu sich. In einer Sitzecke am Ende des Gangs befand sich eine Gruppe von sechs Patienten, die sich unterhielten. Zwei trugen Bademäntel, die anderen vier saßen in Jogginganzügen um den kleinen, runden Tisch herum. Florence ließ ihren Blick über die Türschilder wandern, bis sie Nummer zweihundertdrei entdeckte. Sie ging auf das Zimmer zu und klopfte.

»Ja?«

Florence drückte die Klinke herunter und betrat den Raum. »Bonjour«, grüßte sie und stellte sich kurz vor.

Corinne Dumonde lag allein in dem Zimmer. Das bleiche Gesicht des schwarzhaarigen Mädchens verschmolz fast mit der hellen Bettdecke. Ihre Augenlider flatterten. Die Sechzehnjährige blieb stumm.

Florence steuerte langsam auf die Jugendliche zu. »Hast du verstanden, was ich gesagt habe?«, fragte sie sie behutsam.

Das Mädchen nickte unmerklich.

»Monsieur Pergolet hat mich informiert. Er war der Meinung, dass es vielleicht sinnvoll wäre, wenn ich dir meine Hilfe anbiete.«

Corinne befeuchtete mit der Zunge ihre Lippen.

»Wie geht es dir?« Florence blieb vor dem Bett stehen. Von hier aus konnte sie die Grünfläche vor der Klinik sehen. Einige Patienten gingen mit ihrem Besuch spazieren. Zwei Frauen saßen auf einer der zahlreichen Bänke. Ein Arzt unterhielt sich mit einer Krankenschwester und zeigte immer wieder zum Gebäude.

»Ich ...«, flüsterte das Mädchen, bevor es zu husten begann.

Florence nahm hastig eine Wasserflasche vom Nachttisch und füllte den danebenstehenden Plastikbecher. Dann half sie dem Mädchen vorsichtig, sich etwas aufzurichten, und reichte ihr das Wasser.

»Danke«, hauchte Corinne, nachdem sie den halben Becher geleert hatte. »Mein Hals fühlt sich so rau an.«

Florence nickte und stellte das Getränk zurück. »Wo sind deine Eltern?«

Die Augen der Jugendlichen begannen, verdächtig zu glänzen. »Papa musste vor einer Stunde zur Arbeit. Er hat ... eine wichtige Operation. Und Maman wollte sich einen Kaffee holen.« Eine Träne kullerte über ihre Wange. »Sie ist gegangen, kurz bevor Sie gekommen sind.« Sie schluckte schwer. »Was hat Monsieur Pergolet gesagt?« Ihre Stimme klang kratzig.

»Er hat mich vorhin angerufen. Dein Lehrer ist besorgt. Er meinte, er habe schon länger festgestellt, dass du dich verändert hast.« Florence zog sich einen Stuhl heran und setzte sich neben den Nachttisch.

Corinne starrte gegen die Decke und erwiderte nichts.

»Magst du mit mir reden?«

Sie schüttelte den Kopf.

Florence betrachtete die Jugendliche. Das lange Haar lag strähnig neben ihrem Gesicht. Corinne war zweifellos sehr attraktiv. Ihre schmale Nase bebte, während sie weiter gegen die Tränen ankämpfte. Die dunklen Augen wirkten stumpf und glanzlos.

»Es ist okay«, erklärte Florence mit einem Lächeln. »Vielleicht ruhst du dich erst mal ein wenig aus und ordnest deine Gedanken. Manchmal gibt es Phasen im Leben, die uns komplett überfordern. Der Himmel erscheint uns weniger strahlend, das Leben weniger bunt. Wir denken, es gäbe keinen Ausweg für uns, aber das stimmt nicht.« Sie beugte sich vor. »Wenn du reden willst, Corinne, kannst du mich jederzeit anrufen. Ich bin für dich da, egal, um was es geht.«

Das Mädchen schwieg weiter.

Florence blieb einige Minuten lang still neben ihr sitzen und überlegte.

Kurz darauf öffnete sich die Tür.

Als Florence sich umdrehte, erblickte sie eine schlanke Frau, die vom Aussehen her Corinnes Mutter sein musste. Madame Dumonde trug einen beigen Kunststoffbecher mit dampfendem Kaffee vor sich her. Florence erhob sich und trat ihr entgegen. Während sie ihr die Hand gab, stellte sie sich ein weiteres Mal vor.

»Charlotte Dumonde«, erwiderte die Frau mit zitternder Stimme. »Haben Sie vielleicht einen Moment für mich?«

»Selbstverständlich. Wollen wir uns in zehn Minuten im Park treffen?« Sie deutete aus dem Fenster.

»Sehr gern.« Madame Dumonde stellte den Becher auf das Nachttischchen und strich ihrer Tochter zärtlich über die Stirn.

»Au revoir, Corinne«, verabschiedete sich Florence diskret und verließ das Zimmer.

Im Freien suchte sie eine der unbesetzten Bänke auf und setzte sich. Der fast wolkenlose Himmel wurde von zwei Kondensstreifen zerrissen. Zarte Schleierwolken zogen über das strahlende Blau. Florence legte den Kopf in den Nacken und schloss die Augen. Was steckte wohl hinter dem Selbstmordversuch der Sechzehnjährigen? Probleme mit den Eltern, der Schule? Liebeskummer? Florence wusste aus Erfahrung, dass es meist nicht den einen Grund gab, der jemanden dazu veranlasste, seinem Leben ein Ende setzen zu wollen. Fast immer war es ein Aufeinandertreffen mehrerer unglückseliger Umstände, die Menschen das Gefühl vermittelten, die

Situation nicht mehr ertragen zu können. Keinen Ausweg mehr zu sehen, der einem Besserung versprach.

Auch in Florence' Leben hatte es immer wieder Augenblicke gegeben, in denen ihre Welt von einer auf die andere Sekunde zusammengebrochen war. In denen sie das Gefühl hatte, den inneren Schmerz nicht mehr ertragen zu können. An Selbstmord hatte sie trotz allem nie gedacht. Nicht eine Sekunde. Aber Menschen waren verschieden, sie reagierten unterschiedlich. Was der eine als Lappalie abtat, konnte einen anderen an den Rand der Verzweiflung bringen.

»Madame Fournier?«

Florence öffnete die Augen.

»Darf ich?« Corinnes Mutter zeigte auf den freien Platz neben ihr.

»Selbstverständlich.« Florence setzte sich aufrechter hin.

»Ich weiß gar nicht, was ich tun soll.« Charlotte Dumonde schlug eine Hand vor den Mund. »Corinne war immer ... Sie war so ein zufriedenes Kind. Ich verstehe einfach nicht, warum sie das getan hat.«

»Sie können sich keinen Grund vorstellen, warum Ihre Tochter keinen Lebensmut mehr hatte?« Florence betrachtete die Frau von der Seite.

Madame Dumonde zuckte mit den Achseln. »Sie war in den letzten Monaten etwas ruhiger. Hatte sich mehr zurückgezogen. Aber ...« Sie erwiderte Florence' Blick. »Mon Dieu, sie ist sechzehn. Wir dachten, es sei ganz normal, dass sie sich etwas von uns abgrenzen möchte.«

»Was machen Sie beruflich?«

»Mein Mann arbeitet als Chirurg. Ich selbst besitze eine kleine Werbeagentur mit drei Angestellten.«

Somit konnten finanzielle Sorgen der Familie kein ausschlaggebender Faktor gewesen sein. »Hat Corinne einen Freund?«

Die Mutter schüttelte den Kopf. »Darüber sprach sie mit uns nicht. Von einem Jungen hat sie allerdings noch nie geredet.«

Was nichts zu bedeuten hatte, setzte Florence stumm nach.

Welche Sechzehnjährige weihte ihre Eltern schon in ihr Liebesleben ein?

»Monsieur Pergolet erzählte mir, dass Corinne eine gute Schülerin war. Dass sie sich aber vor einigen Monaten stark verändert habe. Sie zog sich zurück, nahm weniger am Unterricht teil.«

»Wie bereits gesagt, auch zu Hause grenzte sie sich ab, was ich aber nicht als besorgniserregend empfunden habe.« Charlotte Dumonde fuhr sich übers Haar. »Vielleicht hätte ich genauer hinsehen sollen.« Sie klang verzweifelt.

»Corinne ist in der Pubertät«, entgegnete Florence und bemühte sich um einen beschwichtigenden Ton. »Für uns Eltern ist es in dieser Phase naturgemäß sehr schwer, in die Gefühlswelt unserer Kinder vorzudringen.«

»Sie haben auch Kinder?«

»Eine Tochter«, antwortete Florence. »Sie ist fünfzehn. Sie rebellieren, widersprechen, wollen nicht auf uns hören. Lehnen unsere Ratschläge allein aus Prinzip ab. Manchmal muss man sie einfach ihre eigenen Erfahrungen machen lassen, auch wenn das unheimlich schwerfällt.«

»Diese Erfahrung hätte ich ihr gern erspart.« Corinnes Mutter legte die Hände in den Schoß und verschränkte ihre Finger miteinander.

»Wir werden ihr helfen«, bekräftigte Florence. »Sie kann eine Therapie machen. Ich werde auf jeden Fall versuchen, noch mal mit ihr zu reden. Vielleicht öffnet sie sich bei meinem nächsten Besuch ein wenig. Heute ist das Geschehene zu frisch, aber es wird bestimmt besser. Ich bin mir sicher. Sie hat Eltern, die sich um sie sorgen, ein stabiles Umfeld. Das sind die besten Voraussetzungen, um solch eine Phase, wodurch auch immer sie ausgelöst wurde, gut zu überstehen, zu verarbeiten und hinter sich zu lassen.«

»Danke.« Charlotte Dumonde traten Tränen in die Augen. »Danke, dass Sie da sind.«

Zwei Stunden später stellte Florence ihr Fahrrad vor dem Mehrfamilienhaus ab, in dem die Familie Rammiers wohnte. Sie hatte in der Kindertagesstätte versucht, mit Léonie und Mathéo zu sprechen, doch beide waren ihr gegenüber heute genauso verschlossen gewesen wie zuvor Corinne im Krankenhaus. Florence schluckte die Enttäuschung darüber, dass sie bei den Kindern nicht weitergekommen war, hinunter und überlegte, wie sie ihr anstehendes Gespräch mit Valérie Rammiers beginnen wollte.

Bei ihrem ersten Besuch war die zweifache Mutter mehr als wortkarg gewesen. Und auch wenn die Reaktion der Frau für Florence nichts Neues war, wusste sie, dass sie sich von deren abweisender Art nicht abschrecken lassen durfte. Sie musste weiter versuchen, einen Zugang zu ihr zu finden. Nach wie vor verhielt sich vor allem Mathéo extrem aggressiv, wie Madame Génier, die Erzieherin, Florence gegenüber heute nochmals nachdrücklich betont hatte. In der Familie schien es eine gewisse Schieflage zu geben. Und Florence sah es weiterhin als ihre Aufgabe an, die Umstände, die zu der angespannten Situation geführt hatten, aufzudecken und im besten Fall zu helfen, diese zu beseitigen.

Ihr war natürlich auch klar, dass sie nicht immer willkommen war. Dass es Menschen gab, die ihre Unterstützung ablehnten, teils aus Angst vor den Konsequenzen, teils aus Scham vor dem vermeintlichen eigenen Versagen. Bei Familie Rammiers konnte Florence noch nicht einschätzen, wo genau die Ursache für das veränderte und auffällige Verhalten der Kinder lag.

Sie klingelte und wartete. Diesmal hatte sie sich nicht vorher angemeldet.

»Ja?«, drang es keine Minute später aus der Sprechanlage.

Florence nannte ihren Namen.

Aus dem Lautsprecher ertönte ein tiefes Schnaufen. »Es passt mir gerade nicht so ... gut.«

Florence horchte auf. »Ich war gerade bei Ihren Kindern, Madame. Es wäre wirklich gut, wenn wir nochmals miteinander sprechen könnten.« Sie verfolgte, wie eine junge Mutter mit ihren drei Töchtern über den Zebrastreifen vor dem Haus eilte. Eines der Kinder kicherte vor sich hin, die anderen beiden zerrten an den Ärmeln der Frau. »Bitte lassen Sie uns reden. Zumindest kurz.«

»Also gut. Kommen Sie hoch.« Im nächsten Augenblick erklang der Türsummer.

Als Florence die Wohnung der Familie erreichte, stand Valérie Rammiers in der offenen Tür, den Kopf leicht zur linken Seite gedreht. »Ich habe sehr wenig Zeit«, erklärte sie hastig. »Aber kommen Sie für einen Moment.«

Florence nickte und folgte ihr in die Wohnung. Die Räume waren genauso aufgeräumt wie bei ihrem ersten Besuch. Nirgends lag auch nur ein einzelnes Spielzeugauto oder ein einsamer Baustein herum.

»Bitte, setzen Sie sich doch.« Madame Rammiers deutete auf die Esstischgruppe. Die Tischplatte glänzte blitzblank, die Tischsets befanden sich akkurat ausgerichtet auf den vier Plätzen der Familienmitglieder.

Nachdem Florence Platz genommen hatte, zog sich die Mutter der Kinder zu ihrer Linken einen Stuhl hervor und ließ sich vorsichtig daraufsinken. Auch wenn Valérie Rammiers sich sichtlich anstrengte, sich nichts anmerken zu lassen, war Florence das schmerzerfüllte Zucken um den Mund aufgefallen. Ein dunkler Verdacht stieg in ihr auf. Sie betrachtete das Gesicht der Frau von der Seite, während diese noch immer Florence' Blick auswich.

»Madame?«

Madame Rammiers hielt ihren Kopf weiter leicht von Florence abgewandt.

Florence drehte sich so, dass sie sie direkt ansehen konnte, und hob ihre rechte Hand. »Darf ich?« Vorsichtig näherte sie sich dem Gesicht der Frau.

»Bitte nicht«, hauchte die Frau kaum hörbar und drehte ihr endlich den Kopf zu. Auf ihrer linken Wange prangte unübersehbar ein dunkler Bluterguss.

»Ich nehme an, dass ist nicht die einzige Verletzung, die Ihr Mann Ihnen zugefügt hat.« Florence bemühte sich um eine ruhige Stimme, obwohl sie innerlich am liebsten aufgeschrien hätte. »Das Setzen hat Ihnen Schmerzen bereitet.«

»Es ist nicht so schlimm.« Valérie Rammiers schluckte. »Bitte mischen Sie sich da nicht ein.«

»Ich kann mich nicht heraushalten, Valérie.« Florence beugte sich vor und umfasste sachte den rechten Unterarm der Frau.

Valérie Rammiers fuhr sich mit der freien Hand über die Augen. »Bitte.«

»Was ist mit den Kindern? Schlägt er die auch?« Florence' Gedanken überschlugen sich. Puzzleteile verschoben sich und setzten sich im Bruchteil von Sekunden zu einem Ganzen zusammen. Das Bild wurde klarer.

Die Frau schüttelte heftig ihren Kopf. »Nein!«, stieß sie hervor. »Nein, das würde er nicht tun. Wenn ...« Sie fasste sich an den Hals. »Dann würde ich ihn sofort verlassen.«

»Dass er Sie schlägt, ist kein Grund?«

Zu oft hatte Florence misshandelte Frauen getroffen, die selbst nach schwersten Verletzungen Gründe für das Verhalten ihrer Männer suchten. Die die Gewaltausbrüche ihrer Partner mit eigenem Fehlverhalten begründeten und die eigentlichen Täter weiter unerschütterlich in Schutz nahmen.

»Was soll ich denn tun?« Valérie Rammiers sackte in sich zusammen. Das Gesicht der zierlichen Frau wirkte leer und ausdruckslos. Nervös nestelte sie an dem Stoff ihres fliederfarbenen Kleids herum. »Er ist doch mein Mann.«

Florence nickte. »Sie haben recht. Er ist Ihr Mann. Diese Tatsache rechtfertigt jedoch nicht, dass er Ihnen Gewalt antut.«

Valérie Rammiers sah erschrocken auf. »Gewalt? So ist er nicht. Nein, Franck ist ... er hat es momentan nicht leicht. In der Kanzlei ...« Sie brach ab.

»Ihr Mann ist Anwalt?«

Mathéos und Léonies Mutter nickte. »Er ist Partner in einer Steuerrechtskanzlei. Momentan gibt es ein paar Probleme mit einigen Klienten. Er ... war früher nicht so.«

»Seit wann ist er gewalttätig?« Florence war es wichtig, die vorliegenden Tatsachen mit den richtigen Worten zu benennen. Es nutzte niemandem, die offensichtlichen Fakten schönzureden.

Die Frau presste ihre Lippen aufeinander und schwieg.

»Madame Rammiers?« Florence riss sich zusammen.

»Seit ein paar Wochen.« Die Mutter stockte. »Vielleicht ein paar Monate. Es tut ihm nicht gut, wenn er …«

»Wenn er?«, hakte Florence nach.

»Manchmal trinkt er ein Glas zu viel.«

Alkohol und häusliche Gewalt. Eine Konstellation wie aus dem Lehrbuch.

Und doch war jede Familie, jede Situation individuell und verschieden. Keine Familie ließ sich mit einer zweiten vergleichen. Florence musste immer wieder aufs Neue herausfinden, welche Umstände zu den Problemen geführt hatten, mit denen sie die Menschen, die ihre Hilfe benötigten, antraf.

»Aber Franck ist nicht gewalttätig«, setzte Valérie Rammiers nach. »Er hat sich … sofort entschuldigt. Ihm ist leider die Hand ausgerutscht. Sein gestriger Tag war schwierig. Ich hätte ihn gestern Abend einfach in Ruhe lassen sollen. Er wollte nicht reden, und ich …« Sie biss sich auf die Unterlippe und schüttelte den Kopf. »Mir fehlt manchmal das Feingefühl.«

Alles in Florence' Innerem rebellierte. Am liebsten wäre sie aufgestanden, hätte die Frau von ihrem Stuhl gezerrt und kräftig durchgeschüttelt. Doch sie musste jetzt die Nerven behalten und sich genau überlegen, wie sie mit der Lage weiter umgehen sollte.

»Sie sind nicht schuld daran, Valérie. Es ist Ihr Mann, der Sie geschlagen hat. Egal, was Sie gesagt oder getan haben, nichts davon ist eine Rechtfertigung dafür, dass Ihr Mann Ihnen Schmerzen zugefügt hat.«

»Er sorgt gut für uns«, wisperte sie mit erstickter Stimme. »Die Kinder hängen sehr an ihm.«

Florence nickte. »Und trotzdem ist er ein Gewalttäter.« Manchmal half nur die ungeschönte Wahrheit, um einem Opfer die Augen zu öffnen. »Woher wollen Sie wissen, dass er nicht auch irgendwann die Kinder verletzt?«

»Nein.« Wieder schüttelte Valérie Rammiers den Kopf. »Er weiß genau, dass ich dann gehen würde.«

»Würden Sie das wirklich? Oder ist es nicht vielmehr so, dass Sie inständig hoffen, dass Sie mit Ihrer Vermutung recht behalten, da Sie ansonsten zu einer Entscheidung gezwungen wären, die Sie gar nicht treffen möchten? Dass diese Entscheidung vielmehr bereits jetzt im Raum steht, da Sie tief drinnen wissen, dass es absolut nicht in Ordnung ist, was Ihr Mann Ihnen antut?«

18

Wo waren wir gestern stehen geblieben? Ah, genau, ich hatte dir erzählt, dass Martin mich zu einem Treffen eingeladen hatte.

Ach, Florence, wenn ich damals geahnt hätte, wie dieser eine Abend mein komplettes zukünftiges Leben verändern sollte ...

Nach zwei schlaflosen Nächten habe ich mich also dazu durchgerungen, Martins Einladung zu folgen. Da es damals eine Ausgangssperre gab und wir nach Einbruch der Dunkelheit nicht mehr aus unseren Häusern durften, war mir klar, dass ich mich auf dem Rückweg würde über die Felder schleichen müssen, um heimzukommen. Ich war kein abenteuerlustiger Mensch, muss ich dazusagen. Oder vielleicht doch? Zumindest war es meine unbändige Neugier, die mich letztlich zur Scheune unserer Nachbarn getrieben hat. Durch mein Hadern und Zaudern kam ich prompt eine Viertelstunde zu spät. Als ich mich dem Gebäude näherte, hörte ich mehrere mir unbekannte Stimmen miteinander reden. Mein Herz klopfte viel zu schnell. Vor dem Tor blieb ich kurz stehen und überlegte noch einmal, ob ich wirklich bereit war, mich auf etwas völlig Ungewisses einzulassen, das ich damals in keiner Weise abzuschätzen vermochte. Die Résistance!

Florence, ich war so jung und naiv. Natürlich erlebte ich mit, wie der Krieg alles verändert hatte. Aber die Widerstandskämpfer ... Das war bis zu dem damaligen Zeitpunkt ein abstrakter Begriff für mich gewesen. Ein wenig verrucht, verboten und sehr gefährlich. Bisher hatte ich damit mutige junge Männer verbunden, die für ihr Vaterland aufstehen und sich der Diktatur der Nazis nicht länger unterwerfen wollten. Nun gut, aber ich schweife ab.

Ich ging also langsamen Schrittes auf die Scheune zu, die Stimmen im Inneren wurden lauter. Einige klangen wütend, andere eher unterwürfig. Ich hob meine rechte Hand und klopfte. Einfach die Tür aufschieben, das traute ich mich nicht. Das Stimmengewirr verstummte augenblicklich. Eine weibliche Stimme flüsterte etwas, das ich draußen nicht verstand. Dann konnte ich Schritte vernehmen. Das Tor wurde zur Seite geschoben, und ich erkannte im Halbdunkel Martins Gesicht.

Er hob eine Hand und rief, nach hinten gewandt: »Alles in Ordnung. Es ist nur meine Nachbarin.« Dann hauchte er mir zwei Küsse auf die Wangen. »Ich hatte ehrlich gesagt nicht damit gerechnet, dass du wirklich kommst.« Er lächelte schief.

»Hältst du mich etwa für feige?«, konterte ich trotzig.

Er berührte mich am Arm. »Nein, das nicht, aber ... ich konnte nicht abschätzen, wie sehr du dich für die aktuelle Lage interessierst.«

»Ich glaube, niemand von uns kann die Augen vor dem verschließen, was gerade mit unserem Land, mit der ganzen Welt passiert.« Ich klang selbstbewusster, als ich mich fühlte.

»Komm, ich stelle dich den anderen vor.« Er lotste mich an deckenhoch aufgeschichteten Heuballen vorbei, bis sich zwischen all der Einstreu eine etwa zwölf Quadratmeter große freie Fläche auftat. Unzählige Augenpaare starrten mich zum Teil misstrauisch, zum Teil freundlich oder auch völlig ausdruckslos an. Ich schätze, in dem kammerartigen Raum befanden sich mehr als zwanzig Menschen, mehr Männer als Frauen. Die jüngsten in meinem Alter, die ältesten schätzte ich auf um die sechzig. »Salut.« Ich hob meine rechte Hand zum Gruß und blickte unsicher in die Runde.

Martin baute sich neben mir auf. »Das ist ...« Er zögerte kurz. »... Tournesol. Sie lebt ganz in der Nähe. Ich dachte, ein wenig weibliche Verstärkung könnte uns in der jetzigen Situation guttun. Außerdem ist sie sehr viel unterwegs, da sie die Weinbestellungen für ihren Vater ausliefert.«

Tournesol? Sonnenblume? Ich verstand nicht, was Martin mit seinen Worten sagen wollte. Doch ich spürte die angespannte Atmosphäre, die ich vor allem auf meine Anwesenheit schob, und hielt es daher in diesem Moment für klüger, nichts zu Martins merkwürdiger Vorstellung zu sagen.

»Hältst du das für eine gute Idee, Cyprès?« *Eine junge Frau, die ich auf Mitte zwanzig schätzte, erhob sich von einem Heuballen und machte einen Schritt auf uns zu.*

Martin war Cyprès? Zypresse? Meine Gedanken überschlugen sich. Was hatte es mit diesen ungewöhnlichen Namen auf sich? Doch ich wagte nicht, weiter nachzufragen.

»Sie ist im Ort ... bekannt. Niemand denkt sich etwas dabei, wenn sie ihre Lieferungen ausfährt, Tulipe.«

Von was redete Martin da überhaupt? Ich fühlte mich zunehmend unwohler in meiner Haut. War es wirklich eine gute Idee gewesen, seiner Einladung zu folgen? Warum hatte er mich nicht darauf vorbereitet, was mich hier erwarten würde? Sofort ermahnte ich mich. Martin hatte ja nicht wissen können, ob ich überhaupt käme.

»Kann ich jetzt weiter berichten?«, meldete sich ein älterer Mann um die fünfzig, während er der jungen Frau namens Tulipe einen finsteren Blick zuwarf.

»Setzen wir uns«, forderte Martin mich leise auf und schob mich zu einem unbesetzten Heuballen. »Ja, Bouleau, entschuldige bitte die Unterbrechung. Erzähl weiter.«

Bouleau. Birke. Ich schüttelte innerlich den Kopf und fragte mich, was hier vor sich ging.

»Sapin und Rose haben die Munition in dem Büro des Feldwebels gefunden. Sie lag genau dort, wo Olivier sie gesichtet hatte.«

Sapin? Rose? Olivier? Tanne, Rose, Olivenbaum? Mir schwirrte der Kopf, doch ich bemühte mich, mir meine Verwirrung nicht anmerken zu lassen.

»Sie konnten sie sichern und haben sie auch bereits in der Gruppe Montpellier verteilt.«

»Das sind sehr gute Nachrichten«, erklärte Martin mit einem Lächeln. »Was gibt es aus Perpignan Neues, Pin?«

Pin. Pinie. Das wurde ja immer besser.

Ein junger Mann stand auf und räusperte sich. »Mein Verbindungsmann hat mir bestätigt, dass die Operation Déracinement erfolgreich abgeschlossen werden konnte. Der Truppennachschub wurde von der Gruppe sichergestellt und an unsere Leute weitergegeben. Wir haben uns dazu entschlossen, die Lebensmittel an Frauen mit Kindern zu verteilen, deren Männer beim Arbeitsdienst sind.«

Déracinement. Entwurzelung. Von was sprach Pin?

»Gab es Verluste zu beklagen?«

»Zwei deutsche Soldaten wurden ausgeschaltet«, erklärte der junge Mann emotionslos.

»Sehr gut«, lobte Martin. »Das sind wirklich ermutigende Nachrichten, die wir heute gehört haben. Jetzt sollten wir die Planungen der nächsten Tage besprechen. Hat jemand interessante Informationen?«

Ein älterer Mann erhob sich.

»Ja, Chêne?«, forderte Martin ihn auf.

Chêne. Eiche. War das ihr Ernst?

Ich musterte die Gesichter, von denen ich kein einziges kannte. Doch niemand zeigte auch nur die geringste Irritation angesichts der abstrusen Namen.

»Offizier Reichmann von der deutschen Luftwaffe wird nächste Woche in Béziers erwartet.«

»Reichmann, ja?«, hakte Martin mit unüberhörbarem Interesse nach.

»Vergiss es«, meldete sich die Frau namens Tulipe zu Wort. »An Reichmann kommt ihr niemals heran. Das ist zu gefährlich.«

Martins Augen verengten sich. »Zu gefährlich, ja? Weißt du, was geschehen würde, wenn die Deutschen in zwei Minuten hier an die Tür klopften? Ist dir das klar, Tulipe? Keiner von uns ...« Er deutete in die Runde. »... kein einziger würde morgen die Sonne aufgehen sehen.« Martin hob beide Hände. »Zu gefährlich? Du kannst jederzeit gehen. Niemand zwingt dich, hierzubleiben. Niemand zwingt dich, gegen die Gesetze zu verstoßen, die die verfluchten Besatzer uns auferlegt haben.« Er stand auf. »Aber dann möchte ich in einigen Jahren auch nicht hören, niemals, wir haben doch nichts gewusst.« Er stampfte mit dem rechten Fuß auf. »Jeder von uns hier weiß ...« Er senkte seine Stimme. »... wozu diese Tiere in der Lage sind. Ihr wisst von den Lagern. Ihr wisst von den Kindern, von den Experimenten, ihr wisst von ...«

»Es reicht«, brüllte Tulipe dazwischen. »D'accord. Ich habe es verstanden.«

Eine halbe Ewigkeit lang sahen sich Martin und Tulipe stumm in die Augen. Keiner von beiden rührte sich, nicht die geringste Regung war erkennbar. Die Atmosphäre in der Kammer zwischen den Heuballen war zum Zerbersten gespannt. Alle schienen den Atem anzuhalten.

»Reichmann gehört uns«, erklärte Martin schließlich mit frostiger Stimme. »Der Offizier wird niemals nach Deutschland zurückkehren.«

Meine Kehle schnürte sich bei Martins Worten zu. Hatte mein guter Freund und Nachbar tatsächlich gerade vor unzähligen Zeugen beschlossen, einen Menschen umzubringen?

Die ganze Veranstaltung dauerte noch eine gute Stunde, bevor sich die einzelnen Teilnehmer nach und nach verabschiedeten und aus der Scheune traten. Die meisten verließen den Hof zu Fuß, einige hatten Räder dabei.

Irgendwann waren alle weg, und Martin und ich blieben allein zurück. Mein Kopf dröhnte. Bei dem Treffen war von schrecklichen Vorkommnissen erzählt worden, die mich zutiefst erschüttert hatten.

Der Krieg hatte nicht erst gestern begonnen, und doch hatte ich so vieles nicht gewusst. Ich kam mir kindisch und unreif vor. Aber was hatte ich erwartet? Die Menschen, die ich an jenem Abend zum ersten Mal getroffen hatte, strotzten vor Energie und Kampfgeist. Bei jedem einzelnen hatte ich spüren können, dass sie sich mit Herz und Seele dem Kampf gegen die Nazis verschrieben hatten. Ich passte nicht zu ihnen. Was konnte ich schon tun?

Als auch ich die Scheune verlassen und mich auf den Rückweg zum Château machen wollte, spürte ich plötzlich Martins Hand auf meinem Rücken.

»Was sagst du?«

Ich drehte mich zu ihm um und musterte ihn. Martin war ein

gut aussehender junger Mann. Zum ersten Mal bemerkte ich jedoch den harten Zug um seinen Mund. Seine Augen strahlten in diesem Augenblick Selbstbewusstsein, ja fast schon Arroganz aus. Ich zuckte mit den Achseln.
»*Wir können jeden gebrauchen*«, *erklärte er eindringlich.* »*Jeden, Antoinette.*«
»*Tournesol*«, *korrigierte ich ihn und lächelte.*
»*So heißt du für die anderen*«, *entgegnete er mit ernster Stimme.* »*Die Frauen werden nach Blumen benannt, wir Männer nach Bäumen. Das dient unserer aller Sicherheit. Wenn jemand erwischt wird, kann er niemanden verraten. Keiner kennt die richtigen Namen der anderen.*«
»*Du kennst meinen*«, *widersprach ich.* »*Und ich deinen.*«
Er nickte. »*Ich weiß. Aber du bist so oft in der Stadt unterwegs. Niemandem würde auffallen, dass du nicht nur Weine auslieferst, sondern ... für uns kleinere Aufträge erledigst.*«
Angst ergriff mich. »*Was meinst du damit?*«
Martin fuhr mir sanft über die Wange. Ich glaube, in diesem Moment wurde mir zum ersten Mal bewusst, dass er nicht nur die gute Freundin in mir sah. Ich mochte Martin wirklich sehr. Wir kannten uns schon ewig, waren miteinander aufgewachsen. Aber ... mehr konnte ich mir beim besten Willen nicht vorstellen. Vielleicht waren wir uns zu vertraut, zu nah, als dass er in mir noch den berühmten Funken hätte entzünden können. Ich weiß es nicht. Auf meine Frage antwortete er mir an jenem Abend nicht.

Aber ich wollte dir noch von Le Chambon-sur-Lignon erzählen. Einem kleinen Örtchen auf einem Hochplateau in den Cevennen. Während des Zweiten Weltkriegs rettete das Städtchen viele Menschen vor den Nazis. Ein evangelischer Pfarrer und seine Frau, André und Magda Trocmé, organisierten den dortigen Widerstand. Im Nachhinein wurde bekannt, dass sie Tausenden von Verfolgten das Leben gerettet hatten. Sie versteckten sie auf Höfen in der Umgebung, unterrichteten heimlich die Kinder, besorgten ihnen falsche Papiere. Ja, die damaligen Ereignisse in Le Chambon-sur-Lignon sollten noch einen ganz entscheidenden Einfluss in den kommenden

Monaten auf mich nehmen. Aber ich denke, darüber reden wir morgen. Meine Kehle ist ausgetrocknet, meine Augen sind müde.

Nachdenklich betrachtete Florence ihre Urgroßmutter. Da Ambre sich erneut in stundenlangen Telefonaten mit ihren Pariser Freundinnen befunden hatte, hatte sie vor einer Stunde die Rosenvilla verlassen, um weiter Antoinettes Geschichte zu lauschen. Das Erzählen erschöpfte die ältere Frau jedoch zusehends. Ihre Augen waren geschlossen, der Kopf leicht nach hinten gelehnt.

Was war damals geschehen? Zu gerne hätte Florence mehr über den Fortgang der Geschichte erfahren, doch da sie erkannte, wie sehr das damals Geschehene Antoinette nach so vielen Jahrzehnten noch immer mitnahm, hielt sie es für das Beste, sich in Geduld zu üben, bis ihre Urgroßmutter neue Kraft geschöpft hatte, um mit ihren Ausführungen fortzufahren. Was hatte es mit dem kleinen Ort in den Cevennen auf sich? Und wie sollte sie den rätselhaften Text auf der Postkarte deuten?

»Ich denke, es ist Zeit, schlafen zu gehen.« Pauline trat auf die Veranda und blickte von Florence zu ihrer Mutter.

»Du kennst die ganze Geschichte?«, wollte Florence von ihr wissen.

Ihre Oma nickte, erwiderte jedoch nichts. »Du bist müde, Maman.« Sie umfasste die Griffe des Rollstuhls und löste die Bremse.

»Bonne nuit, Florence.« Antoinettes Stimme klang dünn und schwach.

»Bonne nuit, Uroma.«

Nachdenklich beobachtete Florence, wie Pauline ihre Mutter ins Haus schob. Sie atmete tief durch und lauschte in die Stille. Auf dem Rasen stimmten die Zikaden ihr Nachtlied an. Irgendwo in der Ferne bellte ein Hund. Ansonsten war die Nacht ruhig und undurchdringlich. Die nächsten Straßenlaternen befanden sich mehr als dreihundert Meter vom Haus entfernt. Florence fixierte die flackernde Flamme des Windlichts, das vor ihr auf dem Gartentisch stand. Sie musste morgen dringend mit Ambre reden. Irgendwann würde sich ihre Tochter für eine Zeit lang von den Gesprächen mit ihren Freundinnen loseisen müssen. Auch wenn Ambre ihr nach wie vor übel nahm, dass sie sie aus ihrem gewohnten Umfeld gerissen hatte, so musste sie zumindest versuchen, wieder einen Zugang zu ihrer Tochter zu finden.

Der Ausflug mit Julien könnte vielleicht tatsächlich ein erster Schritt in die richtige Richtung sein. Florence legte den Kopf in den Nacken und betrachtete den schier endlosen Sternenhimmel über ihr. Das Leben konnte so friedvoll, so heimelig sein. In Momenten wie diesen spürte Florence noch heftiger, dass ihr die wesentlichen Dinge entglitten waren. Vielleicht sollte sie sich nachdrücklicher darum bemühen, die Schieflagen in ihren Beziehungen zu beheben. In ihrem Job schaffte sie es doch auch, die Gefühlslage ihrer Schützlinge einzuschätzen, ihr Seelenleben nachzuempfinden. Warum klappte es dann in ihrem Privatleben nicht? Mit ihrer Tochter, ihrer Mutter, ihrem Ex-Freund?

Manchmal half es, wenn man einen Schritt zurücktrat, um wieder einen Blick auf das große Ganze werfen zu können. Würde Florence es schaffen, ihre Gefühle so weit in Zaum zu halten, dass sie einen neuen Zugang fand zu den Menschen, die ihr am Herzen lagen? Auch wenn Julien sie aufs Bitterste hintergangen und enttäuscht hatte, so war er doch der Vater ihrer Tochter und somit jemand, mit dem sie ihr Leben lang verbunden blieb.

»Du bist noch wach?«

Als Florence aufsah, stand ihre Mutter in der Tür. »Die Nacht ist so friedlich.«

Louise trat auf die Terrasse und sah ins Dunkel. »Ja, das ist sie.« Sie wandte den Kopf. »Antoinette erzählt dir ihre Geschichte?«

Florence verdrehte die Augen. »Die du offensichtlich ebenfalls kennst.«

»Sie gehört zu unserer Familie«, erwiderte Louise lächelnd.

»Ich hatte mir nie Gedanken darüber gemacht, dass Uroma den Zweiten Weltkrieg bewusst miterlebt hat.«

»Warum auch?« Ihre Mutter stützte sich fester auf ihren Stock. »Du warst lange weg und davor …«

»Machst du mir erneut Vorwürfe?«, unterbrach Florence sie verärgert, rief sich innerlich aber sofort zur Räson. Was hatte sie sich noch vor wenigen Minuten vorgenommen? »Pardon«, murmelte sie und schüttelte den Kopf.

»Davor warst du zu jung, wollte ich sagen, und hattest deine eigenen Probleme.« Der Blick ihrer Mutter wurde eindringlich.

»Was ist?« Florence begann, sich unwohl zu fühlen.

»Nichts«, erwiderte Louise abwesend. »Es ist spät. Morgen ist auch noch ein Tag.«

»Leg dich ruhig hin. Ich möchte noch ein paar Minuten sitzen bleiben und das Schweigen der Nacht genießen.« Florence streckte ihre Beine von sich.

Ihre Mutter zögerte kurz, wünschte ihr dann aber eine gute Nacht und schloss die Verandatür hinter sich. Kurz darauf wurde im ersten Stock das Licht in Louise' Schlafzimmer angeschaltet.

Florence gab sich erneut ihrem Gedankenchaos hin und versuchte, etwas Ordnung in das Wirrwarr zu bringen, das im Inneren ihres Kopfes herrschte.

19

»Bonjour, Ambre«, begrüßte Florence ihre Tochter, als diese schlaftrunken aus ihrem Zimmer kam. »Sieh mal, wer heute mit uns frühstückt.«

»Bonjour, mein Schatz.« Louise zeigte auf den Tisch. »Baguette, Croissants, Pains au chocolat und gesalzene Butter. Alles, was meine Enkelin liebt.« Sie lächelte, während sie Ambre musterte.

Diese fuhr sich müde übers Gesicht und strich eine lockige Strähne hinters Ohr. Als sie sich auf den letzten freien Stuhl in der kleinen Küche der Rosenvilla fallen ließ, murmelte sie eine Erwiderung, die Florence als Morgengruß mehr erahnte als verstand.

»Klappt es mittlerweile besser in der Schule?«, wollte sie von ihrer Tochter wissen.

Ambre angelte sich ein Croissant und knabberte wie eine kleine Maus eines der Enden an. »Anouk scheint ganz okay zu sein«, nuschelte sie und zog ein Bein auf den Stuhl.

Florence wechselte einen kurzen Blick mit ihrer Mutter, die unmerklich den Kopf schüttelte. »Anouk? Ich finde es toll, dass du schon erste Kontakte knüpfen konntest. Vielleicht magst du ihr ja mal zeigen, wo du wohnst.«

Ambre blickte ihre Mutter an. Entgeisterung spiegelte sich auf ihrer Miene wider. »Was sollen wir denn hier?« Sie zog die Brauen hoch. »Nee, wir gehen lieber auf eine der Strandpartys.«

Florence musste schmunzeln. »Strandpartys? Das klingt super.« Sie lachte. »Zu meinen Zeiten habe ich auch ...«

Ambre fiel ihr ins Wort. »Echt, Maman! Bitte verschone mich am frühen Morgen mit diesen uralten Geschichten.«

Jetzt musste auch Louise grinsen. »Uralte Geschichten. Du kannst einen ja motivieren! Deine Mutter ist eine junge Frau. So lange ist ihre Jugend nun wirklich nicht her.«

»Manchmal denke ich allerdings auch, dass es Ewigkeiten her ist, seit ich nach Paris gegangen bin«, erwiderte Florence mehr an sich selbst gewandt, während ihr Bilder vergangener Tage durch den Kopf schossen. Julien und sie am Strand. Julien am Lagerfeuer beim Gitarrespielen. Julien, wie er Florence das Surfen hatte beibringen wollen. Leider erfolglos. Florence war keine Wasserratte. Sie konnte schwimmen, aber mehr Experimente traute sie sich nicht, wenn sie keinen festen Boden unter den Füßen spürte. Julien, Julien ... Waren denn all ihre Jugenderinnerungen nur von Ambres Vater geprägt? Hastig schob sie die Antwort auf diese Frage beiseite.

»Was ist jetzt, Maman?«

Florence konzentrierte sich wieder auf die Gegenwart. »Pardon, was sagtest du?«

Ambre verdrehte die Augen. »Ich möchte mich heute Nachmittag mit Anouk treffen.«

»Ja.« Erleichterung stieg in Florence auf. »Ja, klar. Warum nicht?«

Ambre erhob sich mit dem restlichen Croissant in der Hand. »Okay. Ich bin dann gegen sieben wieder zu Hause.« Mit diesen Worten verschwand sie in ihrem Zimmer, bevor sie zwei Minuten später mit ihrer Schultasche wiederauftauchte. Das brünette Haar hatte sie zu einem dicken Dutt aufgetürmt, aus dem sich bereits wieder einzelne Locken lösten. »Ich bin dann mal weg.« Sie winkte Florence und Louise zu und stürmte aus dem Gebäude.

»Einen schönen Tag«, rief Florence ihr nach, bevor sie den Kopf schüttelte. Als ihr das Gespräch mit Julien wieder einfiel, sprang sie auf. »Ich komme gleich zurück.« Sie eilte ihrer Tochter nach, die vor dem Schuppen gerade aufs Rad steigen wollte. »Ambre, warte bitte mal kurz!«

Ambre verzog missbilligend ihren Mund. »Was ist denn noch?«

Florence fasste nach dem Lenker des Rads. »Dein Vater hat vorgeschlagen, dass wir am Samstag gemeinsam einen Ausflug machen könnten.« Sie strich Ambre sachte übers Haar. »Was hältst du von der Idee?«

Ihre Tochter rümpfte die Nase. »Einen Ausflug? So ein Familiending?«

Florence lächelte. »Wenn du es so ausdrücken möchtest … Ja. Er dachte, es wäre schön, wenn wir etwas zu dritt unternähmen. Wohin es gehen wird, soll eine Überraschung sein.«

Ambre starrte auf den sandigen Boden. »Klingt ja wahnsinnig spannend.« Ihr Tonfall strafte ihre Worte Lügen.

Florence' Zuversicht sank. »Ich glaube, es würde uns wirklich guttun, ein wenig Zeit miteinander zu verbringen.«

»Ich bin keine fünf mehr.«

Florence blickte kurz zu dem Lavendelfeld ihrer Mutter hinüber, wo es emsig summte. »Aber wir sind doch trotzdem deine Eltern«, erklärte sie leise. »Dein Vater würde sich wirklich sehr freuen.« Sie seufzte. »Und ich mich auch.« Sie konnte förmlich sehen, wie es in Ambres Kopf arbeitete.

Schließlich zuckte ihre Tochter mit den Achseln. »Meinetwegen.«

Florence berührte sie am Oberarm. »Schön. Du wirst sehen, wir werden einen tollen Tag miteinander verbringen.« Sie nickte aufmunternd. »Und dein Vater war schon immer für Überraschungen gut.«

»Hat er gesagt, was er mit uns vorhat?«

Florence schüttelte den Kopf. »Er schweigt wie ein Grab.«

»Ich muss dann.« Ambre deutete die Auffahrt hinunter.

»Bis später, Süße.«

Nachdenklich verfolgte Florence, wie Ambre sich gemächlich den Hügel hinabrollen ließ.

Ihre Mutter trat neben sie. »Das wird schon alles. Heute Morgen war sie doch gar nicht so schlecht drauf, nicht wahr?«

»Du hast recht«, stimmte Florence ihr zu. »Vielleicht mache ich mir einfach nur zu viele Gedanken.«

Louise lachte. »Diesen Aspekt kenne ich nur zu gut.« Sie umfasste Florence' rechte Hand. »Komm wieder mit rein.«

Als sie am Tisch saßen, spürte Florence den prüfenden Blick ihrer Mutter auf sich. Schon gestern Abend hatte sie das ungute

Gefühl beschlichen, dass etwas in der Luft lag, was sie nicht einzuordnen wusste. Bedächtig schnitt sie das Baguette auf und bestrich ihre Scheibe mit etwas Butter. Vielleicht würde ihre Vorahnung einfach verschwinden, wenn sie das geräuschlose und doch unüberhörbare Knistern, das im Raum hing, einfach ignorierte.

»Florence?«

Sie blickte auf. »Hm?«

»Hast du heute Abend ein wenig Zeit für mich?«

Ein Kloß bildete sich in ihrer Kehle. »Um was geht es denn?«

Louise fuhr mit dem rechten Zeigefinger das karierte Muster der Tischdecke nach. »Ich ... würde gern mit dir reden.«

Florence' Puls beschleunigte sich. »Worüber?« Ihr war klar, dass es nur um die Spannungen gehen konnte, die seit Jahren zwischen Louise und ihr herrschten.

»Das würde ich dir gern heute Abend sagen.« Louise schluckte. »Wenn wir etwas mehr Zeit haben. Du musst gleich zur Arbeit. Und ich habe einen Termin mit einem neuen Kunden.«

Florence verdrängte die aufkeimende Neugier. »Das Geschäft läuft gut, oder?«

Louise nickte. »Anfangs war es alles andere als einfach, aber mittlerweile kann ich gut davon leben. Maman hilft mir viel, wenn sie sich nicht um Antoinette kümmern muss. Und es macht mir unglaublich viel Spaß. Du weißt, dass es immer mein Traum war, mit meinen Pflanzen zu arbeiten. Ich liebe es zu beobachten, wie die Natur erwacht und alles wächst. Wie die Blüten ihre überwältigende und berauschende Schönheit entfalten. Wie das Obst langsam heranreift, das Gemüse seine endgültige Form annimmt.«

»Du kommst ja richtig ins Schwärmen«, stellte Florence überrascht fest.

Louise musterte sie, bevor sie nach ihrer rechten Hand griff und sie drückte. »Wir wissen nur noch so wenig voneinander, Florence. Ich wünschte mir, wir würden uns wieder näherkommen. Du hast mir all die Jahre so unglaublich gefehlt.« Sie hielt inne. »Vielleicht schaffen wir es, die Probleme, die zwischen uns stehen, zu überwinden.«

Florence spürte Tränen in sich aufsteigen. War es nicht genau das, wonach sie sich ebenfalls sehnte? Hatten sie eine Chance, ihr Mutter-Tochter-Verhältnis neu zu definieren? Ihre Beziehung zu intensivieren, die Konflikte endlich aus dem Weg zu räumen? Vielleicht war tatsächlich der richtige Zeitpunkt gekommen. Um die letzten Jahre zu überdenken und um die Fragezeichen aus der Vergangenheit aufzulösen.

20

»Wie groß ist die Wahrscheinlichkeit, dass die letzte Ziffer eine Vier ist?«

Ambre wurde es abwechselnd heiß und kalt, während sie auf die Kreide in ihrer Hand starrte. Unerbittlich wiederholte Madame Lambert, die Mathematiklehrerin, ihre Frage.

»Berücksichtige, dass wir davon ausgehen, dass im Telefonbuch alle erdenklichen Nummern vorkommen können.«

Merde! Vor Ambres innerem Auge erschien ein altmodisches Telefonbuch mit zerfledderten Seiten. Wie viele Telefonnummern es wohl insgesamt gab? Zahlen über Zahlen schwirrten durch die Synapsen ihres Gehirns. Ambres Hand begann zu zittern.

In der hinteren Bank erklang leises Gelächter.

Ambre wandte ihren Kopf ab.

»Hattet ihr Stochastik in Paris noch nicht durchgenommen?«, erklang Madame Lamberts Stimme.

»Doch«, antwortete Ambre. »Aber ich …« Sie hatten das Thema vor mehr als einem halben Jahr behandelt. »… ich kann mich nicht mehr genau erinnern.«

»Pariser Hochmut«, wisperte Marie in der letzten Reihe kichernd, woraufhin Caroline und Anna losprusteten.

Madame Lambert warf den dreien einen finsteren Blick zu.

Louis hob die Hand.

»Ja?«

»Ich könnte Ambre das Prinzip der Wahrscheinlichkeitsrechnung noch mal erklären«, bot er an, während er Ambre ein kleines Lächeln schenkte.

»Das ist eine nette Idee«, erklärte Madame Lambert. »Vielleicht könnt ihr euch in der Pause zusammensetzen. Was meinst du dazu, Ambre?«

Sie nickte, während sie voller Verzweiflung spürte, wie ihre Wangen heiß wurden.

»Dann fahren wir fort. Ambre, setz dich wieder. Louis, erkläre du uns bitte, wie die Aufgabe zu lösen ist.«

Den Rest der Stunde verfolgte Ambre den Unterricht wie hinter einem Schleier. Immer wieder drangen verletzende Kommentare von Marie und ihren Freundinnen zu ihr vor. Und obwohl sie sich bemühte, die Worte der »Kleingeistigen« zu ignorieren, versetzten ihr die verächtlichen Worte erneut schmerzhafte Stiche.

»Frag ihn doch, ob er mitkommen möchte.« Anouk stieß Ambre den Ellbogen in die Seite.

»Hm? Was meinst du?« Ambre wandte den Kopf ab.

»Mensch, Ambre! Tu doch nicht so«, erklärte Anouk grinsend.

Erneut sah Ambre zu der Gruppe Jungs hinüber, die am anderen Ende des Hofs stand. Louis gestikulierte wild, während seine Kumpels ihm wie gebannt lauschten.

»Vor mir musst du dich doch nicht verstellen.«

Sie seufzte. »Ist es denn so offensichtlich?«

Anouk nickte. »Du erwartest eine ehrliche Antwort, oder?«

Ambre verzog ihre Mundwinkel. »Nein!«

Anouk lachte. »Louis ist in Ordnung.«

»Wenn Marie und ihr Gefolge es mitbekommen ...« Ambre beobachtete weiter den dunkelhaarigen Jungen.

Anouk zuckte mit den Schultern. »Ich habe es dir schon mehrmals gesagt: Vergiss diese geschminkten Kröten. Marie hat Louis monatelang selbst dermaßen offensichtlich und anbiedernd angeschmachtet, dass man fast Angst bekommen konnte, ihr fielen gleich die Augen aus dem Kopf.«

»Und?«

»Was, und?« Anouk wedelte ungeduldig mit der Hand. »Der Junge scheint Geschmack zu haben.«

Ambre verfolgte, wie Louis laut auflachte, während einer der anderen Schüler in die Luft sprang. Als er den Kopf drehte und in ihre Richtung sah, trafen sich ihre Blicke. Ambre zwang sich, nicht wegzusehen. Louis nickte ihr zu. Ihr Herz pochte viel zu schnell. Ihre Handinnenflächen wurden feucht.

»Dich hat es ja richtig erwischt«, bemerkte Anouk neben ihr, während sie Ambres Blick folgte.

Ambre erwiderte nichts.

»Willst du ihn jetzt fragen, ob er mitkommen möchte?«

Ambre schüttelte augenblicklich den Kopf. »Bist du verrückt geworden? Wie peinlich ist das denn?«

»Dann eben nicht. Meine Mutter hat mir übrigens Geld gegeben. Bevor wir an den Strand fahren, können wir uns davon eine Pizza holen.«

»Cool.« Ambre konzentrierte sich wieder auf ihre Tischnachbarin. »Meine Oma hat heute früh einige Pains au chocolat eingekauft. Ich habe uns zwei mitgenommen.«

»Dann steht ja einem wundervollen Nachmittag am Meer nichts entgegen. Hast du Schwimmzeug dabei?«

Ambre zeigte auf ihr T-Shirt. »Ich habe den Bikini schon drunter.«

»Kluges Mädchen«, frotzelte Anouk.

In diesem Moment erklang die Schulglocke, die das Ende der Pause signalisierte.

Die beiden reihten sich in die Schülermassen Richtung Haupteingang ein. An der Tür hörte Ambre plötzlich ihren Namen.

Als sie sich umdrehte, erblickte sie Louis, der hastig zu ihr aufschloss.

»Hast du später in der Mittagspause Zeit?« Seine dunklen Augen blitzten vergnügt auf. »Wenn du magst, können wir dann zuerst die Aufgaben aus dem Unterricht durchgehen und im Anschluss zusammen die Mathehausaufgabe erledigen.«

Ambre meinte, vor lauter Aufregung keine Luft mehr zu bekommen. »Ja, gern.« Sie ärgerte sich über das Beben in ihrer Stimme.

»Klasse«, erwiderte Louis, während er neben ihr die Treppen hinaufstieg. »Stochastik ist eigentlich gar nicht so schwer.«

»In Paris haben wir das schon vor den Weihnachtsferien durchgenommen. Ich weiß einfach nicht mehr genau ...«

»Kein Problem.« Er lächelte sie von der Seite an. »Ist ja auch nicht so einfach, kurz vor den Sommerferien die Schule zu wechseln. Neue Lehrer, neue Klasse.« Er zog die Brauen hoch.

»Im Grunde komme ich ganz gut zurecht«, erzählte Ambre, von seinen Worten etwas ermutigt. »Mathe war leider noch nie mein Lieblingsfach. Dafür mag ich Englisch und Chemie.«

»Monsieur Katouches Fächer.« Er nickte. »Wenn du magst, können wir vor der nächsten Mathearbeit gern zusammen lernen. Ich freue mich, wenn ich dir helfen kann.«

Ambre meinte, ihren Ohren nicht zu trauen. Hilfesuchend blickte sie zu Anouk, die sich in der Menge an ihre andere Seite gekämpft hatte. Diese zog eine Grimasse.

»Das ist sehr nett von dir«, erwiderte Ambre atemlos. »Aber ich schätze, ich bin ein ziemlich hoffnungsloser Fall.«

Missbilligend verzog Louis sein Gesicht. »Etwas mehr Selbstbewusstsein bitte, Mademoiselle Fournier. Im Gegenzug könntest du mir etwas bei Englisch unter die Arme greifen. That's not my subject.«

Sie musste lachen.

»Warte ab. Du hast noch nie einen so kompetenten Mathelehrer erlebt wie mich.«

»Na, da bin ich aber sehr gespannt«, gab sie amüsiert zurück.

»Uh, unser Pariser Mathegenie ist zurück.« Marie lehnte mit Anna und Caroline an der Fensterbank, die sich gegenüber der geöffneten Tür zu ihrem Klassenraum befand.

Ambre tat so, als habe sie die Bemerkung nicht gehört. Doch Louis blieb stehen, stemmte seine Hände in die Hüften und musterte die stark geschminkte Blondine eingehend von Kopf bis Fuß. »Weißt du, Marie, du denkst vielleicht, deine Kommentare seien besonders intelligent.« Er drehte sich um und zwinkerte Anouk und Ambre zu, bevor er sich wieder dem Trio am Fenster zuwandte. »Aber lass dir eins gesagt sein: Mit Gehässigkeit hat es noch niemand geschafft, seinen Beliebtheitsgrad zu steigern. Nur weil die meisten aus der Klasse sich nicht trauen, dir ihre ehrliche Meinung zu sagen, heißt das nicht, dass sie sich nicht längst ein

Urteil über dich gebildet haben.« Er lachte. »Und ich glaube, dieses möchtest du niemals hören. Schönen Tag noch, Mädels!«

Ohne auf eine Erwiderung zu warten, ließ er die drei stehen und bedeutete Ambre und Anouk, dass sie vor ihm den Klassenraum betreten sollten. Ambres Herz machte einen regelrechten Hüpfer. Was war das denn gewesen? Wollte sich Louis etwa ihrer Anti-Kleingeistigen-Front anschließen? Sie konnte sich nicht erinnern, wann sie sich das letzte Mal so glücklich und befreit gefühlt hatte. Fast musste sie aufpassen, dass ihr nicht ein kleiner Jubelschrei entfuhr. Als sie wieder an ihrem Platz saß, ballte sie eine Hand zur Faust.

»Ich denke, du hast es geschafft«, flüsterte ihr Anouk zu, die Ambres Geste mitbekommen hatte. Während der Geschichtslehrer mit dem Unterricht begann, unterdrückte Ambre ein breites Grinsen.

21

Florence überlegte, wie sie mit der unentschlossenen Haltung von Valérie Rammiers umgehen sollte. Die Frau war von ihrem Mann geschlagen und misshandelt worden. Trotzdem verleugnete sie die Tatsache, dass ihr Mann gewalttätig war. Manchmal war Florence' Job alles andere als leicht zu ertragen.

»Verfluchter Mist!«, entfuhr es Sylvie Famony hörbar verärgert. Florence blickte von ihrem Bildschirm auf und sah zu ihrer Kollegin hinüber, die heute noch grantiger als die letzten Tage wirkte. Thomas war bereits vor einer Stunde zu einem Außer-Haus-Termin geeilt, nicht ohne Florence erneut an ihre Verabredung zu einem Feierabend-Kaffee zu erinnern. Da sie heute jedoch erst mit Antoinette und danach mit ihrer Mutter zu Gesprächen verabredet war, hatte Florence ihn auf nächste Woche vertrösten müssen. Was Louise wohl mit ihr zu besprechen hatte? Die Neugierde quälte Florence bereits seit Stunden.

»Was ist passiert?«, wagte sie nun, ihre stets so abweisend wirkende Kollegin zu fragen.

Deren Gesicht verfinsterte sich bei Florence' Worten.

»Ich habe auch einen Fall, bei dem ich momentan nicht so genau weiß, wie ich weiter verfahren soll«, fuhr Florence fort, als ihr klar war, dass Sylvie Famony nicht antworten würde.

»Ich mache diesen Job seit knapp vierzig Jahren«, platzte es aus der älteren Kollegin heraus. »Und ich frage mich mit jedem weiteren Jahr, in dem ich hier bin, wozu ich das eigentlich tue?« Frustriert warf sie ihren Kugelschreiber auf die Tischplatte vor sich.

»So schlimm?« Florence musterte sie.

Ihre Kollegin schüttelte den Kopf. »Unsere Arbeit ist letztlich doch nur ein Tropfen auf den heißen Stein«, erwiderte sie mit bitterer Stimme. »Was ist mit all den misshandelten Kindern, die sich niemandem anvertrauen? Mit den verprügelten Ehefrauen, die auch nach der hundertsten Attacke ihres Ehemannes die Augen vor der Realität verschließen?« Sie schnaufte laut. »Ich betreue seit mehr als drei Monaten eine Familie in Agde, bei der seit Längerem der Verdacht im Raum steht, dass das Kind geschlagen wird. Ein fünfjähriger Junge. Ich habe mehrfach den Antrag gestellt, den Kleinen in einer Pflegefamilie unterzubringen. Abgelehnt. Die Hinweise seien nicht ausreichend. Der Junge hat immer wieder auffällige blaue Flecken.« Jetzt sah sie Florence direkt in die Augen. »Gestern Abend wurde er ins Krankenhaus eingeliefert. Drei Rippen und das rechte Handgelenk sind gebrochen.«

Florence schloss die Augen. »Das tut mir leid.«

»Mir auch«, entgegnete Sylvie Famony sichtlich wütend. »Es ist manchmal einfach nur zum …«

Sie verkniff sich das letzte Wort, doch Florence verstand sie auch so.

»Haben Sie sich noch nie gefragt, ob wir tatsächlich etwas bewirken oder es bei unserem Job nicht nur um oberflächliche Kosmetik geht? Die zivilisierte Gesellschaft fühlt sich besser, wenn sie weiß, dass es Leute wie uns gibt, die sich um die schwierigen Problemfälle kümmern. So müssen sich alle anderen nicht damit herumschlagen und kümmern. Unsere Arbeit beruhigt das soziale Gewissen der Gesellschaft. Aber bewirken wir denn wirklich etwas? Wie viele können wir nicht retten?« Sie klang resigniert.

Florence überlegte. »Ich kann Ihre Überlegungen im Ansatz verstehen, aber …« Ihre nächsten Worte wählte sie mit Bedacht. »Aber ich weigere mich, den Sinn meiner Tätigkeit daran zu messen, wie vielen Menschen ich nicht helfen kann. Unsere volle Konzentration muss auf denen liegen, die wir unterstützen können. Die unsere Hilfe suchen und darum bitten.«

»Bewahren Sie sich Ihre optimistische Einstellung.«

Florence sah sie überrascht an.

»Wissen Sie, ich war nicht immer so«, erzählte Sylvie Famony weiter. »Aber die Jahrzehnte gehen nicht spurlos an einem vorbei. Ich habe zu viel gesehen, zu viel gehört.« Sie runzelte die Stirn.

»Es ist schwierig«, gab Florence zu. »Immer wieder aufs Neue Leuten zu begegnen, die an irgendeinem Punkt ihres Lebens falsche Entscheidungen getroffen haben. Die sich in Schwierigkeiten gebracht haben, aus denen sie ohne Hilfe von außen nicht mehr herausfinden.« Sie begann zu lächeln. »Aber für mich ist es ein wundervoller Aspekt zu erkennen, wenn es einer meiner Schützlinge geschafft hat, wenn er die Hürden in seinem Leben meistern konnte. Wenn Kinder zu ihrer Fröhlichkeit zurückfinden. Wenn es Menschen gelingt, sich zu einem Neuanfang aufzuraffen. Und sie im Nachhinein merken, dass ihr Leben eine ganz neue Qualität haben kann.«

Florence' Handy klingelte. »Pardon.« Als sie das Telefon aus ihrer Tasche angelte, erkannte sie die Nummer ihrer Mutter. »Maman, was gibt es?«

»Florence, Oma ist unglücklich gestürzt und hat sich den Arm gebrochen.«

»Was?« Florence spürte Sylvie Famonys Blick auf sich.

»Sie ist auf der Treppe zur Veranda gestolpert und gefallen.«

»Wo ist sie jetzt?«

»In der Uniklinik in Montpellier. Der Arm muss operiert werden.«

»Oje!«

»Das Problem ist, dass ich gleich einen wichtigen Termin habe, der länger dauern könnte. Daher wollte ich dich bitten, ob du sie später dort abholen könntest. Ich gehe fest davon aus, dass meine Mutter dort freiwillig keine Nacht verbringen möchte. Ansonsten muss sie sich ein Taxi …«

»Nein«, unterbrach Florence Louise eilig. »Ich habe sowieso noch in Montpellier zu tun. Ich hole sie ab. Wenn sie noch nicht fertig ist, warte ich auf sie. Das ist kein Problem. Ambre wollte sich ja mit einer Freundin treffen und kommt vor heute Abend nicht heim.«

»Mein Termin findet im Château statt«, erklärte ihre Mutter. »Ich bin also da, sollte Ambre früher zurückkehren.«

Zwei Stunden später durchquerte Florence mit Pauline den Flur des Krankenhauses.

»Fragt mich dieser Arzt doch tatsächlich, ob er mir eine Seniorenresidenz empfehlen soll«, empörte sich Pauline neben ihr. »Ich bin gerade einmal achtzig. Was denkt sich dieser Mensch?« Anklagend hob sie ihren eingegipsten Arm. »Wie soll ich mich so um Maman kümmern? Mit diesem Ungetüm kann ich nicht einmal ihren Rollstuhl schieben!«

Florence schüttelte amüsiert ihren Kopf. »Dafür kann der Arzt aber nun wirklich nichts.«

»Hätte es nicht gereicht, wenn er mir den Arm locker verbunden hätte? Muss es gleich ein solcher Totschläger sein? Sieh doch mal. Selbst mit meiner Hand kann ich kaum etwas anfangen.« Pauline verdrehte die Augen. »Anscheinend hat man als älterer Mensch keinerlei Rechte mehr. Ich habe ihnen mehrfach gesagt, dass ich meiner Tochter und meiner Mutter öfter zur Hand gehe und es mir nicht leisten kann, über Wochen auszufallen.«

Florence blieb stehen und starrte die alte Frau an. »Was sollen die Ärzte denn tun? Oma, du bist hingefallen und hast dir den Arm gebrochen! Das hat mit deinem Alter doch gar nichts zu tun.«

»Papperlapapp.« Pauline gestikulierte mit dem gesunden Arm. »Wäre ich ein hoch bezahlter Fußballer, würde man mir die entsprechenden Medikamente geben, und ich stünde übermorgen wieder auf dem Platz. Aber bei einer alten Frau wie mir ...« Sie schnalzte mit der Zunge. »Ja, die braucht ja niemand. Soll sie sich doch ein paar Wochen mit diesem Monstrum von Verband herumquälen.«

Fassungslos schüttelte Florence den Kopf. »Ich glaube es nicht. Und das ist kein Verband, das ist ein Gips! Du hast dir deinen Arm gebrochen.«

»Brüll nicht so«, mahnte Pauline sie an. »Und erzähl mir nichts, was ich nicht eh schon wüsste.«

Florence verkniff sich eine weitere Bemerkung und zeigte in den Flur, der links abzweigte. »Du kannst gern mitkommen, wenn ich mit Corinne spreche. Aber bitte halte dich zurück.«

Pauline prustete entrüstet. »Also, Florence. Wirklich. Ich bin doch die Zurückhaltung in Personifikation!«

Florence schmunzelte noch immer, als sie die Jugendliche entdeckte, die in einem hellblauen Jogginganzug in der Sitzgruppe vor ihrem Krankenzimmer saß und ins Leere blickte. »Bonjour, Corinne«, machte sie sich vorsichtig bemerkbar, um das Mädchen nicht zu erschrecken. »Erinnerst du dich noch an mich?«

Corinne nickte und sah von Florence zu Pauline. Heute hatte sie wieder etwas mehr Farbe im Gesicht als gestern.

»Das ist meine Oma«, stellte Florence vor.

»Ich bin Pauline.« Sie deutete mit dem Kinn auf ihren gebrochenen Arm. »Mir ist heute ein kleines Missgeschick passiert.« Sie verdrehte erneut die Augen, was Corinne ein schwaches Lächeln entlockte.

»Das tut mir leid«, sagte das Mädchen leise.

»Unkraut vergeht nicht.« Pauline setzte sich in den Stuhl gegenüber, während Florence neben Corinne Platz nahm.

»Dir scheint es besser zu gehen.«

Corinne wandte ihren Kopf ab und sah aus dem bodentiefen Fenster neben den Stühlen ins Freie.

»Magst du mir sagen, was dir durch den Kopf geht?«, setzte Florence behutsam nach.

Die Lippen des Mädchens begannen zu zittern. »Ich fühle mich so leer.«

Florence nickte. »Du hast eine sehr tiefgreifende und aufwühlende Erfahrung gemacht, Corinne. Es ist wichtig, darüber zu sprechen. Ich wüsste sehr gern, was dich dazu veranlasst hat, dass du dachtest, es gäbe keinen anderen Ausweg mehr.«

Das Mädchen schluckte. »Ich weiß es nicht«, presste sie mit zitternder Stimme hervor. »Es ist ... diese Eintönigkeit ... Ich ... Gibt es nicht mehr im Leben?« Sie hob den Kopf und sah erst zu Florence, bevor sie Pauline anblickte. »Sie sehen aus, als hätten Sie ein interessantes Leben.«

Pauline kniff ihre Augen zusammen. »Findest du?« Sie zuckte mit den Achseln. »Das kann ich dir gar nicht so pauschal sagen.

Aber ich bin ein zufriedener Mensch. Mein Mann ist viel zu früh gestorben, das hat mir damals sehr zugesetzt. Aber ich habe meine Tochter, meine Mutter ...« Als sie lächelte, vertieften sich die Falten um ihre Augen. »Meine Enkelin und deren Tochter. Ja, ich glaube, ich kann sagen, dass ich glücklich bin.«

»Das ist schön«, murmelte Corinne. »Bei mir existiert nur ... diese Leere.«

Florence betrachtete das Mädchen. »Du hast noch so viele Erfahrungen vor dir. Schöne, nicht so schöne, aufregende, unglaubliche. Das Leben wartet darauf, von dir entdeckt zu werden.«

»Sagen Sie das mal meinem Vater.« Corinne presste ihre Lippen aufeinander.

Florence wurde hellhörig. Näherte sie sich gerade der Ursache für Corinnes Verzweiflungstat?

»Deinem Vater?«

Die Abendsonne ließ die Wasseroberfläche wie Edelsteine glitzern. Florence stand am Quai Général Durand und gab sich ihren Gedanken hin. Nachdem Corinne ihren Vater erwähnt hatte, hatte Florence mehrfach versucht, das Mädchen zum Weiterreden zu animieren, doch wirklich schlau war sie aus dem Gespräch nicht geworden. Corinne hatte immer wieder erklärt, wie leer ihre Zukunft vor ihr läge und wie perspektivlos ihr das eigene Leben erscheine. Florence musste dringend noch einmal mit der Mutter und am besten auch mit dem Vater sprechen.

Pauline hatte ihr auf dem Heimweg von Montpellier, wenn sie gerade einmal ihre Schimpftirade auf die Ärzte des Uniklinikums unterbrochen hatte, erklärt, sie sei noch nie in ihrem Leben einem traurigeren Mädchen als Corinne Dumonde begegnet. Und Florence musste ihr zustimmen. Das Mädchen zeigte weder das für dieses Alter so typische Rebellenverhalten, in dem sie sich von ihrem Elternhaus abgrenzte oder zumindest prinzipiell alles blöd fand, was Maman und Papa vorlebten, noch waren überhaupt irgendwelche Anzeichen verrücktspielender Hormone sichtbar gewesen. Die Lethargie, die das Mädchen an den Tag legte, besorgte Florence zunehmend. Ein Selbstmordversuch konnte von Kleinigkeiten ausgelöst werden, die ein bereits erreichtes Maß an schlechten Erfahrungen oder zutiefst negativen Gefühlen ins für den Leidtragenden Unerträgliche steigerten. Die Betroffenen wurden oft von einer emotionalen Welle überrollt, die ihnen jeglichen Blick für eine Verbesserung ihrer Situation versperrte.

All diese Empfindungen vermisste Florence bei Corinne. Hatte das Mädchen sich schlichtweg aufgegeben? Leise und unauffällig? Konnte ihr Hilferuf nicht gehört werden, weil sie gar keinen abgesetzt hatte?

Florence hob eine Hand und beschattete ihre Augen. In Ufernähe konnte sie unzählige kleine Fische erkennen, die sich emsig zwischen den Booten hin und her bewegten. Über ihr kreisten drei Möwen, die hungrig kreischten und auf Nahrung warteten. Der schwache Geruch von Diesel hing in der Luft und vermischte sich mit dem feinen Salz- und Tangdunst des Wassers. In der Ferne verließen zwei Segelschiffe den alten Hafen Richtung offenes Meer. Ein junger Mann betrat eines der Ausflugschiffe am Kai und hängte ein Plakat an die Tür der Kajüte. Auf der gegenüberliegenden Seite des Canal Royal wurden gerade drei Kameras aufgebaut. Florence verfolgte das rege Treiben. Sie konnte allerdings nicht erkennen, ob es sich um eine kleinere Filmproduktion handelte oder um professionell ausgestattete Hobbyfilmer.

Als sie Pauline am Château abgesetzt hatte, hatte sie zweimal nachgehakt, ob ihre Oma Hilfe bräuchte. Doch diese hatte nur abgewinkt und verkündet, sie würde sich von einem gebrochenen Arm sicher nicht zum Pflegefall degradieren lassen. Ambre war noch nicht daheim gewesen. Und da Louise ihr versichert hatte, sie verbringe den Rest des Nachmittags auf dem Anwesen, hatte Florence sich kurzfristig entschlossen, noch einige Besorgungen zu erledigen. Weit war sie noch nicht gekommen, wie sie zugeben musste.

Seit einer knappen halben Stunde stand sie am Kanal und starrte auf die Wasseroberfläche. Wie sehr hatte ihr das Meer all die Jahre gefehlt! Das Gefühl dieser endlosen Weite war unvergleichlich.

Paris hatte unglaublich viel zu bieten. Kultur, Eleganz, Schönheit in all ihren Facetten, imposante Bauwerke und diese allgegenwärtige und doch unterschwellige dekadente Atmosphäre. Aber das Meer konnte keiner dieser Aspekte ersetzen. Das Freiheitsgefühl, das Florence überkam, wenn sie zum Horizont blickte, wenn sie mit ihren Augen den Übergang zwischen Himmel und Erde suchte, hatte sie viel zu lange vermisst. Sie schloss die Augen, um sich intensiver auf die warme Brise zu konzentrieren, die ihre Wangen streifte. Wie oft war sie mit Julien am Strand entlangspaziert? Fünfzigmal, hundertmal? Florence vermochte es nicht abzuschätzen. Was Touristen nur für wenige Wochen im Jahr genießen konnten, hatte Florence jeden Tag vor der Haustür vorgefunden. Und nicht schätzen können.

Oder doch? Sie wusste es nicht. Florence öffnete ihre Augen wieder und atmete tief ein. Wenn sie sich nicht endlich von dem Anblick losriss, würde sie morgen noch hier stehen. Schlagartig fielen ihr Antoinette und ihre Geschichte sowie die Bitte ihrer Mutter um eine Unterredung ein. Welche Offenbarungen würden später wohl auf sie warten?

Entschlossen drehte sie sich um und schlenderte die Rue Paul Valéry entlang. Als sie sich nach rechts Richtung Markthalle wenden wollte, hörte sie plötzlich ihren Namen. Florence sah sich suchend um.

»Florence!« Eine dunkelhaarige Frau Anfang dreißig hastete auf sie zu. »Du bist es wirklich!«

Florence brauchte weitere drei Sekunden, bis ihr Gehirn endlich schaltete. »Sophie!«

Ihre ehemalige Schulfreundin nickte. »Mensch, das muss ja Ewigkeiten her sein.«

»Fünfzehn Jahre«, bekannte Florence lächelnd, während sie das hübsche Gesicht ihrer früheren Klassenkameradin musterte. Ihre Haut war glatt und gebräunt, das lockige Haar trug sie als modischen Bob, der ihr bis zum Kinn reichte.

»Du siehst gut aus«, stellte Florence fest. »Du hast dich kaum verändert.«

»Danke.« Sophie lachte. »Ich habe dich auch sofort erkannt.«
Sie nickte. »Als ob du nie weg gewesen wärst. Seit wann bist du denn wieder hier?«
»Seit letztem Wochenende«, erwiderte Florence.
Sophie zog die Brauen hoch. »Machst du Urlaub in der Heimat?«
»Nein, Ambre und ich sind wieder zurück nach Sète gezogen.« Sie erzählte, wo sie übergangsweise wohnten. »Ambre ist meine Tochter.«
»Deine Mutter hat mir erzählt, dass du ein Kind hast.« Sophie kratzte sich am Kinn. »Aber es ist bestimmt schon fünf Jahre her, seit ich ihr das letzte Mal begegnet bin. Wie alt ist Ambre?«
»Fünfzehn«, bekannte Florence und verzog ihre Mundwinkel. Sophie und sie hatten zwar gemeinsam eine Klasse besucht, aber sie hatten sich nie so nahegestanden, dass sie damals private Dinge ausgetauscht hätten. Die beginnende Schwangerschaft hatte Florence damals, solange es ging, geheim gehalten. Als sie ihren Abschluss machte, hatte man an ihrem Bauch noch nichts erkennen können. Außer ihrer engsten Freundin wusste niemand davon.
»Fünfzehn?« Die Augen ihrer Klassenkameradin weiteten sich. »Dann bist du sehr jung Mutter geworden! Bist du verheiratet?«
Florence schüttelte den Kopf. »Nein. Die Beziehung mit dem Vater ist schon vor meinem Weggang nach Paris in die Brüche gegangen.«
Sophie nickte. »Ja, deine Mutter hat mir erzählt, dass du in die Hauptstadt gegangen bist.« Sie lachte. »Und jetzt bist du zurückgekommen.«
»Es war Zeit für einen Schnitt«, blieb Florence vage.
Sophies Miene drückte Verständnis aus. »Das kann ich sehr gut nachvollziehen. Ich bin seit drei Jahren geschieden. Damals stand ich auch kurz davor, Sète zu verlassen. Aber ich wusste erst mal nicht, wohin. Und dann war da plötzlich dieser kleine Laden, der mich förmlich angefleht hat zu bleiben.«
»Welcher Laden?«, wollte Florence interessiert wissen.
Sophie zeigte Richtung Markthalle. »Hier, in der Rue Gambetta.

Mittlerweile verkaufe ich dort meine Töpferware. Ich habe ja schon als Kind ständig Vasen und Schüsseln aus Ton gefertigt.« Sie verdrehte die Augen. »Nicht professionell, aber ich liebte es schon immer, mit meinen Händen zu arbeiten. Zu sehen, wie sie etwas erschaffen. Wie aus einem Klumpen Erde ein kleines Kunstwerk entsteht.« Sie schüttelte den Kopf. »Tut mir leid. Ich übertreibe manchmal etwas. Aber ... ich liebe es einfach.«

»Das klingt toll«, entgegnete Florence voller Anerkennung. »Ich finde es super, dass du mit Leib und Seele dabei bist.«

»Man verdient keine Reichtümer, aber es macht so unglaublich viel Spaß. Anfangs war es nicht einfach, aber jetzt läuft es sehr gut«, fuhr Sophie fort. »Ich habe meine gescheiterte Ehe also gegen ein kleines Geschäft eingetauscht.«

»Kein schlechter Tausch, wie mir scheint.« Florence grinste.

»Und was machst du?«

Sie berichtete Sophie von ihrem neuen Job und deutete an, mit welchen Problemen sie es aktuell zu tun hatte.

»Das passt zu dir«, erklärte Sophie mit ernster Stimme. »Du warst schon immer so ... mitfühlend und hilfsbereit.«

Ihre Worte überraschten Florence. »Wirklich?«

Sophie nickte. »Bei dir hatte ich schon immer das Gefühl, dass du dich sehr gut in andere Menschen hineinversetzen kannst. Du bist in der Lage, ihre Gefühle nachzuvollziehen, bist sehr empathisch. Ich dachte schon damals, entweder wird sie mal Schriftstellerin oder hilft anderen.«

Florence musste lachen. »Schriftstellerin?«

»Schriftsteller müssen sich doch auch in ihre Charaktere hineinversetzen können.«

»Stimmt. Aber keine Sorge, mit dem Schreiben habe ich es überhaupt nicht. Da halte ich mich dann doch lieber ans Lesen.«

Sophie stimmte in ihr Lachen ein. »Wie wär's? Magst du die nächsten Tage mal bei mir vorbeikommen? Wir können gemeinsam einen Kaffee trinken, ich zeige dir meine kleine Werkstatt und den Verkaufsraum.«

Als Florence die dampfende Tarte aux pommes aus dem Ofen holte, wurde die Tür zur Rosenvilla geöffnet.

»Bonsoir!« Ambre schleuderte ihre Schultasche auf die Couch, bevor sie sich selbst danebenfallen ließ.

»Bonsoir, Süße.« Florence stellte die Keramikform zum Abkühlen auf die Arbeitsfläche. »Wie war dein Tag?« Sie verließ die Küche und gesellte sich zu ihrer Tochter, deren Wangen hochrot glühten. Aus der Hochsteckfrisur hatten sich unzählige Strähnen gelöst und kringelten sich vorwitzig um ihr erhitztes Gesicht.

»Du siehst glücklich aus«, stellte Florence lächelnd fest.

Ambre zuckte mit den Achseln. »Am Strand war es richtig cool.«

»Das freut mich«, bekannte Florence ehrlich. »Magst du mir davon erzählen?«

Ambre zog die Doc Martens aus und lehnte ihre Füße gegen die Wohnzimmertischplatte. »Da gibt es nicht viel zu sagen. Wir waren fast den ganzen Nachmittag im Wasser.«

Florence nahm Ambres linke Hand und betrachtete sie eindringlich. »Schwimmhäute sind dir aber noch keine gewachsen.«

»Maman!« Ambre grinste.

»Ich stand vorhin auch am Wasser«, setzte Florence an. »Diese Weite, dieses Funkeln … Es ist schon toll, wenn man nur wenige Schritte vom Meer entfernt wohnt.«

Ambre streckte sich. »Ich würde es zwar weniger kitschig ausdrücken, aber im Prinzip hast du recht.«

»Kitschig?« Ambres Worte entlockten Florence ein Lächeln. »Komm du mal in mein Alter. Dann lernst du den Unterschied zwischen Besinnlichkeit und Kitsch kennen.«

Ambre verzog die Mundwinkel.

»Wie war es in der Schule?«

»Muss ich darauf antworten?« Ambre schürzte ihre Lippen. »Da sind diese blöden Hühner … Marie und ihr Gefolge …«

Florence legte einen Arm um die Schultern ihrer Tochter und zog sie enger an sich. »Erzähl mir von ihnen«, forderte sie sie sanft auf.

»Sie hassen mich«, presste Ambre wütend hervor. »Ständig geben sie doofe Kommentare ab. Und ich habe keine Ahnung, warum.«

»Was sagt Anouk dazu?« Florence betrachtete Ambre von der Seite.

»Anouk ist schwer in Ordnung. Sie nennt die drei ›die Kleingeistigen‹.«

Florence runzelte die Stirn. »›Die Kleingeistigen‹?«

Ambre nickte. »Marie ist so bescheuert. Die bildet sich ein, sie sei die Obermackerin der Klasse, aber Louis hat ihr heute ganz schön eingeschenkt.«

»Louis?« Amüsiert bemerkte Florence, wie das Gesicht ihrer Tochter einen verzückten Ausdruck annahm.

»Ein Klassenkamerad«, erklärte diese hastig. »Anouk meint, ich solle mir das nicht so zu Herzen nehmen.« Doch der Themenwechsel kam zu spät. Florence beschlich die leise Ahnung, dass sie von besagtem Louis heute nicht zum letzten Mal gehört hatte.

»Anouk scheint ein sehr kluges Mädchen zu sein.«

»Ich mag sie.«

»Du schaffst das, Süße. Diese Marie und ihre Freundinnen wollen mit ihrem Getue doch mit großer Wahrscheinlichkeit nur von ihren eigenen Unzulänglichkeiten ablenken«, erklärte Florence. »Sie denken, du seist ein leichtes Opfer, weil du neu bist und niemanden kennst, aber wie mir scheint, liegen sie mit ihrer Annahme ja ziemlich falsch.«

Ambre ließ ihren Kopf auf Florence' Arm fallen und seufzte.

»Wir bekommen das hin, mein Schatz. Wenn es Probleme gibt, bei denen du meinst, du bräuchtest meine Hilfe, dann gib mir bitte sofort Bescheid. Vielleicht kann ich ja mal mit deinem Klassenlehrer reden.«

»Monsieur Katouche ist sehr nett«, sagte Ambre. »Er unterrichtet mich in Englisch.«

Florence grinste. »Na, wenn er Englisch unterrichtet, muss er ja in Ordnung sein.«

Seit Ambre mit der Fremdsprache begonnen hatte, liebte sie

das Schulfach. Sogar in ihrer Freizeit las sie englischsprachige Bücher. Florence, die so gar nichts mit der Sprache anfangen konnte, wunderte sich immer wieder aufs Neue über die Fremdsprachenbegabung ihrer Tochter.

Ambre lachte nun ebenfalls. »Stimmt!« Dann wurde sie wieder ernst. »Aber ich denke, ich bekomme das allein hin.«

»Und allein bist du ja gar nicht«, erwiderte Florence stolz.

Einige Minuten saßen sie schweigend da und hingen ihren Gedanken nach.

»Maman?«, unterbrach Ambre schließlich die Stille.

»Hm?«

»Kann ich ein Stück Tarte aux pommes bekommen? Ich sterbe fast vor Hunger.«

Florence betrachtete ihr wunderhübsches Kind und nickte. »Alles, was du willst.«

Nachdem sie gegessen hatten, hatte sich Ambre in ihr Zimmer zurückgezogen, um ihre Französischaufgaben zu erledigen. Da Antoinette mit Pauline und Louise auf der Veranda des Haupthauses noch gegessen hatte, als Florence die Rosenvilla verlassen hatte, hatte sie sich dazu entschlossen, einen kurzen Spaziergang über das Grundstück zu unternehmen. Sie erinnerte sich an die lauschige Ecke mit der Sitzgruppe, die ihre Mutter erst vor Kurzem hatte errichten lassen.

Staunend durchquerte Florence Louise' Blumenbeete, bis sie den äußersten Rand des Anwesens erreichte. Ihre Mutter hatte ein wahres Pflanzenparadies geschaffen. Es blühte in allen erdenklichen Farben und Formen. Sie wusste beim Vorbeigehen nicht, wo sie zuerst hinsehen sollte.

Die Loungesessel am Ende des Anwesens luden geradezu zum Verweilen ein. Neben dem Pavillon reckten gelbe Rosenstöcke ihre wunderschönen Blütenköpfe Richtung Horizont. Bienen und Hummeln summten einem mehrstimmigen Kanon gleich um die Wette. Florence entschied sich für einen der dick gepolsterten Stühle und setzte sich.

Hier im hintersten Winkel des ehemaligen Weinguts konnte man beinahe das Gefühl bekommen, ganz allein auf dieser Welt zu sein. Die Stimmen vom Haus waren nicht mehr zu hören, die Straße befand sich fast einen Kilometer weit entfernt. Florence schloss die Augen und lauschte den Geräuschen der Natur. Der süße Duft des Jasmins begleitete den zirpenden Gesang der Vögel, die aufgeregt um die Kirschbäume herumflatterten. Einige frühe Zikaden stimmten bereits ihr Abendlied an. Der Wind wehte schwach und ließ Blätter und Halme geheimnisvoll rascheln.

Fehlten nur noch Édith Piaf und ihre »Hymne à l'amour«, schoss es Florence amüsiert durch den Kopf, während sie an ihre Uroma denken musste. Ob Antoinette vor achtzig Jahren ebenfalls die Muße hatte, diese bezaubernde Umgebung zu genießen, die atemberaubende Natur auf sich wirken zu lassen? Florence bezweifelte es stark. Damals befand sich Frankreich im Krieg. Die Menschen hatten schwerwiegendere Sorgen als Schulprobleme oder familiäre Vergangenheitsbewältigung. Sie legte ihren Kopf auf die Lehne und blickte in den Himmel.

Vielleicht war es gar nicht schlecht, sich zum jetzigen Zeitpunkt mit Antoinettes Geschichte auseinanderzusetzen. Es rückte die Relationen zurecht, die eigene Perspektive. Wenn Florence ehrlich zu sich selbst war, musste sie zugeben, dass ihr momentanes Leben in Wahrheit nicht halb so kompliziert war, wie es in manchen Momenten den Anschein hatte. Sie hatte eine mehr als wohlgeratene Tochter, einen erfüllenden Job und eine Bleibe, die sich mit Sicherheit nicht verstecken musste. Was wog da schon die Enttäuschung mit Jean-Luc? Die überstürzte Aufgabe ihres jahrelangen Lebens in Paris?

Nein, sie musste sich immer wieder vor Augen führen, dass sie sich trotz all der Schicksalsschläge, die ihr Leben durchaus aufzuweisen hatte, glücklich schätzen konnte, eine Familie zu besitzen, die sie stärkte. Die für sie da war, wenn sie jemanden brauchte. Dankbarkeit machte sich in ihr breit. Wenn ihre Mutter nicht, ohne zu zögern, zugestimmt hätte, Florence und Ambre in der Rosenvilla einzuquartieren, hätte sich ein rascher Umzug weitaus schwieriger, wenn nicht gar unmöglich gestaltet. Florence nahm sich vor, Louise heute Abend so unvoreingenommen, wie es ihr überhaupt möglich war, entgegenzutreten. Keine Vorwürfe, keine spitzen Bemerkungen.

War es nicht an der Zeit, ein neues Kapitel aufzuschlagen? Ihr Vater war seit zwanzig Jahren tot. Und tief in ihrem Inneren war Florence schon lange klar, dass ihre Wut auf Louise nicht auf dem Vorwurf fußte, diese sei tatsächlich schuld am Tod ihres Mannes. Es war doch vielmehr so, dass sie ein Ventil für ihre Trauer und ihren Zorn über den viel zu frühen Verlust eines Elternteils benötigt hatte. Der Tod ihres Vaters war ein Unfall gewesen. Und niemand hatte Schuld daran gehabt. Unfälle gehörten zum Leben dazu und passierten. So bitter sich das auch anhören mochte, es war die ungeschminkte Wahrheit. Ja, es war Zeit, ihre Gefühle endlich zu ordnen. Entschlossen erhob sich Florence und kehrte zum Haupthaus zurück.

22

Nach dem Treffen mit den Mitgliedern der Résistance, damals wurden sie auch Maquisards genannt, habe ich nächtelang kaum ein Auge zumachen können. Immer wieder gingen mir die Worte der einzelnen Teilnehmer durch den Kopf. Nach wie vor konnte ich mir nicht vorstellen, warum Martin mich dazu eingeladen hatte. Ich fühlte mich weder mutig noch stark noch schlau genug, um der Gruppe in irgendeiner Weise helfen zu können.

Martin traf ich meist eher zufällig, wenn ich mich daranmachte, Papas Weinlieferungen auszufahren. Die ersten Male redeten wir lediglich über belanglose Dinge. Das Wetter, die Nachbarn, die Lage in der Stadt ... Ich glaube, Martin wollte abwarten. Er wollte, dass ich mir Gedanken machte über das, was um uns herum geschah. Dass ich das an jenem Abend Gehörte verinnerlichen und verarbeiten konnte. Nun, wenn das seine Absicht war, so hatte er sie mit seiner Taktik erreicht.

Immer wieder überlegte ich, ob ich meinen Eltern von dem Treffen erzählen sollte. In einem Moment war ich felsenfest davon überzeugt, mich Papa anzuvertrauen, im nächsten Augenblick verwarf ich die Idee schon wieder, da ich Angst hatte, ich könne ihn damit belasten oder, schlimmer noch, gefährden. Die Deutschen gingen bei uns ein und aus. Dieser innere Konflikt drohte mich fast zu zerreißen. Was sollte ich bloß tun? Diese Frage trieb mich unentwegt um.

Nach einer guten Woche traf ich bei meiner abendlichen Rückkehr aufs Gut erneut auf Martin, der gerade dabei war, seinen Traktor zu reparieren, der auf der Landstraße vor unserem Anwesen liegen geblieben war. Ich stieg vom Rad und fragte ihn, ob ich helfen könne.

Martin richtete sich auf und wischte sich den Schweiß von der Stirn.

»*Mit dem Traktor nicht*«, erwiderte er zögernd und musterte mich eindringlich.

Ein Zittern durchfuhr meinen Körper. Ich wusste sofort, dass seine nächsten Worte mich vor eine nie gekannte Herausforderung stellen würden. Ich erkannte es an seinem Tonfall.

»*Was meinst du damit?*« Meine Stimme klang schwach und unsicher.

»*Du lieferst eure Weine doch öfter am Mont Saint-Clair aus, nicht wahr?*«

Ich nickte nur, da ich fürchtete, keinen Ton herauszubringen.

»*Wir suchen jemanden, der kleinere Päckchen zu vorgegebenen Adressen bringt. Sie müssen nicht persönlich überreicht werden. Es gibt jeweils einen Ablageort, wo sie deponiert werden müssten.*«

Ich hatte vor der nächsten Frage furchtbare Angst, stellte sie nach kurzem Überlegen aber dann doch. »*Was befindet sich in den Päckchen?*«

Martin sah mich lange an, bevor er nur den Kopf schüttelte.

Ich kaute auf meiner Unterlippe herum. Was sollte ich ihm sagen? Was würde geschehen, wenn mich die Deutschen kontrollierten?

»*Ich habe Angst*«, flüsterte ich mit erstickter Stimme.

»*Niemand wird Verdacht schöpfen*«, versuchte Martin mich zu beruhigen. »*Du bist doch sowieso täglich unterwegs. Keiner kümmert sich darum, wenn ein junges, unbescholtenes Mädchen die Bestellungen seines Vaters ausfährt.*«

»*Was passiert, wenn sie mich anhalten?*« Ich fasste mir ans Schlüsselbein.

»*Dann müssten sie deine Weinlieferungen durchsuchen.*«

Ich nickte. Bisher war ich noch nie überprüft worden. Aber die Nazis wurden immer aggressiver, die Situation konnte sich täglich ändern. Niemand konnte mehr vor ihnen sicher sein.

»*Du wärst uns eine sehr große Hilfe*«, erklärte er mit ruhiger Stimme. »*Aber was wir tun, ist nicht ohne Risiko.*«

Ich starrte auf den staubigen Boden. »*D'accord. Ich mache es.*« Ich wusste selbst nicht, warum ich plötzlich so wagemutig vorpreschte.

Martin umfasste meine Oberarme. »Du hilfst dadurch mit, den Tod sehr vieler Menschen zu verhindern.«

Ach, Florence, was soll ich dir sagen? Ich fühlte mich weder patriotisch noch kampfeswillig. Es war eine Aufgabe, die ich übernahm, weil man mich darum gebeten hatte.

Schon am nächsten Morgen holte ich wie am Vortag verabredet drei Päckchen bei Martin ab, versteckte sie in den Weinkisten und machte mich auf den Weg. Ich glaube, ich habe noch nie in meinem Leben so sehr geschwitzt wie an jenem Tag. Ich senkte mein Gesicht und wagte kaum, irgendjemandem in die Augen zu sehen, da ich die Befürchtung hegte, man würde mir meine Mission auf hundert Meter Entfernung anmerken. Ach je, war ich nervös und aufgewühlt! Meine Hände zitterten, meine Beine wogen schwer wie Blei, während ich in die Pedale trat. Die Wege erschienen mir auf einmal endlos. Wofür ich bisher wenige Minuten benötigte, dauerte an diesem Tag Stunden. Zumindest kam es mir so vor. Trotz meiner Besorgnis konnte ich alle Lieferungen ohne Hindernisse wegbringen. Die Päckchen, die mit dickem braunem Papier umwickelt waren, legte ich an den Orten ab, die Martin mir genannt hatte.

Eines musste ich über ein schmiedeeisernes Gartentor werfen. Im Weggehen vernahm ich Schritte hinter der Mauer. Irgendjemand hatte mich oder besser gesagt die Lieferung also schon erwartet. Das zweite deponierte ich hinter einer Garage, das dritte neben einer verfallenen Treppenstufe. Ich weiß bis heute nicht, was ich damals transportiert habe. Nachdem ich Martin einmal danach gefragt und keine Antwort erhalten hatte, wagte ich nie wieder, ihn auf den Inhalt der Päckchen anzusprechen.

Wochenlang habe ich immer wieder Sendungen ausgefahren. Mal waren sie wie die ersten in Papier gewickelt, mal handelte es sich um kleine rechteckige Kartons. Zu weiteren Treffen mit den Maquisards lud mich Martin nicht ein. Später erzählte er mir, bei den Zusammenkünften seien in der Regel aus Sicherheitsgründen nur die Koordinatoren der einzelnen Regionen zugegen. Und da Martin für unsere Gegend zuständig war, gab es keinen Anlass für mich, diesen Begegnungen beizuwohnen.

Ich hatte großes Glück. Einige der Maquisards flogen auf und wurden bei ihren Aktionen verhaftet. Nicht wenige überlebten die anschließenden Verhöre nicht. Es war eine schreckliche Zeit. Während die Nazis meinem Vater unseren Wein beinahe aus den Händen rissen, fuhr ich im Auftrag der Widerständler verbotene Ware durch die Gegend. Noch heute wird es mir heiß und kalt, wenn ich nur daran denke, in welcher Gefahr ich damals schwebte. Aber wenn man sich in einer solchen Situation befindet, nimmt man diese irgendwann als gegeben an. Man überlegt nicht mehr, man handelt einfach und blendet die möglichen Konsequenzen aus.

Mit der Zeit bekam ich immer mehr Routine, legte meine Fahrtwege so, dass ich die offiziellen Straßen mied und Schleichwege nutzte. Ja, ich hatte Glück. Ich wurde nie kontrolliert. Mal war es nur ein Päckchen, mal waren es fünf. Mein Vater schöpfte zu jenem Zeitpunkt keinerlei Verdacht. Ich entwickelte einen regelrechten Ehrgeiz, die kürzesten und schnellsten Routen zu planen. An Martins Blicken konnte ich erkennen, dass er mich, ebenso übrigens wie auch ich mich selbst, unterschätzt hatte. Über die Wochen wurden es immer mehr Aufträge. Neben Päckchen musste ich nun auch Nachrichten, die sich in kleinen weißen Umschlägen befanden, übermitteln. Die Kuverts versteckte ich wie die schmalen Kartons in den Weinkisten, die ich transportierte.

So hätte es endlos weitergehen können, wenn nicht Martin eines Nachmittags auf unser Weingut gekommen wäre und mich um eine Unterredung gebeten hätte. Ich zog ihn in die Rosenvilla, in der damals diverse Gerätschaften gelagert wurden. Anders als heute diente das ehemalige Atelier meiner Großmutter als Lager- und Vorratsraum. Zwischen verfaulten Weinfässern, Spaten und deckenhohen Holzregalen erzählte mir Martin von dem kleinen Örtchen Le Chambon-sur-Lignon. Du erinnerst dich, Florence? Ich hatte dir schon ein wenig davon berichtet. Erst erkannte ich nicht, warum Martin mir von dem Pfarrersehepaar erzählte. Doch als er mit seinen Ausführungen endete, wollte er wissen, ob ich mir vorstellen könnte, zwei Studenten hier zu verstecken.

»Hier?« Fassungslos sah ich ihn an. »Wie stellst du dir das vor? Was soll ich Papa sagen?«

Martin sah mich schweigend an.

»Du meinst es ernst«, bemerkte ich ungläubig. »Ich kann das nicht.«

Er lächelte. »Seit Wochen hilfst du uns, Antoinette. Sieh nur, wie du dich verändert hast. Anfangs hast du gezweifelt und warst verängstigt. Mittlerweile wirkst du souverän und sicher. Du weißt, was du tust.« Er trat einen Schritt auf mich zu. »Und du weißt auch, wofür du es tust. Du bist so viel stärker, als du denkst.«

Er stand so dicht vor mir, dass ich seinen warmen Atem spüren konnte. Ich glaube, in jenem Moment hat er ernsthaft überlegt, mich zu küssen. Ach, wir waren so jung damals. Die Spannung zwischen uns war fast mit den Händen zu greifen. Doch er tat es nicht.

»Wir brauchen dich. Diese jungen Männer benötigen Unterstützung. Die Trocmés wissen nicht mehr, wo sie all die Flüchtlinge unterbringen sollen. Als Sapin mich gefragt hat, ob ich eine Lösung wüsste, ist mir sofort euer Weingut eingefallen.«

Sapin. Tanne. Ich schluckte schwer. Martin überschätzte mich. Wie sollte ich meinen Vater davon überzeugen, zwei Wildfremde an einem Ort zu verstecken, wo die Deutschen jede Woche ein und aus gingen?

»Das geht nicht, Martin«, erklärte ich heiser. Ich wusste, dass er enttäuscht wäre, aber ich war ein junges, unerfahrenes Mädchen, keine abgebrühte Widerstandskämpferin.

»Die beiden waren bereits im Gefängnis. Um ein Haar wären sie nach Deutschland deportiert worden. Glücklicherweise ist ihnen die Flucht gelungen«, sagte er mit ernster Stimme. »Was dort mit ihnen geschehen wäre, muss ich dir nicht ausdrücklich sagen.«

Mein Herz pochte wild. Nein, er musste nichts sagen. Und ich wusste in jenem Moment, dass ich gar keine Wahl hatte.

Die beiden Studenten sollten in drei Tagen ankommen, hatte Martin erklärt. Das hieß, dass ich genau drei Tage hatte, um meinem Vater beizubringen, dass wir ab sofort Fluchthelfer waren.

Dass wir eine Zusammenarbeit mit der Résistance nicht mehr verweigern konnten. Und dass wir endlich etwas tun konnten gegen das Leid, das um uns herum herrschte. Nachbarn waren bereits abgeholt und verhört worden, ganze Familien verschwanden spurlos. Niemand wusste etwas über ihren Verbleib. Befreundete Ladeninhaber wurden drangsaliert und mit aller Brutalität gezwungen, mit den Deutschen zu kollaborieren.

Obwohl wir alle schon lange mürbe waren von den Schrecken der vergangenen Jahre, überkam uns damals das schreckliche Gefühl, dass sich die Situation erneut verschärfte. Die Nazis erlebten schwere Verluste an allen Fronten, was sie unberechenbarer und noch aggressiver werden ließ. Immer wieder wurden junge Frauen auf offener Straße grundlos von ihnen gedemütigt. Die Männer, die noch nicht zu Arbeitsdiensten herangezogen worden waren, befanden sich in Alarmbereitschaft, da erneut Gerüchte im Umlauf waren, die Deutschen benötigten noch mehr Arbeitskräfte für den Bau ihres Walls, für ihre Rüstungsfabriken.

Martins Bruder verschwand ebenfalls von einem auf den anderen Tag. Erst viel später erfuhr ich, dass er mit Hilfe der Maquisards untergetaucht war, bevor man ihn hätte rekrutieren können. Wenn ich durch die teils menschenleeren Straßen Sètes fuhr, fragte ich mich immer öfter, wo all die Menschen verblieben waren, die diese Stadt früher mit Leben und Freude gefüllt hatten.

Papa hatte wie immer viel Arbeit, ich musste unbedingt den richtigen Zeitpunkt abpassen, um ihm und Maman von meinem tollkühnen Vorhaben zu berichten. Ich entschied mich schließlich für den übernächsten Tag, einen Sonntag, an dem etwas weniger Arbeit anfiel. Die beiden Untergetauchten sollten am Montag ankommen. Ein Tag Vorlaufzeit musste reichen. In der Nacht davor bekam ich kein Auge zu. Unruhig wälzte ich mich von einer Seite auf die andere. Was sollte ich tun, wenn Papa die Aufnahme der beiden verweigerte? Wie sollte ich Martin beibringen, dass er kurzfristig eine andere geheime Bleibe suchen musste? Mein Kopf dröhnte, meine Gedanken überschlugen sich, ich zitterte am ganzen Körper.

Als ich die Anspannung nicht mehr aushielt, stieg ich aus meinem Bett und verließ das Haus. Mein Zimmer war damals das, welches nun deiner Mutter gehört. Ich schlich auf nackten Füßen die Treppe hinunter und stahl mich ins Freie. Die Nacht war klar, Tausende Sterne funkelten über mir. Ich lauschte in die Dunkelheit und atmete tief ein und aus. Allmählich spürte ich, wie endlich Ruhe mein Inneres ergriff. Fast schien es, als hätte ich meine Befürchtungen einfach abgestreift, gleich einer Schlange, die sich häutet.

Die Schwärze der Nacht umhüllte und beruhigte mich, mit einem Mal wusste ich so klar wie noch nie zuvor, dass ich meinen Vater würde überzeugen können. Was blieb uns in diesen Zeiten, wenn wir uns nicht zumindest unsere Menschlichkeit bewahrten? All die Grausamkeiten, die immer wieder an mich herangetragen wurden, all die Verbrechen der Nazis durften uns nicht davon abschrecken, auf unser Herz, auf unser Gewissen zu hören. Diese beiden jungen Männer waren nicht kriminell. Martin hatte mir erzählt, dass sie in ihrer Heimatstadt Flugzettel verteilt hatten, die zum Widerstand gegen die Besatzer aufriefen. Auch sie waren lediglich ihrem Gewissen gefolgt. Und fast hätten sie für ihre aufrechte Haltung mit ihrem Leben bezahlt. Was war es dagegen für eine Gefahr, ihnen hier ein Dach über dem Kopf zu bieten? Die Nazis kamen aufs Gut, besprachen sich mit meinem Vater und gingen wieder. Natürlich nicht, ohne unseren Wein kistenweise von unserem Anwesen zu schleppen. Noch nie hatte auch nur einer von ihnen einen Fuß in unsere Privaträume gesetzt.

Ich sah mich um, bis mein Blick an der Rosenvilla hängen blieb. Das alte Gemäuer war alles andere als gemütlich oder gepflegt. Aber es würde seinen Zweck erfüllen. Gleich morgen, nachdem ich mit meinen Eltern gesprochen hätte, wollte ich mich an die Arbeit machen. Die beiden Männer sollten es zumindest ansatzweise bequem haben. Wer wusste schon, wie lange sie unsere Gäste blieben. Wie lange dieser verdammte Krieg noch dauern würde.

Ich überquerte den Vorplatz vor der Hauptvilla und steuerte auf den kleinen Anbau zu. Irgendwo in der Ferne schrie eine Eule.

Als ich die Holztür aufschob, knarrten die verrosteten Scharniere. Erschrocken blickte ich zum Haus zurück, doch alles blieb ruhig und dunkel. Das fahle Mondlicht, das durch die mit Spinnweben verhangenen blinden Fensterscheiben einfiel, tauchte das Innere in ein gespenstisches Halbdunkel. Ich sah mich um und kam zu dem Schluss, dass das ehemalige Atelier den perfekten Unterschlupf für zwei junge Flüchtlinge bot, die sich für eine Zeit lang verstecken mussten.

Am nächsten Morgen klopfte mir das Herz bis zum Hals, als ich mit meinen Eltern am Frühstückstisch saß. Wie sollte ich nur beginnen? Ich musste unbedingt vermeiden, sie zu sehr zu schocken. Während ich an meinem Kaffee nippte, stierte ich nachdenklich vor mich hin.

»Was ist los, Antoinette?«, wollte meine Mutter plötzlich wissen.

Ich sah auf. War ich wirklich so leicht zu durchschauen? Hatten mich meine Transportfahrten abgehärtet, weniger berechenbar werden lassen? Offensichtlich nicht. »Was meinst du?«, spielte ich auf Zeit.

»Du sprichst kein Wort, siehst ins Leere, bist mit deinen Gedanken ganz woanders«, zählte sie lächelnd auf. »Steckt da etwa ein junger Mann dahinter?«

»Nein.« Ich verdrehte die Augen. »Obwohl ... Irgendwie doch.«

Papa sah mich stirnrunzelnd an. »Was ist passiert?« Er klang alarmiert.

Ich hob meine Hände. »Nichts«, beeilte ich mich zu erwidern. »Es ist nur ...« Ich schluckte. »Ich habe Martin zugesagt, dass wir zwei Flüchtlinge aufnehmen.« Also doch nicht auf die diplomatische, sanfte Art.

»Was?« Die Gesichtszüge meiner Mutter entgleisten.

Mein Vater musterte mich nur stumm.

»Es handelt sich um zwei Studenten aus dem Norden. Kommunisten. Sie wurden verhaftet, als sie Flugblätter verteilten, auf denen zum Widerstand gegen die Nazis aufgerufen wurde«, erklärte ich viel zu schnell. »Wenn ihnen beim Transport nicht die Flucht gelungen wäre, hätte man sie nach Deutschland in eines der

Lager deportiert.« Ich machte eine Pause. *»Dann wären sie jetzt wahrscheinlich nicht mehr am Leben.«*

»Antoinette!« Maman fuhr sich über die Stirn.

Papa saß noch immer wie erstarrt auf seinem Stuhl und gab keinen Ton von sich. An seiner Miene konnte ich nicht erkennen, was in seinem Kopf vorging.

»Diese Menschen benötigen unsere Hilfe«, beharrte ich, da ich befürchtete, dass die Schimpftirade meines Vaters nicht mehr lange auf sich warten lassen würde.

»Wann?« Er sah mich aus glasigen Augen an. Noch immer zeigte sein Gesicht keinerlei Regung.

»Morgen.« Trotz stieg in mir auf.

Er nickte.

»Du willst das nicht untersagen?« Maman sah meinen Vater ungläubig an. *»Die Deutschen halten sich fast täglich hier bei uns auf. Was denkst du, was geschieht, wenn sie mitbekommen ...«*

»Wo wirst du sie unterbringen?«

Vor Überraschung verschluckte ich mich fast. *»Du hast nichts dagegen?«* Ich konnte es nicht fassen.

»Wie könnte ich etwas dagegen haben?« Er schob seinen Stuhl zurück und erhob sich.

»In der Rosenvilla«, entgegnete ich hastig.

Er nickte. *»Ich möchte, dass du dich um alles kümmerst. Wenn du Hilfe benötigst, gibst du mir Bescheid.«* Er ließ seinen Blick über den Tisch schweifen. *»Und deine Mutter sorgt dafür, dass für alle genug zu essen auf dem Tisch steht.«*

Maman öffnete ihren Mund, brachte jedoch kein Wort hervor. Papa verließ eilig die Küche, ohne mich nochmals anzusehen. Ich konnte nicht glauben, was gerade passiert war.

»Was ist mit ihm?«

Sie zuckte mit den Achseln.

Erst viel später sollte ich erfahren, woher sein merkwürdiges Verhalten rührte.

Am nächsten Tag stand ich früh auf und machte mich an die Arbeit. Ich fegte den verstaubten Boden des Ateliers, besorgte zwei

Matratzen, drapierte Decken darauf und stellte ein niedriges Tischchen zwischen die Schlafstätten. Die Regale verhängte ich zum Teil mit alten Stoffen, sodass das Chaos dahinter nicht allzu offensichtlich war. Dann legte ich mehrere Kerzenstumpen zurecht, füllte eine Schlüssel mit Obst und Baguette und stellte alles auf die schmale Holzplatte.

Als Martin endlich aufs Gut kam, war es schon lange dunkel. Meine Eltern waren bereits zu Bett gegangen. Ich saß seit Stunden auf der Veranda und wartete. Hinter meinem Nachbarn erkannte ich zwei weitere Gestalten. Sie waren angekommen. Meine Aufregung wuchs. Ich erhob mich und ging ihnen entgegen.

Martin begrüßte mich kurz, bevor er sich an seine Begleiter wandte.

»Das ist Antoinette.«

Irritiert sah ich ihn an.

»Sie werden deinen Namen sowieso aufschnappen, wenn deine Eltern oder sonst wer nach dir rufen«, erklärte Martin beschwichtigend. »Und das sind Richard und Paul.«

Die Männer traten vor, sodass ich sie im Mondschein besser erkennen konnte. Ich schätzte sie auf Anfang zwanzig. Sie hatten beide dunkelblondes Haar, Paul war etwas größer und kräftiger als Richard, der schlaksig und ungelenk auf mich wirkte.

»Antoinette ist für euch verantwortlich. Wenn ihr etwas braucht oder Fragen habt ...« Martin deutete auf mich.

»Willkommen auf Château Blanc.« Ich breitete meine Arme aus. Irgendwie kam mir die Szene unwirklich vor. Schließlich war das hier kein Empfangskomitee eines Fünf-Sterne-Hotels.

Ja, das war meine allererste Begegnung mit Paul und Richard. Ich denke, dies ist ein guter Zeitpunkt, um ein Päuschen zu machen. Ich habe sehr viel geredet, meine Kehle ist ganz ausgedörrt, und ich bin müde. Louise, könntest du mir bitte ein Glas Wasser reichen?

23

Pauline und Louise waren sitzen geblieben, nachdem Florence sich einen Stuhl herangezogen und Antoinette zu erzählen begonnen hatte. An den Gesichtern der beiden Frauen konnte Florence nun erkennen, dass ihnen die Geschichte ihrer Uroma nicht unbekannt war. Während sich ihre eigenen Gedanken überschlugen, sah Pauline nur stumm auf ihren Gipsarm. Florence' Mutter wirkte hingegen völlig abwesend.

»Ich weiß nicht, was ich sagen soll«, erwiderte Florence, während Antoinette ihr Glas leer trank. »Das muss ... eine entsetzliche Zeit gewesen sein.«

Antoinette wackelte mit dem Kopf. »Dem kann ich nicht widersprechen.«

»Du hast für die Résistance gearbeitet.« Sie konnte es immer noch nicht begreifen. »Du warst so mutig.«

Antoinette schüttelte den Kopf und lachte leise. »Nein, das war ich nicht. Zumindest kam es mir nicht so vor.« Sie seufzte. »Aber warte ab, wie es weiterging. Morgen. Jetzt bin ich zu müde.«

»Wenn du Maman nach oben bringst, kann ich versuchen, sie umzuziehen, und mich weiter um sie kümmern«, merkte Pauline an Louise gewandt mit einer merkwürdig emotionslosen Stimme an. Hatte sie die Geschichte ihrer Mutter doch mehr mitgenommen, als sie zeigen wollte?

»Wie willst du das mit dem Arm bewerkstelligen?« Louise erhob sich. »*Ich* bringe dich ins Bett, Oma.« Sie sah zu Florence. »Bitte warte hier auf mich.«

Florence nickte. War der Abend nicht schon aufwühlend genug? Pauline schwieg weiter vor sich hin, als Florence' Telefon klingelte. Juliens Nummer erschien auf dem Display.

»Ja?«

»Ich bin's, Florence. Hast du wegen des Ausflugs mit Ambre gesprochen?«

»Ja, sie kommt mit.«

»Das freut mich. Wird bestimmt ein schöner Tag.« Florence konnte die Erleichterung in seiner Stimme hören. »Und was ich noch fragen wollte: Hast du Lust, morgen mit mir frühstücken zu gehen?«

Sie sah zu ihrer Oma, die mit der gesunden Hand abwesend über den Gips strich. »Warum nicht?«

Er nannte ihr Ort und Uhrzeit.

»Ich werde da sein.«

Nachdem sie aufgelegt hatte, fragte sie sich stumm, was mit ihr los war.

Was passierte da zwischen Julien und ihr? Warum lud er sie zum Frühstück ein? Es war fünfzehn Jahre her, seit sie das letzte Mal gemeinsam etwas unternommen hatten. Und doch konnte sie das laute Pochen ihres Herzens nicht ignorieren. Spielte sie tatsächlich mit dem Gedanken, eine alte Beziehung wiederaufleben zu lassen? Und wie stand Julien überhaupt zu ihr? Sie hatten eine fast erwachsene gemeinsame Tochter, waren jedoch nie eine Familie gewesen. Interpretierte sie womöglich Absichten in sein Verhalten, die gar nicht vorhanden waren? War es nicht normal, sich mit dem Vater seines Kindes zu treffen, um Probleme oder anstehende Entscheidungen zu besprechen?

Nein, beantwortete sie sich ihre Frage sofort. Sie hatten sich ja erst vor wenigen Tagen getroffen. Seitdem hatte es keine neuen Entwicklungen gegeben. Warum also wollte er sie sehen? Obwohl sie hoffte, die Antwort zu erahnen, hatte sie gleichzeitig Angst davor. Was wollte sie denn? Konnte sie sich wirklich einen Neuanfang vorstellen? In jeder Beziehung?

»Ich gehe zu Bett«, bemerkte Pauline in diesem Moment und unterbrach Florence' Gedanken. »Es war ein anstrengender Tag.«

»Soll ich dir helfen?« Florence erhob sich halb.

Pauline winkte ab. »Nein, nein. Ich schaffe das schon.« Sie zog eine Schnute. »Ich bin ja kein Pflegefall.«

Florence musste über ihre Sturheit schmunzeln. »Dann schlaf gut, Oma.«

Nachdem auch Pauline im Inneren des Hauses verschwunden war, lehnte Florence sich zurück und sah zur Rosenvilla hinüber. Sie stellte sich vor, wie die junge Antoinette, kaum älter als Ambre jetzt, vor vielen Jahrzehnten versuchte, aus dem heruntergekommenen Anbau ein einigermaßen ansprechendes Heim für die beiden Nordfranzosen zu zaubern. Die erste Begegnung mit Florence' Uropa schien wenig romantisch gewesen zu sein.

Wenig später kehrte Louise zurück.

»Hat alles geklappt?« Florence blickte in das ernste Gesicht ihrer Mutter.

Diese nickte nur und setzte sich.

»Du hast mich neugierig gemacht«, bekannte Florence ehrlich.

Ihre Mutter fuhr mit dem rechten Zeigefinger an dem Glas des Windlichts entlang, das auf dem Tisch stand. »Ich hätte längst mit dir reden müssen«, begann sie mit belegter Stimme. »Aber ihr wart nie so lange hier, und ich wusste nicht, wie ...«

»Bist du krank?« Tausend Ängste überkamen Florence mit einem Mal bei den Worten ihrer Mutter.

Louise runzelte die Stirn. »Krank? Nein.« Sie schüttelte den Kopf. »Ach so. Nein! Mit mir ist alles in Ordnung. Es geht um deinen Vater, um den Unfall.«

Also doch! Florence' Herz zog sich zusammen. Trauer stieg in ihr auf. Noch immer schmerzte der Verlust so sehr. »Er fehlt mir.«

Louise nickte. »Mir auch. Unendlich.«

Florence musterte ihre Mutter, die in diesem Augenblick zerbrechlich und hilflos wirkte.

»Dieser Unfall damals ...«, setzte sie an. »Bitte lass mich erst zu Ende reden. Ich weiß nicht, ob ich es sonst schaffe ...«

»Du machst mir Angst«, erwiderte Florence mit zitternder Stimme. Ihre Kehle zog sich zu.

»Ich habe dir nie erzählt, was damals wirklich geschah«, begann Louise. »Dein Vater hatte mich gebeten, den richtigen Zeitpunkt abzuwarten. Doch er hat mir nicht erklärt, wie ich diesen erkennen sollte.«

Florence fühlte sich plötzlich ganz leer. Wie konnte ihr Vater ihre Mutter darum gebeten haben? Es war ein Unfall gewesen. Wie hatte er wissen können, dass er tödlich verunglücken würde? Was war damals wirklich passiert? Sie biss sich auf die Zunge und verkniff sich eine Bemerkung, da ihre Mutter sie darum gebeten hatte, ausreden zu können.

»Mittlerweile glaube ich, dass es diesen richtigen Zeitpunkt nicht gibt.« Louise seufzte tief und sah Florence in die Augen. »Dein Vater ist nicht gestolpert und in die Tiefe gestürzt, Florence. Das ist die Version, die ich erzählen sollte.« Sie zögerte. »Wir haben beim Aufstieg einen Fehler gemacht und sind beide vom Felsen gerutscht. Zusammen.« Sie hob ihre Hände. »Bitte lass mich weiterreden. Es geschah im Bruchteil einer Sekunde, wir hatten überhaupt keine Möglichkeit, uns noch irgendwo festzuhalten. Von einem auf den anderen Moment hingen wir plötzlich an unseren Sicherungsseilen über einem Abgrund, der zweihundert Meter in die Tiefe abfiel. Ohne Halt.«

Übelkeit stieg in Florence auf. Sie konnte das Bild ihrer Eltern in derartiger Lebensgefahr kaum ertragen.

Louise' Stimme bebte. »Dieser Augenblick ... Das war das Schlimmste, was ich je in meinem Leben durchmachen musste. Dein Vater hing an meiner Sicherung. Einen knappen Meter über mir befand sich ein rettender Vorsprung.« Sie begann zu weinen. »Aber mit dem Gewicht deines Vaters unter mir ... war er unerreichbar für mich. Ich habe es nicht geschafft, mich mit ihm hinaufzuziehen.«

Florence schloss ihre Augen. Obwohl sie die nächsten Worte nicht hören wollte, wusste sie, dass schon jetzt nichts mehr so sein würde wie vorher.

»Wir haben geredet. Deinem Vater war sofort klar gewesen, dass eine Rettung von uns beiden nicht möglich war.«

Louise verbarg das Gesicht in ihren Händen. Ihre Schultern bebten. »Entschuldige, es ist ...« Sie wischte sich über die Augen und schluchzte auf. »Es ist noch immer so furchtbar schmerzhaft.« Sie fuhr sich über die Schläfe. »Wir haben geredet«, wiederholte sie. »Ich kann dir gar nicht sagen, wie lange. Es war ... das intensivste Gespräch, das ich je mit deinem Vater geführt hatte. Uns war beiden klar, was passieren würde. Er hat ... mich gebeten, auf dich aufzupassen. Dir Mutter und Vater zugleich zu sein. Ich habe ihm versprochen, alles zu tun, um aus dir einen glücklichen Menschen zu machen.«

»Was ist passiert?« Florence erkannte ihre eigene Stimme nicht mehr.

»Er hat mir gesagt, was ich mit dem Seil machen sollte, wenn ... Dein Vater hatte eine Lebensversicherung, die bei ... Selbstmord nicht zahlt ...« Ihre Mutter verstummte.

»Was ist passiert?«, wiederholte Florence lauter.

»Er hat das Seil durchgeschnitten.« Louise schluchzte auf. »Nachdem er mir mehrfach eingebläut hatte, niemandem je zu erzählen, dass er ... sich selbst in die Tiefe gestürzt hat.«

Florence wurde schwindelig. Was sagte ihre Mutter da? Den ganzen Tag hatte sie sich vor dieser Unterredung gefürchtet, doch ihre schlimmsten Befürchtungen kamen nicht annähernd an das Grauen heran, das sich nun in ihr ausbreitete.

»Gab es denn keine andere Möglichkeit?« Sie kam sich vor wie ein vierjähriges Kind, das fieberhaft auf die richtige Antwort hoffte, obwohl es schon lange wusste, dass diese nicht kommen würde.

»Die Alternative wäre gewesen, dass wir beide da oben irgendwann verdurstet wären.« Louise schniefte. »Sein Rucksack hatte sich bei dem Aufprall, als wir abstürzten, gelöst und war in die Schlucht gefallen.«

»Er hat sich für den Tod entschieden, um dich zu retten.« Florence' Augen begannen zu brennen. Sie konnte die Tränen nicht länger zurückhalten. Im nächsten Moment spürte sie Louise' Hände auf ihrem Rücken, die sie sanft streichelten.

»Er wollte dich nicht zum Waisenkind machen. Er hat dich so sehr geliebt. Das Einzige, was für ihn da oben in jenem Augenblick noch gezählt hatte, war, dass ich zu dir zurückkehren solle, dass du nicht allein bleibst.«

Minutenlang schluchzten sie gemeinsam, während sie sich fest umklammert hielten. Die tiefe Trauer angesichts der tragischen Entscheidung schwappte wie eine nicht aufhaltbare Welle über sie hinweg. Florence weinte um ihren toten Vater, sie weinte um die verlorenen Jahre, um die letzten Minuten im Leben ihres Vaters, die er in dem Bewusstsein verbringen musste, seine Tochter nie wiederzusehen. Und sie weinte um ihre Mutter, die seit zwei Jahrzehnten mit dieser unerträglichen Last hatte weiterleben müssen, ohne dass sie sich je jemandem hatte anvertrauen können.

»Was ist passiert?« Ambres Stimme riss die beiden Frauen aus ihrem Schluchzen.

»Komm her, Süße.«

Florence breitete die Arme aus und zog ihre Tochter dicht an sich. Louise umfasste erneut Florence' Schultern, und zu dritt hielten sie sich und versicherten sich stumm ihrer gegenseitigen Nähe, ihrer gegenseitigen Liebe.

24

Als Florence die Klappläden an ihrem Schlafzimmerfenster öffnete, erblickte sie ihre Mutter, die, über ihren Gehstock gebeugt, am Rand eines der Lavendelbeete stand. Sie öffnete das bodentiefe Fenster und trat hinaus.

»Bonjour, Maman.«

Louise drehte sich um und lächelte. »Bonjour, Schatz.« Humpelnd näherte sie sich Florence. »Konntest du gestern Abend noch mit Ambre sprechen?«

Florence fuhr sich über die Arme. »Ich habe ihr gesagt, dass wir wegen ihres Opas weinen mussten.«

Louise nickte. »Diese Tragödie kannst du ihr nicht zumuten.«

»Ich weiß«, stimmte Florence zu und musterte das müde Gesicht ihrer Mutter. »Ich nehme an, du hast auch nicht allzu gut geschlafen.«

»Nein. Ich habe kein Auge zugetan. Maman schien es übrigens ähnlich zu gehen. Ich habe ihr Bett immer wieder knarren gehört.« Louise zeigte hinter sich. »Sie sitzt auf der Terrasse und trinkt ihren Kaffee. Der Gips macht ihr mehr zu schaffen, als sie zugeben möchte.«

»Ich musste ständig daran denken, wie Papa über diesem Abgrund hing.« Wieder bildete sich ein Kloß in Florence' Kehle. »Was muss ihm bloß durch den Kopf gegangen sein, als er dir erklärt hat, dass er sich ...« Sie konnte das Unbegreifliche nicht aussprechen.

»Er war in diesem Moment ganz bei sich, Florence. Unsere Situation war unabänderbar. Nachdem wir den ersten Schock verdaut hatten, war uns klar, dass wir es nicht beide schaffen würden. Ich kann dir das gar nicht richtig erklären.« Louise' Stimme klang jetzt fest und ruhig. »Unsere ganze Sorge galt einzig dir.«

Die Härchen auf Florence' Armen stellten sich auf.

»Ich glaube, als wir redeten, blieb keine Zeit, darüber nachzudenken, wie die Konsequenzen aussehen würden. Dein Vater hat mir ganz sachlich erklärt, was es mit seiner Lebensversicherung auf sich hatte. Er wollte dich und mich versorgt wissen. Er wollte, dass du deine Mutter behalten kannst. Erst als er diese Dinge mit mir besprochen hatte, wechselte er das Thema und ...«, Louise presste ihre Lippen aufeinander, »... und redete über uns. Über unser Leben, unsere Träume, unsere Hoffnungen. Er sagte, unsere gemeinsamen Träume müsse ich nun allein weiterträumen. Und ich solle nie vergessen, dass er an allem, was wir tun, teilhaben würde. Dass er bei uns sei und auf uns aufpasse.« Ihre Augen füllten sich mit Tränen. »Er sagte, ich hätte ihm das schönste Geschenk gemacht, dass er sich überhaupt nur vorstellen könne. Sein kleines Mädchen. Dich, Florence. Er meinte, die Anzahl der Jahre, die wir miteinander verbracht hatten, sei nicht wichtig. Wichtig sei, wie sehr er uns liebe. Wie sehr du unser Leben mit deiner Geburt bereichert hättest.« Sie hielt inne. »Und bevor er ... ging, erklärte er mir, er würde alles, wirklich alles, genauso wieder tun. Die Zeit mit uns sei die schönste seines Lebens gewesen.« Sie schluchzte auf. »Dann ist er in die Tiefe ...« Sie schlug die freie Hand vor den Mund.

Florence wusste nichts zu erwidern. Wie hatte ihre Mutter nur diesen Schmerz aushalten können? Ihr selbst zerriss es fast das Herz, während sie sich vorstellte, wie ihr Vater wissentlich in den Abgrund stürzte.

»Louise! Besuch für dich«, ertönte Paulines Stimme von der Veranda her.

»Weiß sie es?«, presste Florence mit erstickter Stimme hervor.

Louise schüttelte den Kopf. »Niemand weiß es.« Sie sah ihr fest in die Augen. »Niemand außer uns beiden.«

Nachdem ihre Mutter langsam zum Haupthaus gehumpelt war, kehrte Florence in die Rosenvilla zurück und hob ihre Kleidung auf. Als sie an Antoinettes Porträt vorbeikam, blieb sie stehen und betrachtete das Bild.

»Damals hast du auch noch nicht gewusst, was auf dich zukommt«, murmelte sie nachdenklich.

Da Ambre erst zur dritten Stunde Unterricht hatte, ließ sich Florence beim Duschen Zeit. Als sie wartete, dass der Kaffee durchlief, klingelte ihr Smartphone. Sie meldete sich.

»Bonjour, Madame. Hier spricht Guillaume Passant.« Der jugendliche Dieb, schoss es Florence durch den Kopf. »Bonjour, Guillaume. Wie geht es dir?«

»Es geht so«, kam es zögernd zurück. »Hätten Sie gegen Mittag vielleicht Zeit für mich?«

Florence rief sich ihre heutigen Termine ins Gedächtnis. »Ja, das müsste gehen.«

Er schlug ihr einen Treffpunkt in der Nähe seiner Wohnung vor.

»D'accord«, willigte Florence ein. »Ich werde da sein. Bis später!«

Dann verließ sie die Rosenvilla und betrat die Veranda des Haupthauses. Aus dem Zimmer ihrer Urgroßmutter erschallte Édith Piafs durchdringende Stimme, die gerade wieder einmal verkündete, dass sie nichts bereue. Florence musste schmunzeln. Pauline saß mit geschlossenen Augen auf der Terrasse.

»Bonjour, Oma.« Sie hauchte ihr einen Kuss auf die Wange, bevor sie sich auf den Stuhl neben ihr sinken ließ. »Ich wollte dich fragen, wie es dir geht.« Sie zeigte auf den Arm.

Pauline seufzte lautstark. »Was denkst du?« Sie schüttelte den Kopf. »Dieses Mordinstrument hat mich die ganze Nacht gequält. Ich konnte nicht auf der rechten Seite liegen, nicht auf der linken ... Ein Elend ist das.« Sie pochte mit der gesunden Hand auf den Gips. »Warum haben sie mir keinen Verband angelegt? Das hätte doch völlig gereicht. Nicht mal meine Bluse konnte ich ohne Hilfe zuknöpfen. Deine Mutter hat mich angezogen, als ob ich ein kleines Kind wäre. Erst hat sie Maman fertig gemacht ...« Sie verzog missbilligend ihre Mundwinkel. »Dabei hat sie wahrlich genug Arbeit.«

»Ich kann ihr gern etwas abnehmen«, schlug Florence vor. »Heute Abend kann ich dir beim Umziehen helfen. Und Uroma auch.«

Pauline winkte ab. »Papperlapapp! Du hast selbst genug zu tun. Mit dir, mit deinem Job, mit Ambre ... Deine Tochter braucht dich. Ihr seid doch noch gar nicht richtig angekommen.«

Das sah Florence anders, doch sie widersprach nicht.

Während sie mit ihrer Oma redete, trat Louise mit einem attraktiven Mann, den Florence auf Mitte sechzig schätzte, auf den Vorplatz. Gemeinsam gingen die beiden auf die Olivenbäume zu, während Louise leise mit ihm redete. Der Mann hing an den Lippen ihrer Mutter, als diese einen der Äste zu sich herabbog und ihm die noch unreifen Oliven zeigte.

»Wer ist das?«

Pauline lächelte. »Das ist Stéphane Marchant. Ein Winzer aus Agde, der mit deiner Mutter ins Geschäft kommen möchte.«

»Kennen sich die beiden?« Florence verfolgte, wie der Mann ihrer Mutter galant seinen Arm anbot und sie lächelnd ihre Hand auf sein Handgelenk legte. Die Miene ihrer Mutter wirkte gelöst.

»Er war schon ein- oder zweimal hier«, erklärte Pauline. »Sie scheinen sich sehr gut zu verstehen.«

Ihre Mutter neben einem anderen Mann. Der Anblick war für Florence ungewohnt. Mach dich nicht lächerlich, schalt sie sich sofort. Wenn jemand etwas Glück verdient hatte, nach dem, was Florence gestern erfahren hatte, dann war es wohl ihre Mutter.

Die beiden steuerten auf die Veranda zu.

»Das ist meine Tochter Florence. Sie wohnt mit ihrer Tochter Ambre seit ein paar Tagen in der Rosenvilla«, erzählte Louise mit einem Schmunzeln auf den Lippen.

»Sehr erfreut«, erwiderte der Winzer, stellte sich ebenfalls vor und gab erst Pauline und dann Florence seine Hand.

Florence erhob sich. »Ich muss zur Arbeit«, sagte sie bedauernd.

»Florence ist Sozialarbeiterin«, führte Louise mit hörbarem Stolz aus.

»Ein wichtiger Beruf«, bemerkte ihr Begleiter voller Anerkennung.

»Es macht auch sehr viel Spaß und erfüllt einen«, stimmte Florence zu. »Es war sehr nett, Sie kennenzulernen. Vielleicht sieht man sich ja mal wieder.«

Mit diesen Worten verabschiedete sie sich von der kleinen Gruppe und machte sich auf den Weg zur Rosenvilla.

25

Julien musterte Florence, die seit zwanzig Minuten immer wieder abwesend auf das Wasser des Kanals starrte. »Eigentlich hoffte ich, das Frühstück würde dich vom Hocker hauen.«
Sie blickte sichtlich überrascht zu ihm zurück.
»Na, Comté, Bleu Basque und Beaufort. Salami, gesalzene Butter, Kirsch- und Quittenmarmelade, eingelegte Tomaten, Oliven, Croissants, Baguette, eine Ziegenkäsecreme ...«
Florence lachte. »Es tut mir leid.«
»Meine Eltern haben hier im Frühjahr ihren fünfunddreißigsten Hochzeitstag gefeiert. Als ich damals diese Auswahl gesehen habe, ist mir sofort wieder eingefallen, wie wir beide immer unser Frühstück angerichtet haben, wenn sie unterwegs waren.« Er machte eine Pause. »Erinnerst du dich noch?«
Sie nickte. »Das ist so lange her.«
»Und ich habe es nie vergessen«, ergänzte er.
»Ich auch nicht«, erwiderte sie leise. »Es tut mir wirklich leid. Ich bin wohl gerade nicht die angenehmste Gesprächspartnerin.«
»Was ist los?«
Sie zuckte mit den Schultern. »Im Moment stürmt sehr viel auf mich ein. Der Umzug, die Sorge wegen Ambre ...«
»Sie schafft das«, versuchte Julien, ihr ihre Beunruhigung zu nehmen. Er musste endlich mit Florence reden. Es gab so vieles, was er ihr sagen wollte.
»Ja«, stimmte sie in diesem Augenblick zu. »Aber es ist nicht nur das.«
»Was ist passiert?«
Julien konnte ihr ansehen, dass ihr hundert Dinge durch den Kopf schwirrten. Nicht die beste Voraussetzung für ein klärendes Gespräch zwischen ihnen.

Florence schüttelte den Kopf. »Meine Uroma erzählt mir gerade von ihren Jugenderlebnissen. Während des Zweiten Weltkriegs.« Sie fuhr sich durch ihr kinnlanges Haar. »Puh, das geht ziemlich an die Substanz.«

»Wie alt ist Antoinette jetzt?«

»Neunundneunzig.«

Er nahm ein Stück Comté und legte es Florence auf den Teller. »Der schmeckt himmlisch.«

Als sie erneut lächelte, begann ihr Gesicht zu strahlen, ihre Lippen glänzten in der Vormittagssonne. Julien hätte sie ewig ansehen können. Die helle Bluse betonte ihre leicht gebräunte Haut. Florence war noch genauso hübsch wie damals. Ihm wurde warm ums Herz.

»Das sind mit Sicherheit keine schönen Erinnerungen.«

Florence wiegte ihren Kopf von einer zur anderen Seite. »Wenn sie redet, bekommt man beinahe das Gefühl, sie befinde sich wieder in der damaligen Zeit. Sie beschreibt alles derart anschaulich und emotional, dass ich mich schon öfter dabei ertappt habe, wie ich vor Anspannung den Atem angehalten habe.«

»Wer weiß, vielleicht lüftet sie demnächst noch ein lange gehütetes Familiengeheimnis«, frotzelte er.

Ihr Blick wurde ernst. »Von Familiengeheimnissen habe ich momentan erst mal mehr als genug.« Ihr Gesicht nahm einen bekümmerten Ausdruck an.

»Florence«, wagte er nun doch einen ersten Vorstoß, da er spürte, dass seine Gefühle der letzten Tage ihn nicht trogen.

»Hm?« Ihre sanften smaragdgrünen Augen blickten ihn fragend an.

»Ich bin für dich da«, erklärte er leise. »Wenn du reden möchtest ... Wenn du einfach jemanden brauchst, der dir beisteht ...«

Sie verzog kaum merklich die Mundwinkel. »Ich weiß nicht, Julien.« Sie schluckte. »Das mit uns ...«

Er atmete tief durch. »Das mit uns hätte niemals enden dürfen.« Jetzt war es raus. Nervös musterte er sie.

Florence blickte kurz zum Kanal, bevor sie sich ein Croissant nahm und begann, geistesabwesend Teigstücke abzuzupfen. »Wie meinst du das?«

»Ich meine, dass ich dich nie vergessen habe. Dass ich ... Ach, verdammt.« Er hätte sich viel besser vorbereiten sollen. Ihm war klar, dass er den völlig falschen Zeitpunkt erwischt hatte. Florence war das Gedankenchaos ins Gesicht geschrieben, und jetzt kam auch noch er mit seinen melancholischen Anwandlungen. Richtig gut gemacht, Pergolet, lobte er sich stumm. Er musste sich dringend zurücknehmen, wenn er nicht alles kaputtmachen wollte, bevor er überhaupt eine Chance gehabt hätte, sich zu erklären. »Vergiss es«, ruderte er daher zurück. »Es ist ... Lass uns ein andermal reden. Ich sehe doch, dass dir gerade sehr viel durch den Kopf geht.« Er nickte. »Aber ich bin für dich da. Immer.«

Sie schenkte ihm ein Lächeln. »Das ist sehr nett, Julien.«

Nett, wiederholte er genervt. Nicht gerade das Attribut, das Julien sich von ihr erhofft hatte. Er hatte aber auch immer ein ausgesprochenes Händchen dafür, in der falschen Situation zum falschen Zeitpunkt das absolut Falsche zu sagen. Hatte er in den letzten fünfzehn Jahren nichts dazugelernt? Oder lag seine Unbeholfenheit an Florence? »Erzähl mir von Antoinettes Jugenderinnerungen.«

Sie stopfte sich einen Teil des Croissants in den Mund und nickte. »Uroma war in der Résistance.«

»Tatsächlich?« Er war überrascht.

»Ja, sie ist durch ihren Nachbarn auf eine Widerstandsgruppe gestoßen und hat kleine Päckchen und Nachrichten im Ort überbracht.«

»Wow«, entfuhr es Julien. Er rief sich das Bild der alten Frau vor seinem inneren Auge auf. »Ich bin beeindruckt.«

»Sie beschreibt sich selbst zwar als ängstlich, aber ich glaube, ihr ist bis heute nicht wirklich klar, dass sie damals sehr mutig gehandelt hat. Immerhin war sie kaum älter als Ambre.«

»Wir können uns wahrscheinlich gar nicht vorstellen, wie wir uns in der damaligen Situation verhalten hätten. Aber ich bin mir sicher, dass den Leuten bewusst war, was ein Aufbegehren gegen die Deutschen nach sich gezogen hätte. Jedem muss klar gewesen sein, dass er sich mit solchen Aktionen gegen die Nazis in Lebensgefahr brachte. Und nicht nur sich selbst. Sie hat Stellung bezogen. Davor habe ich großen Respekt.«

»Maman und Oma kennen die Hintergründe bereits. Aber ich wusste davon absolut nichts«, fuhr Florence fort. »Ich kann diese abenteuerliche Geschichte noch gar nicht so wirklich mit Uroma in Verbindung bringen. Ich kenne sie nur als ... Uroma.« Sie lachte.

»Ich verstehe, was du meinst«, erwiderte er. »Wir können uns ja auch unsere Eltern nicht jung vorstellen. Sie sind unsere Eltern, haben also diese eine Funktion für uns. Aber dass sie selbst mal jung waren, in unserem Alter, dass sie ein Leben vor uns hatten, das ist irgendwie abstrakt.«

»Genau.« Florence deutete auf den Comté. »Du hast übrigens recht. Er schmeckt ... himmlisch.«

Julien lachte. »Dachte ich es mir doch, dass er genau deinen Geschmack trifft.«

»Du kennst mich eben zu gut.« Sie lächelte kokett.

Julien streckte seinen Arm über den Tisch und berührte ihre Wange.

»Was tust du da?« Ihr Blick wurde unsicher.

»Ich weiß es nicht«, gab er zu und ließ seine Hand wieder sinken. »Du ... bringst mich völlig aus dem Konzept. Seit du ... seit ihr wieder hier seid ...« Er senkte den Kopf.

»Die Zeit hat nicht stillgestanden.«

Er nickte. »Ich weiß. Ich habe so unglaublich viel verpasst. Ambre ist fast schon eine junge Frau. Ich ...« Was war er nur für ein Idiot!

Florence räusperte sich. »Wo soll es denn morgen hingehen?«

Dankbar nahm er den Themenwechsel an. »Überraschung.« Er schob seine Brille zurecht.

»Eine kleine Andeutung vielleicht?« Sie legte ihren Kopf schief.

Am liebsten hätte Julien sich in diesem Moment über den Tisch gebeugt und Florence auf ihre verführerisch schimmernden Lippen geküsst. Doch er hatte heute schon genug Chaos angerichtet, daher verdrängte er den Wunsch hastig. »Ich sage mal so: Es könnte nass werden.« Er grinste.

»Nass?« Florence zeigte zum Kanal. »Wir gehen schwimmen?« Er deutete einen Reißverschluss vor seinem Mund an und schwieg.

»Wir benötigen Badezeug«, stellte Florence fest und sah ihn fragend an.

Er nickte. »Wäre nicht verkehrt.«

»Ich freue mich«, bekannte Florence leise. »Und ich kann mir sehr gut vorstellen, dass ich demnächst auf dein Angebot zurückkomme.«

Er sah sie stirnrunzelnd an.

»Wenn ich jemanden zum Reden brauche ...«

»Jederzeit, Florence«, erklärte er mit rauer Stimme. »Ich bin jederzeit für dich da, wenn du mich brauchst.«

26

Guillaume Passant stand an der vereinbarten Ecke und blickte sich immer wieder nervös um, während Florence sich ihm näherte.
»Salut, Guillaume.«
»Bonjour, Madame.« Er wirkte unsicher und fahrig.
»Florence«, korrigierte sie ihn lächelnd. Sie konnte ihm seine Befangenheit deutlich ansehen. »Ich habe mich sehr über deinen Anruf gefreut«, versuchte sie, ihm die Hemmungen zu nehmen. »Wollen wir vielleicht ein paar Schritte gehen?«
Er nickte und passte sich ihrem Tempo an, während sie die Gasse hinab Richtung Canal Royal gingen.
»Hast du gerade eine Freistunde?« Sie warf ihm einen unauffälligen Seitenblick zu.
»Zwei«, erklärte er leise. »Mein Sportlehrer hat sich das Bein gebrochen.«
»Autsch!«
»Die Polizei hat heute früh bei meiner Mutter angerufen«, begann Guillaume nach einigen Metern. »Der Ladenbesitzer will seine Anzeige gegen mich nicht zurücknehmen.«
Florence nickte. »Ich wurde auch informiert.« Sie blieb stehen und zwang ihn dadurch, ebenfalls haltzumachen und sie anzusehen. »Wie geht es dir damit?«
Guillaume wandte seinen Kopf ab und zuckte mit den Schultern. »Nicht gut«, presste er undeutlich hervor.
»Wir könnten versuchen, noch mal mit Monsieur Fammant zu sprechen.«
»Das bringt doch nichts«, erwiderte Guillaume unwirsch. »Er hat doch bereits …«
»Warum redest du nicht mit mir?«, unterbrach Florence ihn sanft. »Ich bin auf deiner Seite. Und deine Maman auch.«

»Maman«, stieß er verächtlich hervor und schüttelte den Kopf. Seine Augen glänzten feucht. »Meine Mutter ist doch viel zu sehr mit sich selbst beschäftigt. Die sieht doch gar nicht ...« Er beendete den Satz nicht.

Florence musterte das Gesicht des Jungen. »Was ist los, Guillaume?« Schon bei ihrem ersten Besuch hatte sie das Gefühl gehabt, dass zwischen Mutter und Sohn etwas nicht stimmte. Seine jetzigen Andeutungen schienen ihrer Ahnung recht zu geben. Florence deutete auf eine Bank. »Setzen wir uns doch für einen Moment.«

Guillaume starrte schweigend vor sich hin, nachdem sie Platz genommen hatten.

»Was ist mit deiner Maman?«

Er schluckte. »Unterliegen Sie der Schweigepflicht?«

»Alles, was wir beide hier besprechen, bleibt unter uns«, erwiderte Florence, ohne zu zögern. »Ich verspreche es dir.«

»Meiner Mutter geht es nicht gut«, begann er leise, während er weiter ihrem Blick auswich. »Sie hatte vor zwei Jahren einen schweren Unfall. Seitdem ... nimmt sie sehr viele Medikamente.«

»Das tut mir leid«, sagte Florence. »Soll ich mal mit ihr sprechen?«

Er zuckte mit den Achseln. »Ihre Schwester redet auch ständig auf sie ein und versucht, sie davon zu überzeugen, dass sie ...« Er verstummte. Mit der rechten Hand fuhr er sich über die Augen.

Florence legte ihre Hand auf seinen Rücken. Guillaume wich nicht zurück. »Ich kann es gern versuchen. Tablettensucht ist nicht ganz ungefährlich. Aber es gibt Ärzte, die ihr helfen könnten.«

Guillaume nickte. Als er aufblickte, erkannte Florence Tränen in seinen Augen. »Sie hört mir nicht zu. Sie ... ist oft gar nicht richtig da.«

Florence nickte. In der Vergangenheit hatte sie es schon öfter mit tablettensüchtigen Jugendlichen, aber auch mit abhängigen Elternteilen zu tun gehabt. Da man den Süchtigen anders als bei Alkoholismus oft nichts anmerkte, blieb diese Krankheit unter der Oberfläche der Gesellschaft, war in gewissen Kreisen sogar akzeptiert.

»Hast du deswegen gestohlen? Um sie wieder auf dich aufmerksam zu machen?«

Die Schlussfolgerung lag nahe.

Doch Guillaume schüttelte den Kopf.

»Warum hast du den Gürtel und die Armbänder klauen wollen?«, hakte sie behutsam nach, da sie das Gefühl beschlich, dass der Jugendliche sich ihr gegenüber öffnen wollte. Sie stumm um Hilfe bat.

»In meiner Klasse gibt es diese zwei Typen ...«, setzte er zögernd an, bevor er sein Gesicht in den Händen vergrub und zu weinen begann.

»Sie haben dich unter Druck gesetzt?« Mitleid flammte in Florence auf.

Er nickte nur.

»Und was war mit den anderen Malen?« Geduldig wartete sie, bis er sich beruhigt hatte. Sie strich ihm weiter beschwichtigend über den Rücken.

Als er sich wieder aufrichtete, ließ Florence ihre Hand sinken.

»Sie sind ... die Väter sind irgendetwas Höheres«, begann er zu erzählen. »Stinkreich. Und ständig drangsalieren sie uns.«

»Uns?«

»Mich, andere Mitschüler. Auch jüngere aus den unteren Klassen haben sie schon erpresst und ...«

»Wer weiß davon?«

Guillaume lachte bitter. »Jeder.« Er verzog seine Lippen. »Jeder, der schon in den Genuss kam, von ihnen erpresst zu werden.«

»Warum redest du nicht mit deinem Lehrer?« Florence musste die Frage stellen, auch wenn sie die Antwort erahnte.

»Am Anfang dachte ich ...« Er schniefte. »Ich dachte, sie wollten wirklich mit mir befreundet sein, aber nach dem ersten Diebstahl ... Ich bin ja erwischt worden.« Er verstummte.

»Sie haben dich fallen gelassen.«

»Ich war so bescheuert.«

Auch dieses Verhalten war Florence nicht fremd. Mobbing und Erpressung in der Schule, vermeintlich stärkere Schüler setzten schwächere unter Druck. Es war ein ewiger Kreislauf, der sich immer weiter fortsetzte, wenn man dem kein Ende bereitete. Die wenigsten Opfer hatten den Mut, sich jemandem anzuvertrauen.

»Hast du mit deiner Mutter darüber gesprochen?«, wollte Florence wissen.

Guillaume schüttelte den Kopf. »Sie würde es nicht verstehen. Außerdem will ich sie nicht mit meinem Kram belasten. Sie ist … Sie hat es so schon schwer genug.«

Ein Kind, das aus falschem Verantwortungsgefühl seine Mutter schonen wollte. Eine überforderte Frau, die sich nicht allein aus ihrer Abhängigkeit würde befreien können und sich durch ihre Sucht immer weiter von ihrem Sohn entfremdete, der sie gerade so dringend brauchte. Florence wandte sich Guillaume zu und sah ihm offen ins Gesicht.

»Wir bekommen das hin, d'accord? Wir werden mit der Polizei und dem Ladenbesitzer reden und ihnen die Situation erklären. Und zwar genau so, wie du sie mir gerade eben geschildert hast. Mit der Wahrheit kommt man grundsätzlich am weitesten. Außerdem werde ich mich mit deiner Maman unterhalten. Vertraulich. Ich werde ihr Möglichkeiten aufzeigen, die ihr helfen können, wieder ganz gesund zu werden. Und du überlegst dir, wie es mit der Schule weitergehen soll. Möchtest du in dieser Klasse bleiben, oder käme für dich auch ein Schulwechsel in Frage? Dann reden wir mit deinen Lehrern und auch mit dem Rektor. Was diese beiden Jungs da veranstalten, ist kriminell. Du kannst dabei helfen, andere Schüler vor den Erfahrungen, die du leider machen musstest, zu bewahren.«

»Wow«, entfuhr es Guillaume hörbar überrascht. »Das ist …«

»Sportlich?«, beendete Florence lächelnd seinen Satz.

»'ne Menge Stoff.«

»Ja, es sind einige Baustellen, an die wir herangehen müssen.« Sie nickte zuversichtlich. »Aber je schneller wir uns daranmachen, umso früher wird wieder Ruhe und Ordnung in deinem Leben einkehren. Du bist ein Junge, der sehr genau weiß, was er will. Du hast doch sogar schon genaue Berufspläne. Ich bin mir sicher, dass wir das gemeinsam hinbekommen.«

»Sie sind ... klasse.« Verlegen senkte er den Blick. »Danke.«

Überwältigt von seinem Kompliment erhob sich Florence und sah auf ihn herab.

»Dafür bin ich da, Guillaume.«

27

Ambre starrte auf die Zweige der Zypresse am Rand des Schulhofs. Im Wind bogen sie sich wie dürre Arme um einen knochigen Körper. Dann sah sie auf ihr Handy. Noch mehr als eine Stunde, bis Biologie begann. Anouk hatte in der Mittagspause ausnahmsweise nach Hause gehen müssen, da ihre Mutter einen Arzttermin für sie vereinbart hatte. Ambre biss in ihr Sandwich, nahm ihre Schultasche auf und setzte sich auf die Steinmauer. Anschließend holte sie ihren Zeichenblock hervor und legte ihn auf ihren Schoß.

Eine Weile beobachtete sie das rege Treiben, von dem sie jedoch etwas entfernt saß. Jüngere Schülerinnen malten mit Kreide ein Hüpfspiel auf die Steine, eine Gruppe älterer Jugendlicher gruppierte sich um einen von ihnen, der ein Handy hochhielt, sodass alle daraufsehen konnten. Immer wieder kreischten sie laut auf.

Ambre seufzte. Sie schlug das Deckblatt zurück und betrachtete das Raster mit den Gesichtskonturen. Vorsichtig fuhr sie mit ihrem rechten Zeigefinger über die Wangenpartie. Sie schloss kurz die Augen und rief sich das reale Bild der Vorlage ihrer Zeichnung ins Gedächtnis. Zufrieden sah sie erneut auf die Skizze. Sie hatte es geschafft, das Wesentliche aufs Papier zu bringen. Die kleinen Grübchen neben dem Mund, die markante Kinnpartie, den klaren und wachen Blick der dunklen Augen. Ambre holte ihr Mäppchen mit den Zeichenstiften aus der Tasche und öffnete es. Mit welchem Braunton sollte sie beginnen? Sie hob ihren Kopf und überlegte.

Zwei jüngere Schüler standen wenige Meter von ihr entfernt und kicherten, als sie sich immer wieder abklatschten. Auf der anderen Seite des Hofs entdeckte sie ihren Klassenlehrer Monsieur Katouche, der sich gerade mit einer Gruppe Jugendlicher unterhielt. Während sie die Leute betrachtete, schweiften ihre Gedanken ab.

Sie musste an ihre Mutter denken. Wie sie sie gestern Abend eng umschlungen mit ihrer Oma auf der Terrasse vorgefunden hatte. Ambres Kehle schnürte sich zu. Hatte sie ihre Mutter je derart herzzerreißend schluchzen sehen? Es war wohl um Ambres Opa gegangen, der gestorben war, als Florence noch sehr jung war. Jünger als Ambre jetzt. Sie schluckte. Obwohl sie ihren Vater in den letzten Jahren nur selten gesehen hatte, mochte sie sich nicht einmal ansatzweise vorstellen, wie es sich anfühlen würde, wenn ...

Sie verdrängte den Gedanken. Ihr Vater erfreute sich bester Gesundheit. Und obwohl ihre Eltern nie zusammengelebt hatten, besaß Ambre zumindest die Gewissheit, dass beide Elternteile greifbar waren. Dass beide sich um sie kümmern würden, wenn sie in Schwierigkeiten stecken würde. Ihre Mutter hatte ihr gestern sofort ihre Unterstützung zugesagt, wenn sie zukünftig weiter Probleme mit den »Kleingeistigen« haben sollte. Aber wie peinlich wäre es, wenn ihre Mutter Monsieur Katouche deswegen kontaktieren würde!

Nein, mit den drei blöden Hühnern musste Ambre allein fertigwerden. Als sie daran dachte, wie Louis sich gestern vor Marie aufgebaut und erklärt hatte, wie sie bei ihren Klassenkameraden ankam, konnte sie ein Schmunzeln nicht unterdrücken.

»Was gibt es denn so Witziges?«

Ambre schreckte auf. Als sie Louis erblickte, der keinen Meter vor ihr stand, blieb ihr fast das Herz stehen. Wie lange befand er sich schon da? Mit zitternden Fingern schlug sie hastig das Deckblatt über ihre Skizze und hoffte, dass er ihre Zeichnung nicht hatte erkennen können.

»Was ist das?« Er deutete mit dem Kinn auf ihre Hand.

»Nichts«, erwiderte sie eilig und wollte den Block in ihrer Schultasche verschwinden lassen. Doch Louis war schneller. Mit einem Sprung befand er sich im nächsten Augenblick dicht neben ihr und umfasste ihr Handgelenk mit seiner Rechten.

»Lass das!«, fuhr sie ihn an.

Er begann zu grinsen. »Was ist denn los? Hast du etwa Geheimnisse?« Er zog die Brauen hoch. »Immerhin hast du den weltbesten Mathelehrer vor dir.«

Doch Ambre hatte in diesem Moment keinen Sinn für seinen Humor. Sie musste um jeden Preis verhindern, dass er ihre Zeichnung entdeckte. Ihre Handflächen wurden feucht, während sie den Block weiter fest umklammert hielt.

»Lass bitte los«, bat sie ihn leise.

»Was, wenn nicht?« Sein Grinsen wurde breiter.

Ambre schloss die Augen. Auf keinen Fall wollte sie vor ihm losheulen.

»Bitte.« Wer war sie eigentlich, dass sie vor ihm zu Kreuze kroch? Verflucht, sie hasste ihn. Wie hatte sie je auf seinen doofen Charme und seine blöden Witze abfahren können? Er sollte sie doch einfach nur in Ruhe lassen.

»Du zeichnest, stimmt's?«

Er ließ einfach nicht locker. Am liebsten hätte Ambre ihm in sein attraktives Gesicht geschlagen. Wie hatte sie nur so unvorsichtig sein können? Sie ärgerte sich über sich selbst.

»Das ist Privatsache«, versuchte sie erneut, ihn von seinem Vorhaben abzubringen. Doch der Griff um ihr Handgelenk lockerte sich nicht. Was sollte sie tun?

»Zeig doch mal her!« Sein Lächeln wurde sanfter. »Es würde mich wirklich interessieren.«

»Es geht dich aber nichts an«, fauchte sie ihn an.

»Na, na, so angriffslustig heute.«

»Du bist ein solcher Blödmann«, rutschte es ihr heraus, während ihre Hand den Halt verlor. Triumphierend hob Louis den Block in die Höhe und wedelte damit vor ihrer Nase herum.

»Gib ihn mir zurück«, flüsterte Ambre voller Verzweiflung.

»Er gehört dir nicht. Du hast kein Recht, ihn ...«

»Nur ein Blick, d'accord?«

Als er das Deckblatt umschlug, meinte Ambre, ihre Kehle schnüre sich zu.

»Nicht ...«, brüllte sie ihn an.

Während er sein Porträt betrachtete, konnte sie die Überraschung auf seinem Gesicht erkennen. Zornig sprang sie von der Mauer und warf das Mäppchen in ihre Schultasche. Dann riss sie Louis den Block aus der Hand und stürmte vom Schulhof.

»Ambre, warte doch mal!«

Doch sie wollte nichts mehr hören und nichts mehr sehen. Tränenblind eilte sie den Hügel hinunter.

»Ambre! Jetzt warte doch!«

Nein, nur weg von hier. Sie wollte nur noch ihre Ruhe haben. Die letzten beiden Schulstunden würde sie sausen lassen. Wer brauchte schon Biologie? Ambre rannte und rannte, bis sie völlig außer Atem war.

»Immer langsam, Mademoiselle«, mahnte ein älterer Mann, mit dem sie fast zusammengestoßen wäre.

Sie hob entschuldigend die Hand und lief wortlos weiter. Wie sollte sie jemals wieder ihren Klassenraum betreten? Wie sollte sie Louis gegenübertreten? Das Herz schlug ihr bis zum Hals. Ambre zitterte am ganzen Körper. Tränen liefen ihr über die Wangen. Wie hatte sie nur so blöd sein können? Ihre Aktion war ein gefundenes Fressen für Marie und deren Freundinnen. Ambre hätte sich ohrfeigen können. Noch gestern hatte sich der Neuanfang vielversprechend und spannend angefühlt. Sie musste daran denken, wie Louis und sie gemeinsam die Matheaufgaben erledigt hatten. In dieser Hinsicht hatte der Idiot recht. Zum ersten Mal in ihrem Leben hatte Ambre verstanden, um was es in Stochastik wirklich ging.

An der Hafenpromenade angekommen, blieb sie schwer atmend stehen. Sie konnte auf keinen Fall in die Schule zurückgehen. Sollte sie ihre Mutter anrufen? Nein, die Idee verwarf sie sofort wieder. Florence würde ihr nur einen Vortrag darüber halten, dass jedes Handeln Konsequenzen hatte. Und dass diese Konsequenzen allein davon abhingen, wie man sich verhielt. Ein Vortrag zum Thema »Nichts wird so heiß gegessen, wie es gekocht wird« war das Letzte, was Ambre im Moment brauchte. Sie ließ sich auf einen der Betonklötze fallen und atmete tief durch.

Was Louis jetzt wohl von ihr dachte? Sicher fragte er sich,

warum die durchgeknallte Irre aus Paris ausgerechnet ihn zeichnete. Was, wenn er jetzt vermutete, dass sie auf ihn stand? Ambres Wangen begannen zu glühen. Eine schöne Scheiße hatte sie sich da eingebrockt. Was sollte sie sagen, wenn er sie fragte, was sie sich dabei gedacht hatte? Ein Funken Hoffnung keimte in ihr auf. War es möglich, dass er sich gar nicht erkannt hatte? Dass Ambre sich ganz umsonst Sorgen machte? So weit her war es mit ihren Zeichenkünsten nun auch wieder nicht. Bisher war ja lediglich die Bleistiftskizze fertig. Es konnte doch also durchaus sein, dass er gar nicht wusste, wen er da vor sich gehabt hatte.

Was würde er dann von ihr denken? Sie war einfach losgerannt und hatte ihn stehen gelassen. Verdammt, die Situation wurde immer komplizierter. Wenn er sie aufgrund des Bildes noch nicht für irre gehalten hatte, dann würde er spätestens jetzt nach ihrem mehr als sonderbaren Auftritt denken, dass sie völlig durchgeknallt war. Ihre Gedanken rasten und überschlugen sich. Wahrscheinlich wäre es das Beste, wenn sie die Schule wechselte. Nicht einmal eine Woche hatte sie durchgehalten, doch eine Rückkehr in ihre Klasse erschien ihr in diesem Augenblick unvorstellbar.

28

»Und, was meint ihr?«, wollte Florence von Marlène und Nathan wissen, nachdem sie das Gebäude des Wohnprojekts verlassen hatten.

»Die Leiterin macht einen sehr netten Eindruck«, erwiderte das schwangere Mädchen und drückte die Hand ihres Freundes. Nathan hatte in der letzten halben Stunde keine fünf Sätze von sich gegeben, während Madame Glovan ihnen eines der Apartments gezeigt und den Tagesablauf erklärt hatte.

»Wie findest du die Idee?«, wandte sich Florence nun an den Jungen, der seinen Blick unschlüssig durch die Gegend schweifen ließ. Er zuckte mit den Achseln.

»Ganz gut.«

Marlènes Schultern sackten ab. »Begeisterung sieht anders aus.«

»Hast du Bedenken?« Florence musterte den schlaksigen Jungen. Seine Jeans waren ihm mindestens zwei Größen zu weit, das XXL-T-Shirt umhüllte seinen Oberkörper wie ein Vier-Mann-Zelt. Die blonden, lockigen Haare hatte er zu einem Zopf zusammengebunden.

Er fuhr sich über die Stirn, bevor er den Kopf schüttelte. »Nein, wie Marlène schon sagte, die Leiterin scheint cool drauf zu sein.«

Florence unterdrückte ein Schmunzeln. »Aber …?«

Wieder zuckte er mit den Achseln.

»Es gibt doch ein Aber, nicht wahr?« Sie wechselte einen Blick mit Marlène.

Nathan sah seine Freundin an. »Meine Eltern haben den Vorschlag gemacht, dass wir mit dem Baby in den Keller bei ihnen ziehen könnten.«

Marlène runzelte die Stirn. »Wie meinst du das? In den Keller?«

»Na ja«, druckste er herum. »Es ist kein richtiger Keller. Da unser Haus ja am Hang steht, haben die seitlichen Wände sogar richtig große Fenster. Ich meine die Räume hinter der Garage. Der Platz würde reichen für Schlafzimmer, Kinderzimmer und Wohnküche.«

»Was ist mit einem Bad?« Marlène klang skeptisch.

»Das würde mein Vater einbauen lassen.«

Sie schnaubte. »Wann habt ihr das besprochen?«

Nathan seufzte. »Es war nur so eine Idee …«

Marlène nickte mit zusammengepressten Lippen.

»Ich finde, das klingt nach einer schönen Alternative«, mischte sich Florence ins Gespräch, da sie spürte, dass die Stimmung zwischen den beiden zu kippen drohte. »Du hast mir doch erst kürzlich erzählt, wie sehr du dir eine große Familie um dich herum wünschst.« Sie schenkte Marlène ein aufmunterndes Lächeln.

»Wir müssten nichts dafür bezahlen«, versuchte nun auch Nathan erneut, den Vorschlag seiner Freundin schmackhaft zu machen. »Also, Miete oder so.«

»Wow!« Florence blickte zu dem Gebäude hinter ihnen. »Das ist wirklich eine sehr gute Idee.«

»Ich weiß nicht …« Marlène kickte einen Kiesel weg und starrte auf den Boden. »Was ist, wenn sie uns nicht in Ruhe lassen?«

Daher wehte also der Wind. Marlène wollte sich mit Nathan und dem Kind ein eigenständiges Leben aufbauen.

»Hör zu, Marlène, ihr seid beide fünfzehn. Ich verstehe sehr gut, dass du dir von niemandem hineinreden lassen möchtest. Das Problem wird aber sein, dass keiner von euch volljährig ist. Es klingt nicht unvernünftig, wenn ihr bei Nathans Eltern wohnen würdet. Wenn ihr achtzehn seid, könnt ihr euch immer noch überlegen, ob ihr euch eine eigene Wohnung anderswo nehmen möchtet. Das hängt natürlich auch alles von den finanziellen Voraussetzungen ab. Die Miete hier in dem Wohnprojekt ist überschaubar. Ich bin mir sicher, dass sich der Eigenanteil nach Abzug der staatlichen Leistungen, die euch zuständen, im Rahmen hält. Wenn bei Nathans Familie allerdings Platz für euch ist …« Sie zog die Brauen hoch. »Möglicherweise ändert das die Ausgangssituation.«

»Was möchtest du?«, fragte Marlène leise und sah zu ihrem Freund auf.

Er legte seine Hand an ihre Wange und beugte sich zu ihr hinab. »Ich habe dir gesagt, dass ich mich auf das Kind freue und dass ich dich, so gut, wie ich kann, unterstützen werde. Ich sehe es wie Florence: Solange wir auf die Hilfe unserer Eltern angewiesen sind, stelle ich es mir einfacher vor, in ihrer Nähe zu bleiben.«

»Nähe bedeutet aber nicht unbedingt im gleichen Haus«, widersprach Marlène.

»Du möchtest nicht«, folgerte Nathan hörbar enttäuscht.

Marlène sah zu Florence. »Ich weiß es nicht.«

»Ihr habt ja noch ein wenig Zeit«, setzte sie an und ließ ihren Blick zwischen den beiden Jugendlichen hin- und herwandern. »Was haltet ihr davon, wenn ihr eine oder zwei Nächte darüber schlaft und euch noch mal überlegt, wie ihr euch die nächsten Monate vorstellt. Ihr seid noch so jung. Ihr trefft keine Entscheidung für die Ewigkeit. Dafür ist momentan noch viel zu unklar, wie es mit eurer, vor allem mit deiner Schullaufbahn, Marlène, weitergeht. Niemand kann in diesem Moment sagen, wohin es euch nach der Schule verschlägt. Vielleicht möchtet ihr studieren oder aber eine Ausbildung beginnen. Daher braucht ihr eine Übergangslösung, die möglichst wenig Aufwand verursacht.«

»Was meinst du dazu?« Nathans Miene wurde eindringlich.

Marlène nickte. »Das klingt vernünftig.«

»Wir reden einfach in ein paar Tagen noch mal darüber«, schlug Florence vor. »Vielleicht setzt ihr euch auch mal mit euren Eltern zusammen. Sicher könntet ihr dann schon die eine oder andere Ungewissheit aus dem Weg räumen.«

»Ich kann Maman und Papa fragen«, stimmte Nathan eifrig zu.

»D'accord«, willigte auch Marlène schließlich ein.

»Schön. Unabhängig davon, für welche Variante ihr euch entscheidet, bin ich fest davon überzeugt, dass ihr das zusammen meistern werdet.« Florence nickte aufmunternd. »Ihr seid so zielstrebig und klar in euren Ansichten. Man könnte fast vergessen, wie jung ihr noch seid.« Sie nickte. »Das meine ich ganz ernst. Ihr schafft das.« Sie holte einen Block aus ihrer Handtasche. »Womit wir gleich beim nächsten Thema wären. Marlène, dir steht ein Geburtsvorbereitungskurs zu, der entweder im Krankenhaus angeboten wird oder auch bei ansässigen Hebammen. Viele Kurse sind Partnerkurse, sodass Nathan dich begleiten könnte.«

»Sind das diese Hechelkurse?« Nathan grinste.

Marlène stieß ihm ihren Ellbogen in die Rippen. »He!«

»Das ist ein weitverbreitetes Vorurteil«, erklärte Florence geduldig. »In dem Kurs bekommt ihr Tipps für die Zeit der Schwangerschaft. Wenn du Beschwerden hast, wenn das Baby wächst. Außerdem wird der Geburtsvorgang besprochen. Ihr könnt eure Fragen dort stellen und Unklarheiten besprechen. Und was auch nicht zu unterschätzen ist, ihr lernt andere Paare kennen, die in der gleichen Situation sind wie ihr.«

»Sicher wären wir die Jüngsten«, brachte Marlène zweifelnd an und sah zu Nathan. »Was denkst du?«

Er zuckte mit den Schultern. »Keine Ahnung.«

»Ihr bekommt auch Ratschläge zur Säuglingspflege. Möglicherweise lernst du auf diese Weise schon eine Hebamme kennen, die dich auch nach der Geburt noch unterstützen könnte. Gerade weil ihr so jung seid, fände ich einen solchen Partnerkurs durchaus sinnvoll für euch.«

»Gut, wo müssen wir uns anmelden?«

Florence holte drei Flyer aus ihrer Tasche. »Hier sind einige Anlaufstellen. Du kannst dort anrufen und wirst dann nach dem Geburtstermin gefragt. Wenn ihr euch früh genug kümmert, sollte es kein Problem sein, zwei Plätze zu bekommen.«

Die beiden Jugendlichen sahen sich lächelnd an. »Ich frage an«, erklärte Marlène entschlossen.

Florence reichte ihr eine weitere Visitenkarte. »Und das hier ist die Adresse eines Vereins, der sich ebenfalls um junge Mütter kümmert. Ich habe mit dem Leiter gesprochen. Jeden Donnerstagabend findet ein Treffen zum Gesprächsaustausch statt. Mir wurde mitgeteilt, dass es momentan zwischen fünf und acht Paare sind, die zu diesen Terminen kommen. Vielleicht wäre auch diese Art von Unterstützung hilfreich.« Sie lächelte. »Und dort seid ihr auf jeden Fall unter Gleichaltrigen.«

Marlène steckte die Visitenkarte weg. »Ich schaue mir mal die Homepage an.«

»Ja, tu das«, ermunterte Florence sie. »Ihr könnt euch das ganz unverbindlich ansehen und danach entscheiden, ob das etwas für euch ist oder nicht.«

»Cool«, merkte Nathan an. »So langsam wird es dann wohl ernst.«

29

Als Julien sich seinem Wohnhaus näherte, konnte er seine Tochter schon von Weitem vor der Eingangstür erkennen. Ihr liefen Tränen über die Wangen, und sie schluchzte lautstark. Verflucht, was war nur passiert? Als sie ihn vor einer halben Stunde angerufen und gebeten hatte, sich mit ihr in seiner Wohnung zu treffen, hatte er nur die Hälfte von dem verstanden, was sie gesagt hatte. Sie könne nicht mehr zurück in ihre Klasse gehen, müsse schnellstmöglich die Schule wechseln.

Er war aus ihren Worten nicht schlau geworden, hatte aber sofort gespürt, wie aufgewühlt und durcheinander sie war. Daher hatte er nicht weiter nachgehakt, sondern seine Schüler zwanzig Minuten früher in den Freitagnachmittag und damit ins Wochenende entlassen. Natürlich wusste er, dass sein Chef nicht begeistert wäre, wenn er davon erführe, aber in diesem Augenblick war ihm Ambre wichtiger gewesen. Nach fünfzehn Jahren konnte er einmal für sie da sein. Sein Verhalten war alternativlos gewesen.

Und als er sie nun sah, ihre tränenüberströmten geröteten Wangen, ihre verquollenen Augen, wusste er, dass er richtig gehandelt hatte.

»Ambre, mein Schatz! Was ist denn passiert?«

Er eilte auf sie zu und zog sie in seine Arme. Ihre Schultern bebten unter seinen Händen. Sie vergrub ihr Gesicht an seiner Kehle und schlang ihre Arme um ihn. Einen Moment lang schloss Julien die Augen und betete dafür, das Richtige zu tun. Ihr die Unterstützung bieten zu können, die sie ganz offensichtlich so dringend benötigte. Ging es etwa wieder um ihre Klassenkameradinnen? Hatten sie sie aufs Neue verletzt oder gar beleidigt?

Wut stieg in ihm auf. Wut darüber, dass er sein kleines Mädchen nicht hatte beschützen können vor den Gemeinheiten des Lebens.

Warum konnte Ambre hier nicht endlich zur Ruhe kommen? Ein Neubeginn in einer fremden Schule stellte sich naturgemäß sehr oft schwierig dar, allein schon aufgrund des unterschiedlichen Lern- und Wissensstands. Musste Ambre sich dann auch noch mit neidischen oder mit sich selbst unzufriedenen Mitschülerinnen herumschlagen, die nichts Besseres zu tun hatten, als die neue Klassenkameradin zu mobben?

»Lass uns in meine Wohnung gehen«, schlug er ihr mit sanfter Stimme vor. »Komm.« Behutsam löste er sich von ihr und schloss die Tür auf.

In seiner Wohnung angekommen, bugsierte er Ambre ins Wohnzimmer und bedeutete ihr, sich zu setzen.

»Möchtest du etwas trinken?«

Er betrachtete sie. Da sich einige Strähnen aus ihrem Zopf gelockert hatten und ihr wirr ins Gesicht fielen, konnte er ihre Miene nicht erkennen.

Sie schüttelte den Kopf und fuhr sich über die Augen. »Ich kann da nicht mehr hingehen.«

Julien überlegte kurz. »Einen Moment.«

Er eilte in die Küche und holte eine Wasserflasche und zwei Gläser aus dem Schrank. Als er ins Wohnzimmer zurückkehrte, hatte Ambre seine Gitarre auf dem Schoß und zupfte abwesend an den Saiten.

»Du spielst?«, wollte er lächelnd von ihr wissen, während er Wasser und Gläser vor sie auf den Tisch stellte.

Ihr Schluchzen war verebbt. Sie schluckte. »Ich habe es drei Jahre lang versucht.« Sie zuckte mit den Achseln. »Aber Musik scheint nicht wirklich meine Stärke zu sein.«

Julien setzte sich neben sie und legte seinen Arm um ihre Schultern. »Besser?«

Ambre schniefte. »Nein.«

»Was ist passiert?« Sanft löste er ihre Finger von dem Musikinstrument, nahm die Gitarre und legte sie neben sich.

Sie vergrub ihr Gesicht in ihren Händen. »Ich kann da nicht mehr hin«, wiederholte sie heiser.

»Was ist denn geschehen? Haben diese blöden Hühner dich wieder verletzt?«

Ambre hob ihr Gesicht und sah ihn mit gerunzelter Stirn aus ihren verweinten Augen an. »Was?«

»Du hattest mir doch von deinen Mitschülerinnen erzählt, die dich auf dem Kieker haben«, erinnerte er sie und strich ihr über das zerzauste Haar.

»Ach, die!« Sie schob ihr Kinn vor. »Nein, es ist ...« Sie schlug eine Hand vor den Mund. »Ach, Scheiße!«

»Was ist passiert?«

»Ich kann nicht ...«

Julien nickte. »Doch, du kannst. Ich bin dein Vater. Was auch immer geschehen ist, wir finden eine Lösung.«

Ambre verdrehte die Augen. »Hast du dich mit Maman abgesprochen?«

Ihr entsetzter Gesichtsausdruck entlockte ihm ein Lachen. »Wie kommst du denn darauf? Aus meinen Worten spricht einzig meine jahrelange Lebenserfahrung.«

Auf Ambres Lippen legte sich ein schwaches Lächeln. »Ja, klar.«

Julien zog sie erneut an sich und lehnte sich gegen die Rückwand der Couch. »Ich bin ganz Ohr.«

»Ich habe mich total blamiert«, presste sie mit belegter Stimme hervor.

»Blamiert? Wieso? Im Unterricht?«

Sie schüttelte den Kopf. »Nein, in der Mittagspause.«

Er seufzte. »Dein Vater ist kein Hellseher, Ambre. Wie wäre es, du würdest mich ins Bild setzen?«

Sie rückte von ihm ab.

Julien verfolgte irritiert, wie sie in ihrer Schultasche herumkramte, um kurz darauf einen Block hervorzuziehen. »Was ist das?«

Wortlos schlug sie das Deckblatt um und hielt ihm eine Bleistiftzeichnung hin. Julien rutschte nach vorn und betrachtete das Porträt, das einen gut aussehenden Jungen zeigte.

»Hübscher Kerl!«

Ambre boxte ihn leicht. »Papa!«
Er hob eine Hand. »Ich verstehe es nicht. Das Einzige, was ich gerade erkenne, ist, dass meine Tochter ganz offensichtlich eine begnadete Künstlerin ist.« Er fuhr über die Skizze und nahm die Konturen des Gesichts näher in Augenschein. »Die Zeichnung ist phantastisch, Ambre. Diese feinen Linien, die Tiefe …« Er nickte beeindruckt. »Seit wann zeichnest du?«
»Seit etwa einem Jahr«, erwiderte sie in unwirschem Ton. »Aber darum geht es doch gar nicht.«
Er sah sie an. »Nicht?«
»Nein, verdammt.« Sie ließ sich zurücksinken. »Louis hat das Bild gesehen.«
So langsam dämmerte es Julien, um was es hier ging.
»Louis ist wohl der Glückliche, der von dir porträtiert wurde.« Er blickte wieder auf die Zeichnung. »Der offensichtlich heimlich von dir porträtiert wurde«, verbesserte er sich. »Und es nicht wissen darf.« Er gab ihr den Block zurück. »Und in der Mittagspause hat er, wie auch immer, diese Zeichnung entdeckt.« Er zog seine Brauen hoch. »Richtig?«
Ambre verzog die Mundwinkel und nickte.
»Besagter Louis war nicht zufrieden und hat sich über deine Zeichenkünste lustig gemacht.«
Empört richtete sich seine Tochter auf. »Was? Nein! Nein, natürlich nicht.«
Julien schüttelte den Kopf. »Was dann?«
»Er hat die Zeichnung entdeckt«, bestätigte sie erneut in verlegenem Ton.
»Ja, und? Warum kannst du deshalb nicht mehr in die Schule gehen?«
Ambre sprang auf und baute sich vor ihrem Vater auf. »Mann, Papa. Er hat die Zeichnung entdeckt.«
»Das habe ich mittlerweile verstanden«, erwiderte er ruhig. »Aber wo liegt das Problem?«
»Er. Hat. Die. Zeichnung. Entdeckt.« Sie atmete tief durch. »Verstehst du jetzt?«

Julien schüttelte den Kopf.
»Verflucht! Er denkt doch jetzt ...« Sie verstummte und schürzte ihre Lippen.
»Was?« Julien straffte seine Schultern. »Was denkt er jetzt?«
»Dass ich etwas von ihm will«, flüsterte sie heiser.
Julien schloss die Augen und wünschte, Florence stände ihm bei.
»Ambre«, setzte er an, darauf bedacht, die richtigen Worte zu wählen. »Ich nehme an, dass dieser ... Louis wohl in deiner Klasse ist?« Er wartete auf ihre Reaktion, die auch prompt erfolgte, indem sie nickte. »Gut, Louis ist ein Klassenkamerad von dir, den du ... nett findest?« Wieder wartete er auf ihre Bestätigung.
Sie nickte ein weiteres Mal schwach.
»Du hast also einen Klassenkameraden gezeichnet, den du nett findest. Und zufälligerweise hat dieser das Bild entdeckt.«
Sie schwieg weiter, während er ihre angespannte Miene zu deuten versuchte.
»Hat er darüber gelacht? Sich lustig gemacht?«
»Er war sprachlos«, hauchte sie kaum hörbar, während sie weiter vor ihm stand. Ihre sichtliche Verunsicherung rührte ihn. Die Gefühlswirrungen der Pubertät waren ihm noch allzu deutlich im Gedächtnis.
»Sprachlos«, wiederholte er nachdenklich. »Ganz ehrlich? Wenn ich eine derart phänomenale Skizze von mir auf deinem Block gefunden hätte, wäre ich im ersten Moment auch sprachlos gewesen.«
»Aber er ...« Sie biss sich auf die Unterlippe.
»Was? Er weiß jetzt, dass du ihn ... nett findest. Was hat er denn gesagt?«
Sie starrte stumm auf den Boden.
»Ambre?«
»Nichts.« Sie ließ ihre Schultern sacken. »Ich bin weggerannt.«
»Er hat sich also gar nicht über dich lustig gemacht«, folgerte Julien gedehnt.
»Nein«, widersprach sie heftig. »Das habe ich doch auch nicht behauptet.«

»Du hast aber erklärt, du könntest nicht mehr in die Klasse zurückgehen. Du müsstest die Schule wechseln.« Er zog sie wieder neben sich auf die Couch. »Warum? Es ist nichts passiert.«
»Du verstehst das nicht.« Sie lehnte den Kopf gegen die Couch. »Ich habe mich total blamiert. Das ist doch voll peinlich. Sicher denkt er jetzt, dass ich ...«
»Dass du ihn ... nett findest.« Julien zog sie erneut an sich. »Die Liebe ist nie einfach.«
Wie von der Tarantel gestochen, fuhr sie ein weiteres Mal hoch. »Liebe? Ich bin doch nicht ...«
Unbeeindruckt bedeutete er ihr, sich wieder nach hinten zu lehnen.
»Ambre, glaub deinem weisen Vater.« Er lächelte. »Louis wird niemandem von seiner Entdeckung erzählen. Und genau in diesem Moment denkt er mit ziemlicher Sicherheit ebenfalls an dich und fragt sich zum wiederholten Male, was es zu bedeuten hat, dass du ihn gezeichnet hast.« Er hauchte ihr einen Kuss aufs Haar. »Vertrau mir. Ich kenne uns Männer nur allzu gut.«

30

Louise saß in einem der Loungesessel und las, als sich Florence ihr näherte. Der Gehstock lag auf dem Boden.
»Hier bist du! Ich habe dich schon gesucht.«
Ihre Mutter blickte auf und schenkte Florence ein Lächeln. »Wie geht es dir?«
Florence reckte die Arme in die Höhe. »Hoch die Hände, Wochenende!«
Louise lachte auf, während sie in ihrem Buch blätterte, ein Lesezeichen hervorholte, es an die Stelle legte, wo sie gerade aufgehört hatte, und das Buch zuklappte. »Das hast du früher schon immer gesagt.«
»Und Ambre hat es auch jahrelang praktiziert.« Florence deutete auf das Buch. »Ich wollte dich nicht stören.«
»Das tust du nicht. Setz dich doch.« Louise legte das Buch auf den Tisch. »Ich kann mich sowieso nicht richtig konzentrieren.«
»Wegen Papa?«
Sie nickte.
»Wie konntest du diese Last so viele Jahre mit dir herumschleppen?« Florence entschied sich für den Sessel direkt neben ihrer Mutter und ließ sich in das weiche Polster sinken. »Ich mag mir kaum vorstellen, wie du dich all die Jahre gefühlt haben musst.«
»Ich hatte keine Wahl«, erwiderte ihre Mutter leise. »Maman und Oma konnte ich damit nicht belasten. Und du ...« Sie schüttelte den Kopf. »Du warst noch ein Kind, hattest gerade deinen Papa verloren.«
Der liebliche Duft des Jasmins stieg Florence in die Nase. »Wie konntest du damit nur weiterleben?«
Louise zuckte mit den Achseln. »Ich hatte dich. Und du brauchtest mich. Man funktioniert, man bewältigt seinen Alltag. Wenn

man beschäftigt ist, hat man keine Zeit zum Nachdenken.« Sie hielt inne. »Die Nächte waren allerdings besonders schlimm. Zu viel Ruhe, zu viel Zeit ...«

Louise nahm ihre Hand und drückte sie sanft. »Ich hätte viel mehr für dich da sein müssen. Manchmal war ich wie gefangen in meiner Trauer. Der Verlust deines Vaters ... Es gab Momente, da dachte ich, ich könne den Schmerz nicht ertragen. Mein Herz sehnte sich so sehr nach ihm, dass mein Körper nicht mehr wollte.«

Florence blinzelte die aufsteigenden Tränen weg.

»Es tut mir leid, dass ich nicht die Mutter war, die du gebraucht hättest.« Louise fuhr über Florence' Handrücken.

»Ich wusste immer, dass du mich liebst«, erwiderte Florence mit belegter Stimme. Sie räusperte sich. »Und mir tut es leid, dass ich dir diese Vorwürfe gemacht habe. Es war ein Unfall. Und du konntest nichts ...«

»Psch!« Louise führte Florence' Hand an ihre Wange und schmiegte sie an ihre Haut. »Dieser Vorwurf begleitet mich seit dem Tag, an dem ...« Sie seufzte. »Wären wir damals nicht zum Klettern gefahren ... Hätte ich nicht darauf bestanden, dass ...«

»Maman, nein!«, fiel Florence ihr entschieden ins Wort. »Es reicht. Ich war jung und wusste nicht, was wirklich geschehen war. Deshalb habe ich einen Sündenbock, einen Schuldigen gesucht, auf den ich meine Wut projizieren konnte. Aber du hast deinen Mann verloren. Mit Sicherheit hätte er niemals gewollt, dass du dir für den Rest deines Lebens Vorwürfe machst. Er wollte, dass du lebst. Das hast du mir gestern erst gesagt. Dass du für mich da bist.« Sie machte eine Pause und blickte zu den Olivenbäumen. »Und er wäre verdammt stolz auf dich. Du hast dich aufgerappelt und dir deinen Traum erfüllt.« Sie zeigte mit der freien Hand um sich. »Sieh dir an, was du geschaffen hast. Ein kleines Paradies.« Dann lächelte sie leicht. »Und sieh dir mich an.«

»Du bist das Beste, was mir in meinem Leben passiert ist.« Louise küsste Florence' Hand, bevor sie sie losließ.

»Wir schaffen das, Maman. Und ich bin sehr froh, dass Ambre und ich hergekommen sind. Hier ist meine Heimat, meine Familie.«

»Eines Tages wird dir all das gehören«, sinnierte Louise nachdenklich. »Dir und Ambre.«

»Darum geht es nicht«, wiegelte Florence ab und zupfte an einem Rosenblatt herum.

»Es ist das Gut unserer Familie, Florence.«

»Du bist noch so jung, Maman.«

»Manchmal fühle ich mich uralt.« Louise musterte sie. »Mein Bein wird nicht mehr besser, Florence.«

»Du hast es verdient, glücklich zu sein.« Florence strich ihr über den Oberarm. »Was ist übrigens mit dem Winzer von heute früh?«

Auf der Miene ihrer Mutter spiegelte sich Verwirrung wider.

»Wen meinst du?«

»Na, der attraktive Mittsechziger. Oma meinte, er sei ein neuer Kunde von dir«, erklärte Florence.

»Ach, Stéphane.« Louise' Stimme hörte sich plötzlich weich an.

»Ja, genau. Stéphane.« Florence musste grinsen. »Seit wann kennst du ihn?«

Louise wandte ihren Kopf ab. »Er hat vor einigen Wochen angefragt, ob ich mir vorstellen könne, meine Produkte bei ihm auf dem Weingut zu verkaufen. Die Konditionen, die er mir angeboten hat, sind ... akzeptabel.«

»Aber?« Florence zog die Brauen hoch.

Ihre Mutter wich ihrem Blick aus.

»Maman?«

»Ich befürchte, er ... hat nicht nur ein geschäftliches Interesse an mir. Deshalb weiß ich nicht so genau, ob ...«

»Ist er dir denn nicht sympathisch?«

»Florence, ich werde in zwei Jahren sechzig.« Sie zeigte auf den Gehstock. »Und ich habe ein kaputtes Bein.«

Florence betrachtete ihre Mutter. Sie hatte kaum Falten, wirkte mindestens fünf Jahre jünger, als sie tatsächlich war. In ihrem blonden Haar zeigten sich nur ganz vereinzelt einige graue Härchen. Ihre schlanke Figur hatte sie von ihrer Mutter und Großmutter geerbt.

»Du bist eine sehr hübsche Frau, Maman. Und, was noch viel wichtiger ist, du bist ein sehr liebenswürdiger Mensch.«

»Das ist lieb, dass du das sagst.« Louise verdrehte die Augen und lehnte sich zurück.

»Du bist klug, charmant und weißt genau, was du willst. Außerdem bist du eine erfolgreiche Unternehmerin«, zählte Florence weiter auf. »Mit lieben Worten hat das nichts zu tun. Ich kann diesen Stéphane schon verstehen, dass er dich gern näher kennenlernen möchte.«

»Ach, Florence.« Louise machte eine ungeduldige Handbewegung. »Das ist nichts für mich.«

»Ich glaube, du magst ihn auch«, folgerte Florence und zog eine Grimasse.

»Er ist nett, ja.« Noch immer vermied Louise jeglichen Blickkontakt.

In diesem Moment klingelte Florence' Handy.

»Julien«, konstatierte sie nach einem Blick aufs Display und erhob sich. »Pardon, aber ich ...«

»Geh nur ran.« Ihre Mutter nickte ihr zu.

»Ja?«, meldete sich Florence, nachdem sie sich ein paar Schritte vom Pavillon entfernt hatte.

»Ich bin es. Ambre ist bei mir. Sie möchte hier übernachten.«

Florence drehte sich um und sah zu ihrer Mutter. »Heute Morgen hatte sie nichts davon erwähnt.« Sie konnte Juliens Zögern durch die Leitung hindurch spüren. »Ist etwas passiert?«

»Jein«, druckste er herum. »Ich denke, sie erzählt es dir morgen selbst.«

»Kann sie dich hören?«, wollte sie besorgt wissen.

»Sie sitzt im Wohnzimmer und hat Kopfhörer auf. Aber ich halte es trotzdem für besser, wenn sie direkt mit dir redet.«

»Ich bin ihre Mutter!« Florence stampfte mit dem Fuß auf. »Ist etwas passiert?«, wiederholte sie ihre Frage.

»Nichts, was uns Sorge bereiten müsste.«

»Du sprichst in Rätseln«, schimpfte Florence.

»Sie ist in der Pubertät, Florence. Vielleicht erinnerst du dich, dass wir damals vieles als Drama empfanden, was uns heute nur ein müdes Lächeln entlocken würde.«

Florence fasste sich an die Schläfe und seufzte. »D'accord. Dann grüß sie von mir und macht euch einen schönen Abend.«

»Wir holen dich morgen früh ab. Denk an die Badesachen.« Florence schnaufte, versprach Julien aber, alles einzupacken. Dann kehrte sie zu ihrer Mutter zurück und erzählte ihr kurz von dem Anruf.

»Julien hat sich verändert«, erklärte Louise, nachdem Florence geendet hatte. »Er ist erwachsen geworden. Übernimmt Verantwortung für seine Tochter.«

»Was nichts daran ändert, dass er mich damals …«

Sie musste an seine Worte heute früh bei ihrem Treffen denken. Warum wurde ihr sofort warm ums Herz, wenn sie nur an morgen dachte? Es war nur ein Ausflug, um Ambre den Neubeginn zu erleichtern. Hier ging es schließlich nicht um ein Date oder andere romantische Anwandlungen.

»Er hat einen Fehler gemacht«, fiel Louise ihr ins Wort. »Menschen machen Fehler. Und Menschen ändern sich, Florence.«

Florence wollte nicht länger über ihr Gefühlschaos nachdenken, daher blickte sie auf ihre Mutter hinunter und sah sie auffordernd an. »Kommst du mit, um Antoinettes Geschichte weiterzuverfolgen?«

»Ich kenne sie bereits, Kind. Geh nur. Ich bleibe noch ein Weilchen hier und genieße den lauen Sommerabend.«

»Ich bin mir sicher, dass Stéphane dir sehr gern Gesellschaft leisten würde.« Florence grinste und hob die Hand zum Abschied. »Bis später!«

Louise schüttelte tadelnd den Kopf, winkte jedoch zurück.

31

In den ersten Tagen, als Paul und Richard bei uns Unterschlupf gefunden hatten, sah ich die beiden nicht allzu oft. Sie taten mir leid, wie sie den ganzen Tag zwischen diesem Gerümpel hausten. Die Klappläden an den Fenstern waren geschlossen, da die Deutschen nach wie vor ihren Geschäften mit Papa nachgingen. Auf keinen Fall durften wir riskieren aufzufliegen.

Ich lieferte weiterhin meine Bestellungen aus. Immer häufiger hatte Martin in dieser Zeit Päckchen und Nachrichten für mich, die ich während meiner Ausfahrten abliefern sollte. Mittlerweile hatte die Routine Einzug gehalten, und ich fühlte mich wie ein echter Maquisard, wenn ich durch Sète fuhr. Immer wieder rief ich mir ins Gedächtnis, was für uns, für Frankreich auf dem Spiel stand. Wenn mir deutsche Soldaten entgegenkamen, senkte ich nicht mehr den Kopf, sondern ignorierte sie. Sie hatten kein Recht, hier zu sein. Und sie hatten kein Recht, uns ihre Regeln und Verordnungen aufzudrücken. Meine anfängliche Angst, die mich bei jedem meiner Schritte begleitet hatte, schlug mehr und mehr in Wut um. Paul und Richard waren französische Staatsbürger. Wie hatte es so weit kommen können, dass sie sich in ihrem eigenen Land vor fremden Besatzern verstecken mussten? Mein Tatendrang wuchs.

Eines Tages traf ich eine frühere Schulfreundin, Colette, die mir erzählte, dass sie für die Deutschen arbeitete. Ich muss sie derart fassungslos angesehen haben, dass sie mich an meiner Bluse zupfte und in einen engen, uneinsehbaren Hauseingang zerrte.

»Was ist?«

Sie sah sich um, bevor sie mich eindringlich musterte. »Ich arbeite für die Résistance, Antoinette.«

Erschrocken schlug ich meine Hand vor den Mund.

Sie nickte. »Wir müssen endlich etwas tun. Einer meiner Brü-

der ist beim Arbeitsdienst. Wenn er nach Hause kommt, erzählt er schreckliche Dinge. Sie ... töten Kinder. Kleine Kinder, Babys. Antoinette, die Deutschen sind Monster.«

Ich atmete tief aus. »Du spionierst für den Maquis?«

Ihre Augen weiteten sich. »Du also auch?«

Ich nickte.

»Wir haben endlich eine Chance. Einer unserer ... Leute hat erzählt, dass die Alliierten Großes planen. Alles, was den Deutschen schadet, kann ihnen jetzt helfen.« Sie senkte ihre Stimme. »Erinnerst du dich noch an Chantal?«

Vor meinem geistigen Auge erschien ein zierliches, schüchternes Mädchen. »Die Ruhige, die in unsere Parallelklasse gegangen ist?«

Colette nickte wieder. »Sie trifft sich mit Nazis.«

Ich runzelte die Stirn. »Wie meinst du das?«

Meine Schulfreundin verzog die Mundwinkel. »Sie sorgt dafür, dass die Deutschen sich ... ein wenig amüsieren. Und horcht sie nebenbei aus.«

Ich konnte es nicht glauben. »Nein!«

»Doch! Sie hat schon dermaßen viele ... Informationen aus ihnen herausbekommen ... Ich hätte ihr das auch niemals zugetraut. Offiziell ist es den Deutschen verboten, sich mit uns Französinnen ... einzulassen. Das heißt, wenn sie erst mal einen an der Angel hat ...« Sie grinste.

»Aber sie ...« Ich brachte das Wort nicht über meine Lippen. »Ich könnte das nicht.«

»Es gibt viele Frauen, die sich auf diese Weise nützlich machen.«

Mir wurde ganz schwindlig. »Nützlich machen? Ich finde das einfach nur ... eklig.«

Sie packte mich am Arm. »Wir sind im Krieg, Antoinette. Unsere Männer sterben, weil die Nazis sie als Kanonenfutter missbrauchen. Weil sie sich zu Tode abrackern müssen. Weil sie sie aus fadenscheinigen Gründen in Lager stecken, in denen unmenschliche Zustände herrschen. Und nicht nur unsere Männer. Auch viele Frauen und Kinder sterben.«

Ich bekam ein schlechtes Gewissen. »Es tut mir leid. Ich weiß ja, dass diese sales boches so viel Leid über uns bringen«, lenkte ich ein. »Aber ich könnte trotzdem niemals ...« Ich schluckte.

»Chantal hat mir erzählt, wenn diese Kerle sich an ihr abarbeiten, stellt sie sich einfach vor, wie sie ihnen ein scharfes Messer in die Brust rammt, wie sie ihnen eine Schlinge um den Hals legt und diese langsam zuzieht. Wie sie ...«
Ich hob eine Hand, da mir ihre Worte Übelkeit verursachten. »Das ist ... grausam.«
Sie lachte kurz auf. »Grausam? Du bist gut, Antoinette. Die Nazis sind grausam. Was sie mit Frankreich anstellen, ist grausam. Was sie in diesen Lagern tun, das ist grausam.«
»Ja, du hast recht«, stimmte ich ihr zu.
»Ohne Frauen wie Chantal könnten wir viele Aktionen gar nicht durchführen.« Sie zögerte. »Hast du von der Bombe gehört, die vor drei Tagen vier Offiziere der Wehrmacht getötet hat?«
Ich erinnerte mich, dass Papa davon erzählt hatte. »Nördlich von Montpellier.«
»Genau. Der Anschlag geht auf Chantals Konto. Einer der Offiziere hat sich ein paarmal mit ihr getroffen und von dem Treffen gesprochen.« Ihr Blick wurde eindringlicher. »Vier auf einen Schlag, Antoinette. Das war ein ... großer Erfolg für uns.«
»Wie lange wird es noch dauern?«
»Das kann keiner sagen. Hitler redet von irgendwelchen Geheimwaffen, die niemand je gesehen hat. Die Alliierten kündigen ständig neue Offensiven an, aber ...« Sie schüttelte den Kopf. »Das ist alles so geheim, dass es nur vage Gerüchte gibt.«
Wir traten wieder auf die Gasse.
»Es war schön, dich zu treffen, Antoinette.«
Ich mühte mir ein schwaches Lächeln ab, da ihre Worte mich noch immer beschäftigten.
»Wir dürfen die Hoffnung nicht aufgeben«, fuhr sie fort, da sie meine Resignation zu spüren schien. »Sie sind nicht unbesiegbar.«
Sie sind nicht unbesiegbar, hallte es in meinem Kopf nach, während ich meine Route fortsetzte. Was war mit uns? Waren wir unbesiegbar? Die Antwort darauf kannte niemand von uns. Noch nicht.

Von Paul und Richard wusste außer meiner Familie und Martin keiner. In den ersten Tagen redeten wir am Essenstisch überhaupt nicht von unseren Gästen. Maman stellte die Portionen für die beiden nach jeder Mahlzeit wortlos auf den Küchentisch, sodass wir kein Wort zu diesem Thema wechseln mussten. Ich brachte das Essen ebenso unauffällig zu den Studenten, sobald ich mir sicher war, dass sich keine Nazis auf dem Gut tummelten.

Eines Abends, wenige Tage nach der Ankunft der jungen Männer, wollte Papa wie aus heiterem Himmel von mir wissen, wie es den beiden denn gehe. Maman war genauso irritiert wie ich. Ihr Gesichtsausdruck verriet ihre Besorgnis und Angst.

»Gut, denke ich«, antwortete ich Papa auf seine Frage.

Er erhob sich und verschwand.

»Was macht er?«, wandte ich mich an Maman, die nur hilflos mit den Schultern zuckte.

Wenig später kehrte er mit einer Flasche Rotwein in der Hand zurück. »Wenn du den beiden später das Essen bringst, kannst du ihnen auch den Wein geben.« Er stellte die Flasche auf die Arbeitsplatte und setzte sich wieder. »Sie können mit Sicherheit ein wenig Abwechslung gebrauchen.«

Überrascht wechselte ich einen kurzen Blick mit meiner Mutter.

»Hältst du das für eine gute Idee?« Maman nestelte nervös an ihrem Wasserglas herum.

Papa musterte sie mit zusammengekniffenen Augen. »Warum nicht?«

»Na ja, du weißt nicht, wie sie auf den Alkohol reagieren.«

Papa lachte auf und zeigte zum Fenster. »Es ist fast neun Uhr. Kein Mensch befindet sich mehr auf der Straße. Unsere Besatzer amüsieren sich längst selbst mit unseren Delikatessen.« Er schnaubte verächtlich. »Gönne den beiden Kerlen doch ein wenig Vergnügen. Niemand weiß, wie lange sie in diesem Kabuff ausharren müssen.«

»Ich habe vorher aufgeräumt«, warf ich ein.

Er sah mich mit einem Lächeln an. »Du hast sicher sehr gute Arbeit geleistet, Antoinette. Aber keiner von uns wäre erpicht darauf, tage-, nein wochenlang in einer Rumpelkammer auszuharren, die kaum größer als diese Küche ist.«

»Ich bringe ihnen den Wein gleich«, erwiderte ich leise. »Bestimmt freuen sie sich darüber.«

»Das will ich meinen«, brummte Papa.

Als ich mich eine halbe Stunde später der Rosenvilla näherte, herrschte im Inneren des Gebäudes Totenstille. Ich klopfte an die verwitterte Holztür und wartete.

Kurz darauf vernahm ich schlurfende Schritte. Die Tür öffnete sich, und Richard erschien im Rahmen.

»Bonsoir«, grüßte ich ihn. »Ich bringe euer Essen. Es gibt Hühnchen mit Reis und gegrilltem Gemüse.« Ich deutete mit dem Kinn auf die Flasche auf dem Tablett. »Und ein Geschenk des Hauses.«

Seine Augen weiteten sich. »Paul, heute Abend können wir ein wenig feiern«, bemerkte er, seinen Kopf ins Innere des Gebäudes gewandt.

Ich hörte das Knarren von Holzdielen, bevor Paul im Halbdunkel hinter Richard erschien.

»Feiern?« Er klang verschlafen.

»Der Wein ist von meinem Vater«, erklärte ich lächelnd.

»Dann musst du uns aber Gesellschaft leisten«, erklärte Paul ernst. »Feiern ohne weibliche Begleitung?«

Unschlüssig sah ich zum Haus zurück.

»Oder hast du noch etwas vor?« Er grinste.

Ich erwiderte seinen Blick. Paul hatte wunderschöne blaue Augen, erkannte ich in diesem Moment. Mein Magen begann zu kribbeln.

»Es herrscht Ausgangssperre«, entgegnete ich tollkühn. »Was sollte ich schon vorhaben? Also, lasst uns feiern.«

Die beiden traten zur Seite, und Paul nahm mir das Tablett aus den Händen.

»Setz dich auf eines der Betten«, forderte Richard mich auf.

Ich ließ mich auf einer der Pritschen nieder, während die beiden Studenten sich mir gegenübersetzten. Wie ausgehungerte Löwen

machten sie sich über das Essen her. Amüsiert verfolgte ich, wie sie in Rekordtempo ihre Teller leerten. »Seid ihr satt?«
»Das Essen deiner Mutter schmeckt ... vorzüglich«, erklärte Richard. »Diese Mahlzeiten retten unsere Tage.«
»Es tut mir leid.«
Ich verzog meinen Mund. Wie konnte es jemandem gehen, der seit Tagen, vielleicht seit Wochen nicht mehr unbeschwert das Tageslicht hatte sehen können? Ich vermochte mir nicht vorzustellen, wie es sich anfühlen musste, in einer Kammer eingesperrt zu sein, die weder gemütlich war noch auch nur ansatzweise einen Hauch von Heimat verströmte.
»Es tut dir leid?« Paul verengte seine Augen. »Du und deine Familie habt uns hier aufgenommen. Ihr setzt für uns euer Leben aufs Spiel. Dir muss nichts leidtun. Ohne Menschen wie euch oder die Trocmés, die den Nazis die Stirn bieten, wäre es noch wesentlich schlimmer um Frankreich bestellt.«
»Wer sind die Trocmés?« Hatte Martin den Namen nicht auch erwähnt? Ich sah von Paul zu Richard, der sich gerade an der Weinflasche zu schaffen machte. Nachdem er sie geöffnet hatte, hielt er den Flaschenhals unter seine Nase und schloss die Augen. »Das ist ... Musik für den Gaumen.«
»Musik für den Gaumen?« Ich musste lachen.
»Richards Vater arbeitet auf einem Weingut in der Normandie«, erklärte Paul grinsend.
»Welch ein Zufall.« Ich streckte meine Beine aus und entspannte mich ein wenig. Zu Beginn hatte ich die Befürchtung gehegt, dass es seltsam sein könnte, mit den beiden den Abend zu verbringen. Doch ihre ungezwungene Art verscheuchte meine Bedenken. »Wer sind die Trocmés?«, wiederholte ich meine Frage, da ich mich nicht mehr genau an Martins Worte erinnern konnte.
»Magda und André«, erwiderte Paul mit einem betrübten Gesichtsausdruck. »André ist Pfarrer in Le Chambon-sur-Lignon.«
»Das ist der Ort, wo ihr herkommt.«
Paul nickte, während Richard den Wein in die Gläser einschenkte, die meine Mutter mir mitgegeben hatte.

»Wir waren etwas mehr als vier Wochen in Le Chambon. Bei einer Bauernfamilie. Wir haben in einer kleinen Kammer hinter der Scheune geschlafen. Aber die Leute hatten schon fünf andere Flüchtlinge aufgenommen. Juden aus Belgien. Wir haben zu siebt in diesem kleinen Raum gehaust, kaum größer als dieser hier. Tag und Nacht mussten wir uns darin aufhalten. Der Hof lag etwas außerhalb des Ortes. Aber wie wir erfahren haben, wimmelte es in der Umgebung von Untergetauchten, die sich auf der Flucht vor den Deutschen befanden. Es müssen Hunderte sein.«

»Hunderte?« Ungläubig sah ich die beiden an. »Wie groß ist dieser Ort denn?«

Richard lachte kurz auf. »Nicht groß. Aber André... Und auch Magda...« Er schüttelte den Kopf. »Ich glaube, die beiden haben noch keinen einzigen Menschen zurückgewiesen. Jeder, der um Hilfe bittet, bekommt sie.«

»Das müssen ganz besondere Leute sein«, sagte ich mehr zu mir selbst.

»Das sind sie auf jeden Fall«, bestätigte Paul und hob sein Glas. »Santé! Trinken wir auf Magda und André, die gütigsten Menschen, denen wir je begegnen durften.«

Auch Richard und ich hoben unsere Gläser und wiederholten Pauls Worte.

Als ich den ersten Schluck nahm, brannte der Wein in meiner Kehle. Obwohl ich auf einem Weingut lebte, trank ich sehr selten Alkohol.

»Dieser Tropfen ist ein Gedicht«, bekannte Richard, nachdem er an seinem Glas genippt hatte. Er lehnte sich mit dem Rücken gegen die Wand. »So fühlt sich Leben an.«

Ich blickte zu Paul, der seine Lippen zu einem Lächeln verzog. »Wir haben schon sehr, sehr lange keinen Wein mehr getrunken.«

»Mart...« Ich biss mir auf die Lippen. »Ich habe gehört, dass ihr schon eine ganze Weile auf der Flucht seid.«

Er nickte und starrte nachdenklich auf die Tischplatte. »Wir wurden vor über einem Jahr verhaftet. Als wir an unserer Universität Flugblätter verteilen wollten. Irgendjemand muss uns verraten haben, aber wir wissen bis heute nicht, wer. Die Deutschen haben uns tagelang verhört.«

Ich schluckte, da ich daran denken musste, welche Methoden die Nazis bei ihren Befragungen anwendeten.

»Ja, wir wurden auch gefoltert«, beantwortete Paul meine nicht ausgesprochene Frage.

»Das tut mir sehr leid«, flüsterte ich bestürzt.

»Es gab Momente, da hätte ich mir gewünscht, dass es einfach vorbei gewesen wäre«, fuhr er fort.

Er knöpfte sein Hemd auf und schob den Stoff über seine Schulter. An seinem Schlüsselbein befanden sich mehrere wulstige Narben.

Ich schloss die Augen.

»Wir haben es überlebt.« Richard nickte.

»Ja, wir haben es überlebt«, wiederholte Paul düster und zog das Hemd wieder nach oben. »Aber wenn wir es nicht geschafft hätten zu fliehen ...«

»... dann säßen wir jetzt nicht hier und genössen diesen prachtvollen Tropfen«, beendete Richard den Satz und hob erneut sein Glas. »Auf das Leben! Auf dass die Guten siegen werden!«

»Auf dass die Guten siegen werden!« Paul zwinkerte mir zu.

Das war mein erster Abend mit den beiden. Es sollte nicht mein letzter sein. Die beiden waren witzig, trotz der Umstände, unter denen wir uns kennengelernt hatten. Und besonders Paul hatte es mir von jenem Abend an angetan.

32

»Wow!«, entfuhr es Florence, nachdem Antoinette mit ihren Erzählungen geendet hatte. »Ich weiß nicht, was ich sagen soll.«
Ihre Uroma zuckte mit den Achseln. »Es waren andere Zeiten. Damals.«
»Du warst ... du bist eine Heldin.«
Antoinettes Worte klangen nachhaltig in Florence nach. Bedächtig musterte sie die zierliche Frau mit dem dünnen weißen Haar.
»Heldin.« Antoinette winkte schwach ab. »Nein, ich war keine Heldin.«
»Du warst mutig. Du hast gehandelt.«
Florence dachte an den Text der Postkarte, die vor Antoinette auf dem Tisch lag. Mittlerweile verstand sie, was besagter Richard mit seinen Worten meinte. Ihre Uroma hatte zwei Flüchtlinge vor den Nazis versteckt. Diese Enthüllung wühlte sie noch immer immens auf. Natürlich waren ihr die Aktivitäten der Résistance bekannt gewesen. Aus dem Schulunterricht, aus Fernsehreportagen, aus Filmen, die zu diesem Thema gedreht wurden, und auch aus Büchern. Aber dass ihre eigene Urgroßmutter im Widerstand gewesen war, gab diesem Thema eine ganz neue und ungekannte Relevanz.
»Ich werde zu Bett gehen, Florence«, unterbrach Antoinette ihre Gedanken. »Louise?«
Kurz darauf trat Florence' Mutter auf die Terrasse.
»Zeit zum Schlafen, Oma?«
Diese nickte.
Als Florence' Handy zu klingeln begann, wünschte sie ihrer Mutter und Antoinette eine gute Nacht und verließ die Terrasse.
»Fournier?«

»Florence, hier spricht Valérie Rammiers.« Die Stimme der Mutter von Léonie und Mathéo klang brüchig. Weinte sie etwa?
»Valérie. Was kann ich für Sie tun?« Florence verlagerte ihr Gewicht vom einen auf den anderen Fuß.
»Ich ...« Die Frau schluchzte leise. »Ich liege im Krankenhaus.« Sofort schrillten sämtliche Alarmglocken in Florence. »Was ist passiert?«
»Ich ... Franck hat ...« Wieder begann Valérie Rammiers zu weinen. »Er hatte keinen guten Tag.«
Florence versuchte, ihre Wut zu unterdrücken. »Was hat er getan?«
»Er hat es nicht so gemeint. Er hat sich auch schon entschuldigt.«
»Wie geht es Ihnen?«
»Zwei meiner Rippen sind angebrochen. Und ich habe einen schweren Bluterguss am linken Handgelenk.«
»Wo sind Sie?«
»Im Bassin de Thau«, erwiderte die Frau leise. Im ortsansässigen Krankenhaus.
Florence überlegte nicht lange. »Ich bin in einer halben Stunde bei Ihnen.«
Sie beendete das Telefonat, hastete in die Rosenvilla, um ihre Tasche zu holen, und setzte sich in ihren Wagen.

Keine zwanzig Minuten später eilte Florence durch den Eingang der Klinik, als ihr bewusst wurde, dass sie mit ihrer Caprileggings, der langen Hemdbluse und den Flipflops an den Füßen alles andere als seriös gekleidet war. Doch in der Eile hatte sie keine Zeit gehabt, sich über ihren Aufzug Gedanken zu machen.
Nachdem sie sich zu Valérie Rammiers durchgefragt hatte, blieb sie kurz vor deren Zimmertür stehen und zwang sich zur Ruhe. Dann klopfte sie.
»Ja?«
Florence trat in den Raum. Die Frau lag am Fenster. Als sie ihr das Gesicht zudrehte, schrak Florence zusammen. Auf Valéries

Stirn prangte eine faustgroße Platzwunde, ihre Augen waren rot und verquollen vom Weinen. Zwei lange blutverschmierte Kratzer zogen sich über die rechte Gesichtshälfte. Das linke Handgelenk war bandagiert.

»Bonsoir, Valérie«, grüßte Florence, während sie sich dem Bett näherte.

»Danke, dass Sie so spät noch hergekommen sind.« Valérie Rammiers fuhr sich über die Augen.

»Wo sind die Kinder?« Florence zog sich einen Stuhl heran und setzte sich.

»Meine Mutter hat sie zu sich genommen.« Sie verknotete ihre Finger ineinander. »Franck ist … er hatte etwas zu viel getrunken.«

Florence atmete erleichtert auf. Zumindest waren die Kinder jetzt in Sicherheit. Was der aktuelle Vorfall bei ihnen angerichtet hatte, konnte heute allerdings noch niemand sagen.

»Sie müssen ihn anzeigen, Valérie.«

Die Frau starrte zur Bettdecke.

»Wollen Sie warten, bis er Sie totprügelt?«, wollte Florence von ihr wissen, als sie nicht reagierte.

»Er hat es nicht so gemeint«, flüsterte Valérie mit erstickter Stimme. »Er hat sich schon entschuldigt.«

»Wissen Sie«, setzte Florence an. »Ich glaube ihm sogar, dass er Ihnen nicht wehtun wollte. Zumindest nicht bewusst. Aber Ihr Mann hat sich nicht im Griff. Und wenn er Ihnen nicht wehtun möchte, muss er sich Hilfe suchen. Es gibt Therapien für Menschen wie ihn. Er kann einen Kurs belegen, um seine Aggressionen zu bekämpfen. Was definitiv nicht geht, ist, dass er Sie verprügelt und sich im Anschluss dafür entschuldigt in der Erwartung, dass Sie ihm sein kriminelles Verhalten durchgehen lassen.«

Valérie presste ihre Lippen aufeinander und schwieg.

»Sie haben Kinder. Mathéo und Léonie haben ein Recht darauf, in einer gewaltfreien Umgebung aufzuwachsen«, redete Florence ihr weiter ins Gewissen. »Wollen Sie den beiden wirklich zumuten, dass sie weiter mit ansehen müssen, wie ihr Vater ihre Mutter schlägt?«

»So wie Sie das sagen ...« Valérie schüttelte den Kopf.

»Ich wiederhole nur, was Sie mir erzählt haben. Zeigen Sie ihn an! Das hilft Ihrem Mann momentan am meisten. Nur so wird ihm endlich der Ernst der Lage begreiflich. Was er getan hat, nennt man schwere Körperverletzung.«

»Franck ist doch kein Verbrecher«, protestierte Valérie schwach.

»Doch, Valérie. Er hat eine Straftat begangen.«

Sie schlug die Hände vors Gesicht. »Mon Dieu! Wie soll es jetzt nur weitergehen? Ich arbeite nicht. Wovon sollen wir bloß leben, wenn er ... verurteilt wird?«

»Es wird sich mit Sicherheit eine Lösung finden«, versuchte Florence sie zu beschwichtigen. »Wichtig ist, dass Ihnen hier nichts mehr passieren kann. Können Sie eventuell zu Ihrer Mutter ziehen, wenn Sie aus dem Krankenhaus entlassen werden?«

»Sie hat keinen Platz für drei Personen«, entgegnete Valérie kaum hörbar.

Florence fasste nach ihrer Hand. »Dann finden wir etwas anderes. Sie müssen da unbedingt raus. Sie und Ihre Kinder. Sie brauchen einen Ort, wo Sie zur Ruhe kommen können. Die Kinder müssen wieder lernen, was es heißt, sich sicher und behütet zu fühlen.«

»Ich kann das nicht ...«

»Doch«, widersprach Florence eindringlich. »Sie schaffen das. Ihre Kinder brauchen Sie jetzt. Sie brauchen eine Mutter, die für sie da ist. Die ihnen zuhört und die ihre Sorgen ernst nimmt. Ich helfe Ihnen. Sie sollten wirklich mit den beiden darüber sprechen, was heute geschehen ist. Dieser Vorfall muss zwischen Ihnen dreien thematisiert werden, damit Mathéo und Léonie ihn verarbeiten können.«

»Alles, was ich immer wollte, war, ihnen ein schönes Zuhause zu bieten.« Wieder begann Valérie zu schluchzen. »Zu Beginn war alles perfekt. Die beiden waren Wunschkinder. Erst seit Franck in seinem Job so ... unter Stress steht, hat sich alles geändert. Der Alkohol, sein Gebrüll ...« Zum ersten Mal sah sie Florence offen ins Gesicht. »Ich liebe ihn doch.«

Florence nickte. »Das glaube ich Ihnen. Und es ist nicht Ihre Schuld. Menschen ändern sich, das ist nichts Ungewöhnliches. Wenn diese Veränderungen jedoch dazu führen, dass andere verletzt werden, unabhängig davon, ob physisch oder psychisch, muss man genau hinsehen und eben auch die Konsequenzen ziehen. Ihr Mann hat kein Recht, Ihnen wehzutun, Valérie. Wenn er Ärger in der Firma hat, muss er das mit seinem Vorgesetzten klären. Es kann nicht sein, dass er seinen Frust an Ihnen ablässt, egal, in welcher Form.«

33

Sonnenstrahlen kitzelten Florence in der Nase. Sie blinzelte und erkannte, dass sie gestern Abend vergessen hatte, die Klappläden vor ihrem Fenster zu schließen. Nachdem sie vom Krankenhaus zurückgekehrt war, war es nach elf gewesen. Die Begegnung mit der verletzten Valérie Rammiers sowie die Erzählung Antoinettes hatten ihrem Gedankenkarussell einen weiteren Anstoß verpasst, sodass sie sich lange im Bett herumgewälzt hatte, bis sie in den Schlaf finden konnte. Beste Voraussetzungen, um einen Tag mit dem Vater ihrer Tochter zu verbringen, dachte sie nun verdrossen, bevor sie die Decke zurückschlug.

Einen Augenblick lang blieb Florence auf der Bettkante sitzen, die Ellbogen auf die Oberschenkel gestützt und das Gesicht in ihren Händen vergraben. Wochenende. Und doch würde sie morgen erneut zum Krankenhaus fahren. Ihre Schützlinge kannten keinen Feierabend. Jetzt war es von enormer Wichtigkeit, dass die Mutter von Léonie und Mathéo ihre Unterstützung erfuhr. Florence hatte schon gestern Abend gespürt, dass der massive Angriff ihres Mannes in Valérie ein Umdenken veranlasst hatte.

Als es an der Glasscheibe klopfte, schreckte Florence hoch. Sie sah auf und erkannte Louise, die ihr mit der freien Hand bedeutete, das Fenster zu öffnen. Florence erhob sich und entriegelte die bodentiefen Scheiben.

»Bonjour, Maman.«

Louise trat auf sie zu und zog sie in ihre Arme. »Bonjour, meine Süße.«

Überrascht von der unerwarteten Gefühlsbekundung, schmiegte sich Florence an Louise' Körper und genoss für einen Moment die Wärme und Nähe, die sie durchströmte.

Als sie sich voneinander lösten, betrachtete ihre Mutter sie mit einem zufriedenen Lächeln. »Das musste einfach sein. Ich hätte schon viel früher …«

Florence legte einen Zeigefinger auf ihre Lippen. »Nein, Maman. Nichts hätte … Jetzt ist wichtig. Jetzt sind wir hier.«

Louise nickte. »Du hast recht. Ziehen wir einen Schlussstrich unter die Vergangenheit!« Sie stützte sich fester auf ihren Gehstock. »Du bist gestern Abend noch weggefahren. War etwas mit Ambre?«

»Nein. Eine junge Mutter hat meine Hilfe benötigt«, erwiderte sie vage. »Ich bin zu ihr gefahren, da es ihr nicht allzu gut ging.«

»Immer im Einsatz für deine Schützlinge. Dein Beruf ist zugleich deine Berufung.« Louise schenkte ihr ein zuversichtliches Lächeln. »Weswegen ich eigentlich hier bin: Da Ambre heute nicht mit dir frühstückt, dachten wir, du würdest vielleicht gern mit uns essen.« Sie zeigte zur Veranda. »Ich war schon in der Boulangerie. Nichts lässt den Tag doch schöner beginnen als ein ausgedehntes Frühstück.«

»Das klingt toll«, bekannte Florence überwältigt. »Vielen Dank.« Sie sah an ihrem Schlafshirt herab. »Gib mir zehn Minuten, d'accord? Ich beeile mich.«

»Keine Hast. Wir warten auf dich. Antoinette und Maman freuen sich.« Louise lachte verschmitzt. »Und ich mich natürlich auch.«

Als sich Florence wenig später der Terrasse näherte, saß Antoinette mit geschlossenen Augen in ihrem Rollstuhl, während Pauline mit der gesunden Hand gerade auf ihren Gips klopfte.

»Jemand zu Hause?«, frotzelte Florence und stieg die Stufen hinauf.

»Mach dich nur lustig über deine alte, gebrechliche Großmutter«, murrte Pauline, stimmte dann aber gutmütig in Louise' Gelächter ein.

»Von wegen alt und gebrechlich.« Florence setzte sich neben ihre Uroma. »Hast du gut geschlafen?«

Antoinette fasste nach ihrer linken Hand. »Ich musste die ganze

Nacht an damals denken. An jenen Abend, den ich mit Paul und Richard verbracht habe.«

»Ich auch.« Florence nahm sich ein Croissant und verfolgte nachdenklich, wie Louise ihr Kaffee einschenkte.

»Ich kann mich noch genau erinnern, wie ich mich damals gefühlt habe«, fuhr Antoinette fort. »Diese merkwürdige Atmosphäre. Zu wissen, dass man etwas Verbotenes tat, was sich so gar nicht verboten anfühlte.«

»Maman, soll ich dir das Baguette mit Marmelade bestreichen?« Pauline deutete auf den Brotkorb.

»Wie willst du das mit deinem kaputten Arm denn bewerkstelligen?« Antoinette warf Florence einen verschwörerischen Blick zu.

»Ich übernehme das«, mischte sich Louise ein und holte ein Stück Brot aus dem Körbchen.

»Behandelt mich nicht wie ein kleines Kind.« Pauline ließ sich in ihrem Sessel zurücksinken.

»Wir behandeln dich nicht wie ein kleines Kind, sondern wie eine Frau, die einen Arm in Gips trägt und dadurch etwas eingeschränkt ist, Maman«, entgegnete Louise in sachlichem Ton.

Der Schlagabtausch entlockte Florence ein Schmunzeln. »Ich merke schon, manche Dinge ändern sich nie.«

»Zu viele Frauen unter einem Dach kann auf manch einen ziemlich anstrengend wirken«, merkte Antoinette an.

»Sollten wir uns darüber Gedanken machen?« Louise legte das Baguette auf Antoinettes Teller. »Schaffst du das, Oma?«

Das Gesicht der älteren Frau nahm einen entrüsteten Ausdruck an. »Um es mit den Worten meiner Tochter auszudrücken: Behandelt mich nicht wie ein kleines Kind.«

Louise und Florence mussten lachen.

»Ach, ich freue mich, wieder hier zu sein«, erklärte Florence ehrlich und wunderte sich selbst über dieses Bekenntnis. Doch sie nickte nachdrücklich. »Ja, ich freue mich wirklich«, wiederholte sie ernst, als sie die Blicke der drei Frauen auf sich spürte. »Von allein wäre ich wahrscheinlich niemals auf die Idee gekommen, nach Sète zurückzukehren. Aber seit ich hier bin ...« Sie atmete tief durch. »Ich bin wieder zu Hause. Paris war großartig. Wir haben uns dort wohlgefühlt, hatten einen tollen Bekannten- und Freundeskreis. Aber das Licht hier im Süden, der Himmel, die Atmosphäre, das Meer, meine Familie, all das hat mir so sehr gefehlt«, schloss Florence mit einem stummen Seufzen.

Antoinettes Augen schimmerten verdächtig. Auch Pauline wirkte gerührt. Und Louise wischte sich eine Träne von der Wange. »Das waren sehr schöne Worte. Wir sind auch froh, euch hier zu haben.«

Als in diesem Moment ein roter Pick-up in die Einfahrt bog, blickten die Frauen synchron zum Tor.

»Besuch?«, wollte Florence wissen.

»Das ist Stéphane Marchants Wagen«, stellte Louise mit zusammengekniffenen Augen fest.

»Seid ihr verabredet?« Pauline musterte ihre Tochter mit einem schelmischen Lächeln.

»Maman!« Louise schüttelte den Kopf. »Nicht dass ich wüsste.«

Der Winzer stieg aus dem Wagen und hob seine Hand in Richtung der Frauen.

»Bonjour«, rief Louise zu ihm hinüber.

Amüsiert registrierte Florence die Veränderung im Gesicht ihrer Mutter. Ihre Miene wirkte mit einem Mal weicher, fast erwartungsvoll.

»Bonjour, Mesdames!« Der Winzer betrat die Terrasse.

»Was führt Sie zu uns, Stéphane?« Louise deutete auf den Tisch. »Möchten Sie sich zu uns setzen?«

Er schüttelte den Kopf. »Danke für das Angebot, aber ich habe bereits gefrühstückt.«

»Habe ich einen Termin vergessen?«

Stéphane Marchant lächelte. »Ich möchte Sie entführen.«

Florence musste grinsen.

»Mich entführen?« Louise klang irritiert. »Wie meinen Sie das?«

»Lass dich doch überraschen, Kind«, tadelte Pauline und tätschelte ihrer Tochter die Hand. »Der Monsieur hat Pläne, die er dir schon rechtzeitig mitteilen wird. Stimmt's?« Sie nickte dem Weinbauern aufmunternd zu.

»Sie sind eine kluge Frau.« Er lachte.

»Scheint, dass wir heute beide einiges vorhaben«, folgerte Florence und sah auf die Uhr. »Was auch mein Stichwort ist. Ich muss noch unsere Badesachen packen. Ambre und Julien kommen gleich.«

Sie stand auf und machte sich daran, ihr Geschirr zusammenzustellen.

»Lass es stehen, Florence«, wies Pauline sie an. »Ich habe zwar einen gebrochenen Arm, aber meine andere Hand funktioniert noch hervorragend. Ihr jungen Frauen genießt mal den Tag, und wir alten ...«, sie zwinkerte ihrer Mutter zu, »... wir kümmern uns um den Rest.«

Mit einer liebevollen Geste verscheuchte sie Florence und die noch immer überrumpelte Louise von der Veranda.

»Bonjour.« Florence gab Julien ihre Tasche, die dieser im Kofferraum seines Volvos verstaute. Bevor Florence einsteigen konnte, umfasste er ihre Arme und hauchte ihr zarte Küsse auf ihre Wangen.

»Bonjour.« Er lächelte. »Ich freue mich sehr.«

Sie nickte. »Ich mich auch. Und ich bin sehr gespannt, wo es hingeht.«

Julien öffnete die Beifahrertür und ließ sie einsteigen.

Florence drehte sich um und betrachtete ihre Tochter, die sich auf die Rückbank gefläzt hatte.

»Bonjour, Süße.«

Ambre schob den rechten Kopfhörer nach hinten und erwiderte die Begrüßung.

»Hast du gut geschlafen?«

Julien stieg ein und startete den Motor.

»War okay«, erwiderte die Jugendliche nüchtern.

»Ich bin auf die Couch ausgewandert und habe Mademoiselle mein Bett überlassen«, ergänzte Julien grinsend.

Florence bemerkte, wie er im Rückspiegel einen kurzen Blick mit Ambre wechselte.

Er fuhr die Auffahrt hinunter und bog links ab.

Florence sah ihn irritiert an. »Wir fahren nicht ans Meer?«

»Nein, meine Lieben. Wir fahren nicht ans Meer.« Wieder lachte er.

Florence sah ihn von der Seite an. Sein brünettes Haar war kürzer als gestern früh. Der neue Schnitt verlieh ihm ein jüngeres Aussehen. »Du warst beim Friseur«, stellte sie fest.

Julien zuckte mit den Achseln. »Manchmal kommt man nicht darum herum.«

Schon früher hatte er es gehasst, sich die Haare schneiden zu lassen. Er hatte seine Abneigung gegen Friseursalons mit einem traumatischen Erlebnis aus der Kindheit begründet. Seine Mutter hatte ihm in jungen Jahren immer die Haare selbst geschnitten. Einmal war sie mit der Schere abgerutscht und hatte ihn so stark an der Kopfhaut verletzt, dass er genäht werden musste.

»Dein Besuch scheint ohne größere Schäden vonstattengegangen zu sein.«

Er verzog seinen Mund. »Ich habe die Friseurin vorgewarnt.«

»Was hast du ihr gesagt? Dass du ihr vom Stuhl springst und einen Schreikrampf bekommst, wenn sie deinen Kopf auch nur ansatzweise berührt?«

Er schmunzelte. »So ähnlich.«

Julien wirkte voller Tatendrang, aufgekratzt und motiviert. Als er seinen Kopf wandte und sie ansah, fing ihr Herz an, schneller zu pochen.

»Was denkst du?«

»Ich frage mich noch immer, wo es hingeht.« Sie holte eine Tube Sonnencreme aus ihrer Handtasche und rieb sich das Gesicht ein. »Eigentlich dachte ich, wir gehen baden.« Sie deutete nach hinten. »Wegen der Schwimmsachen.«

»Ambre«, wandte sich Julien nach hinten. »Nimmst du mal kurz die Kopfhörer ab?«

»Muss das sein?«, hörte Florence sie murren.

»Ja, das muss sein«, erklärte er unbeeindruckt. »Ich möchte euch nämlich verkünden, wohin unser Ausflug geht.«

»Eindeutig Richtung Norden«, warf Florence ein, als Julien nach Balaruc-les-Bains abbog.

»Richtig. Ich dachte, wir verbringen einen schönen Tag am Lac du Salagou.« Triumphierend sah er von Florence zu Ambre.

»Ein See?«

Er nickte. »Ein wunderschöner, sehr großer und idyllisch gelegener See.«

»Kann man dort schwimmen gehen?«

»Ja, man kann schwimmen, rudern, wandern«, erwiderte Florence. »Eine tolle Idee«, bekannte sie. »Ich war vor vielen Jahren einmal mit Maman und Ambre dort. Aber da warst du ...«, sie drehte sich um, »... fünf oder sechs.«

»Keine Ahnung.« Ambre zuckte mit den Schultern.

»Nein, du kannst dich nicht mehr daran erinnern.« Florence setzte sich wieder zurück.

»Außerdem kann man dort Stand-up-Paddling testen.«

Florence rutschte das Herz in die Hose. »Du erinnerst dich schon an meine missglückten Surfversuche?«

Julien warf ihr einen aufmunternden Blick zu. »Das kannst du nicht miteinander vergleichen. Stand-up-Paddling ist viel einfacher.«

»Behauptest du!«

»Wow, das wird super«, ertönte Ambres Stimme von hinten. Sie klang begeistert. »Das wollte ich schon immer mal versuchen. Cool!«

Als Florence nach ihr sah, hatte sie ihre Kopfhörer wieder über beide Ohren geschoben und sah zum Fenster hinaus, während sich ihre Lippen stumm bewegten.

»Sie ist schon so verdammt ... erwachsen«, bemerkte sie wehmütig.

»Sie wird sechzehn«, bestätigte Julien. »Wir waren genauso alt, als wir uns ...«

»Das ist lange her«, fiel sie ihm ins Wort.

»Ist es das?« Er wandte seinen Kopf nicht von der Fahrbahn ab, als er seine rechte Hand vom Lenkrad löste und ihre linke umfasste. »Wir sind immer noch jung.«
Seine Worte verunsicherten sie völlig. Schon gestern hatte sie das gemeinsame Frühstück durcheinandergebracht. Wollte er tatsächlich andeuten, dass er sich einen Neubeginn mit ihr vorstellen konnte? Und was dachte sie? Zweifelsohne übte er noch immer eine gewisse Anziehungskraft auf sie aus. Sie würde lügen, wenn sie behauptete, dass ihr der Gedanke komplett abstrus vorkäme.
Oder ging es vielleicht um etwas ganz anderes? Jean-Luc hatte sie ohne Vorwarnung abserviert. Er war es auch gewesen, der für ihren Umzug nach Sète verantwortlich war. Suchte Florence nach dieser Enttäuschung einfach nur nach Bestätigung? Nein, beantwortete sie sich ihre Frage sofort. Mit Sicherheit benötigte sie keinen Mann, um ihr Selbstwertgefühl aufzupolieren. Fraglos schwebte zwischen Julien und ihr noch immer eine Spannung, die sie nicht genau zu deuten wusste. Als sie auf seine Hand sah, die weiterhin ihre Finger umfasste, spürte sie seinen Blick auf sich.
»Wir haben uns verändert, aber ...« Er sah kurz nach hinten. »Vielleicht gibt es ja noch mal eine Chance für uns. Was meinst du?«
Florence schluckte.
»Ich habe dich nie vergessen.«
»Julien, ich weiß nicht ...«, setzte sie vorsichtig an, da sich ihre Gedanken gerade überschlugen.
Er drückte ihre Finger noch einmal, bevor er seine Hand wieder ans Steuer zurücklegte. »Wir lassen es einfach auf uns zukommen. Dieser Tag ist ein Anfang.« Er zögerte. »Ein schöner Anfang, wie ich finde.«
»Unsere Tochter ist zumindest hellauf begeistert«, gab Florence trocken zurück.
»Und du wirst es auch sein.« Er grinste.
»Konntest du gestern ... alles klären?«, wechselte Florence das Thema.
»Ich denke, ja. Heute Morgen sah die Welt schon wieder anders

aus. Zumindest hat Ambre noch kein einziges Mal erwähnt, dass sie die Schule wechseln möchte.«

Florence sah ihn ungläubig an. »Die Schule wechseln? Aber ... was ist denn nur vorgefallen?«

Er seufzte und warf erneut einen Blick in den Rückspiegel. »Ein Drama für eine Fünfzehnjährige.«

»Wurde sie gemobbt?«

»Nein, nichts in der Richtung.« Er hob beruhigend eine Hand. »Du musst dir keine Sorgen machen. Ich denke, sie wird noch mit dir darüber reden. Aber ich glaube, ich konnte ihre Sorgen ganz gut zerstreuen.« Er machte eine Pause. »Es war ein verdammt schönes Gefühl, dass sie sich an mich gewandt hat. Dass ich auch einmal für sie da sein konnte.«

»Sie braucht uns beide«, erklärte Florence leise.

»Ich werde da sein.« Er nickte. »Diesmal werde ich da sein.«

»Ich weiß nicht«, sagte Florence zwei Stunden später skeptisch, während sie die drei bunt gemusterten Bretter beäugte, die vor ihnen im roten Sand lagen.

»Ach, Maman, komm schon«, maulte Ambre. »Sei kein Frosch. Papa hat doch extra für uns reserviert.«

Florence sah zu Julien, der ihr aufmunternd zunickte. »Du kannst das! Glaub mir. Es ist nicht schwer.«

Sie seufzte und nahm ihm das Paddel aus der Hand. »Also gut«, gab sie zurück. »Mir hätte es aber auch gefallen, wenn wir diese traumhafte Aussicht gemütlich von irgendeiner Bank am Ufer hätten bewundern können.«

Sie betrachtete die Wasseroberfläche des Sees, die sich friedlich vor ihnen erstreckte und auf der sich die angrenzende Landschaft klar und deutlich spiegelte. Auf der anderen Seite des Sees erhoben sich sanft ansteigende Hügel, die in unzähligen Rot-, Braun- und Grünschattierungen erstrahlten. Erdfarbene Böden und weitläufige Grünflächen wechselten sich ab und verliehen dem Landstrich seine unverwechselbare Charakteristik.

»Wir haben den ganzen Tag Zeit. Später suchen wir uns ein

lauschiges Plätzchen und picknicken gemütlich.« Julien zeigte auf die Bretter. »Aber zuerst betätigen wir uns etwas, um den Appetit anzuregen.«

Er lachte und schob seine Brille hoch.

Florence verdrehte die Augen. »Mein Appetit muss nicht angeregt werden«, wiederholte sie seine Formulierung. »Aber los! Bringen wir es hinter uns. Je schneller wir diese lebensgefährliche Tortur hinter uns haben, desto besser.«

Als Ambre und Julien einen verblüfften Blick miteinander wechselten, nickte sie genervt.

»Das war ein Witz, okay?«

»Ein Witz. Alles klar.« Ambre schüttelte den Kopf. Dann schob sie ihr Brett ins Wasser, umfasste ihr Paddel fester, um das Gleichgewicht halten zu können, und stieg leichtfüßig auf das Board.

»Fünfzehn müsste man noch mal sein«, murmelte Florence, während ihr Magen zu rebellieren begann.

Sie durfte einfach nicht daran denken, dass dieses Holzbrett nur auf dem Wasser schwebte, dass der See unter ihr viele Meter tief war, dass das rettende Ufer meilenweit entfernt sein würde … Gut, sie tendierte gerade ein wenig zur Melodramatik. Vorsichtig schob sie das Board Richtung Wasser.

»Soll ich dir helfen?« Julien trat neben sie.

Unsicher blickte sie an sich herab. Er hatte sie schon ganz anders als in diesem Schwimmbadeanzug gesehen. Doch das war Jahre her, und Florence war mittlerweile über dreißig. Unter seinem Blick wuchs ihr Unwohlsein.

»Nein«, wehrte sie mit Bestimmtheit ab.

»Los, Maman, du schaffst das«, rief Ambre ihr zu, während sie sich bereits mehr als vierzig Meter vom Ufer entfernt hatte.

»Ich schaffe das«, sprach Florence sich ebenfalls Mut zu und stellte den rechten Fuß auf das Brett.

»Du musst dich an dem Paddel fest…«, begann Julien hinter ihr zu erklären.

Florence hob die freie Hand, um ihn zum Schweigen zu bringen. Sie schloss kurz die Augen und konzentrierte sich auf ihre Körpermitte. Wagemutig zog sie den linken Fuß nach – und kippte prompt mit dem Brett um. Das kalte Wasser überflutete ihren Körper. Ihr Kopf tauchte unter. Sie schnappte nach Luft.

»Merde!« Als sie wieder auftauchte, begegnete sie Juliens besorgtem Blick.

»Du schaffst das. Versuch es gleich noch einmal.«

Ärger stieg in Florence auf. Sie blickte zu Ambre, die in der Ferne immer kleiner wurde. Wie ihre Tochter auf dem Brett stand und gleichmäßig das Paddel ins Wasser tauchte ... So schwierig konnte das doch nicht sein. Und auch wenn sie mehr als doppelt so alt war wie ihre Tochter, Florence war weder unsportlich noch ungelenk. Wäre nur dieses verfluchte Wasser nicht ...

Sie stand auf und schob das Brett zurück ans seichte Ufer, bis die vordere Kante auf den Sand traf. Eine neue Taktik musste her. Diesmal stellte sich Florence mit beiden Füßen gleichzeitig auf das Brett und stocherte mit dem Paddel vorsichtig im Sand herum, um sich abzustoßen. Als das Board den festen Untergrund verlor, ruckelte es unter ihren Füßen, und sie spürte, wie sie auf einmal durchs Wasser glitt. Beherzt tauchte sie das Paddel ein weiteres Mal ins Wasser, während sie gleichzeitig versuchte, das Gleichgewicht zu halten.

»Stell dich etwas breitbeiniger hin, Maman«, rief Ambre hinter ihr. »Und geh etwas mehr in die Knie.«

Breitbeiniger, wiederholte Florence konzentriert, mehr in die Knie. Sie bemühte sich, den Anweisungen ihrer Tochter Folge zu leisten, und verlagerte ihren rechten Fuß ein paar Zentimeter Richtung Seitenkante. Wieder tauchte sie das Paddel ins Wasser, ließ sich gleiten und sah sich vorsichtig um. Ambre winkte ihr zu.

»Das ist super, Maman. Du kannst es. Und es macht doch total viel Spaß!«

Florence wiegte ihren Kopf von rechts nach links. Das mit dem Spaß musste sie noch einmal überdenken, aber für den Moment war sie erst mal mehr als heilfroh, dass sie sich auf dem Brett halten konnte.

Sie lauschte dem Plätschern des Wassers, während sie versuchte, nicht die Balance zu verlieren. Die Stimmen am Ufer wurden leiser.

»Bonjour, schöne Frau!« Als Julien plötzlich neben ihr auftauchte, hätte Florence beinahe das Paddel fallen lassen. Geistesgegenwärtig fing er es mit beiden Händen auf, umfasste den Griff und hielt es ihr hin. »Pardon, ich wollte dich nicht erschrecken.« Er musterte sie. »Und, wie fühlst du dich?«
Florence zog die Brauen hoch. »Was möchtest du hören?«
»Wie wäre es mit der Wahrheit?«
»Es ist okay«, gab sie zu und unterdrückte ein Grinsen.
»Okay, ja?«
»Maman, Papa, kommt doch mal her! Oder wollt ihr nur am Ufer entlangpaddeln?« Ambre kniete auf ihrem Brett und winkte ihnen zu.
»Warte, wir kommen«, antwortete Julien und sah zu Florence. »Wir wollen sie doch nicht enttäuschen, oder?«
Florence verzog ihre Mundwinkel und folgte ihm bedächtig.

»Das war klasse«, bekannte Ambre anderthalb Stunden später, als sie im Schatten einiger Zypressen auf zwei Holzbänken saßen und Sandwiches aßen, die Julien für sie zubereitet hatte. »Das muss ich unbedingt Anouk erzählen.«
»Schick ihr doch das Foto, das ich von dir gemacht habe«, schlug ihr Vater vor. »Soll ich es dir weiterleiten?«
Ambre nickte, während sie kaute. »Cool.«
»Also, dafür, dass man diese Sportart im Wasser oder besser auf dem Wasser betreiben muss …«, Florence blickte von Julien zu ihrer Tochter, »… war es ganz in Ordnung.«
»Ganz in Ordnung?« Ambre schnaubte empört. »Es war phänomenal. Und du bist nur viermal ins Wasser gefallen.«
Florence zog eine Grimasse.
»Um sie etwas zu besänftigen, werde ich mit deiner Mutter nach dem Essen einen kleinen Spaziergang unternehmen«, mischte sich Julien ins Gespräch.

»Macht das! Ich bleibe hier«, verkündete Ambre und zeigte auf ihre Tasche. »Ich werde ein wenig zeichnen.«

Florence begegnete Juliens Blick und zuckte unmerklich mit den Schultern.

»Was zeichnest du denn, Süße?«

Ambre hob ihren Blick. »Mal sehen«, erklärte sie undeutlich.

Julien packte die Essensreste in den Korb und holte eine Packung Madeleines hervor.

»Nachtisch?«

Ambre schüttelte den Kopf.

»Für mich auch nicht, danke. Aber vielleicht holen wir uns später noch einen Kaffee? Dazu würden sie doch gut passen.«

»Dein Wunsch ist mir Befehl«, erwiderte er lächelnd und nahm den Korb. »Ich bringe die Sachen zum Wagen und bin dann gleich wieder da.«

Florence verstand. »Magst du mir erzählen, was gestern passiert ist?«, fing sie behutsam an, als sie mit Ambre allein war.

Ihre Tochter fixierte einen Punkt am Horizont. »Hat Papa es dir nicht erzählt?«

»Nein, hat er nicht.«

Ambre zog die Beine hoch und umschlang ihre Knie mit den Armen. Mit gesenkter Stimme erzählte sie Florence, wie Louis die Skizze von sich auf ihrem Block entdeckt hatte und Ambre im Anschluss vom Schulhof gerannt war.

Florence legte ihren Arm um Ambres Schultern.

»Was soll ich ihm denn sagen, wenn er mich am Montag darauf anspricht?«

»Du könntest erklären, dass du ihm die Zeichnung erst zeigen wolltest, sobald sie fertig ist«, schlug Florence vor.

»Aber er wundert sich doch, warum ich ihn überhaupt …«

Ambres Unsicherheit erinnerte Florence an sich selbst. An ihre eigenen Ängste und Sorgen, als sie in der Pubertät war. »Glaub mir, Ambre. Er wundert sich nicht.« Sie machte eine Pause. »Im Gegenteil: Ich glaube, er fühlt sich geehrt und freut sich darüber, dass du ausgerechnet ihn zu Papier bringen möchtest.«

Ambre drehte ihren Kopf und sah sie stirnrunzelnd an. »Meinst du wirklich?«

Florence nickte. »Warum schreibst du ihm nicht einfach oder rufst ihn an? Dann könntet ihr die Situation außerhalb der Schule klären?«

»Bist du verrückt? Wie peinlich ist das denn!« Ambre schüttelte den Kopf. »Nee, auf keinen Fall.« Halbherzig fasste sie nach ihrer Tasche. »Magst du mal sehen?«

Ihre Zaghaftigkeit entlockte Florence ein Lächeln. »Gern.«

Ambre holte ihren Block hervor und schlug das Deckblatt um.

»Wow!«, entfuhr es Florence. »Das sieht ja super aus.« Sie grinste. »Und das Motiv tut sein Übriges dazu. Dieser Louis sieht wirklich sehr nett aus.«

»Ist er auch«, stimmte Ambre zu. »Er hat mir bei Mathe geholfen.«

»Nett und intelligent dazu. Nicht die schlechteste Kombination.«

Im nächsten Moment tauchte Julien wieder zwischen den Zypressen auf und winkte. »Wollen wir los?«

»Magst du nicht doch mitkommen, Süße?« Florence erhob sich und sah auf ihre Tochter hinab.

»Nee, spazieren gehen klingt nicht wirklich spannend. Ich bleibe lieber hier.«

»Wir sind bald zurück.«

»Lasst euch ruhig Zeit.« Ambre sah zu ihrem Vater. »Ich wusste doch, dass mir die Kombination aus nett und intelligent schon einmal irgendwo untergekommen ist.« Sie grinste.

»Ambre!« Florence berührte sie kurz am Arm, bevor sie zu Julien lief.

34

Florence sah zum Beifahrerfenster hinaus und ließ die hügelige Landschaft an sich vorbeiziehen. Sie musste an ihren Spaziergang denken. Nachdem sie außerhalb von Ambres Blickfeld waren, hatte Julien wie selbstverständlich nach ihrer Hand gegriffen und sie nicht mehr losgelassen, bis sie zu ihrer Tochter zurückgekehrt waren. Was passierte da bloß zwischen ihnen?

Sie waren gemütlich am Ufer entlanggeschlendert. Der Parkplatz hatte sich mehr und mehr gefüllt, doch die Besucher verteilten sich auf dem weitläufigen Gelände, sodass Florence und Julien zeitweise keiner Menschenseele begegnet waren. Nachdem sie eine halbe Stunde gelaufen waren, kamen sie an einer der zahlreichen Badebuchten vorbei. Nur ein einzelner Mann stand am Ufer und beobachtete seinen Hund, der ausgelassen im Wasser herumtobte. Julien war stehen geblieben und hatte Florence angesehen.

»Ich habe mich schon sehr lange nicht mehr so wohlgefühlt.«

Florence' Knie wurden bei seinen Worten weich wie Pudding, ihr Magen begann zu kribbeln. »Deine Überraschung ist dir gelungen.«

Er hatte ihre Wange gestreichelt und gelächelt. »Trotz des Stand-up-Paddlings?«

Florence hatte ebenfalls gelacht. »Trotz des Alptraums auf diesem schmalen Brett.«

»Du hast dich wacker geschlagen«, hatte er erwidert.

»Und Ambre war mehr als begeistert«, hatte sie ergänzt. »Also Volltreffer, würde ich sagen.«

»Du warst mein Volltreffer«, hatte Julien mit gesenkter Stimme entgegnet. »Und ich war der größte Idiot aller Zeiten.«

»Wir können die Vergangenheit nicht ändern.«

»Nein, das können wir nicht. Aber vielleicht die Gegenwart und die Zukunft?«

Als Florence jetzt erneut an seine Worte denken musste, wurde ihr warm ums Herz. Aber war es tatsächlich möglich, nach so vielen Jahren an etwas anzuknüpfen, was auf eine mehr als unschöne Art zerbrochen war? Obwohl der Augenblick an der Bucht prädestiniert dafür gewesen wäre, hatte Julien sie nicht geküsst. Für einen kurzen Moment hatte Florence es sich wirklich gewünscht. Doch auch sie hatte sich unsicher und zwiegespalten gefühlt.

»Was denkst du?«, wollte Julien jetzt leise von ihr wissen.

Florence verdrängte ihre Gedanken und drehte sich zu Ambre um. Ihre Tochter lag mit geschlossenen Augen und den Kopfhörern über den Ohren halb auf der Rückbank.

»Sie schläft«, erklärte Julien. »Schon seit mehr als zehn Minuten.«

»Wie lange ist es her, dass Ambre beim Autofahren eingeschlafen ist?« Florence ließ ihren Kopf gegen die Stütze sinken.

»Diese Zeit habe ich verpasst«, bekannte Julien mit wehmütiger Stimme. »Leider. Wie so vieles andere auch.« Er schlug leicht auf das Steuer. »Was war ich nur für ein Trottel!«

»Du kannst jetzt für sie da sein«, versuchte Florence ihn zu beschwichtigen. »Nein, du *bist* jetzt für sie da.«

Er nahm die rechte Hand vom Lenkrad und fasste nach ihrer linken. Behutsam führte er sie an seine Lippen und hauchte einen Kuss darauf.

Die Berührung durchströmte Florence' Körper mit Wärme und Vertrautheit, aber auch mit einem Anflug von Aufregung und Neugier.

»Was ist das?«, wollte sie atemlos wissen.

»Ich weiß es nicht«, gab er zu und warf ihr einen kurzen Blick zu. »Aber ich fühle mich zu dir hingezogen. Noch immer.«

»Wir haben beide eine Vergangenheit«, warf Florence ein.

Er nickte. »Die haben wir. Eine gemeinsame, aber auch viele Jahre, die wir getrennt verbracht haben.« Wieder sah er zu ihr hinüber. »Aber ich habe das Gefühl, dass es nicht vorbei ist zwischen uns. Nicht endgültig.«

Florence wandte erneut ihren Kopf ab und betrachtete die kargen Hügel, die an ihnen vorbeizogen. Sie waren fast zu Hause. Wie sollte sie sich verhalten? Ihr Herz pochte so laut, dass sie fast befürchtete, Julien könnte es hören.

»Was meinst du? Hast du noch Lust auf ein Glas Wein bei mir?«

Sie schloss kurz die Augen und horchte in sich hinein. »Heute nicht, Julien.« Jetzt war sie es, die nach seiner Hand griff und sie streichelte. »Aber ein anderes Mal gern, okay? Versprochen.«

Er nickte, doch sie erkannte die Enttäuschung in seinem Gesicht. Nach wie vor war sie sich nicht sicher, ob sie sich wirklich vorstellen konnte, einen Neubeginn zu wagen. Die Verletzung von damals war nicht vergessen. Und doch ... Allein bei dem Gedanken, dass sich ihre Lippen wieder berührten, seine Hände ihren Körper streichelten, seine Haut die ihre wärmte ...

»Versprochen«, wiederholte sie bestimmter.

»Ich nehme dich beim Wort.« Er erwiderte ihre Liebkosung und schenkte ihr ein sanftes Lächeln. »Manchmal muss man wohl tatsächlich erst jemanden verlieren, um zu erkennen, was man hatte.«

»Jemanden?«, erwiderte Florence kokett.

»Nein, nicht jemanden«, verbesserte er sich hastig. »Dich. Ich habe dir sehr wehgetan, Florence. Und ich wünschte, ich könnte es ungeschehen machen.«

»Du kannst es nicht ungeschehen machen, aber vielleicht kannst du es ja wiedergutmachen?«

Als er sie ansah, blitzte etwas in seinen Augen auf. »Ich arbeite daran.«

»Der heutige Tag war wunderschön«, erklärte sie mit gesenkter Stimme und hob eine Hand. »Und so viel ...«, sie hielt Zeigefinger und Daumen fünf Zentimeter auseinander, »... so viel hast du damit schon geschafft.« Sie grinste.

Nachdem Julien sie am Weingut abgesetzt hatte, gingen Florence und Ambre auf die Rosenvilla zu. Antoinette saß auf der Veranda des Haupthauses und winkte ihnen zu.

»Papa ist echt cool«, schwärmte Ambre. »Der hat auf dem Board gestanden, als habe er nie etwas anderes getan.«

Florence lachte. »Im Gegensatz zu mir, meinst du.«

Ambre zuckte mit den Achseln. »Ich finde, du hast dich gar nicht so blöd angestellt.«

»Gar nicht so blöd«, wiederholte Florence resigniert. »Klingt nach ›Sei froh, dass du überhaupt das Gleichgewicht halten konntest‹.« Sie öffnete die Haustür und ließ Ambre eintreten.

»So habe ich es nicht gemeint, Maman.« Florence stellte die Tasche auf den Boden und winkte ab. »Schon gut. Wenn es um Wassersport geht, war ich noch nie an vorderster Front. Ich mag es einfach nicht, wenn es unter mir wackelt. Der Gedanke daran, dass unter meinen Füßen nichts ist außer Wasser ...« Sie schüttelte sich.

Ambre lachte und trat neben sie. »Dafür hast du andere Stärken.«

Florence sah ihre Tochter fragend an.

»Na, du weißt in jeder Lebenssituation, was zu tun ist. Geht nicht, gibt es nicht in deinem Wortschatz. Egal, welche Probleme sich vor einem auftun, du findest immer einen Ausweg.«

Florence hielt irritiert inne. »So siehst du mich?«

»Ja«, erwiderte Ambre nickend. »Du hast dein Leben im Griff, weißt genau, was du willst, lässt dich von niemandem beirren.«

Florence atmete tief durch. Dann legte sie einen Arm um die Schultern ihrer Tochter und zog sie an sich. »Du hast eine hohe Meinung von mir. Aber ... ich glaube, deine Beschreibung trifft es nicht ganz.« Sie seufzte. »Als wir hierherkamen, war ich alles andere als sicher, ob es die richtige Entscheidung war, Jean-Lucs Versetzungsangebot zuzustimmen. In Paris habe ich nächtelang wach gelegen und mich gefragt, wie es mit uns weitergehen soll. Lebenszweifel sind mir nur allzu gut bekannt.«

Ambre schmiegte ihren Kopf an Florence' Hals. »Das hat man dir aber nicht angemerkt. Ich dachte, der Umzug nach Sète käme dir sogar gelegen. Du hast doch immer wieder davon geschwärmt, wie schön es hier am Meer sei und wie viel besser das Klima im Süden ist.«

»Ich war um Zuversicht bemüht«, erklärte Florence ernst.

»Schließlich musste ich dich aus deiner gewohnten Umgebung reißen. In deinem Alter ist ein Neubeginn alles andere als einfach.«
»Du hast es anders dargestellt.«
»Ich bin deine Mutter und wollte dich nicht beunruhigen. Aber ich habe tausend Ängste ausgestanden, wie sich unser Neustart hier gestalten würde.« Florence schob ihre Tochter ein Stück von sich weg und sah sie eindringlich an. »Wenn du von meiner Besorgnis nichts mitbekommen hast, habe ich zumindest in der Hinsicht einen guten Job gemacht. Mittlerweile bist du hier angekommen, hast eine nette Freundin gefunden, und die Sache mit Louis ...« Sie lächelte.
»Erinnere mich nicht daran«, bat Ambre mit düsterer Stimme.
»Ich habe auch Angst, Ambre. Ich bin auch oft unsicher, weil ich nicht weiß, wie ich mich verhalten soll. Du siehst das vielleicht anders, weil ich deine Mutter bin. Aber ... lass dir von mir gesagt sein, dass ich mich weit davon entfernt befinde, alles im Griff zu haben.« Sie nickte nachdrücklich.
»Irgendwie tut es gut, das zu hören«, bekannte Ambre mit einem schiefen Lächeln. »Mitzubekommen, wie du immer alle Probleme dieser Welt löst, und dabei zu wissen, dass ich selbst nie deinen Ansprüchen gerecht werden kann ...«
»Was redest du da, Süße?« Florence schüttelte den Kopf. »Du bist ... perfekt, so wie du bist. Du musst keinerlei Ansprüchen gerecht werden. Wie ... Wie kommst du darauf?«
Ihre Tochter zuckte mit den Achseln. »In deinem Job hilfst du all deinen Schützlingen. Jeder kommt durch dich wieder in die Spur. Die Leute sind dir dankbar, weil du so viel für sie tust.«
Jetzt war es Florence, die den Kopf schüttelte. »So ist es nicht, Ambre. Es gibt sehr viele Menschen, denen ich nicht helfen konnte, nicht helfen kann. Manche wollen keine Hilfe annehmen, lehnen eine Einmischung von außen ab.« Sie überlegte. »Ich kann nicht jedem helfen. Diese Tatsache muss ich akzeptieren.« Sie musste an ihre aktuellen Schützlinge denken. »Aber ich versuche es immer wieder aufs Neue und freue mich über jeden Einzelnen, der meine Unterstützung annimmt und es schafft, seine Probleme zu lösen.«

Sie schlang ihre Arme erneut um Ambre und drückte sie sanft an sich. »Du dagegen brauchst mich kaum noch. Und ich liebe dich genau so, wie du bist.« Sie sah ihr in die Augen. »Aber egal, wie alt du bist, ich bin deine Mutter und werde immer für dich da sein, hörst du? Immer.«

Ambre zog ihre Unterlippe zwischen die Zähne.

»Wir sollten mehr miteinander sprechen«, schlug Florence leise vor.

Ambre nickte. »Ich bin froh, dass du mir die Wahrheit gesagt hast.«

»Die Wahrheit? Wie meinst du das?«

»Na, dass du nicht der Übermensch bist, als den ich dich sehe.«

Florence musste lachen. »Ambre, ich bin kein Übermensch. Mit Sicherheit nicht. Dass ich anderen Menschen helfe, ist mein Job. Aber glaube mir, ich habe mich schon so oft gefragt, warum ich es immer wieder schaffe, anderen aus den schwierigsten Situationen herauszuhelfen, während ich selbst ... Nein, ich habe die gleichen Ängste und Sorgen wie du.«

Nun war es Ambre, die ihre Arme um Florence legte und sich ein weiteres Mal an sie kuschelte.

Florence schloss die Augen, da sie gegen aufsteigende Tränen ankämpfen musste.

»Ich muss Anouk anrufen und ihr von unserem krassen Ausflug berichten«, nuschelte Ambre an ihrem Ohr.

Sie lösten sich wieder voneinander.

»Mach das«, ermunterte Florence sie. »Ich räume unsere Tasche aus.«

Nachdem Ambre in ihrem Zimmer verschwunden war, holte Florence die nassen Badesachen hervor und wollte sie in den Wäschekorb legen, als sie plötzlich lautes Geschrei aus dem Haupthaus vernahm. Sie ließ die Badeanzüge zurück in die Tasche fallen und hastete aus dem Haus.

»Du siehst doch, dass du das mit einer Hand nicht schaffst«, hörte Florence ihre Mutter in der Küche schimpfen. Also ging es um Pauline und ihr Handicap.

Eilig nahm Florence die Stufen zur Veranda, wo Antoinette noch immer saß. Wenn Florence sich nicht irrte, summte sie gerade einen bekannten Refrain der göttlichen Piaf.

»Was ist da los?«

»Pauline, unser Sturkopf, wollte kochen.« Antoinette schmunzelte.

Florence nickte und betrat das Haus. Als sie einen Blick in die Küche erhaschen konnte, entdeckte sie ihre Mutter und ihre Oma, die sich keinen Meter voneinander entfernt gegenüberstanden und sich böse anfunkelten. Auf dem Boden lagen zwei gusseiserne Töpfe.

»So redest du nicht mit deiner Mutter«, fauchte Pauline mit zusammengekniffenen Augen.

»Ich bin fast sechzig, Maman«, gab Louise zurück. »Und ich bitte dich lediglich zu akzeptieren, dass du momentan etwas ... eingeschränkt bist. Ich hätte dir die Töpfe doch aus dem Schrank holen können. Warum sagst du mir nicht Bescheid?«

»Ich bin kein kleines Kind«, schoss Pauline zurück. »Ich brauche keinen Aufpasser.«

Louise schüttelte den Kopf, als sie ihre Tochter entdeckte. »Florence, Schatz. Ihr seid zurück?«

Florence trat näher. »Ja, wir sind gerade nach Hause gekommen. Als ich das Geschrei gehört habe ...«

»Ach«, meldete sich Pauline erbost zu Wort. »Mir sind zwei Töpfe auf den Boden gefallen. Und deine Mutter ...« Sie winkte ab. »Warum müssen sie auch im obersten Regal stehen?«

»Warum kannst du mich nicht einfach fragen, ob ich dir helfe?«, konterte Louise ebenso genervt.

»Ich brauche keine Hilfe«, beharrte Pauline. »Ich bin doch kein ... Krüppel.«

»Oma«, versuchte Florence, sie zu beschwichtigen. »Du hast einen gebrochenen Arm. Wenn du ihn nicht schonst, wird es umso länger dauern, bis du den Gips wieder abbekommst.«

Pauline sah sie grimmig an. »Auf wessen Seite stehst du?«

Florence musste lachen. »Auf keiner.«

»Wir helfen Antoinette bei den Dingen, die sie nicht mehr allein schafft«, setzte Louise an und machte einen Schritt auf ihre Mutter zu. »Ist es denn für dich so furchtbar, dir für ein paar Wochen bei der einen oder anderen Sache von deiner Tochter helfen zu lassen?« Ihre Stimme klang sanfter. »Dein Arm ist bald wieder heil. Und dann kannst du doch wieder alles tun, was dir beliebt.«

Pauline ließ ihre Schultern sacken.

»Bitte, Maman«, fuhr Louise fort. »Wir wissen alle, dass du weder ein Pflegefall noch ein kleines Kind bist. Und nichts läge uns ferner, als dich bevormunden zu wollen oder dir deine Unabhängigkeit abzusprechen.«

»Ich habe mich wohl ein wenig idiotisch benommen«, entgegnete Pauline kleinlaut.

»Benehmen wir uns nicht alle ab und an etwas idiotisch?«, warf Florence grinsend ein. »Das beste Beispiel steht hier vor euch.« Dann begann sie, von ihrem Abenteuer auf dem Wasser zu berichten.

35

Nach jenem Abend bürgerte es sich ein, dass ich mich öfter zu Paul und Richard gesellte, wenn ich ihnen ihr Essen brachte. Sie erzählten von ihrem Leben, bevor sie verhaftet worden waren. Beide kamen aus der Nähe von Le Havre. Sie kannten sich von Kindesbeinen an, waren schon immer beste Freunde. Richard war der Pragmatischere, während Paul eher der Träumer und Visionär war. Im Laufe der Zeit spürte ich immer stärker, dass Paul mich anders ansah als Richard. Für Richard wurde ich eher zu einer Art Ersatzschwester.

Wir drei waren sehr vertraut miteinander. Da wir alle auf der gleichen Seite standen, erzählte ich ihnen irgendwann auch von meinen Kurierfahrten. Ich wusste, dass mein Geheimnis bei ihnen sicher war. Vielleicht war es naiv, vielleicht war es fahrlässig. Heute denke ich oft, dass ich möglicherweise etwas zu unbedarft mit der Situation umgegangen bin, aber ich war damals achtzehn Jahre alt. Ich hatte weder die Erfahrung noch die Reife, um mir über jedes meiner Worte zu viele Gedanken zu machen. Ja, und ich war verliebt. Das wurde mir mit jedem Tag klarer. Sobald ich mich in Pauls Nähe befand, begann mein Herzschlag sich zu beschleunigen. Meine Handinnenflächen wurden feucht. In meinem Magen tanzten Schmetterlinge. Paul war zurückhaltender als Richard. Wenn wir zusammensaßen, redete meistens Richard, während Paul von Zeit zu Zeit etwas einwarf oder ergänzte und ich den beiden lauschte.

Ich mochte diese Stunden am späten Abend. Draußen war es dunkel und totenstill, während wir bei Kerzenschein in der Rosenvilla saßen und Zukunftspläne schmiedeten. Wir malten uns aus, wie das Leben aussehen könnte, wenn dieser verfluchte Krieg endlich zu Ende wäre. Richard träumte von einer Rückkehr nach

Le Havre, während Paul sich nicht sicher war, wo seine zukünftige Heimat sein konnte. Er mochte die Hitze des Südens, die intensiven Farben des Himmels und der Natur, wenn er einen Blick nach draußen riskierte.

Mein Herz vollführte stets einen Hüpfer, wenn er Andeutungen in diese Richtung machte. Natürlich bemerkte auch Richard, was da zwischen Paul und mir entstand. Die beiden kannten sich schließlich in- und auswendig. Vielleicht redeten sie auch über mich, wenn ich nicht dabei war. Ich freute mich jeden Tag ein bisschen mehr, wenn die Zeit näher rückte, um den beiden ihr Abendbrot zu bringen.

Eines Tages geschah dann, was ich schon all die Wochen befürchtet hatte. Ich war auf dem Weg durch Sète und hatte noch drei Lieferungen auszufahren. In einer der Weinkisten steckten zwei Nachrichten, die ich aufgrund der etwas außerhalb gelegenen Adresse des unbekannten Empfängers erst zum Schluss überbringen wollte. Seit einiger Zeit präparierte ich die Kisten, indem ich einen zweiten Boden unter die Flaschen schob und die Umschläge zwischen dem Holz versteckte.

An jenem Morgen sah ich die Soldaten schon von Weitem. Sie standen zu fünft an der Hauptstraße und unterhielten sich mit einem älteren Franzosen. Ich hegte schon die Hoffnung, dass sie mich unbehelligt weiterfahren lassen würden, doch als ich näher kam, winkte einer der Deutschen und bedeutete mir anzuhalten. Ich weiß noch genau, wie mir der Schweiß ausbrach bei dem Gedanken daran, dass ich gleich auffliegen würde. Nach wie vor hatte ich keine Ahnung, was ich da transportierte, aber trotz meiner Unkenntnis war mir klar, dass es sehr gefährlich werden konnte, wenn die Nazis die Umschläge fänden.

Ich stieg von meinem Rad und bemühte mich, dem Blick des Soldaten standzuhalten.

»Bonjour, Mademoiselle.« Er grinste mich an. Ich schätzte ihn kaum älter als zwanzig. »Wohin des Wegs?«

»Ich komme von Château Blanc«, erklärte ich und hoffte, dass er das Zittern in meiner Stimme nicht bemerkte. »Ich liefere meh-

rere Bestellungen aus. Mein Vater ist der Eigentümer des Weinguts.«
   Der Soldat nickte, als sich ein weiterer Deutscher zu ihm gesellte, der vorher noch mit dem Einheimischen gesprochen hatte.
   »Öffnen Sie bitte die Kisten«, befahl der andere.
   Mein Herz schlug mir bis zum Hals. Gleich würde ich auffliegen. Ich bemühte mich, meine Hände ruhig zu halten, während ich die erste Kiste öffnete.
   »Sechs Flaschen«, sagte ich leise.
   Der Deutsche trat näher und beugte sich über meine Fracht. Sekundenlang starrte er auf den Inhalt.
   Ich hielt den Atem an. Als er seine Hand hob und eine Flasche herauszog, meinte ich, keine Luft mehr zu bekommen. Jetzt. Ich versuchte, ruhig zu bleiben. Jetzt gleich würde er den doppelten Boden entdecken und den Umschlag dazwischen.
   »Wer ist der Empfänger der Lieferung?«, bellte der Soldat und musterte mich eindringlich.
   Ich nannte ihm den Namen und die Adresse.
   Er nickte unmerklich. »Öffnen Sie auch die anderen Kisten.«
   Ohne etwas zu erwidern, tat ich, was er mich geheißen hatte. Während mein Rücken mittlerweile klatschnass war, versuchte ich nach wie vor, Haltung zu bewahren. Im Hintergrund hörte ich, wie die anderen Soldaten weiter mit dem älteren Mann sprachen und ihn zum wiederholten Mal zu einem gewissen Pierre Motain befragten. Ich schluckte, während der Nazi seine Hand über die Flaschen wandern ließ, einzelne herauszog, die Etiketten eingehend betrachtete und sie wieder in die Kiste zurückstellte.
   »Empfängernamen?«
   Erneut nannte ich ihm die gewünschten Adressen. Der Deutsche drehte sich um, ging zu einem der anderen Soldaten und redete leise mit ihm.
   Ich wagte kaum, dem Jüngeren in die Augen zu sehen, der mich ebenfalls mit einer gewissen Unsicherheit ansah und offensichtlich nicht wusste, wie er sich verhalten sollte. Ich wagte aber auch nicht zu fragen, ob ich weiterfahren durfte. Auf keinen Fall wollte ich den

Verdacht erwecken, dass ich etwas zu verbergen hätte. Es dauerte bestimmt fünf Minuten, bis der ältere Soldat endlich zu mir zurückkehrte und mich ein weiteres Mal mit zusammengekniffenen Augen ansah, bevor er mir mit der Hand bedeutete, dass ich gehen könne. Weiterhin fieberhaft darauf bedacht, meine Aufregung zu verstecken, stieg ich bemüht gleichgültig aufs Rad und fuhr davon. Erst als ich bereits minutenlang unterwegs war, beruhigte sich mein Puls etwas, und das Zittern meiner Hände hörte auf. Ich konnte es kaum glauben, dass die Deutschen die Kisten nicht gründlicher untersucht hatten. Martin schien recht zu haben. Eine bessere Tarnung als ein unbedarftes junges Mädchen, dem keiner zutraute, gegen die Besatzer aufzubegehren, gab es wohl kaum.

Ich erledigte meine Botenfahrten und kehrte am späten Nachmittag auf das Gut zurück.

Als ich den beiden Studenten das Abendessen brachte, bemerkte Paul sofort meine Aufgewühltheit. Nachdem sie gegessen hatten, wechselte er einen kurzen Blick mit Richard, bevor er sich mir wieder zuwandte.

»Wollen wir ein paar Schritte gehen?«

Ich sah ihn überrascht an. »Wir beide?«

Paul nickte.

Ich war unschlüssig. Bisher hatten sich die beiden nur in der Rosenvilla aufgehalten. Was würde geschehen, wenn ...

»Wir bleiben auf dem Gut«, unterbrach Paul meine Gedanken. »Ein klein wenig frische Luft kann doch nicht schaden.«

Ich willigte ein und verließ mit ihm das Innere des Anbaus.

Als er auf dem Vorplatz stand, atmete er tief ein und aus. »Herrlich!«

Ich musste schmunzeln.

Dann sah er mich an. »Magst du es mir erzählen?«

Ich runzelte die Stirn. »Was?«

»Was passiert ist?«

»Woher weißt du ...?«, stammelte ich irritiert.

Er lächelte, nahm meine Hand und zog mich in Richtung der Weinreben.

Als wir uns ein Stück vom Haupthaus entfernt hatten, sah er mich erneut an. »Was ist geschehen?«

Ich zögerte, bevor ich ihm von meinem Erlebnis mit den deutschen Soldaten berichtete.

Paul nahm meine Hand und schmiegte sie mit dem Rücken an seine Wange. »Du bist eine sehr mutige Frau«, erklärte er mit gesenkter Stimme. »Vielleicht die mutigste, die mir je begegnet ist.«

»Nein, das hat mit Mut nichts zu tun«, wiegelte ich ab, da mir seine Worte peinlich waren. »Martin ...«

Ich stockte.

»Wir würden euch niemals verraten«, flüsterte Paul. »Eher müssten sie mich töten, Antoinette. Martin und du ... ihr habt uns das Leben gerettet. Ohne euch wären wir noch immer ohne Bleibe.«

Ich sah ihm in seine blauen Augen. »Martin ist in der Résistance.«

Paul nickte. »Ich weiß.«

»Und als er mich zu diesem Treffen mitgenommen hat ... Die Leute waren so ... überzeugt. Sie brannten regelrecht für ihre Sache.«

»Du gehörst zu ihnen, Antoinette.«

Ich wandte meinen Kopf ab und blickte über das Feld. Die Dunkelheit schien undurchdringlich.

»So sehe ich mich nicht.«

Paul berührte mit seinem Daumen mein Kinn und drehte mein Gesicht wieder in seine Richtung. »Das weiß ich, aber das ändert nichts an der Tatsache, dass du tust, was du für richtig hältst. Auch du stehst für deine Überzeugung ein.«

»Ich bin nur eine Kurierfahrerin.«

Er schüttelte den Kopf. »Das stimmt nicht. Du hast Richard und mich bei euch aufgenommen. Unsere Gegenwart auf eurem Gut bedeutet für euch ständige Lebensgefahr.«

Ich seufzte. »Die Deutschen haben kein Recht, sich so ... rücksichtslos und brutal zu verhalten.«

Paul lachte leise. »Weißt du, worauf ich mich jeden Tag aufs Neue freue?«

Mein Herzschlag beschleunigte sich. Ich wagte nichts zu erwidern, da ich fürchtete, keinen Ton hervorzubringen.

»Auf die Hoffnung in deinen Augen«, fuhr er mit sanfter Stimme fort.

Ich sah ihn fragend an.

Er nickte. »Wenn du uns das Essen bringst und dich zu uns setzt ... Wenn ich in diese wunderschönen braunen Augen blicke ...« Er zögerte kurz. »Dann sehe ich Hoffnung. Hoffnung, dass sich die Situation endlich bessert. Hoffnung auf eine Zukunft, die uns endlich wieder Freude bringt. Die nichts mehr mit Krieg und Leid und Tod zu tun haben wird. Hoffnung auf ... Liebe.«

Ich schluckte schwer. Seine Worte verursachten mir eine Gänsehaut.

Paul hob seine Hände und umfasste mein Gesicht. »Ich liebe die Hoffnung in deinen Augen. Sie gibt mir unglaublich viel Mut und Zuversicht.«

Als sich seine Lippen den meinen näherten, überkam mich die Angst, gleich ohnmächtig zu werden. Nie zuvor hatte mich die Berührung eines Mannes derart aus der Bahn geworfen. Eine Welle der Zuneigung überrollte mich. Die Wärme, die Pauls Körper ausströmte, hüllte mich ein wie eine weiche Decke. Ich fühlte mich geborgen, behütet. In den Armen eines Flüchtlings, der dem sicheren Tod geweiht wäre, wenn er entdeckt würde.

Ich schmiegte mich dichter an Paul und genoss die wundersame Leichtigkeit, die mit einem Mal Besitz von mir ergriff. Die Zikaden stimmten ihr Abendlied an, während ich zum ersten Mal von einem Mann geküsst wurde. Ich kann nicht mit Worten ausdrücken, welche Empfindungen dein Urgroßvater damals in mir ausgelöst hat, Florence. Vielleicht lag es an der schwelenden Gefahr, die seit Monaten über uns schwebte. Vielleicht war es auch das aufwühlende Zusammentreffen mit den Nazis, bei dem ich nur knapp an einer Katastrophe vorbeigeschlittert war. Ich glaube, an jenem Abend spürten wir beide deutlich wie selten zuvor, wie verletzlich unser Leben war. Die Schrecken des Kriegs, die stets im Hintergrund lauerten, verstärkten das Wissen darum, dass in jenen Zeiten nichts mehr selbstverständlich war.

Heutzutage kann man das kaum noch nachvollziehen. Die wenigsten Menschen wissen, wie es sich anfühlt, echte Angst um sein Leben zu haben. Glücklicherweise.

Ich weiß nicht mehr, wie lange wir dort zwischen den Weinreben standen. Doch noch immer kann ich mich an jedes noch so kleine Detail erinnern. Es war der Beginn unserer Liebe. Einer Liebe, die unmöglicher nicht hätte sein können. Und doch fühlte sich die Situation richtig an. Richtig und wunderschön. Ich habe nie auch nur eine Sekunde daran gezweifelt. Was zwischen Paul und mir war, fühlte sich schon damals wundervoll und besonders an.

Doch nur zwei Tage später brach das Unglück über uns herein. Als mir Martin zwei schmale Päckchen brachte, die ich ihren Empfängern bringen sollte, wollte ich ihm kurz von meiner unheilvollen Begegnung mit den Nazis erzählen. Als ich ansetzte, merkte ich jedoch recht schnell, dass er mit seinen Gedanken ganz woanders war. Er wirkte fahrig und nervös. Sah mir kaum in die Augen.

»Was ist denn los?«, wollte ich schließlich von ihm wissen, nachdem er keinerlei Reaktion auf meinen Bericht zeigte.

Er drehte seinen Kopf weg.

»Rede mit mir!«, herrschte ich ihn an.

Seit Monaten arbeitete ich für ihn. Hatte ich etwa kein Recht darauf, zu erfahren, wenn etwas schiefgelaufen war? Denn dass etwas schiefgelaufen war, konnte er nicht leugnen. Nie zuvor hatte ich ihn derart hektisch und unruhig erlebt.

»Erinnerst du dich an Tulipe?«, presste er mit rauer Stimme hervor.

Natürlich erinnerte ich mich an die junge Frau, die bei der Zusammenkunft der Maquisards ihre Bedenken geäußert hatte, als Martin mich den anderen vorstellte. Ich nickte.

»Sie hatte sich mit einem Deutschen eingelassen«, begann Martin zu erzählen. »Einem hohen Tier bei der Wehrmacht, der für mehrere Gefangenentransporte zuständig war.«

Ich verstand nicht.

»Sie hat uns wochenlang sehr wertvolle Informationen verschafft«, fuhr er fort. »Als sie sich vor zwei Tagen erneut mit dem Offizier getroffen hatte, um an Fakten bezüglich eines weiteren anstehenden größeren Transports zu kommen, ist sie aufgeflogen.«

Ich hielt die Luft an. »Was ist mit ihr?«

Martin blickte wieder zu Boden.

»Martin, was ist mit ihr?«

»Sie haben sie verhaftet und verhört.«

Mir lief es eiskalt den Rücken hinunter. »Ist sie ...?« Ich wagte kaum, meine Befürchtung auszusprechen.

Er schüttelte den Kopf. »Sie lebt.« Er schloss für einen Moment die Augen. »Die boches halten sie in Montpellier fest. Einer unserer Leute hat in Erfahrung bringen können, dass sie ... Es geht ihr nicht gut.«

Sie hatten sie gefoltert. Tränen traten mir in die Augen, als ich an die Frau denken musste, der ich nur einmal begegnet war.

»Was passiert jetzt mit ihr?« Ich erkannte meine eigene Stimme kaum noch.

»Unsere Leute versuchen alles, um sie freizubekommen«, erklärte Martin leise. »Aber es sieht nicht gut aus.«

»Was hat sie ihnen erzählt?« Ich mochte mir gar nicht ausmalen, welche Qualen Tulipe hatte ertragen müssen, wahrscheinlich noch immer ertragen musste.

»Nichts«, erwiderte er. »Sie hat nichts verraten.«

Wie mutig, dachte ich. »Wir dürfen die Hoffnung nicht aufgeben.« Ich nahm seine rechte Hand und drückte sie. »Was sie getan hat, darf nicht umsonst gewesen sein.«

Er musterte mich. »Der kleinste Fehler kann tödlich sein, Antoinette.« Er strich mir übers Haar. »Bitte sei vorsichtig.«

Ich nickte. »Mir passiert nichts«, erklärte ich mit fester Stimme, obwohl ich wusste, dass das nicht in meiner Hand lag.

»Die nächsten Wochen wird es etwas ruhiger werden. Wir müssen in Deckung bleiben«, erklärte er und sah zur Rosenvilla. »Vielleicht sollten wir den beiden ein anderes Versteck suchen.«

»Nein«, widersprach ich hastig. »Nein. Sie sind hier gut aufgehoben. Die Deutschen haben bisher nichts gemerkt, daher werden sie auch in Zukunft nicht auf die Idee kommen, dass wir hier Flüchtlinge verstecken.«

Martin schien nachzudenken, bevor er nickte. »D'accord. Dann lassen wir sie erst einmal hier.« Sein Blick wurde eindringlicher. »Aber denk daran, was ich dir gesagt habe, Antoinette. Versprich es mir!«

Ich nickte und schenkte ihm ein Lächeln. »Ich verspreche es.«

36

Florence legte den Kopf in den Nacken und starrte in den klaren Sternenhimmel, der sich schier endlos über ihr erstreckte. Es war bereits kurz vor Mitternacht, doch die Juninacht war mild. Irgendwo in weiter Ferne schrie eine Eule. In den Blumenbeeten raschelte es. Vielleicht waren ein paar Mäuse auf Nahrungssuche. Die Fenster des Haupthauses lagen im Dunkeln. Louise, Pauline und Antoinette schliefen seit mehr als einer Stunde. Aus Ambres Zimmer fiel gedämpftes Licht auf den Vorplatz. Ob ihre Tochter auch nicht schlafen konnte? Florence massierte sich den Nacken.

Wenn sie letzte Woche noch gedacht hatte, der Umzug würde etwas Ruhe und Ordnung in ihr Leben bringen, so hatte sie spätestens der heutige Tag eines Besseren belehrt. Von einem Liebeschaos ins nächste ... War es nicht erst wenige Wochen her, seit Jean-Luc sich von Florence getrennt hatte?

Sie schloss die Augen. Doch fehlte er ihr? Die Antwort erschreckte sie. War ihr ehemaliger Vorgesetzter womöglich lediglich ein netter Zeitvertreib für sie gewesen? Die ständige Heimlichtuerei wegen Jean-Lucs Familie, ihre Kollegen in Paris, das trubelige Leben der Großstadt, all das schien in diesem Moment weiter weg als der Mond, der das Weingut in sein weiches Dämmerlicht tauchte. Die Mauern des Haupthauses ragten grau und mächtig vor Florence in die Höhe. Sie wandte ihren Kopf ab und versuchte sich vorzustellen, wie die junge Antoinette bis über beide Ohren verliebt mit Paul zwischen den Weinreben verschwunden war. War es nicht ein wunderschöner Gedanke, dass die Vergangenheit des Familienanwesens derart berührende Geschichten und Schicksale hervorgebracht hatte? Ihre Uroma war eine echte Widerstandskämpferin gewesen, stark und mutig.

Stolz keimte in Florence auf. Auch Louise hatte jahrelang

ein trauriges Vermächtnis mit sich herumgeschleppt. Hatte die Umstände des tragischen Todes ihres Mannes mit sich selbst ausmachen müssen. Und Pauline? Die Eigenwilligkeit ihrer Oma rührte mit Sicherheit nicht von irgendwoher. Die Frauen der Familie besaßen allesamt zweifelsfrei eine herausragende Charakterstärke.

Doch was war mit ihr selbst? Worin bestand ihre Kraft? Sei nicht so streng mit dir, tadelte sie sich umgehend. Florence hatte ihre Tochter ganz allein großgezogen. Ihr war zwar klar, dass eine alleinerziehende Mutter heutzutage nichts Außergewöhnliches mehr war, doch diese Tatsache schmälerte in keiner Weise die Arbeit und Mühe, die der Alltag ohne zweiten Elternteil kostete. Ambre hatte in Florence' Leben seit dem Tag ihrer Geburt die erste Stelle eingenommen. Keine Mühe, keine Anstrengung war ihr zu viel gewesen, um ihrer Tochter eine unbeschwerte Kindheit und Jugend zu bieten.

Und was war die Folge daraus? Ambre hielt sie für eine Art Übermensch ohne Fehler, ohne Schwächen. Fast hätte Florence aufgelacht. Ausgerechnet sie wurde für perfekt angesehen. Sie seufzte.

Noch war kaum Zeit gewesen, die teils sehr aufwühlenden Enthüllungen ihrer Mutter und ihrer Uroma zu verarbeiten. Und das Gefühlschaos, das Julien seit Tagen in ihr auslöste, setzte dem Ganzen noch eins obendrauf. Florence musste unweigerlich daran denken, wie Catherine, eine frühere Schulkameradin, ihr von besagtem Abend auf der Party erzählt hatte. Wie Julien sichtlich angetrunken mit Martine in einem Schlafzimmer verschwunden war. Wie er mit zerzaustem Haar erst eine Stunde später wiederaufgetaucht war.

Florence schluckte. Noch immer saß der Schmerz von damals tief. Sie konnte sich noch genau daran erinnern, wie fassungslos und unsensibel er reagiert hatte, als sie ihn über die Schwangerschaft informierte. Auch sie selbst war geschockt und entsetzt gewesen, als die Frauenärztin ihren Verdacht tatsächlich bestätigt hatte. Und obwohl sie weder geplant noch damit gerechnet hatte, schon mit achtzehn Mutter zu werden, hatte für Florence von vornherein festgestanden, dass sie dieses Kind bekommen würde. Im Gegensatz zu Julien, der mit der Situation überhaupt nicht zurechtgekommen war. Anstatt ihr beizustehen und sie zu unterstützen, hatte er sich am nächsten Tag auf besagter Party betrunken und Florence mit einer anderen betrogen …

Je mehr Details von damals sie sich vor Augen führte, umso schwerer fiel es ihr, den heutigen Ausflug unvoreingenommen zu reflektieren. Ja, Florence fühlte sich zweifellos noch immer von Julien angezogen. Schon damals hatte sie eine Art Seelenverwandtschaft miteinander verbunden. Wenn sie zusammen waren, hatte sie sich vollkommen gefühlt. Angekommen. Verstanden. Auch ohne Worte.

Bis zu jenem verhängnisvollen Abend, setzte sie bitter hinzu. Auch heute am See hatte sie seine Gegenwart, die Gespräche mit ihm, seine Nähe mehr genossen, als sie sich selbst eingestehen wollte. Doch war es möglich, trotz des unschönen Endes, das ihre Beziehung genommen hatte, an alte Zeiten, insbesondere an alte Gefühle anzuknüpfen?

Als sie plötzlich zwei Arme von hinten um ihre Schultern spürte, schreckte sie zusammen. Sie drehte sich um und sah in Ambres Gesicht.

»Pardon, ich wollte dich nicht erschrecken.«

»Schon gut, Süße.« Florence legte ihre Hände auf die Unterarme ihrer Tochter und zog sie näher zu sich.

»Warum bist du noch wach?« Ambre legte das Kinn auf Florence' Schulter.

Sie lachte leise. »Dasselbe könnte ich dich auch fragen.«

»Louis hat viermal angerufen.«

»Und?« Florence musterte Ambre.

Diese zuckte mit den Achseln. »Ich bin nicht drangegangen.«

»Ambre!« Florence schüttelte den Kopf.

»Was hätte ich denn sagen sollen?«, brauste ihre Tochter auf.

»Pst!«, ermahnte Florence sie. »Oma, Pauline und Antoinette schlafen schon.«

Ambre stöhnte leise auf. »Ich kann am Montag nicht in die Schule gehen.«

»Ich dachte, das hätten wir geklärt.«

Sie löste Ambres Arme von ihrem Körper und schob ihre Tochter neben sich.

Lustlos ließ Ambre sich auf den Stuhl sinken.

»Was hast du die ganze Zeit gemacht?« Florence nahm die rechte Hand ihrer Tochter und drückte sie.

»Mit den Mädels telefoniert«, gab sie knapp zurück.

»Kriegsrat gehalten?«

Ambre nickte.

»Und?«

»Die Meinungen gehen auseinander«, bekannte Ambre mit düsterer Stimme.

»Oje!« Florence strich ihr übers Haar. »Ich bin mir aber sicher, dass du die richtige Entscheidung treffen wirst.«

»Ich habe mir vorgenommen, mit ihm zu reden, wenn er ein zehntes Mal anruft.«

Überrascht sah Florence ihr in die Augen. »Zum zehnten Mal? Mademoiselle, du hast hohe Ansprüche!«

»Wenn es ihm wichtig ist, wird er am Ball bleiben.« Ambre zog ein Bein auf den Stuhl und grinste.

»Wenn *du* ihm wichtig bist, wird er am Ball bleiben«, korrigierte Florence lächelnd, stand auf und zog Ambre vom Stuhl hoch. »Lass uns ins Bett gehen, Schatz.«

»Ich kann sowieso nicht schlafen«, widersprach ihre Tochter, folgte ihr jedoch die Stufen hinab.

»Ich wahrscheinlich auch nicht«, musste Florence zugeben, während sie an das Chaos in ihrem Kopf dachte. »Aber völlig übermüdet wird der morgige Tag nicht besser.« Sie hakte sich bei Ambre unter. »Außerdem solltest du einkalkulieren, dass dich der zehnte Anruf erreichen könnte.« Sie lachte gedämpft.

37

Florence summte leise vor sich hin, während die Rosenvilla vom Duft warmer Äpfel erfüllt wurde. Zufrieden beobachtete Florence, wie die Tarte aux pommes im Ofen backte.

Als die Tür zu Ambres Zimmer geöffnet wurde, drehte sie sich überrascht um. »Bonjour, meine Süße. Bist du aus dem Bett gefallen?«

Ihre Tochter griff sich in ihr lockiges, zerzaustes Haar. »Bonjour«, nuschelte sie. »Er hat weitere drei Mal angerufen«, erwiderte sie statt einer Antwort.

Florence musste bei dem Anblick der verschlafenen Jugendlichen lachen. »D'accord. Das heißt, du hast noch zweimal Schonfrist.«

Ambre verdrehte die Augen.

»Wir frühstücken mit der Familie«, verkündete Florence und zeigte auf den Ofen. »Es gibt Apfelkuchen.«

Ambre nickte, während sie zum Bad schlurfte. »Ist nicht zu überriechen.«

Florence kehrte in ihr Schlafzimmer zurück, nahm die Bürste von der Kommode und ordnete ihr Haar. Gedankenverloren blickte sie durch die offenen Fensterflügel ins Freie. In den Beeten ihrer Mutter summte und brummte es unablässig. Unzählige Bienen und Wespen bevölkerten die duftenden Blüten des Lavendels, der Lupinen und der Rosen.

Das Klingeln des Telefons riss Florence aus ihren Gedanken. »Fournier.«

»Bonjour, Florence. Hier spricht Valérie Rammiers.« Die Stimme der jungen Mutter klang heiser.

»Valérie! Bonjour. Wie geht es Ihnen?«

Die Frau räusperte sich. »Ganz gut.« Sie verstummte.

»Valérie?« Florence streifte die Flipflops mit den Zehen über ihre Füße.
»Ich hätte Sie nicht anrufen sollen«, erklärte Valérie nach weiteren Sekunden des Schweigens. »Es ist Sonntag, und Sie haben sicherlich Besseres ...«
»Valérie, ich hatte Ihnen doch am Freitagabend versprochen, dass ich heute zu Ihnen komme«, unterbrach Florence sie sanft.
»Dann können wir in Ruhe sprechen.«
»Sie sind ...« Die Frau schluchzte leise. »Vielen Dank, Florence.«
»Das mache ich sehr gern«, erwiderte sie offen. »Ich denke, ich bin in spätestens zwei Stunden bei Ihnen.«
»Danke«, hauchte Valérie ein weiteres Mal ins Telefon.
Nachdem sie das Gespräch beendet hatte, kehrte Florence in die Küche zurück und begutachtete ihr Backwerk ein weiteres Mal. Die Tarte war fertig. Sie holte den Kuchen aus dem Ofen und wedelte mit der Hand den Dampf zur Seite.
Ambre kam aus dem Bad, das Haar zu einem lockeren Dutt geschlungen. Sie roch nach Limette und Maiglöckchen. »Achtmal«, verkündete sie mit zusammengezogenen Brauen.
»Er ist hartnäckig«, stellte Florence fest. »Der junge Mann imponiert mir.«
»Fällst du mir etwa in den Rücken?« Ambre stellte sich neben sie und schnupperte an der Tarte. »Hm ...«
Florence drehte sich zu ihr und stemmte eine Hand in die Hüfte. »Ich falle dir nicht in den Rücken, Mademoiselle. Aber wenn der mir noch unbekannte Louis es noch zweimal versucht, dann hat er eben seine Chance verdient. Pardon.« Sie grinste. »Es war doch deine eigene Abmachung.«
Ambre atmete aus. »Ich weiß ja. Aber ... was soll ich ihm nur sagen?«
Die unübersehbare Verzweiflung, die sich auf Ambres Gesicht widerspiegelte, rührte Florence im Herzen. »Süße, er würde sich nicht um dich bemühen, wenn es ihm nicht wichtig wäre. Ich finde es sehr bemerkenswert, dass er so beharrlich ist.«

»Meinst du wirklich?«
»Ja, das meine ich wirklich.« Sie zog ihre Tochter kurz in ihre Arme und hauchte ihr einen Kuss aufs Haar. »Warte ab!« Nachdem sie sich wieder von ihr gelöst hatte, lächelte sie Ambre aufmunternd zu. »Und jetzt gehen wir frühstücken.« Sie nahm den Kuchen in die eine Hand und hakte sich mit der anderen bei Ambre unter. »Ich habe einen Bärenhunger.«

Als sie die Veranda ansteuerten, vernahmen sie aus dem Inneren des Hauses die leisen Klänge von Édith Piafs »Sous le ciel de Paris.«

Florence sah zu Ambre und zwinkerte. »Wie passend.«

»Bonjour, meine Lieben.« Antoinette sah ihnen aus ihrem Rollstuhl entgegen, die gefalteten Hände auf dem Tisch. »Seht nur, was Pauline und Louise für uns gezaubert haben.«

Beim Anblick der Auswahl auf dem Tisch überkam Florence fast ein wenig Wehmut. Neben verschiedenen Käsesorten entdeckte sie gekochte Eier, diverse Saucissons, Oliven, Honig, Marmelade, gesalzene Butter, kleine Tomaten, Feigen, aufgeschnittene Melone und einen Brotkorb, reich gefüllt mit Croissants, Baguette und Pains au chocolat. Sie hob ihren Kuchen in die Höhe.

»Ich glaube, bei der Menge können wir bis heute Abend schlemmen.«

»Ich find's klasse!«, verkündete Ambre und setzte sich neben Antoinette.

Ihre Ururoma tätschelte Ambres Hand. »Wie schön, dass ihr hier seid.«

Als Florence die trüben feuchten Augen Antoinettes registrierte, musste sie schwer schlucken. Wie wundervoll fühlte sich Familie doch an! Zurück in der Heimat, im Schoß ihrer Lieben. Sie schob einige Platten etwas zur Seite, um Platz für den Kuchen zu machen.

»Da seid ihr ja schon«, erklang Louise' Stimme hinter ihr. »Wir hatten noch gar nicht so früh mit euch gerechnet.«

Sie goss dampfenden Kaffee in die Tassen. »Du auch, Ambre?«

»Nein, danke.«

»Maman kommt gleich mit dem Tee.« Louise zog sich einen Stuhl vor und nahm ebenfalls Platz. »Und du hast Tarte aux pommes gebacken!« Ihre Augen leuchteten auf. »Du verwöhnst uns.«

»Wenn ich sehe, was ihr hier auftischt, bezweifle ich das.«

»Jeder trägt etwas bei«, erwiderte Louise und lächelte. »Wie wundervoll, dass wir heute alle zusammengefunden haben.« Sie blickte zum Himmel. »Und das Wetter spielt auch mit.«

Florence nickte. Keine Wolke trübte den strahlend blauen Himmel bis zum Horizont. Über dem Hügel hinter dem Anwesen flimmerte die Luft. Vögel zwitscherten, schwarze Holzbienen labten sich an dem süß duftenden Jasmin neben der Veranda. Es schien ein Tag wie aus dem Bilderbuch zu werden.

»Ich habe meinen Zeichenblock mitgebracht«, verkündete Ambre. »Vielleicht könnte ich euch nach dem Essen skizzieren.«

»Aber nicht mit diesem Monstrum.« Pauline trat auf die Terrasse, eine weiße Porzellankanne in ihrer gesunden Hand.

»Ich zeichne nur Gesichter«, beruhigte Ambre sie. »Den Arm wird man gar nicht sehen.«

Pauline nickte grimmig. »Dann ist ja gut.« Sie sah zu ihrer Urenkelin. »Möchtest du Tee, mein Schatz? Das ist eine meiner Spezialmischungen: Minze mit etwas frischer Zitrone und einem Hauch Lavendelhonig.«

Ambre stimmte zu.

Als alle saßen und sich an der reichhaltigen Auswahl bedienten, machte Florence' Herz einen kleinen Hüpfer. Fühlte sich so Glück an? Sie betrachtete die Gesichter der Frauen, jede so unterschiedlich und auf ihre ganz eigene Weise liebenswürdig. Fünf Generationen, an einem sonnigen Vormittag versammelt um einen Tisch, der keine Wünsche offenließ. »Dieser Moment ist perfekt«, erklärte sie leise. »Ich kann mich nicht erinnern, wann ich das letzte Mal ...« Tränen traten ihr in die Augen.

»Maman, was ist?«

Louise, die neben Florence saß, berührte ihre Hand und drückte sie. »Du hast recht. Ich empfinde es genauso. Es ist lange her.«

»Solche Augenblicke sind kostbar«, merkte Antoinette an und lächelte. »Es sind magische Momente.«

Ein leises Summen ertönte unter dem Tisch. Ambre angelte ihr Handy hervor und verzog den Mund.

»Nummer neun?« Florence fasste sich wieder und blinzelte die Tränen weg.

Ambre seufzte nur.

»Nummer neun?«, wiederholte Pauline mit gerunzelter Stirn. Dann schüttelte sie den Kopf.

»Ich kann euch gar nicht sagen, wie froh ich bin, dass ihr uns hier aufgenommen habt.« Florence bestrich ihr Baguette mit der bretonischen Butter. »Es fühlt sich richtig an. Wie Nachhausekommen.«

»Hier *ist* euer Zuhause«, bekräftigte Pauline. »Manchmal muss man einige Umwege gehen, bevor man erkennt, wo man wirklich hingehört.«

»Dort vorne ...« Ambre deutete die Auffahrt hinunter. »... wäre superviel Platz für einen Pool.«

Überrascht sah Florence zu ihrer Tochter. »Ich dachte, dir sei es hier zu eintönig. Zu weit ab vom Schuss.«

Ambre zuckte mit den Achseln. »In der Stadt wäre definitiv kein Platz für einen Pool. Hier schon.«

»Ein Pool«, wiederholte Louise nachdenklich. »Keine schlechte Idee.«

Ambres Augen weiteten sich. »Im Ernst, Oma?«

Louise nickte. »Ja, warum nicht? Ich frage mich gerade, wieso ich nicht selbst schon längst auf die Idee gekommen bin. Platz haben wir ja in der Tat wirklich mehr als genug.«

»Cool«, bekannte Ambre und stopfte sich eine Olive in den Mund.

»Also, wenn ihr hier wirklich eine Wasserlandschaft einbauen lassen wollt, könnte ich mir sehr gut vorstellen, dass dies mein Beitrag zu der Weiterentwicklung des Familienanwesens wäre.« Florence blickte grinsend in die Runde. »Was haltet ihr davon?«

»Das ist nicht nötig, Kind«, widersprach Louise sofort. »Wir finden sicher eine gute Lösung.«

»Wenn ihr einen Pool möchtet, würde ich ihn euch gern schenken.« Wieder lachte sie. »Wie ihr wisst, habe ich selbst es ja nicht so mit Wasser, aber ...« Sie sah zu ihrer Tochter. »Den kleinen Zeh würde ich dann vielleicht doch auch einmal eintauchen.«

38

Konzentriert blickte Ambre auf die Skizze vor sich. Dann sah sie wieder auf und verglich Antoinettes Gesicht mit der Zeichnung, die sie in den letzten zwanzig Minuten angefertigt hatte. Die Nase hatte sie super hinbekommen, auch die Augen waren ihr mehr als gelungen. Sie kniff ihre Augen zusammen und betrachtete die schmalen Lippen der alten Frau. Es waren die Falten um die Mundpartie, die ihr Schwierigkeiten bereiteten. Das Kinn sah noch nicht so aus, wie Ambre es gern gehabt hätte.

Pauline erhob sich leicht und linste über den Tisch. »Unsere Ambre ist eine Künstlerin.«

»Wie Lorraine, meine Großmutter«, ergänzte Antoinette. »Sie wäre stolz auf unser jüngstes Familienmitglied. Ihr Mann, mein Opa, hat ihr vor vielen Jahren die Rosenvilla eingerichtet, um sie in ihrer Kunst zu unterstützen. Doch ich glaube, niemand in der Familie hat wirklich erahnt, was das Malen ihr bedeutet hat.« Sie blickte über den Vorplatz. »Lorraine war eine bildhübsche Frau. Doch sie hat sich immer geweigert, ein Selbstporträt von sich anzufertigen.«

»Das könnte ich auch nicht«, merkte Ambre an, während sie erneut Antoinettes Gesicht betrachtete.

Ihre Ururgroßmutter streckte leicht ihr Kinn vor. »Lass ein paar Falten weg, Kind.«

Pauline lachte. »Maman, wir sind alt. Du willst dich doch auf dem Bild wiedererkennen, oder nicht? Was nützt es dir, wenn sie dir eine glatte Haut zaubert und du auf der Zeichnung aussiehst wie fünfundzwanzig?«

Ambres Mutter fuhr sich über ihre Wangen. »Falten erzählen unser Leben. Wir sollten stolz auf sie sein.«

Antoinette winkte ab. »Du bist jung, Florence. In deinem Alter

macht man sich darüber wenig Gedanken. Natürlich hast du recht. Unser Gesicht spiegelt unsere Vergangenheit wider.« Sie seufzte. »Aber hätte diese nicht etwas faltenfreier verlaufen können?«
Die Frauen lachten, als Ambres Handy klingelte.
»Nummer zehn, Süße.« Ihre Mutter lächelte aufmunternd. »Geh ran.«
Mit pochendem Herzen sah Ambre aufs Display. Louis! Sie schob ihren Stuhl zurück und stand auf.
»Ich bin gleich wieder da.«
Eilig hastete sie die Stufen hinunter und rannte zur Rosenvilla, da sie nicht wollte, dass ihr jemand zuhörte.
Im Schatten des Anbaus blieb sie stehen und zählte stumm bis drei. »Ja?«
»Ambre, endlich«, ertönte Louis' Stimme aus dem Handy. »Ich versuche seit gestern, dich zu erreichen.«
Ambre fasste sich an den Hals. »Ich ... war beschäftigt.« Was für ein Blödsinn! Sie schüttelte über sich selbst den Kopf.
»D'accord«, kam es zögernd zurück. »Und jetzt? Bist du jetzt auch beschäftigt?«
Klang seine Stimme tatsächlich unsicher? Ambre überlegte. »Ich bin zu Hause. Wir frühstücken gerade.«
»Es ist fast zwölf«, entgegnete Louis hörbar erstaunt.
»Ja, ich weiß. Wir haben ... uns heute etwas mehr Zeit dafür genommen.«
Ambre musste an die ausgelassene Stimmung bei Tisch denken. An die vier Frauen, die abwechselnd Anekdoten aus ihrer Vergangenheit zum Besten gegeben hatten. Pauline, die von einem Verehrer geplaudert hatte, der sie vor Urzeiten im zarten Alter von sechzehn unbedingt von sich überzeugen wollte. Ihre Mutter, die von einem ihrer ersten Schützlinge erzählt hatte, um den sie sich gekümmert hatte. Einem Mädchen, das in einem Kinderheim aufgewachsen war. Das später von Pflegefamilie zu Pflegefamilie gereicht worden war und vor zwei Jahren als Dozentin an der Sorbonne begonnen hatte. Und ihre Oma, die von einem Wochenende in den Bergen berichtet hatte, das sie noch vor der Geburt von

Ambres Mutter mit ihrem verstorbenen Mann dort verbracht hatte. Sie hatte ihnen offenbart, dieser Ausflug sei der ausschlaggebende Moment gewesen, in dem sie sich unsterblich in ihren zukünftigen Mann verliebt hätte. Ambre seufzte.
»Was ist?«
»Nichts«, erklärte sie hastig und verfluchte sich selbst.
»Weswegen ich anrufe ...«, begann er gedehnt.
»Ja?« Ambre lehnte sich mit dem Rücken gegen die kühle Hausmauer.
»Ich dachte, wir könnten uns am Strand treffen.«
Sie schloss die Augen. »Wann?«
»Wie wäre es jetzt gleich?«
Ihr Klassenkamerad würde sie fragen, warum sie ihn gezeichnet hatte. Ambre wurde schwindlig. Was hatte ihre Mutter gesagt? Louis' Hartnäckigkeit imponiere ihr? Wäre es nicht wirklich besser, sie würde dieses Gespräch heute noch hinter sich bringen, unter vier Augen, anstatt morgen in der Schule, wo es wahrscheinlich die halbe Klasse mitbekäme, insbesondere die »Kleingeistigen«?
»Na gut«, stimmte sie daher zu.
Er beschrieb ihr, an welchem Strandabschnitt er auf sie warten würde.
»Lass dir Zeit.« Dann nach einer kurzen Pause: »Ich freue mich.«
Nachdem er aufgelegt hatte, klopfte Ambres Herz bis zum Hals. Hatte er tatsächlich gesagt, er freue sich? Sie musste sich verhört haben, musste ihn falsch verstanden haben. Das konnte doch nicht sein. Sie steckte das Handy weg und rannte in ihr Zimmer. Vor dem bodentiefen Spiegel blieb sie stehen und sah sich an. Die abgeschnittenen kurzen Jeans und das helle Hemd dazu standen ihr gut. Ambre drehte den Kopf und fasste sich ins Haar. Ja, so musste es gehen. Sie holte ihre Sneakers hervor und streifte sie über die Füße. Dann packte sie ein Handtuch in ihren Rucksack, holte sich eine Flasche Wasser und verließ das Gebäude wieder.
Die vier Frauen sahen ihr mit gespannten Mienen entgegen.
»Ich gehe an den Strand«, verkündete sie, während sie sich um

eine ruhige Stimme bemühte. Sie nahm den Block von ihrem Stuhl und packte ihn ebenfalls in den Rucksack.

Ihre Mutter musterte sie wissend. Verdammt! Vor ihr konnte Ambre aber auch gar nichts verbergen.

»Mach das«, ermunterte Pauline sie. »Sicher triffst du dort ein paar junge Leute.«

Nachdem sie sich von ihrer Familie verabschiedet hatte, schwang sich Ambre auf ihr Rad und fuhr los.

Eine Dreiviertelstunde später bog sie auf den sandigen Parkplatz ein, den Louis ihr genannt hatte. Schon von Weitem erkannte sie den dunkelhaarigen Jungen, der auf einem der Holzbalken saß, die die Parkflächen voneinander abtrennten. Als er sie sah, winkte er lässig, erhob sich und schlenderte auf sie zu.

»Schön, dass du gekommen bist.«

Ambre stieg vom Rad und nestelte umständlich an ihrem Schloss herum, da sie nicht wusste, wie sie sich verhalten, wie sie ihn begrüßen sollte. Sie musste es hinter sich bringen, redete sie sich ein. Nervös richtete sie sich wieder auf und blickte ihn an.

»Salut!«

Auch Louis wirkte irgendwie hilflos. Nach einem Moment des Schweigens machte er einen Schritt auf sie zu und umarmte sie flüchtig.

Für wenige Sekunden konnte sie seinen Geruch wahrnehmen. Ihr Magen begann zu kribbeln.

»Wollen wir?« Er deutete zu den Holzbohlen, die zum Strand führten.

Ambre nickte.

Während sie nebeneinander hergingen, überlegte sie, was sie sagen konnte. Was sollte er nur von ihr denken? Dass es ihr die Sprache verschlagen hatte?

»Wollen wir uns hierhersetzen?«, unterbrach Louis schließlich das angespannte Schweigen zwischen ihnen.

»Gern.«

Sie breiteten ihre Handtücher aus und setzten sich. Mehrere Familien befanden sich in einiger Entfernung von ihnen. Kleine Kinder planschten am Ufer. Zwei Möwen staksten über den Sand und hielten nach Futter Ausschau. Ambre sah auf die im Sonnenlicht glitzernde Wasseroberfläche und fragte sich, was sie hier eigentlich tat.

Louis räusperte sich. »Ich hatte schon befürchtet, du würdest meine Anrufe ignorieren.«

Was sollte sie darauf erwidern? Ambre drehte leicht ihren Kopf und spürte seinen Blick auf sich. Sie zuckte mit den Achseln. »Wie ich schon sagte, ich war beschäftigt.«

Er nickte. »Ich wollte unbedingt mit dir reden.«

Ihr Puls beschleunigte sich. Sie schluckte. »Wieso?«

»Wegen ...« Er nahm ihre Hand. »Wegen der Zeichnung.«

Ambre spürte, wie ihre Wangen zu glühen begannen. Wäre sie doch nur nicht ans Telefon gegangen! Am liebsten hätte sie sich augenblicklich im Sand vergraben. Ganz tief, dass niemand sie mehr sehen konnte. Ihr Gesicht musste knallrot sein.

»Darf ich das Bild noch mal sehen?«, fragte er leise neben ihr.

Ambres Gedanken rasten. Wieder zuckte sie mit den Schultern. »Bitte!«

Sie entzog ihm ihre Hand und nickte. Mit zitternden Fingern öffnete sie den Rucksack und holte den Block hervor. Wortlos reichte sie ihn Louis.

»Wer ist das?«

Ambre hatte gar nicht hingesehen, als sie den Zeichenblock herausgezogen hatte. Sie betrachtete das Gesicht ihrer Ururoma. »Das ist Antoinette«, erklärte sie. »Die Uroma meiner Mutter.«

Louis' Augen weiteten sich. »Du hast eine Ururoma?«

Ambre nickte.

»Wow!« Sekundenlang starrte er auf das Bild. »Es ist ... wunderschön.«

»Danke«, presste sie ungelenk hervor.

Er blätterte die Seite um – und verharrte.

»Wenn du jetzt sauer bist ...«, sagte Ambre schließlich, da sie das unangenehme Schweigen kaum noch aushalten konnte. Unruhig grub sie ihren rechten Fuß in den Sand.

»Sauer?« Louis klang verwundert. »Wieso sollte ich sauer sein?«

»Na ja«, setzte Ambre an. »Ich hätte dich vorher fragen sollen. Und als ich am Freitag einfach davongerannt bin ...« Sie schnaubte.

»Du hast echt Talent.« In Louis' Gesicht zeigte sich Anerkennung.

»Es macht mir Spaß.«

Er hatte sie nicht gefragt, warum sie ihn gezeichnet hatte. Vielleicht gestaltete sich die Situation glimpflicher als befürchtet.

»Es ist noch nicht fertig.« Er ließ seine Finger über das Porträt wandern.

»Ich kann es wegwerfen«, schlug Ambre vor. »Oder du kannst es haben.«

Louis hob sein Gesicht und wandte sich ihr zu. Eine gefühlte Ewigkeit sahen sie sich schweigend an. Ambres Herz pochte wild.

»Würdest du es fertig zeichnen?«

Sie räusperte sich. »Wenn du möchtest.«

Er nickte. »Es wäre mir eine Ehre.«

Sie hob die Brauen. »Wirklich?«

Wieder nickte er nur stumm. Dann nahm er erneut ihre Hand und zog Ambre näher zu sich. Als sich seine Lippen ihrem Gesicht näherten, hätte Ambre fast nach Luft geschnappt. Ihre Eingeweide zogen sich zusammen. Ihre Haut begann zu kitzeln. Sie schloss die Augen und genoss seine sanfte Berührung, die sich so leicht anfühlte wie der Flügelschlag eines Schmetterlings. Als er seine Arme um sie schlang, drehte sie sich in seine Richtung und schmiegte sich enger an ihn. Es schien wie ein Traum. Nein, es war viel schöner als ein Traum. Es passierte wirklich. Sie bekam den ersten Kuss ihres Lebens. Wenn Louis' Lippen ihren Mund nicht bedeckt hätten, hätte sie wahrscheinlich laut aufgejauchzt, so glücklich war sie. So wundervoll fühlte sich mit einem Mal ihr Leben an. Hier am Strand, in diesem Moment mit dem tollsten Jungen, den sie bisher getroffen hatte.

39

Florence durchquerte gerade den Krankenhausflur, als ihr Franck Rammiers entgegenkam. Na, der hatte ja Nerven!
»Madame Fournier.« Valéries Mann schien ebenso überrascht über die Begegnung wie sie.
»Monsieur Rammiers.« Sie nickte knapp und wollte schon an ihm vorbeigehen, als er vor ihr stehen blieb. »Haben Sie einen Moment für mich?«
Florence musste sich innerlich zusammenreißen, bedeutete ihm dann aber, ihr in die Sitzecke zu folgen, die sich in der Nähe von Valéries Krankenzimmer befand. »Was gibt es?«
»Ich ...«, begann er mit gesenkter Stimme, während sein Blick fahrig umherschweifte. »Ich habe Mist gebaut.«
»Mist gebaut?« Florence meinte, ihren Ohren nicht zu trauen. »Den Begriff ›Mist bauen‹ würde ich verwenden, wenn ein Schüler mir erzählt, dass er beim Schummeln erwischt wurde. Sie hingegen haben Ihre Frau krankenhausreif geschlagen. Mit ›Mist bauen‹ hat das sehr wenig zu tun.«
Er nickte. »Sie haben sich Ihr Urteil also bereits gebildet.«
»Das habe ich allerdings«, erklärte Florence unbeeindruckt. »Wenn Sie noch etwas retten möchten, zeigen Sie sich umgehend selbst an und begeben sich auf direktem Weg in Therapie.«
»Dann haben Sie ihr den Scheiß wohl eingeredet«, murmelte er hörbar verärgert vor sich hin.
Obwohl Florence nicht verstand, was er damit meinte, fragte sie nicht weiter nach, sondern erhob sich und sah auf ihn herab. »Ich denke, unser Gespräch ist hiermit beendet, Monsieur.«
Während sie sich zum Gehen wandte, senkte er ohne ein weiteres Wort seinen Kopf und verbarg das Gesicht in seinen Händen. Florence steuerte auf die Tür zu Valéries Raum zu und klopfte.

Nach einer leisen Aufforderung trat sie ein. »Bonjour, Valérie.«
Die junge Mutter saß mit aufrecht gestelltem Rückenteil in ihrem Bett und weinte leise.

Florence trat auf sie zu und nahm ihre Hand. »Sie hatten Besuch.« Es war keine Frage.

Valérie nickte.

»Und Ihr Mann hat sich entschuldigt und Ihnen versichert, so etwas käme nie wieder vor.«

Wieder nickte sie.

»Außerdem hat er Sie gebeten, ihn nicht anzuzeigen und ihn nicht zu verlassen.«

Sichtlich überrascht blickte Valérie zu ihr auf. »Woher ...?«

Florence schüttelte den Kopf. Dann rückte sie sich einen Stuhl zurecht und setzte sich dicht neben das Bett. »Es wird Ihnen nichts helfen, aber es gibt bestimmte Verhaltensmuster, die sich immer wiederholen.« Florence holte ein Taschentuch aus ihrer Tasche und reichte es der weinenden Frau. Geduldig wartete sie, bis Valérie sich die Nase geputzt und etwas beruhigt hatte.

»Ich habe Franck gesagt, dass ich ihn mit den Kindern verlassen werde. Und dass ich Anzeige gegen ihn erstatte.«

Florence nickte. Deshalb also seine Verwünschungen.

»Ich habe keine Ahnung, wo ich mit den Kindern hinsoll, von was wir leben sollen.« Valéries Körper wurde von einem Zittern erfasst. »Aber sehen Sie mich doch an! Sieht das etwa nach Liebe aus?« Sie deutete auf ihr geschundenes Gesicht und hob den rechten Arm. Dann schüttelte sie den Kopf. »Ich weiß nicht, ob ich gerade einen großen Fehler mache, aber ...«

»Es gibt immer einen Weg zurück, Valérie«, erklärte Florence. Ihr Mitgefühl mit der verletzten Frau wuchs. »Wenn Sie ihm jetzt nicht seine Grenzen aufzeigen, wird es mit ziemlicher Wahrscheinlichkeit wieder passieren.« Sie drückte Valéries Hand. »Ihr Mann braucht dringend Hilfe. Er muss lernen, seine Frustration anderweitig abzubauen. Er kann sich beim Sport auspowern, kann versuchen, in der Natur zu entspannen. Es gibt viele Wege, Stress zu reduzieren. Gewalt ist aber definitiv keine Lösung.« Sie betrachtete die Platzwunde auf Valéries Stirn. »Wenn er versteht, was er Ihnen angetan hat, kann es auch wieder andere Optionen geben.«

»Die junge Frau nickte. »Mein Verstand hat es mittlerweile kapiert.« Sie versuchte sich an einem schwachen Lächeln. »Aber mein Herz ...« Wieder begann sie, leise zu schluchzen. »Léonie und Mathéo lieben ihren Vater. Was soll ich ihnen nur sagen?«

»Darüber sollten Sie sich momentan nicht den Kopf zerbrechen. Die beiden sind doch fürs Erste gut bei Ihrer Mutter aufgehoben. Sobald es Ihnen selbst etwas besser geht, können Sie sich immer noch Gedanken darüber machen. Ihre Kinder sind stärker, als Sie denken. Und ich helfe Ihnen gern dabei, wenn Sie Unterstützung möchten. Wir finden eine Lösung. Für Ihre Wohnsituation und auch für das Finanzielle.«

Valérie schniefte und erwiderte den Druck auf Florence' Hand. »Danke.«

»Dafür bin ich da.«

»Ich weiß, aber trotzdem ...« Sie sah zum Fenster. »Ich hätte viel früher reagieren müssen.«

»Valérie, es nützt nichts, sich Vorwürfe zu machen, was Sie wann hätten anders tun können. Entscheidend ist, was Sie jetzt unternehmen. Wie Sie die Weichen für die nächsten Monate stellen.«

»Sie haben mit ihm gesprochen.« Valéries Blick schien geradezu nach einem Hoffnungsschimmer zu gieren.

»Ganz kurz«, erwiderte Florence leise. »Aber Ihr Mann ... scheint nicht einsichtig zu sein. Er hat mir unterstellt, ich hätte Sie beeinflusst.«

Valérie seufzte. »Er will es nicht wahrhaben.«

Es klopfte erneut an der Tür.

»Das sind meine Mutter und die Kinder«, flüsterte Valérie. »Sie waren gestern schon da und hatten angefangen zu weinen, als sie mich so sahen.«

»Ihre Kinder schaffen das.« Florence nickte ihr aufmunternd zu, als auch schon die Tür aufgerissen wurde und Mathéo und Léonie in den Raum stürmten.

»Maman«, riefen sie laut und rannten auf das Bett zu.

Florence erhob sich und stellte den Stuhl eilig zur Seite. Eine ältere Frau trat ins Zimmer. »Pscht! Ich habe euch doch gesagt, dass eure Mutter etwas Ruhe braucht.«

Sie zuckte entschuldigend mit den Achseln, während sie Florence ansah.

Sie stellte sich vor und gab der Frau die Hand. Die Kinder hatten sich rechts und links von Valérie aufs Bett gesetzt und sich mit den Oberkörpern an ihre Mutter gekuschelt.

»Es ist gut, dass Valérie Ihre Unterstützung hat, Madame«, erklärte Florence leise.

»Mein Schwiegersohn …«, setzte deren Mutter mit trauriger Stimme an, »… ich hätte nie gedacht, dass er zu so etwas fähig ist. Sie kennen sich ja schon sehr lange. Und bis vor Kurzem …« Sie fuhr sich übers Gesicht. »Ich verstehe es nicht …«

»Menschen können sich im Laufe der Jahre verändern, sowohl zum Guten als auch zum Schlechten«, entgegnete Florence. »Wichtig ist jetzt, dass die Lage nicht außer Kontrolle gerät. Aber ich habe das Gefühl, dass Ihre Tochter auf dem richtigen Weg ist.«

»Werden Sie die drei weiter betreuen?« In der Stimme von Valéries Mutter schwang unüberhörbar Hoffnung mit.

Florence nickte. »So lange, wie Ihre Tochter es möchte. Sie kann sich jederzeit an mich wenden, wenn es Probleme gibt. Valérie ist eine starke Frau. Sie schafft das.«

Als ihr Handy zu klingeln begann, verabschiedete sie sich hastig und ließ die Familie allein. Es war Julien.

»Bonjour«, begrüßte Florence ihn und registrierte verärgert ihr schneller pochendes Herz.

»Lust auf einen kleinen Spaziergang?«, erklang Juliens gut gelaunte Stimme.

Florence sah auf die Uhr im Krankenhausflur. »Wann?«

»Wie wäre es mit jetzt gleich? Treffen wir uns am Fuß des Mont Saint-Clair.«

»Gut«, willigte Florence ein, bevor sie überhaupt darüber nachdenken konnte. »Ich bin schon in der Stadt und kann in zehn Minuten dort sein.«

»Perfekt«, erwiderte Julien. »Ich freue mich. Bis gleich.«
Florence beendete das Gespräch. Als sie das Telefon in die Tasche zurückstecken wollte, ging eine neue Nachricht ein. Florence sah aufs Display. Sie war von Ambre. Anscheinend war das Treffen mit Louis gut gelaufen. Ihre Tochter teilte ihr mit, dass sie vor heute Abend nicht mit ihr rechnen solle. Florence musste grinsen. Wie gern hätte sie gewusst, was zwischen Ambre und dem ihr unbekannten Louis passiert war. Sie sollte den jungen Mann unbedingt mal zum Essen einladen. Reiß dich zusammen, Florence, tadelte sie sich im nächsten Moment. Und kümmere dich gefälligst um deine eigenen Angelegenheiten!

Keine Viertelstunde später kam sie am vereinbarten Treffpunkt an, wo Julien bereits auf sie wartete. Sie trat auf ihn zu und wollte ihm drei Küsse auf die Wange hauchen. Doch Julien war schneller und schlang überraschend seine Arme um sie.

»Ich bin froh, dass du gekommen bist«, raunte er an ihrem Ohr.

Sein Geruch und die Wärme, die sein Körper ausstrahlten, vernebelten Florence' Sinne. Sie musste sich zusammenreißen, schließlich war sie kein Teenager mehr. Als sie sich voneinander lösten, bedauerte sie fast, dass er sie nicht länger in seinen Armen hielt. Sie räusperte sich.

»Ambre trifft sich in diesen Minuten mit Louis.«

Julien verzog sein Gesicht. »Wow!«

»Ich glaube, unsere Tochter ist bis über beide Ohren verliebt.« Warum nur klang ihre Stimme belegt?

»Ich würde mich sehr für sie freuen«, entgegnete Julien lächelnd. »Bist du fit für den Aufstieg?« Er deutete die steile Straße hinauf.

Florence nickte. »Ich war ewig nicht mehr oben.«

»Das Wetter ist heute sehr klar. Ich denke, wir werden eine phänomenale Aussicht haben.«

Während des anstrengenden Aufstiegs sprachen sie nur wenig. Florence' Puls stieg in ungeahnte Höhen, sodass sie sich mehrmals verfluchte. Sie sollte dringend mehr Sport treiben. Immer wieder musste sie stehen bleiben, um zu Atem zu kommen. Julien schien die körperliche Beanspruchung weitaus weniger auszumachen. Als sie kurz vor dem Gipfel waren, blieb sie erneut auf den Treppenstufen stehen und sah auf die Stadt hinab. Das Meer lag schier endlos vor ihnen.

»Ich fühle mich wie achtzig«, bekannte sie genervt. »Mir war gar nicht bewusst, wie unsportlich ich bin.«

Julien, der schon einige Meter weiter gewesen war, kehrte um und stellte sich neben sie. »Sei nicht so streng mit dir. Wir sind eben keine achtzehn mehr.«

Florence lachte. »Danke, dass du mich daran erinnerst.«

»Jedes Alter hat seine ganz eigenen Vorzüge«, erklärte er leise und nahm ihre Hand.

Florence sah erst auf ihre ineinander verschlungenen Finger, bevor sie Juliens Blick erwiderte, der abwartend auf ihr ruhte.

»Ambre ist übrigens nicht die Einzige, die bis über beide Ohren verliebt ist«, erklärte er mit rauer Stimme.

Florence hielt den Atem an. »Denkst du wirklich, das mit uns könnte funktionieren?«

Ihr Körper zumindest scherte sich nicht um eine Antwort auf die Frage. Jede Faser, jede Zelle schien sich in diesem Augenblick nach dem Mann zu sehnen, der so dicht vor ihr stand. Zu dicht, wie Florence' Verstand im Gegensatz zu ihrem Herzen befand.

»Vielleicht sollten wir einfach weniger denken?« Julien nahm auch ihre andere Hand und musterte sekundenlang Florence' Gesicht. »Du hast mir so gefehlt. Und ich glaube, ich habe all die Jahre nicht wahrhaben wollen, wieso keine meiner Beziehungen ...« Er wiegte seinen Kopf. »... keine meiner angehenden Beziehungen wirklich funktioniert hat.«

»Wieso?« Ihre Stimme war kaum lauter als ein zarter Windhauch.

»Weil mein Herz nicht frei war.«

»Julien ...«

Florence' Gedanken überschlugen sich. Ging es ihr nicht ähnlich? Auch sie hatte in den letzten Jahren wenig Glück mit Männern gehabt. Der Richtige war ihr in Paris zweifelsohne nicht über den Weg gelaufen. Hatte Julien recht mit seiner Vermutung? Hatten sie sich beide nie wirklich vergessen können? Wie gern würde sie ihre Arme um seinen Nacken legen, seinen Körper endlich an ihrem spüren, seine Lippen auf ihren?

»Warum tust du es dann nicht?«, wollte er von ihr wissen, als ob er ihre Gedanken lesen könnte.

Florence zögerte nur den Bruchteil einer Sekunde, bevor sie ihrer Sehnsucht endlich nachgab und ihn dichter an sich zog. Julien reagierte augenblicklich auf ihre Initiative, nahm ihr Gesicht in seine Hände und küsste sie, als hätte er nie etwas anderes getan, als hätte er nie überhaupt nur damit aufgehört. Schmetterlinge erhoben sich in Florence' Unterleib, vertraute Gefühle durchströmten ihren Körper, und doch fühlte es sich so aufregend anders an. Reifer, bedächtiger, intensiver. Sie konnte gar nicht genug von seinen Liebkosungen bekommen. Juliens Hände schienen überall gleichzeitig zu sein. Florence vergaß Raum und Zeit um sich herum und klammerte sich wie eine Ertrinkende an den Vater ihrer Tochter.

Als sie nach einer gefühlten Ewigkeit voneinander abließen, schnappte Florence atemlos nach Luft.

»Wow!«, entfuhr es ihr, während sie zu Julien sah, der ähnlich ramponiert aussah, wie sie sich innerlich fühlte. Das Haar stand ihm wild vom Kopf, seine Brille saß schief auf der Nase. Ihr Gesicht hatte einige Flecken auf den Gläsern hinterlassen.

»Selber wow.« Julien grinste, während er seine Brille abnahm und sie zu säubern begann.

»Was war das?« Florence konnte noch immer nicht fassen, dass sie ohne Vorwarnung wie zwei ausgehungerte Teenager auf offener Straße übereinander hergefallen waren.

Julien setzte die Brille wieder auf, legte seine Hand an ihre Wange und schenkte ihr ein liebvolles Lächeln. »Nach was hat es sich denn angefühlt?«

»Können wir das wirklich schaffen?«, wollte sie leise von ihm wissen.

Er nahm die Hand von ihrem Gesicht und legte sie über ihre linke Brust. »Was sagt dir das hier drinnen?«

»Es ist so unglaublich viel passiert«, wisperte sie. Zu vieles stürmte gerade auf sie ein. Sie war nicht in der Lage, geradeaus zu denken.

»Außer Ambre und uns beiden ist nichts davon mehr wichtig«, erwiderte er leise.

Ein älteres Ehepaar stieg schwer schnaufend an ihnen vorbei die Gasse hinauf. Die Frau sah erst zu Julien, bevor sie Florence anblickte und unmerklich den Kopf schüttelte.

»Lass uns zu mir gehen.« Julien zog Florence erneut an sich und ließ seine Hände über ihren Rücken wandern. »Die Meinung der anderen interessiert mich nicht. Wir haben schon viel zu viel Zeit vergeudet.« Er blinzelte. »Was hältst du von meinem Vorschlag?«

Als sie die Wärme, die Vertrautheit, die ... Liebe in seinen Augen erkannte, nickte sie.

»Auf direktem Weg? Ohne Umweg über den Gipfel?« Sie zeigte zum Bergrücken, der sich keine zwanzig Meter über ihnen befand.

»Auf direktem Weg«, erklärte Julien bestimmt. »Ohne Umweg über den Gipfel.« Dann beugte er sich zu ihr und küsste sie erneut, diesmal zärtlicher und behutsamer. »Denn ich kann keine Minute länger warten«, murmelte er an ihrem Ohr. »Ich will dich jetzt.«

Julien fuhr mit seinen Fingern sanft über Florence' Hüfte. Ein wohliger Schauer durchströmte ihren Körper. Sie legte den Kopf auf ihre Hände und betrachtete den Mann, der sie in den letzten Stunden alles um sie herum hatte vergessen lassen. »Hm, das fühlt sich so unglaublich gut an«, schnurrte sie zufrieden.

Julien lächelte und küsste sie auf ihre Nasenspitze. »Dito.«

Florence legte eine Hand an seine Wange. »Ich kann es noch gar nicht fassen.«

»Was genau?« Er rückte näher und streichelte ihren Oberschenkel.

»Du und ich hier in deinem Bett.« Sie strich ihm übers Gesicht.

»Wir hätten wohl kaum auf dem Mont Saint-Clair übereinander herfallen können«, gab er grinsend zurück.

Florence verdrehte die Augen. »Über dieses Alter sind wir wohl lange hinaus.«

Seine Miene wurde ernst. »Warum eigentlich? Was, wenn ich nicht darüber hinaus sein möchte?« Er zog sie dichter an sich. »Fühlt es sich für dich etwa an, als ob wir darüber hinaus wären?«

Sie schluckte. »Nein«, erwiderte sie zögernd. »Nein, so fühlt es sich nicht an. Es ist irgendwie merkwürdig. Du bist mir vertraut und nah. Und doch tanzen die Schmetterlinge in meinem Bauch ihren ganz eigenen Tango.«

Er lächelte. »Das klingt schön.« Er küsste sie zart. »Aber ich kann dich beruhigen. Mir geht es ganz genauso. Ich hätte nie gedacht, dass wir ... dass das mit uns noch so ...« Er suchte nach Worten.

»... so heiß ist?« Sie zwinkerte ihm kokett zu.

»Ja«, gab er zu. »Heiß ist wohl die richtige Beschreibung.«

»Auf jeden Fall fühlt es sich ... wundervoll an«, erwiderte Florence, während sich ein Glücksgefühl in ihr ausbreitete, wie sie es lange nicht erlebt hatte. Sie drehte sich auf den Rücken und starrte an die Decke.

»Denkst du, wir haben die Auszeit gebraucht?« Julien schlang seinen Arm um ihren Oberkörper und betrachtete sie.

»Nach dem Motto ›Du lernst erst zu schätzen, was du hattest, nachdem du es verloren hast‹?« Florence legte ihre Hand auf seine und schüttelte den Kopf. »Ich weiß es nicht. Die Anfangszeit in Paris war echt hart. Es wäre eine Lüge, wenn ich sagen würde, ich hätte diese Phase gebraucht.« Sie atmete tief durch. »Zu meiner persönlichen Weiterentwicklung, zu meinem ...«

»Es tut mir unendlich leid«, bekannte Julien leise. »Ich habe dich damals im Stich gelassen.«

Florence wusste nichts darauf zu erwidern. Sie wandte ihren Kopf und sah auf die Uhr. Erschrocken zuckte sie zusammen. »Sind wir wirklich seit vier Stunden ...?« Sie richtete ihren Oberkörper auf. »Ich muss nach Hause. Wenn Ambre heimkommt ...«

Julien nickte. »Du kannst gern noch hier duschen.« Dann setzte auch er sich auf.

Florence hauchte ihm einen Kuss auf die Wange. »Ich bin gerade sehr glücklich.«

»Ich auch.«

Sie sah ihn forschend an. Seine Miene wirkte mit einem Mal angespannt und fast verschlossen. »Alles in Ordnung?«
Er nickte, wich jedoch ihrem Blick aus.
Vielleicht war er einfach mit der neuen Situation überfordert. Auch Florence konnte kaum beschreiben, was in ihr vorging. Ihre Gefühle hatten sie wie eine unvorhergesehene Sturmflut überrollt. Nachdem sie in Juliens Wohnung angekommen waren, hatte es für sie beide kein Halten mehr gegeben. Wie zwei Teenager hatten sie sich gegenseitig die Kleidung vom Leib gerissen und waren in einem Strudel voller Leidenschaft und Verlangen versunken. Bei dem Gedanken daran musste Florence schmunzeln. Sie stieg aus dem Bett und ging ins Bad.
Nachdem sie kurz darauf das Wasser wieder abgestellt hatte, hörte sie die Haustürklingel. Wer schaute jetzt bei Julien vorbei? Er hatte nicht erwähnt, dass er jemanden erwartete. Sie schlang sich ein Handtuch um den Körper und öffnete vorsichtig die Tür. Ihre Kleidung lag überall im Flur verstreut. Hoffentlich würde sein Besuch gleich wieder verschwinden.
Als sie plötzlich Ambres Stimme hörte, seufzte Florence auf. Auf Zehenspitzen wollte sie sich leise ins Schlafzimmer schleichen, doch als sie in der Mitte des Flurs ankam, erstarrte sie. Julien und ihre Tochter standen in der Wohnzimmertür und fixierten sie ungläubig. Julien trug nur eine Jeansshorts, sein Oberkörper war nackt. Beklommen blickte Florence an sich herab, bevor sie wieder den Kopf hob.
»Was ist das?« Ambre sah von Julien zu Florence und wieder zurück. »Was ist mit euch? Warum schleichst du halb nackt durch Papas Wohnung?«
Der Ekel stand Ambre regelrecht ins Gesicht geschrieben.
»Ambre, hör zu …« Julien fand als Erster seine Sprache wieder. »Deine Mutter und …«
»Nein«, brüllte Ambre ohne Vorwarnung. »Ich will das nicht hören!« Sie schlug die Hände vors Gesicht. »Ich will das nicht sehen!« Ihre Augen füllten sich mit Tränen. »Warum Papa?«, schrie sie Florence an. »Warum musst du …? Alter, ist das widerwärtig!«

Ihre Stimme versagte. Sie schüttelte den Kopf und stürmte ohne ein weiteres Wort aus der Wohnung.

»Merde!« Julien stemmte die Hände zu Fäusten geballt in die Hüften und blickte auf die zufallende Tür.

»Willst du ihr nicht hinterher?«, fuhr Florence ihn an, während sie sich bückte, um ihre Unterwäsche aufzusammeln. Hastig ließ sie das Handtuch fallen und zog sich an. Ihre Hände zitterten. »Julien!«

Er stand noch immer wie versteinert im Türrahmen und rührte sich nicht.

»Geh ihr hinterher!«

»Das hat doch keinen Sinn«, widersprach er seltsam gefasst. »Sie ... sie muss sich erst mal beruhigen.«

»Hättest du sie nicht abwimmeln können?« Florence schloss den Knopf ihrer Jeans. »Sie weiß jetzt, dass wir ...«

»Was hätte ich denn sagen sollen? Pardon, aber ich hatte gerade Sex mit einer Frau, bei der es sich zufälligerweise um deine Mutter handelt? Es passt gerade nicht?« Er schob seine Brille zurecht.

Florence schnaubte. Natürlich hatte er recht. Niemand konnte verlangen, dass er seiner eigenen Tochter den Zutritt zu seiner Wohnung verwehrte. Aber was ging Ambre jetzt durch den Kopf?

»Sie weiß jetzt, dass wir miteinander ...«

»... geschlafen haben.« Er nickte bekümmert. »Das wird sie mit ihren fünfzehn Jahren kapiert haben.«

»Was machen wir denn jetzt?« Florence fuhr sich durchs Haar und sah Julien abwartend an.

»Sie wird sich wieder beruhigen.«

»Wie kannst du nur so gelassen bleiben?« Florence konnte es kaum glauben.

»Sie hat ihre Eltern nach dem Sex erwischt«, erklärte er mit ruhiger Stimme. »Florence, sie wird sich wieder einkriegen.«

»Ja, sie hat ihre Eltern, die zufällig seit fünfzehn Jahren nicht mehr zusammen sind, nach dem Sex erwischt«, korrigierte sie ihn mit sarkastischem Unterton. »Das ist ein kleiner, aber bedeutender Unterschied.«

»Florence, ich muss mit dir reden.«

Sie musterte ihn irritiert. »Was? Jetzt?«

Er nickte.

»Ich wollte doch nach Hause gehen«, widersprach sie ungehalten. »Und ich muss nach Ambre suchen.«

»Wir müssen jetzt reden«, wiederholte er in entschlossenem Ton. »Bitte.«

Florence folgte ihm seufzend ins Wohnzimmer. Sie setzte sich auf die Couch, während Julien sich in einen der Sessel sinken ließ. Mit gerunzelter Stirn sah sie ihn an. »Was ist denn jetzt los? Willst du mir etwa sagen, dass das eben mit uns ein Fehler war?«

»Nein«, begann er leise, erwiderte ihren Blick jedoch nicht. »Nein, das will ich nicht sagen. Ganz im Gegenteil. Es war das Beste, was mir seit Langem passiert ist. Und genau deswegen muss ich dir etwas erklären …«

Eiseskälte legte sich um Florence' Herz. Sie spürte augenblicklich, dass er ihr etwas mitteilen wollte, was ihr nicht gefallen würde. Die Unbeschwertheit der letzten Stunden war schlagartig verflogen.

»Was ist passiert?«

»Nichts«, wiegelte er ab. »Es ist gar nichts passiert.«

»Dann rede endlich«, herrschte sie ihn an, da ihre Angst übermächtig zu werden drohte.

»Du wirst mich hassen, aber wenn wir wirklich einen Neuanfang wagen wollen, muss die Wahrheit endlich auf den Tisch.« Er beugte sich vor und sah ihr fest in die Augen. »Ich habe dich vor fünfzehn Jahren nicht betrogen.«

Florence meinte, ihren Ohren nicht zu trauen. »Was?«

Er stöhnte. »Ich habe dich nicht betrogen.«

»Ich habe gehört, was du gesagt hast, aber ich verstehe es nicht«, pflaumte sie ihn an.

»Auf dieser Party … Ich bin mit Martine in einem der Schlafzimmer verschwunden«, fuhr er fort. »Das stimmt. Und ich wollte mit ihr …« Er schloss die Augen. »Ich war total durcheinander. Aber ich konnte nicht … Ich habe es nicht übers Herz gebracht …

Die ganze Zeit musste ich nur an dich denken ... Was ich dir damit antun würde ... Dieses Baby ...« Sein Blick flackerte. »Zwischen Martine und mir ist nichts passiert, Florence. Das schwöre ich dir.« Ihre Gedanken überschlugen sich. »Ich verstehe nicht ...«, stammelte sie, während sie zu zittern begann. »Warum hast du mir nicht die Wahrheit gesagt? Warum hast du mich in dem Glauben gelassen ...« Sie konnte nicht mehr.

»Weil ich ein Feigling war«, antwortete er mit düsterer Stimme. »Ich hatte Angst. Ich wollte dieses Kind nicht. Ich wollte diese Schwangerschaft nicht. Verdammt, Florence, ich war der größte Idiot, der auf dieser Erde herumläuft.« Er schüttelte den Kopf. »Nein, ich *bin* der größte Idiot, der auf dieser Erde herumläuft. Ich habe dich einfach gehen lassen und dachte, das Problem sei damit erledigt.« Er kniff seine Lippen zusammen. »Ich weiß, dass du mir das nicht verzeihen kannst. Ich habe dich im Stich gelassen, obwohl ich dich hätte unterstützen müssen. Ich habe mich feige und völlig verantwortungslos verhalten, und es gibt keine Entschuldigung dafür.«

Für einige Minuten herrschte eine unangenehme Stille zwischen ihnen.

»Du hast mich nicht betrogen«, murmelte Florence fassungslos.

»Nein, aber ich habe dich belogen und im Stich gelassen«, erwiderte er kaum hörbar.

»Ich muss jetzt gehen.« Florence erhob sich und nahm ihre Tasche wie in Trance.

»Auch wenn du es jetzt nicht hören willst«, sagte Julien hinter ihr, als sie sich zum Flur drehte. »Ich liebe dich, ich habe dich damals geliebt und tue es noch immer. Und auch wenn du mir nicht glauben wirst, ich wollte dir niemals wehtun. Es tut mir unendlich leid, was ich dir und Ambre angetan habe.«

Seine Worte schnürten Florence beinahe die Kehle zu. Ohne ein weiteres Wort steuerte sie auf die Tür zu und verließ Juliens Wohnung.

40

Während Florence durch die Straßen Sètes fuhr, konnte sie keinen einzigen klaren Gedanken fassen. Julien hatte sie nicht betrogen. Er hatte sie jedoch in dem Glauben gelassen, da er nicht bereit gewesen war, die Verantwortung für sie und das ungeborene Baby zu übernehmen. Fahrig trommelte sie mit den Fingern aufs Lenkrad. Was hatte er getan? Florence war fünfzehn Jahre davon ausgegangen, dass ihr Ex-Freund … Ex-Freund, dachte sie nun zynisch, dass er nichts Besseres zu tun gehabt hatte, als eine andere zu vögeln, nachdem Florence ihm von der Schwangerschaft erzählt hatte. Machte sein Geständnis irgendetwas ungeschehen? Nein, er hatte sie aufs Übelste hintergangen und belogen.

»Fahr doch«, zischte sie genervt, als der kleine Peugeot vor ihr nicht beschleunigte, obwohl die Geschwindigkeitsbegrenzung an dieser Stelle aufgehoben wurde.

Sie seufzte. Wie hatte Julien ihr das nur antun können? Ausgerechnet Julien, den schon immer seine entwaffnende Offenheit, seine bewundernswerte Bodenständigkeit und seine Unkompliziertheit ausgezeichnet hatten. Bei Florence war es nicht Liebe auf den ersten Blick gewesen, als sie mit Julien zusammenkam. Sie hatte ihn allerdings schon länger gemocht. Er war keiner dieser braun gebrannten, supersportlichen Aufschneider gewesen, denen alle Mädchen hinterherliefen. Julien war ein Traummann auf den zweiten Blick. Sein feinsinniger Humor, seine liebevolle Art, seine herausragende Intelligenz, das waren Dinge, die sich einer Frau erst bei näherem Hinsehen erschlossen.

Als Florence an jenem Abend von einem anderen Klassenkameraden bitter enttäuscht worden war, hatte Julien kein großes Aufheben darum gemacht, nein, er hatte sich auch nicht als Lückenfüller gefühlt. Er war einfach da gewesen, hatte sie aufgefangen in ihrem

Katzenjammer und ihr mit seiner direkten Art wieder ein Lächeln ins Gesicht gezaubert. Selbst jetzt wurde ihr beim Gedanken an damals ganz warm ums Herz. Und doch ... Wie hatte er sich ihr gegenüber nur derart grausam verhalten können?

Florence bog auf den Parkplatz am Strand ein und stellte den Wagen ab. Ihre Tasche verstaute sie unter dem Beifahrersitz. Dann stieg sie aus. Sie zog ihre Schuhe aus und betrat den Strand. Es war später Nachmittag, es befanden sich kaum noch Menschen hier. Florence schlenderte auf die Brandung zu und trat ins Wasser, das in sanften Wellen auf den Sand rollte. Ihre Schuhe warf sie hinter sich auf den Boden. Nachdenklich ließ sie ihren Blick zum Horizont wandern. Weit draußen erkannte sie drei weiße Segelschiffe, davor schoss eine schwarze Yacht übers Wasser. Mehrere Möwen kreisten auf der Suche nach der nächsten Mahlzeit über dem Meer. Die Sonne hatte ihre Strahlkraft bereits verloren, doch sie verwandelte die Wasseroberfläche in eine schier endlose glitzernde Ebene.

War es wirklich erst eine Woche her, seit Ambre und sie hier angekommen waren? Florence konnte es nicht glauben. Was war seitdem alles geschehen? Die Offenbarung ihrer Mutter über den tragischen Tod ihres Vaters, Antoinettes Geschichte als Widerstandskämpferin und nun auch noch Juliens Beichte ... Auf einmal schien nichts mehr so zu sein, wie es einmal war. Wie viele Enthüllungen erwarteten Florence noch?

Sie grub mit den Zehen im nassen Sand. Das Wasser schwappte kalt über ihre Füße. Sie musste dringend mit Ambre sprechen. Wie fühlte sich ihre Tochter, nachdem sie entdeckt hatte, dass ihre getrennt lebenden Eltern ...?

Das durfte einfach alles nicht wahr sein. Wie sollte es nun weitergehen? Und wie sollte sich Florence Julien gegenüber verhalten? Wie hatte er sie bloß auf diese Weise hintergehen können? Und wie konnte er zulassen, dass sie damals alles hinter sich gelassen hatte und nach Paris gegangen war? Aufgrund seiner Täuschung! Weil sie einer Lüge aufgesessen war. Der Gedanke daran schmerzte tief.

Florence schloss die Augen und konzentrierte sich einen

Moment lang auf die sanfte Brise, die vom Meer her wehte. Ein Gemisch aus Salz, Tang und Fischgeruch stieg ihr in die Nase. Der Duft ihrer Heimat. Einer Heimat, die momentan eine überraschende Nachricht nach der anderen für Florence bereithielt.

Die aufkeimende Erinnerung an Juliens Berührungen verdrängte ihre düsteren Überlegungen. Er war noch genauso zärtlich und behutsam, wie sie ihn in Erinnerung behalten hatte. Ihre Haut begann zu kribbeln, als sie daran denken musste, wie er sie gegen die Wand im Flur gedrängt hatte. Fast meinte sie, seinen heißen Atem an ihrer Kehle wahrzunehmen, seine Hände auf ihrem Körper zu spüren, seinen Geschmack in ihrem Mund zu schmecken. Bitterkeit stieg in Florence auf. Noch vor zwei Stunden hatte sie gedacht, die glücklichste Frau auf Erden zu sein. Sie konnte förmlich sein Haar unter ihren Fingern fühlen, seine durchtrainierten Muskeln an ihrem Bauch.

Schon sehr lange hatte sie sich nicht mehr auf diese Weise zu einem Mann hingezogen gefühlt. Hatte Julien recht? War die Auszeit zwischen ihnen nötig gewesen, um ihnen die Augen zu öffnen? Nein, widersprach sie sich sofort stumm. Schon damals hatten sie eine wundervolle Beziehung geführt. Streit war zwischen ihnen nur selten vorgekommen. Auf die harte Enttäuschung, die Julien zu verantworten hatte, hätte sie gut und gerne verzichten können. Für Florence hätte es keiner Auszeit bedurft.

Wie anders wäre ihr Leben verlaufen, wenn Julien ihr damals unter die Arme gegriffen hätte? Wenn er zu ihr und Ambre gestanden hätte? Wenn sie zu einer Familie geworden wären? Tränen brannten in ihren Augen. Sie wäre niemals nach Paris abgehauen. Wie viel einfacher hätten sich die letzten Jahre gestaltet mit einem Mann an ihrer Seite, auf den sie sich hätte verlassen können?

Sie atmete tief durch, nahm ihre Tasche auf und holte ihr Handy hervor. Nachdem sie die Nummer ihrer Tochter gewählt hatte, sprang nur deren Anrufbeantworter an. Florence bat Ambre mit bebender Stimme, sie doch bitte zurückzurufen. Danach versuchte sie es bei ihrer Mutter.

»Florence, wo bist du?«, begrüßte diese sie ohne Umschweife.
»Ist Ambre bei euch?«, wollte Florence wissen, ohne auf ihre Frage einzugehen.
»Ja, sie ist hier. Sie sitzt völlig aufgelöst in ihrem Zimmer. Maman versucht gerade, an sie heranzukommen. Was ist denn überhaupt passiert?«
Florence fasste sich an die Stirn und starrte auf den Sand vor ihr. »Ich ... Es ist etwas kompliziert.« Sie wandte sich zum Gehen. »Ich beeile mich und bin gleich daheim.«

Als Florence am Château Blanc ankam, saß Antoinette auf der Veranda des Haupthauses. Weder Pauline noch Florence' Mutter waren zu sehen, von Ambre ganz zu schweigen.
Florence stellte den Wagen ab, stieg aus und wollte zur Rosenvilla eilen, als ihre Uroma winkte.
»Florence.«
Sie zögerte und änderte die Richtung.
»Wo sind alle?« Florence stieg die Stufen hinauf.
Auf dem Tisch vor Antoinette stand ein Teller mit Macarons, daneben eine Tasse Kaffee. »Deine Mutter sitzt mit Stéphane am Pavillon.« Sie lächelte milde. »Er kam überraschend vorbei. Deine Mutter ...« Sie schüttelte den Kopf. »Es schien ihr fast peinlich zu sein.«
Trotz der sie umtreibenden Sorge um Ambre musste Florence schmunzeln. Ihre Mutter hatte es verdient. Und wenn ihr Verehrer derart hartnäckig war, konnte Louise sich ihm gar nicht entziehen. Dass der Winzer ihr gefiel, hatte sie Florence gegenüber nicht wirklich erklären müssen. Wenn der Mann in Louise' Nähe war, sprach ihr Gesicht Bände.
»Wo ist Ambre?«
Antoinette deutete auf den Stuhl neben sich. »Pauline ist bei ihr und spricht mit ihr.«
»Oma?«, rutschte es Florence überrascht heraus. Pauline war nicht unbedingt für Diplomatie bekannt. Obwohl Florence ihre ehrliche Art mochte und gut damit zurechtkam, konnte sie sich

kaum vorstellen, dass sie in dieser heiklen Situation die richtigen Worte finden konnte.

»Unterschätz meine Tochter nicht«, bemerkte ihre Uroma, als ob sie Florence' Gedanken erahnte. »Pauline fällt oft mit der Tür ins Haus und hält wenig von Zurückhaltung. Aber wenn es darauf ankommt, kann sie durchaus einfühlsam und empathisch sein. Ihre manchmal etwas barsche Art ...« Sie brach ab.

»Ich liebe Pauline«, entgegnete Florence berührt. »Ich bin mir nur nicht sicher, ob sie in dieser Lage den richtigen Ton trifft.« Sie verzog ihre Mundwinkel.

Antoinette tätschelte ihre Hand. »Das wird sie. Vertrau mir.«

Florence seufzte. »Warum muss alles immer so verdammt kompliziert sein?«

»Ist es das? Oder machen wir es nur kompliziert?«

Eine berechtigte Frage.

»Möchtest du auch einen Kaffee? Oder ein Macaron?«

Obwohl das glänzende Gebäck verführerisch aussah, schüttelte Florence den Kopf. Juliens Geständnis war ihr auf den Magen geschlagen. Der bloße Gedanke an Essen verursachte ihr schon Übelkeit.

»Es gibt Dinge im Leben, die wir nicht beeinflussen können, Kind«, sagte Antoinette leise. »Wir müssen sie akzeptieren, versuchen, mit ihnen zu leben, oder sie zerstören uns.«

Florence rief sich die Erzählung ihrer Uroma in Erinnerung. »Magst du mir erzählen, wie es mit Paul und dir weiterging?« Sie musterte das runzlige Gesicht der alten Frau. Was hatten diese Augen in fast hundert Jahren gesehen?

Antoinettes Blick verfinsterte sich. Sie nickte.

41

Ich habe dir das letzte Mal von Tulipes Verhaftung erzählt. Ach, Florence, obwohl die Ereignisse so lange zurückliegen und ich diese Frau nur ein einziges Mal getroffen habe, stimmt mich ihr Schicksal noch immer unendlich traurig. Wir konnten über ihren Verbleib nichts mehr in Erfahrung bringen. Das letzte Lebenszeichen, das wir von ihr bekamen, war aus Drancy. Über dieses Lager wurde sie von den Nazis nach Deutschland verschleppt. Da niemand ihren wahren Namen kannte, konnten wir auch nach dem Krieg nicht herausfinden, was mit ihr damals geschehen war. Aber seien wir ehrlich: Dass sie die Deportation überlebt hat, erscheint leider sehr unwahrscheinlich. Wenn du mit diesen furchtbar traurigen Kriegsschicksalen ein Gesicht, einen Menschen verbinden kannst, berührt dich eine solche Geschichte in deinem tiefsten Inneren. Ich musste oft an die junge Frau denken, die bei jenem Treffen so skeptisch mir gegenüber war. Immer wieder habe ich mich gefragt, wo sie wohl gerade war, wie es ihr erging. Die Wahrheit ist, dass sie zu diesem Zeitpunkt mit großer Sicherheit schon gar nicht mehr am Leben war.

Während die Welt um uns herum weiter in Chaos und Schrecken versank, wurden die Bande zwischen Paul und mir mit jedem weiteren Tag intensiver. Nach dem Essen zog Richard sich oft sehr diskret in die Weinberge zurück, sodass Paul und ich ein wenig Zeit für uns allein hatten. Wenn ich daran zurückdenke, kann ich kaum glauben, dass diese Zeit Jahrzehnte her sein soll. Noch heute weiß ich, wie sehr ich mich immer auf diese Stunden am Abend gefreut habe. Ich konnte kaum erwarten, mit Paul zu reden, ihm zuzuhören, wenn er mir von seinem Studium und dem Leben vor seiner Flucht erzählte. Wir sprachen über unsere Träume, unsere Wünsche. Wie wir uns unsere Zukunft erhofften. Immer wieder

klang aus seinen Worten heraus, dass er sich mittlerweile vorstellen konnte, hier bei mir zu bleiben. Meinem Vater auf dem Gut zu helfen. Eines Tages selbst zum Gutsherrn zu werden. Es waren wunderschöne Gedanken. Sie trugen mich durch den Tag, wenn mich wieder einmal Angst und Sorgen ergriffen.
Jeder von uns spürte in jenem Frühsommer 1944, dass sich etwas veränderte. Die Deutschen wurden nervöser, Unruhe machte sich im Ort breit. Der Ton wurde noch rauer, immer wieder wurden Menschen aus fadenscheinigen Gründen verhaftet. Alle befanden sich in einer Art Wartestellung. Papa erzählte uns hinter vorgehaltener Hand, dass die Alliierten irgendetwas Großes planten. Doch keiner von uns wusste, was an diesen Gerüchten wirklich dran war. Möglicherweise sollten sie nur die Nazis verunsichern. Der Krieg dauerte schon zu lange, die Menschen waren unendlich müde. Sie hatten keine Kraft mehr. Umso mehr genoss ich meine erste Liebe. Manchmal konnte ich es selbst nicht glauben, dass ich neben all dem Kummer und der Gefahr, die uns tagtäglich begleiteten, derartiges Glück erleben durfte. Wochenlang ging dieses Versteckspiel gut, bis ... Ja, Florence, bis die Nazis unser Weingut durchsuchten.
Nicht weit von uns entfernt war zwei Gefangenen bei einem Transport die Flucht gelungen. Auf der Suche nach ihnen ließen die Deutschen keinen Stein auf dem anderen. Martin warnte uns, als sie den Hof unserer Nachbarn durchkämmten. Es blieb nicht viel Zeit. Paul und Richard packten ihre wenigen Sachen, die ihnen geblieben waren, und verschwanden in den Wäldern hinter den Weinbergen. Ich kann dir gar nicht beschreiben, welche Ängste ich in diesen Stunden ausstand. In der Kürze der Zeit hatte ich die beiden Matratzen übereinandergestapelt und den provisorischen Tisch gegen eines der Regale gelehnt.
Als die Deutschen das Weingut betraten, klopfte mein Herz so wild wie noch nie. Während Papa den Offizier zum Haupthaus geleitete, wandte sich einer der jungen Soldaten an mich und befahl mir, ihm den Anbau zu zeigen. Ich hatte solche Angst, dass ich kaum ein Wort hervorbrachte. Wir gingen zur Rosenvilla, und

ich öffnete die Tür. Während er eintrat, fragte ich mich, ob man die ständige Anwesenheit zweier Menschen im Inneren des Gebäudes möglicherweise riechen konnte. Ich zitterte am ganzen Körper, als der Deutsche auf die Matratzen zeigte und mich mit stechendem Blick ansah. »Wofür sind die?«
Er hatte uns erwischt. Wenn sie Paul und Richard fanden, würden wir alle verhaftet und ... Ich musste an Tulipe denken. In jenem Moment schossen mir tausend Gedanken und ebenso viele Alptraumszenarien durch den Kopf.
»Das ist ...«, begann ich zu stammeln.
»Wofür?«, bellte der junge Soldat und machte einen Schritt auf mich zu. »Ich denke, ich muss meinen Vorgesetzten hierüber informieren.« Sein Gesicht nahm einen anzüglichen Ausdruck an. »Es sei denn ...« Er grinste breit.
Martins Worte fielen mir ein. Es gab Französinnen, die sich mit Deutschen einließen, um an wichtige Informationen zu kommen. »Bitte sagen Sie meinem Vater nichts davon«, flüsterte ich mit erstickter Stimme. In jenem Moment wurde mir sofort klar, dass ich gerade im Begriff war, den größten Fehler meines Lebens zu machen. »Er würde ... es nicht verstehen.«
»Was, Mademoiselle?« Der Soldat trat noch dichter an mich heran. »Was würde Ihr Herr Vater nicht verstehen?«
»Was ich hier tue.« Ich brachte die Worte kaum über meine Lippen. Was machte ich da bloß?
Der Deutsche hob eine Hand und ließ sie an meiner Bluse entlangwandern.
»Bitte«, wisperte ich mit gesenktem Kopf.
Er nickte. »Gilt dein Angebot auch für mich?«
Ich schloss die Augen. Was sollte ich sagen, wie sollte ich mich verhalten? Ich fand keinen Ausweg. Während sich Schwindel in mir breitmachte, hauchte ich leise: »Ja, natürlich.«
Florence, ich kann dir nicht sagen, warum ich das damals getan habe. Viele Frauen haben sich an die Besatzer verkauft. Teils, um zu überleben, teils, um an Lebensmittel für ihre Familie zu kommen, oder eben auch, um die Nazis auszuspionieren. Ich hatte davon

gehört, konnte mir aber nie vorstellen, wie diese Frauen sich fühlen mussten, wenn sie sich mit dem Feind einließen.
An jenem Tag blieben Paul und Richard unentdeckt. Ich erzählte niemandem von meinem Gespräch mit dem Nazi. Weder meinen Eltern noch unseren beiden Gästen. Keiner von ihnen hätte mir helfen können. Im Gegenteil. Um mich zu beschützen, hätten sich sowohl mein Vater als auch Paul und Richard sicher zu einer unbedachten Handlung hinreißen lassen. Nein, aus dieser Situation musste ich ganz allein wieder herausfinden. Ich wusste, dass es schwer werden würde. Dass diese eine unbedachte Äußerung allerdings fast mein Leben zerstören würde, damit hatte ich in jenem Moment nicht gerechnet.

»Ich weiß nicht, was ich sagen soll«, murmelte Florence bestürzt. »Diese Situation muss für dich furchtbar gewesen sein. Unerträglich.«

Tränen glitzerten in Antoinettes Augen. »Unerträglich trifft es ziemlich gut.« Sie hielt inne. »Es war grausam, Florence. Ich habe einen Fehler gemacht. Aber ... ich wollte die beiden retten. Niemals hätte ich diesem Deutschen gegenüber andeuten dürfen ...« Sie schüttelte den Kopf. »Ich erzähle dir morgen den Rest. Heute schaffe ich das nicht mehr.« Sie beugte sich in ihrem Rollstuhl vor. »Geh zu deiner Tochter. Ich glaube, Ambre braucht dich jetzt.« Ihr Blick wurde prüfend. »Was auch immer geschehen ist, Florence, manchmal finden wir erst unseren Frieden, wenn wir die Vergangenheit ruhen lassen. Wenn wir sie als Teil unseres Lebens akzeptieren, der uns jedoch nichts mehr anhaben kann.«

Florence wusste nichts zu erwidern. Was hatte ihre Uroma von den heutigen Ereignissen mitbekommen? Hatte Ambre etwas erzählt? Als sie sich daran erinnerte, wie sie nur mit einem Handtuch bekleidet an ihrer Tochter und Julien vorbeischleichen wollte, zog sich ihr Magen zusammen. Julien, wiederholte sie nun wehmütig, verdrängte den Kummer jedoch sofort wieder.

Antoinette ergriff ihre Hand und drückte sie. »Ich bin neunundneunzig Jahre alt, Florence. Mir bleibt nicht mehr viel Zeit.«

»Uroma …«, begann Florence bekümmert.
»Wir müssen nichts beschönigen«, unterbrach Antoinette sie sanft. »Trotz der damaligen Vorkommnisse hatte ich ein wunderschönes und sehr langes und erfülltes Leben. Paul war der beste Ehemann, den ich mir überhaupt hätte wünschen können. Und Pauline hat uns immer sehr viel Freude bereitet.« Sie zwinkerte.
»Sie hat ein gutes Herz.«
Florence nickte. »Ich weiß. Ihr seid die Besten. Ich liebe euch sehr.«
»Und wir lieben dich. Du und Ambre, ihr hättet mir keine größere Freude bereiten können, als zu uns zurückzukehren. Es gibt nichts Wichtigeres als die Familie. Und auch wenn jede von uns ihre ganz eigenen Schicksalsschläge hat ertragen müssen, am Ende zählt die Gesamtbilanz.«
»Sehr schöne Worte«, bekannte Florence berührt. »Momentan kann ich leider nicht absehen, wie meine Gesamtbilanz eines Tages aussehen wird.«
Antoinette seufzte voller Nachsicht. »Du bist jung, Florence. Du hast noch so viel Leben vor dir. Sei nicht so streng mit dir. Wichtig ist, was dein Herz dir rät.«
»Mein Herz«, wiederholte Florence leise. »Das scheint sich gerade verirrt zu haben.«
»Das glaube ich nicht«, widersprach ihre Uroma. »Vielleicht möchte dein Verstand ihm nur nicht folgen.« Sie strich über Florence' Haar. »Aber was wäre unser Leben ohne die Liebe?«
Florence spürte, wie ihre Augen feucht wurden.
»Geh zu Ambre, Kind. Sie braucht dich jetzt.«

Als Florence die Rosenvilla betrat, hörte sie Paulines gedämpfte Stimme aus dem Zimmer ihrer Tochter.
Sie klopfte an.
Fast im gleichen Moment öffnete ihre Oma die Tür. »Florence!«
Ambre lag auf dem Bett, das lange Haar wellte sich über ihre Schultern. Sie trug eine blaue Jogginghose und ein weites T-Shirt. Trotz ihrer finsteren Miene leuchteten ihre Augen.

»Ich glaube, ich gehe dann mal.« Pauline wechselte einen bedeutungsvollen Blick mit Florence. »Bonne nuit, Ambre.«

»Bonne nuit, Uroma«, nuschelte diese undeutlich.

»Und Kopf hoch!« Pauline lächelte schwach, als sie an Florence vorbei aus dem Zimmer ging und ihr zunickte.

»Salut, Süße«, grüßte Florence vorsichtig, unschlüssig, wie sie sich verhalten sollte.

Ambre erwiderte nichts, starrte stattdessen nur schweigend an die Wand.

»Können wir reden?«

Ambre zuckte mit den Schultern.

Florence fasste all ihren Mut zusammen und näherte sich dem Bett. Am Fußende ließ sie sich auf die Matratze sinken und musterte ihre Tochter.

»Was denkst du?«

Ambre presste ihre Lippen aufeinander.

»Ambre, ich wollte dich nicht verletzen. Und wir wollten dich nicht ... überrumpeln.«

»Überrumpeln?« Ihre Tochter sah sie kopfschüttelnd an. »Kannst du dir eigentlich vorstellen, wie ich mich gefühlt habe, als ich dich bei Papa ...?« Sie schnaubte.

»Nein, oder ja, ich denke, das muss mehr als merkwürdig für dich gewesen sein.« Florence strich mit ihrer rechten Hand über das Betttuch, um eine imaginäre Falte glatt zu streichen. »Ich weiß nicht, was ich sagen soll. Dein Vater und ich ...« Sie hatte keine Ahnung, wie sie Ambre ihre eigene Gefühlslage erklären sollte.

»Seid ihr jetzt wieder zusammen? So ganz offiziell, meine ich. Du hast mir nie erzählt, warum ihr euch damals getrennt habt. Immer hieß es nur, ihr hättet nicht zusammengepasst. Du seist nach Paris gegangen, weil es dir hier zu eng wurde.«

Die vorwurfsvolle Stimme ihrer Tochter ließ Florence zusammenzucken. »Ich wollte dich schützen«, bekannte sie reumütig. »Vielleicht hätte ich viel früher mit dir reden sollen. Aber ich dachte ... Julien ist dein Vater. Sollte man seinem Kind die Umstände des Beziehungsendes der Eltern erzählen?« Florence sah ihrer Tochter ins Gesicht. »Ich weiß es nicht, Süße. Aber Fakt ist, dass Julien und ich auch nur Menschen sind. Ja, wir sind deine Eltern. Aber wir sind nicht perfekt.«

»Ich bin fünfzehn«, erwiderte Ambre selbstbewusst. »Denkst du nicht, dass ich ein Recht darauf habe, die Wahrheit zu erfahren?«

Florence zögerte. Sollte sie Ambre wirklich sagen, was damals geschehen war? Oder besser, was nicht geschehen war, setzte sie bitter nach. Doch ihre Tochter hatte recht. Sie war kein Kind mehr. Wie sollte sie das Verhalten ihrer Eltern einschätzen können, wenn sie die Hintergründe nicht kannte.

»D'accord«, beschloss sie schließlich. »Ich erzähle es dir. Darf ich mich dazu neben dich setzen?«

Ambre schlug mit der flachen Hand auf die Matratze neben sich.

»Julien und ich ...«, begann Florence, noch immer unsicher, ob sie tatsächlich das Richtige tat.

Als sie eine halbe Stunde später endete, herrschte erst einmal Stille zwischen ihnen.

»Was denkst du?« Florence sah ihre Tochter von der Seite an.

»Ich weiß nicht«, entgegnete diese hörbar irritiert. »Ist irgendwie komisch, wenn ich mir vorstelle, dass ihr die gleichen Probleme habt wie ...« Sie verstummte.

»... wie ihr jungen Leute?«, beendete Florence den Satz und grinste. »Manches ändert sich auch nicht, wenn man älter wird.«

»Was willst du jetzt tun?«

»Ich weiß es nicht«, bekannte Florence offen. »Momentan verstehe ich einfach nicht, warum er sich damals so verhalten hat.«

»Schon krass, dass er dich belogen hat.«

»Das hat nichts mit dir zu tun«, beeilte Florence sich zu sagen. »Seit du auf der Welt bist, hat er sich immer um dich gekümmert, wenn wir hier in Sète waren.«

»Als Teilzeit-Papa«, ergänzte Ambre nachdenklich.

»Niemand ist perfekt«, wiederholte Florence ernst. »Viele Eltern leben getrennt. Ich hätte mir auch gewünscht, dass ich dir eine Familie hätte bieten können. Aber ... auf manches haben wir keinen Einfluss, Ambre.«

Ihre Tochter kuschelte sich enger an sie. »Du hast alles richtig gemacht, Maman.«

Ambres Worte schnürten Florence' Kehle zu. Sie schluckte. »Das ist lieb, dass du das sagst.«

»Warum redest du nicht noch mal mit Papa?« Sie sah zu Florence auf. »Wäre doch irgendwie cool, wenn ihr beide wieder zusammenkämt.«

Florence nickte. »Irgendwie schon, aber ...« Sie atmete tief durch. »Er hat mich sehr verletzt. Ich brauche Zeit.«

»Verstehe ich«, murmelte Ambre.

»Wie war es mit Louis?« Florence legte ihren Arm um Ambres Schultern. »Nachdem ich mein Liebesleben vor dir ausgebreitet habe, bist jetzt du dran.«

Ambre legte eine Hand auf ihre Lippen. »Es war schön.«

Florence zog die Brauen hoch. »Schön, ja? Deine Mutter erzählt dir in allen Details ...« Sie unterbrach sich. »... in fast allen Details aus ihrer Vergangenheit, und alles, was du mir zu sagen hast, ist ›schön‹?«

Ambre grinste. »Schön beschreibt es ziemlich treffend.«

Florence schüttelte den Kopf. »Klingt, als ob dein Leben momentan um einiges einfacher verläuft als meins.«

Ambre lachte. »Ja, sieht ganz so aus.«

42

Corinne Dumonde sah Florence erwartungsvoll entgegen, als diese ihr Krankenzimmer betrat.

»Bonjour, Corinne.« Florence setzte sich auf den Stuhl neben dem Kopfende des Betts. »Du siehst besser aus.« Die Wangen des Mädchens zeigten deutlich mehr Farbe als bei Florence' letzten Besuchen. Vielleicht würde Corinne heute etwas zugänglicher sein. Die bisherigen Gespräche waren mehr als zäh gewesen, und auch Corinnes Mutter hatte letzte Woche wenig Licht ins Dunkel bringen können, was Corinnes Gemütszustand anging.

»Es geht mir auch ganz gut«, bestätigte das Mädchen jetzt und versuchte sich an einem Lächeln.

»Corinne, die Ärztin hat mir gesagt, dass du übermorgen nach Hause kannst.« Florence musterte das ebenmäßige Gesicht der Siebzehnjährigen. »Es wäre gut, wenn du dann mit einer Psychologin sprechen würdest. Ich kann dir gern bei der Suche nach einer passenden helfen.«

»Was soll das bringen?« Schlagartig verfinsterte sich Corinnes Miene.

»Du wolltest dich umbringen«, erwiderte Florence leise. »Ich bin mir sicher, dass du einen guten Grund hattest, warum du der Meinung warst, dein Leben sei nicht mehr lebenswert.«

Corinne wandte ihren Kopf ab und blickte auf den Balkon.

»Magst du mir sagen, was los ist?« Beim letzten Mal hatte das Mädchen angedeutet, dass es Probleme mit ihrem Vater gäbe. Corinne kam aus einem guten Elternhaus. Was lag in der Familie im Argen?

»Mein Vater ...«, presste Corinne mit heiserer Stimme hervor und schluckte.

»Was hat er getan?« Bei Florence schrillten sämtliche Alarmglocken.

Corinne seufzte. »Ich kann nicht atmen.«

Überrascht beugte Florence sich vor. »Was meinst du damit?«

»Seit ich zur Schule gehe ... Also seit mehr als zehn Jahren erklärt Papa mir, was ich zu tun habe. Er ist Chirurg und redet ständig auf mich ein, ich solle sehen, dass ich gute Noten nach Hause bringe. Welche Abiturnote ich erreichen muss, um Medizin studieren zu können ...«, sprudelte es aus Corinne heraus. »Immer wieder liegt er mir damit in den Ohren, welche Fächer besonders wichtig sind und wie das Studium aufgebaut ist. Welche Möglichkeiten ich danach hätte ...« Sie begann zu weinen. »Er interessiert sich überhaupt nicht dafür, was ich denke. Ich kann ... Ich komme einfach nicht gegen ihn an.«

War das der Grund für Corinnes Verzweiflungstat? Ein Übervater, der den Lebensweg seiner Tochter verplante, ohne auf ihre eigentlichen Bedürfnisse einzugehen? Was auf den ersten Blick wie ein Luxusproblem wirkte, konnte schwere psychische Schäden bei Kindern anrichten.

»Du fühlst dich von ihm nicht verstanden.«

Corinne schüttelte den Kopf und rutschte auf ihrem Bett umher, um aufrechter zu sitzen. »Er *will* mich gar nicht verstehen. Es interessiert ihn einfach nicht. Wenn ich versuche, ihm zu erklären, dass Medizin nicht mein Thema ist ...« Sie sah Florence in die Augen. »Ich kann nicht mal Blut sehen. Mir wird schlecht, wenn ...« Sie ballte ihre rechte Hand zu einer Faust und schlug auf die Matratze neben sich. »Ich weiß nicht, was ich mal machen möchte. Aber ich bin siebzehn, verflucht! Ich möchte ... meine eigenen Erfahrungen machen. Vielleicht möchte ich reisen, ins Ausland gehen. Ich liebe Tiere über alles. Möglicherweise toure ich ein Jahr durch Australien und hüte Schafe.«

Florence musste lächeln. »Eine sehr schöne Vorstellung.«

»Das sieht Papa ganz anders«, murrte Corinne ungehalten. »Ich ... ich hasse ihn. Für ihn zählt nur Erfolg, Prestige, ein hohes Einkommen.« Sie deutete auf sich. »Aber ich bin nicht er. Ich

möchte meine eigenen Entscheidungen treffen. Ich fühle mich wie in einem Gefängnis. Als ob er ein engmaschiges Netz um mich gespannt hätte, aus dem ich nicht entfliehen kann. Immer wieder fängt er an: ›Wenn du erst mal an der Universität bist ...‹« Sie begann zu schluchzen. »Vielleicht möchte ich gar nicht studieren.«
Die Verzweiflung des Mädchens war unübersehbar. Florence griff nach ihrer Hand und drückte sie sanft. »Du hast mit allem, was du gerade gesagt hast, recht. Es ist dein Leben. Und niemand, auch nicht dein Vater, sollte dir vorschreiben, wie du dieses zu führen hast.« Sie nickte nachdrücklich. »Wenn du magst, spreche ich mit deinen Eltern. Deine Mutter schien mir ganz ... offen, als ich mich vor Kurzem mit ihr unterhalten habe. Sie macht sich große Sorgen um dich. Hast du denn mit ihr schon über deine Gedanken gesprochen?«

»Meine Mutter ...« Corinne kaute auf ihrer Unterlippe. »Sie kann sich doch auch nicht gegen Papa durchsetzen.«

»Corinne, du hast das Recht dazu, deine eigene Wahl zu treffen. Dein Vater kann nicht für dich entscheiden, welchen Beruf du ergreifen sollst oder wo du einmal leben möchtest. Er kann dir Ratschläge geben, kann dich unterstützen. Das ja. Aber allein du entscheidest, wohin dich dein Weg führen soll.«

»Das wird er niemals verstehen.« Das Mädchen strich sich eine Haarsträhne aus der Stirn. Dann sah sie Florence an. »Wissen Sie, wie es sich anfühlt, wenn man das Gefühl hat, gar nicht gesehen zu werden? Egal, was man sagt, egal, was man tut, alles dreht sich nur um dieses eine Ziel. Ein Abitur, dass mich dazu befähigt, Medizin zu studieren.« Wieder traten Tränen in ihre Augen. »Aber bin ich nicht mehr als meine Noten?«

Florence holte ein Taschentuch aus ihrer Tasche und reichte es Corinne. »Du bist sehr viel mehr als deine Noten«, bestätigte sie mit Nachdruck, als ihr Handy zu klingeln begann.

Sie angelte es hervor und blickte kurz aufs Display. Julien. Hastig drückte sie den Anruf weg. Er hatte heute früh schon mehrfach versucht, sie zu erreichen, doch Florence hatte die halbe Nacht nicht geschlafen. Sie wusste einfach nicht, was sie tun sollte. Super,

Florence, tadelte sie sich stumm. Anderen deine Hilfe anbieten und die eigenen Probleme einfach ignorieren. Sie bemühte sich, ihre Konzentration wieder auf Corinne zu richten.

»Ich glaube, es wäre wirklich gut, wenn ich mit deinen Eltern sprechen würde.«

»Papa wird toben«, murmelte Corinne resigniert.

»Dann lassen wir ihn eben toben«, entgegnete Florence. »Dein Vater ist erwachsen. Er hat doch auch seinen eigenen Weg gefunden. Dieses Recht muss er dir ebenso zugestehen.«

»Sie kennen ihn nicht.«

»Nein, da hast du recht. Aber ich kann mir nicht vorstellen, dass es ihm egal ist, wenn seine Tochter unglücklich ist. So unglücklich, dass sie nicht mehr leben möchte«, erklärte Florence ernst.

»Ich wusste mir einfach nicht mehr zu helfen«, bekannte Corinne leise. »Was macht das alles für einen Sinn, wenn du keine eigenen Entscheidungen treffen kannst? Wenn ich höre, wie die anderen in meiner Klasse Pläne schmieden… Eine meiner Freundinnen möchte auf eine Schauspielschule gehen. Als ich meinen Eltern davon erzählt habe, hat Papa sofort wieder begonnen, alles schlechtzureden. Er hat sich erbost, wie Eltern nur solche Flausen unterstützen könnten. Ein Mitschüler von mir möchte nach der Schule für ein halbes Jahr nach Grönland gehen. Er interessiert sich sehr für Umweltschutz und den Klimawandel. Davon habe ich zu Hause erst gar nichts erzählt. Hundertprozentig würde Papa auch Matthieus Vorhaben in den Dreck ziehen.«

Sie verschränkte ihre Finger ineinander. »Ich bin jung. Ich möchte auch Träume haben können. Ich …« Sie hielt inne. »Die anderen sehen nur den Schein. Unser großes Haus, den Pool, das viele Geld, das meine Eltern verdienen, die teuren Autos. Aber das ist alles … nichts. Es bedeutet mir zumindest nichts.« Sie kratzte sich am Kinn. »Ich möchte nicht arrogant oder so klingen, aber was ist dieses Geld schon gegen die Freiheit, alles tun zu können, was man möchte?«

Reife Worte für eine Siebzehnjährige, befand Florence in Gedanken.

»Du bist ein sehr kluges Mädchen, Corinne. Und ich verspreche dir, dass ich dich bei allem, was du verwirklichen möchtest, unterstütze, wenn du das magst. Du bist fast erwachsen. Niemand, auch nicht dein Vater, kann dir verwehren, deine Träume und Wünsche umzusetzen.« Sie drückte erneut die Hand des Teenagers. »Wir schaffen das.«

43

»Dann habe ich gleich im Anschluss mit den Dumondes gesprochen, als ich sie auf dem Flur des Krankenhauses getroffen habe«, erzählte Florence, während sie von Jacqueline Drugot zu Thomas sah.

»Wie haben sie reagiert?«, warf Sylvie Famony ein, die seit ihrem Gespräch letzte Woche zugänglicher war.

Florence verzog die Mundwinkel. »Wie Corinne prophezeit hatte. Ihr Vater ist aus allen Wolken gefallen. Erst wollte er es nicht akzeptieren, als ich ihm gesagt habe, in welchem Zustand sich seine Tochter befindet. Wie eingeengt und unverstanden sie sich fühlt. Er fing an, mir aufzuzählen, was er alles für seine Familie, insbesondere eben auch für Corinne, täte. Seine zahlreichen Doppelschichten am Krankenhaus, um die Familie gut zu versorgen ... Dass er nur das Beste für ihr Wohlergehen wolle ... Ein echtes Alphatier, das die Zügel nicht aus der Hand geben möchte. Und Corinnes Mutter stand zu Beginn nur daneben und hat überhaupt kein Wort gesagt. Er scheint tatsächlich sehr dominant zu sein, nicht nur als Vater, auch als Ehemann.«

»Haben sie verstanden, was Sie ihnen mitteilen wollten?« Florence' Vorgesetzte musterte sie eingehend.

Sie nickte. »Es hat ein Weilchen gedauert, aber ich habe ihnen letztlich unmissverständlich klargemacht, dass sie, wenn sie Corinne nicht ihren eigenen Weg gehen lassen, sie verlieren werden, auf welche Art auch immer.«

»Wow, das klingt hart«, merkte Thomas an und wedelte mit der rechten Hand.

»Bei manchen Menschen hilft nur die Holzhammermethode«, erwiderte Florence unbeeindruckt. »Das Mädchen wollte sich töten, weil es bei seinen Eltern kein Gehör fand! Weil sie das Gefühl hatte, nicht gesehen und vor allem nicht verstanden zu werden. So weit hätte es niemals kommen dürfen. Der Mann ist Arzt. Ein wenig mehr Feingefühl und Empathie kann man da durchaus voraussetzen.«

»Es sollte kein Vorwurf sein«, entgegnete Thomas. »Ich finde, du hast es genau richtig gemacht. Wer, wenn nicht die Eltern, soll einem Kind denn den Rücken stärken? Und Corinne ist siebzehn. Meine Güte! Die Familie schwimmt im Geld, ihr stehen alle Möglichkeiten offen. Ein Medizinstudium ist eben nicht für jedermann die Krone der Glückseligkeit, das ist doch nicht allzu schwer verständlich.«

»Klingt, als sei Ihre erste Woche bei uns sehr ereignisreich verlaufen.« Jacqueline Drugot lächelte. »Gute Arbeit, Florence. Wirklich.«

»Danke. Ich fühle mich auch wirklich sehr wohl.«

»D'accord«, beendete ihre Vorgesetzte die Sitzung, nachdem Florence als Letzte ihre Kollegen über ihre Schützlinge informiert hatte. »Dann machen wir uns wieder an die Arbeit. Und wenn es Probleme gibt ... Ihr wisst ja, wo ihr mich findet.« Sie wuchtete sich hoch und verließ den Besprechungsraum.

»Florence, wie sieht es diese Woche bei dir aus mit einem Kaffee nach Feierabend?« Thomas trat neben sie, als sie nur noch zu zweit waren.

Florence sah ihn an. »Es tut mir leid, aber es ist gerade ... alles ziemlich kompliziert.« Sie zuckte mit den Schultern. »Ich glaube, ich wäre momentan keine wirklich gute Gesprächspartnerin.«

Sein Gesicht nahm einen bedauernden Ausdruck an. »Schade.«

»Ja, es ist einfach ... Die Schatten der Vergangenheit ...« Sie deutete einen Kreis neben ihrem Kopf an. »Ich muss da erst mal einiges klären und ordnen.«

»Ja, das verstehe ich.« Er lächelte nachsichtig. »Wenn du reden möchtest ... Jederzeit.«

»Danke, das ist wirklich lieb.«

Florence' Handy begann zu klingeln. Wieder Julien? Sie zog das Telefon hervor und blickte aufs Display. Die Nummer kannte sie nicht.

»Bonjour, Madame Fournier. Hier spricht Linda Passant. Mein Sohn hat mir gesagt, dass ich mich bei Ihnen melden solle.«
Guillaumes Mutter. »Ah, Madame Passant, bonjour. Danke, dass Sie mich angerufen haben. Ich würde gern mit Ihnen sprechen. Wann passt es Ihnen denn?«
Für einige Sekunden herrschte Stille am anderen Ende. »Meine Schicht beginnt heute um zwei. Wenn es Ihnen nicht zu kurzfristig ist, können wir uns in einer halben Stunde sehen.«
Florence überlegte kurz und ging in Gedanken ihre Termine durch. »Das passt. Wo wollen wir uns treffen?«
»Am einfachsten wäre doch, Sie würden wieder zu mir kommen, oder nicht?«
Vierzig Minuten später stieg Florence die steilen Stufen des Wohnhauses hinauf, in dem Guillaume mit seiner Mutter lebte.
Linda Passant erwartete sie schon in der Tür des Apartments und sah ihr freundlich entgegen. »Kommen Sie. Sie waren ja schon mal hier.«
Als Florence hinter der Frau das Wohnzimmer betrat, fielen ihr erneut die Scharen von Elefanten in all ihren unterschiedlichen Größen und Ausführungen ins Auge.
»Kann ich Ihnen etwas anbieten?« Madame Passant blieb abwartend stehen.
»Nein, danke.«
Sie setzten sich.
»Guillaume hat mir von Ihrem letzten Treffen erzählt. Dass Sie mit ihm zu dem Händler gehen werden, den er bestehlen wollte ...«, setzte Linda Passant an, während sie unruhig ihre Hände knetete.
Florence nickte. »Ich bin heute nicht wegen Guillaume da, Madame.« Sie beobachtete die Frau aufmerksam. »Zumindest nicht direkt.«
Linda Passant runzelte die Stirn. »Ich verstehe nicht ...«
»Guillaume hat geklaut, weil er von zwei Mitschülern erpresst wurde«, erklärte Florence in ruhigem Ton.
Linda Passant sah sichtlich verwundert auf. »Was?«

Florence erzählte ihr in kurzen Sätzen, was sie letzte Woche von Guillaume erfahren hatte.
»Warum hat er nicht mit mir geredet?« Die Frau fuhr sich übers Gesicht und ließ ihren Blick fahrig durch den Raum schweifen. Abwesend kratzte sie sich an der Innenseite ihres Unterarms, bis die Haut sich rötete. »Ich verstehe nicht ...«
»Er wollte Sie nicht belasten«, fuhr Florence sanft fort. »Er macht sich große Sorgen um Sie, Madame.«
»Sorgen? Um mich?« Sie fasste sich an die Stirn. »Von was reden Sie denn?«
Die Frau tat Florence leid. »Sie hatten vor zwei Jahren einen Unfall.«
Linda Passants Schultern sackten ab. Sie nickte unmerklich und senkte ihren Kopf.
»Sie sollten sich helfen lassen.« Florence ließ die Worte einen Moment im Raum stehen und wartete.
»Ich wusste nicht, dass Guillaume ...«, unterbrach seine Mutter nach einer halben Ewigkeit das Schweigen. »Ich dachte ...«
»Sie hofften, dass er nichts mitbekommt.« Florence beugte sich vor und strich der Frau über den Arm. »Guillaume ist ein cleverer Junge. Er sieht, dass es Ihnen nicht gut geht.«
Linda Passant schlug die Hände vors Gesicht. »Das wollte ich nicht ...«
»Ich weiß«, stand Florence ihr bei. »Und Guillaume weiß das auch.«
»Ich ...«, stammelte die Frau leise. »Diese Tabletten ...« Sie schloss die Augen. »Irgendwie hat es sich so entwickelt, dass ich damit besser meinen Alltag bewältigen konnte. Anfangs nahm ich sie gegen die Schmerzen, später wurde es ... zur Gewohnheit.«
»Der Übergang ist fließend.«
»Ich weiß nicht ...« Sie schüttelte den Kopf. »Vanessa ... meine Schwester hat mich schon mehrmals gewarnt, dass ich ...«
»Ihnen kann geholfen werden, Linda«, merkte Florence an. »Ohne Unterstützung ist es schwierig, aber Sie sind nicht allein. Guillaume ist sehr besorgt.«

»Ich wollte ihm keinen Kummer bereiten.« Sie begann zu schluchzen. »Was habe ich nur getan? Ich sollte eigentlich für ihn da sein.«

»Das sind Sie«, warf Florence ein. »Guillaume ist ein feiner Kerl. Die Sache mit den Diebstählen bekommen wir in den Griff, der Ladenbesitzer hat schon seine Bereitschaft signalisiert, noch mal mit uns zu sprechen. Ihr Sohn ist so ... reif. Er hat genaue Vorstellungen, wie seine Zukunft aussehen könnte.«

»Und ich bin nicht für ihn da«, erwiderte Linda Passant bitter.

»Das ist so nicht richtig«, widersprach Florence. »Aber es ist natürlich schwieriger, wenn man zusätzlich noch mit eigenen Problemen zu kämpfen hat.«

»Ich weiß nicht, ob ich das schaffe«, flüsterte Linda Passant mit erstickter Stimme.

»Sie haben Ihren Sohn allein großgezogen.« Florence schenkte ihr ein aufmunterndes Lächeln. »Ich bin selbst auch alleinerziehend, daher kann ich das mit bestem Gewissen sagen: Ein Kind allein aufzuziehen ist ein Kraftakt ohnegleichen. Und Sie haben das bisher sehr gut hinbekommen.« Sie legte ihre Hand auf die Schulter der Frau. »Sie sind eine starke Frau, Linda. Manchmal geschehen Dinge, die uns aus der Bahn werfen. Aber Sie erkennen doch, dass Sie ein Problem haben. Und ich bin mir sicher, dass wir es gemeinsam schaffen werden, dieses zu lösen. Guillaume wird Ihnen ebenfalls zur Seite stehen.«

Die Augen von Linda Passant glänzten, als sie Florence ansah. »Danke, Florence. Sie sind wirklich ... ein Schatz.«

44

Mit wild klopfendem Herzen erhob sich Ambre von ihrem Stuhl, als die Klingel die erste große Pause ankündigte. Louis war heute Morgen zu spät zum Unterricht gekommen, sodass sie keine Möglichkeit hatte, vor der Schule mit ihm zu sprechen. Sie hatten zwar gestern Abend noch telefoniert, aber Ambre hatte ganz vergessen, ihn zu fragen, wie sie sich heute verhalten sollten. Immerhin wusste keiner ihrer Klassenkameraden von ihnen. Aufgeregt ließ sie sich von Anouk in die Schülermassen ziehen, die lachend und laut diskutierend die Treppen zum Pausenhof hinabstiegen. Im Freien holte Ambre tief Luft, bevor sie sich auf den Weg zu ihrem Stammplatz an der rechten Seite der Steinmauer machten, die den Schulhof befriedete.

»Uh, der Pariser Chic hat ja heute wieder hervorragend geglänzt«, zischte es schräg hinter Ambre.

Sie wechselte einen kurzen Blick mit Anouk, die nur den Kopf schüttelte und ihr Gesicht verzog.

»Wie kann man sich nur dermaßen bei Katouche anbiedern?«, fuhr Marie mit schriller Stimme fort. »Ja, Monsieur Katouche, die Elemente sind nach ansteigender Ordnungszahl angeordnet, und die Elemente mit ähnlichen Eigenschaften ...«, äffte Marie Ambre nach, während Anna und Caroline sich kichernd anstießen.

»Merkt ihr nicht, wie krass uncool ihr seid?«, fiel ihnen Anouk ins Wort und zog Ambre an ihrem Tunikaärmel weiter.

»Was willst du denn mit dieser arroganten Streberin?«, rief Marie hinter ihnen her. »Seht euch nur die altbackene Frisur an!«

Ambre hatte ihr lockiges Haar heute zu zwei Zöpfen geflochten, die ihr rechts und links über die Schultern fielen.

»Halt doch einfach die Klappe, Marie!« Ambre drehte sich um und blitzte die überschminkte Blondine wütend an. »In Paris waren gute Noten und Mitarbeit im Unterricht auf jeden Fall alles andere als uncool.«

Anouk grinste.

»Versprüht unsere Marie wieder einmal ihr unsägliches Gift?« Wie aus heiterem Himmel tauchte Louis hinter den »Kleingeistigen« auf. Er machte einen weiten Kreis um die drei Grazien und steuerte zielstrebig auf Ambre zu.

Ihr blieb beinahe das Herz stehen, als er seine Arme um ihren Nacken schlang und seine Stirn an ihre legte. Ganz sanft hauchte er einen Kuss auf ihre Lippen. »Du hast mir gefehlt«, raunte er so leise, dass weder Anouk noch Marie und ihre Gefolgschaft seine Worte verstehen konnten.

»Ich wusste nicht, ob du ...«, setzte Ambre unsicher an. »... ob du möchtest, dass die anderen wissen, dass wir ...« Sie verstummte, als er einen Arm von ihr löste und ihre Wange streichelte. »Ich wünschte, wir wären wieder am Strand«, murmelte er an ihrem Ohr.

Ambre konnte ihr Glück kaum fassen. Wärme durchströmte ihren Körper. Seine Berührungen verursachten ihr eine Gänsehaut. Sie hatte sich tatsächlich den süßesten Typen geangelt, den sie sich überhaupt erträumen konnte. Oder stopp, war es nicht eher umgekehrt gewesen? Sie wusste es nicht. Und letztendlich war es auch egal. Louis stand zu ihr. Vor Anouk und vor den doofen Hühnern. Im Laufe des Tages würde es die gesamte Klasse wissen. Unauffällig sah sie zu Marie und den anderen. Die drei starrten mit offenen Mündern zu ihnen herüber. Maries Miene wirkte finster. Mit zusammengekniffenen Augen packte sie Anna und Caroline an den Armen und zog sie weg.

»Ich muss wieder reingehen«, sagte Louis leise. »Katouche will mit mir noch etwas wegen meines Referats nächste Woche besprechen.« Er begann zu grinsen. »Möglich, dass ich eine Chemieexpertin benötige, die mir ein wenig unter die Arme greift.«

Die Schmetterlinge in Ambres Magen führten einen doppelten Salto aus. Mutig küsste sie Louis.

»Jederzeit gern«, flüsterte sie ihm zu und zwinkerte.

»Sehen wir uns später?« Er streichelte über ihren Rücken. Ambre nickte, bevor sie sich widerwillig von ihm löste. Wehmütig sah sie ihm nach, als er den Schulhof überquerte und ihr noch mal zuwinkte.

»Dieser verklärte Blick«, brachte sich Anouk neben ihr wieder in Erinnerung. »Was genau habe ich verpasst?«

Als Ambre sich ihrer Freundin zuwandte, erkannte sie den enttäuschten Ausdruck in deren Gesicht.

»Warum hast du mir nichts erzählt?«

»Es tut mir leid.« Ambre fasste nach Anouks Hand. »Das Wochenende war ... total chaotisch. Als Louis das Bild von sich entdeckt hat ...« In kurzen Sätzen fasste sie für Anouk die Ereignisse seit Freitagnachmittag zusammen.

»Warum hast du mich gestern nicht angerufen?« Anouk klang noch immer verstimmt.

Ambre zuckte mit den Schultern. »Es war ... Ich wollte mich eigentlich noch bei dir melden ... Aber als ich zu meinem Vater kam ...« Sie seufzte. »Meine Eltern sind gerade total schräg drauf.«

Wieder musste sie daran denken, wie ihre Mutter nur in ein kurzes Handtuch gehüllt plötzlich im Flur ihres Vaters aufgetaucht war. Sie musste das Bild verdrängen, durfte sich nicht vorstellen, was die beiden getan hatten. Bevor Ambre gekommen war. Ihr wurde übel.

»Deine Eltern?« Anouk verschränkte die Arme vor der Brust. »Was ist denn mit ihnen? Du hast doch gesagt, sie sind seit Ewigkeiten getrennt.«

Ambre verzog den Mund und winkte ab. »Eine komplizierte Geschichte. Jedenfalls hat mich meine Mutter gestern Abend in Beschlag genommen und mir ihr Herz ausgeschüttet. Irgendwann war es zu spät.« Sie zögerte. »Außerdem wusste ich nicht, wie Louis sich heute verhalten würde.«

»Na, das war ja wohl eindeutig.« Anouk lachte.

»Ich kann es noch gar nicht glauben.« Endlich erlaubte Ambre es sich, in ihren Gefühlen zu schwelgen und ihre Freundin an ihrem Glück teilhaben zu lassen. »Er ist so ... unglaublich süß!« Sie packte Anouks Unterarme und drückte sie.

»Kommt aus Paris hierher und angelt sich in null Komma nichts den heißesten Typen der Schule«, erklärte Anouk mit missbilligender Miene.

Ambre sah sie irritiert an. »Was? Ich wusste ja gar nicht, dass du auch ...«

Als Anouk zu grinsen begann, fiel ihr sofort ein Stein vom Herzen.

»Was wusstest du nicht? Dass ich Augen im Kopf habe und ebenfalls sehe, was für eine Schnitte Louis ist?«

»Es tut mir leid, Anouk«, erwiderte Ambre bekümmert. »Ich wollte nicht ...«

»Ach, Quatsch! Ich kenne Louis seit der ersten Klasse. Wenn er an mir Interesse gehabt hätte, hätte er sich schon lange entscheiden können.« Sie lächelte. »Mir ist schon klar, dass er nicht meine Kragenweite ist.«

»Das stimmt nicht«, widersprach Ambre. »Du solltest nicht ...«

»Alles gut, Süße«, fiel ihr Anouk ins Wort. »Ich freue mich für dich. Für euch. Irgendwo auf dieser Welt wird sich doch auch noch mein Traumprinz verstecken.« Sie hob ihren Zeigefinger. »Aber nicht dass du jetzt nur noch mit Louis rumhängst und deine Freundin vergisst.«

In diesem Moment quoll Ambres Herz vor Glück fast über. Sie hatte sich nicht nur den heißesten Typen der Schule geangelt, wie Anouk soeben erklärt hatte, nein, sie hatte auch die beste Freundin gefunden, die sie sich überhaupt vorstellen konnte. Außerdem sagte ihr ihr Gefühl, dass die »Kleingeistigen« sie ab sofort in Ruhe lassen würden. Dass Ambre und Louis jetzt zusammen waren und dies auch offen zeigten, würden Marie und ihre Gefolgschaft mit Sicherheit nicht so leicht wegstecken.

Sie schlang ihre Arme um Anouk und drückte sie fest an sich. »Niemals! Das verspreche ich dir.«

Wenn nur das Chaos mit ihren Eltern nicht wäre ... Noch konnte sie nicht abschätzen, was da zwischen ihrer Mutter und ihrem Vater lief. Doch allein die Vorstellung, dass die beiden mit denselben Unsicherheiten kämpften wie sie selbst, erschien ihr mehr als seltsam.

Als kurz darauf die Pausenglocke die nächste Unterrichtsstunde ankündigte, hakte sie sich bei Anouk unter und kehrte ins Schulgebäude zurück.

45

Das Juragebirge ist ein junges Faltengebirge, das sich hauptsächlich an der Grenze zwischen Frankreich und der Schweiz entlangzieht ... Julien schob die Geografiearbeit eines Schülers seiner fünften Klasse ein Stück von sich weg. Genervt blickte er auf den Stapel mit den fünfundzwanzig anderen Arbeiten, die er eigentlich morgen zurückgeben wollte. Die Freistunde hatte er zur Korrektur der ersten Klausuren nutzen wollen, doch er konnte sich nicht konzentrieren. Es hatte keinen Sinn, weiterzulesen, wenn er nicht dazu imstande war, die Antworten des Schülers entsprechend zu beurteilen.

Schwerfällig erhob er sich und ging zur Kaffeemaschine. Außer ihm war niemand im Lehrerzimmer. Er schenkte sich eine Tasse ein und kehrte zu seinem Schreibtisch zurück. Doch statt sich wieder auf den Stuhl zu setzen, lehnte er sich gegen die Tischplatte und starrte ins Leere. Florence nahm seine Anrufe nicht entgegen. Er hatte seit gestern Abend mehrmals versucht, sie zu erreichen, doch sie ignorierte ihn. Was hatte er sich nur dabei gedacht? Einen schlechteren Zeitpunkt für seine Offenbarung hatte er sich wirklich nicht aussuchen können. Ihm hätte doch klar sein müssen, dass Ambres unerwartetes Auftauchen die Situation zwischen ihnen schon genug verkompliziert hatte. Nachdem ihre Gefühle sie überwältigt hatten, war keine Zeit gewesen, sich darüber abzustimmen, was sie ihrer Tochter sagen wollten. Schlimmer noch, sie hatten ja nicht einmal die Möglichkeit gehabt, miteinander zu sprechen, wie es mit ihnen weitergehen konnte.

Julien fasste sich an die Stirn. Was war er nur für ein Riesenidiot! Warum nur hatte er sich gestern dazu hinreißen lassen, Florence ausgerechnet in dem Moment von seiner damaligen Lüge zu erzählen, als sie mit ihrem Kopf ganz woanders gewesen war? Auch für ihn war es doch unübersehbar gewesen, in welcher Verfassung Ambre aus seiner Wohnung gestürmt war. Nein, er konnte absolut nicht nachvollziehen, was ihn da geritten hatte. Mehr als fünfzehn Jahre lang hatte er mit dem Wissen gelebt, Florence hintergangen zu haben. Wäre es da auf einen oder zwei weitere Tage wirklich angekommen? Er hätte für Florence kochen können, sie hätten über sich gesprochen, hätten in Ruhe klären können, wie sie zueinander standen ...

Und danach hätte er behutsam versuchen können, ihr seine damalige Gefühlslage, seine Ängste und Befürchtungen zu beichten. Julien schüttelte den Kopf. Jetzt hatte er zum zweiten Mal alles zerstört, was ihm wichtig war.

Wenn er nur daran dachte, wie Florence sich angefühlt hatte, wie weich ihre Haut unter seinen Händen gewesen war, wie zärtlich sie ihn liebkost und geküsst hatte ... Er schluckte. Wie hatte er sich nur so dumm verhalten können? Seit Florence zurück in Sète war, hatte er sie nicht mehr aus seinem Kopf bekommen. Und gestern schien es, als seien die fünfzehn Jahre, in denen sie getrennt gewesen waren, wie ausgelöscht. Die Vergangenheit hatte mit einem Mal keine Rolle mehr gespielt. Sie hatten sich völlig ineinander verloren. Ihre Körper hatten miteinander harmoniert, als seien sie genau dafür gemacht.

Julien nippte an seinem Kaffee. Was sollte er tun? Solange Florence ihn nicht anhörte, sah er keine Chance, sich ihr ein weiteres Mal zu erklären. Nicht einmal wegen Ambre hatte sie ihm Bescheid gegeben. Auch seiner Tochter hatte er zwei Nachrichten geschickt, die sie zwar gesehen hatte, geantwortet hatte sie ihm bis zum jetzigen Zeitpunkt aber nicht. Verflucht! Julien fuhr sich mit den Fingern durchs Haar. Er drehte sich im Kreis. Nie im Leben hätte er damit gerechnet, dass er sich ein weiteres Mal derart unpassend und unbeholfen benehmen konnte. Warum nur hatte er sich hinreißen lassen? Es war doch alles gut gewesen zwischen ihnen. Es hatte sich richtig und wunderschön angefühlt.

Endlich konnte sich Julien eingestehen, wovor er sich die letzten Tage noch gescheut hatte: Er liebte Florence. Er liebte sie noch immer, und wahrscheinlich hatte er nie aufgehört, sie zu lieben. Damals war er jung und unfassbar blöd gewesen. Heute war er nur noch blöd, was die Sache in keiner Weise besser machte.

Er holte sein Handy hervor und wählte erneut Florence' Nummer. Angespannt lauschte er dem Tuten, bis die Mailbox ansprang. Frustriert packte er das Telefon wieder weg. Ein Blick auf die Uhr zeigte ihm an, dass seine Freistunde in fünf Minuten zu Ende war. Außer Grübeln hatte er nichts zustande gebracht. Er räumte den Stapel mit den Klassenarbeiten in das Fach unter seinem Schreibtisch und schloss die Klappe wieder ab. Dann holte er die Unterlagen für die nächste Unterrichtsstunde aus seiner Tasche und legte sie bereit.

Um sich bei Florence zu entschuldigen, musste er sich dringend etwas einfallen lassen. Diesmal würde er kämpfen, koste es, was es wolle. Sie musste ihn einfach anhören. Und er musste ihr beweisen, dass er es ernst meinte. Dass er weder mit ihr spielte, noch die Absicht hatte, sie wieder und wieder zu verletzen.

46

Als Florence sich dem Krankenzimmer von Valérie Rammiers näherte, entdeckte sie deren Mutter in der Sitzgruppe neben dem Raum. Die ältere Frau erhob sich und ging ihr entgegen.

»Bonjour, Madame«, grüßte Florence. »Wie geht es Ihrer Tochter?«

»Ein Polizeibeamter ist gerade bei ihr«, antwortete Valéries Mutter und zeigte auf die Tür. »Ich wollte heute früh noch mal in Ruhe mit ihr sprechen. Ohne die Kinder. Aber sie scheint schon selbst tätig geworden zu sein.«

Florence nickte. »Das ist gut. Und es ist meiner Meinung nach der einzig richtige Weg. Ihr Schwiegersohn muss kapieren, was er ihr angetan hat. Diese Einsicht schien ihm gestern noch völlig zu fehlen.«

Die Mutter von Madame Rammiers schüttelte bekümmert den Kopf. »Wenn ich geahnt hätte, was mit Franck los ist ... Valérie hat nie auch nur einen Ton gesagt. Ich darf mir gar nicht vorstellen, was die Kinder alles mitbekommen haben.«

»Hätte uns eine aufmerksame Erzieherin nicht kontaktiert, die bei Mathéo und Léonie Verhaltensauffälligkeiten feststellte, wären die Probleme möglicherweise noch länger unentdeckt geblieben.«

»Wie konnte ich nur ...« Die ältere Frau schlug eine Hand vor den Mund. »Aber ich hätte niemals gedacht, dass Franck ...« Ihre Stimme versagte. »Ich bin doch ihre Mutter.«

»Ihre Tochter ist erwachsen und führt ihr eigenes Leben, Madame«, fing Florence behutsam an. »Sie sollten sich keine Vorwürfe machen. Natürlich ist es wichtig, zu reagieren, wenn man merkt, dass es in einer Familie Probleme gibt. Aber Sie sagen ja selbst, dass Ihnen nichts aufgefallen ist. Ich denke, Valérie hat alles darangesetzt, den äußeren Schein zu wahren, möglicherweise insbesondere

vor Ihnen. Als ich das erste Mal mit ihr gesprochen habe, hat sie kein Wort darüber verlauten lassen, dass ihr Mann zu viel trinkt und gewalttätig ist.«
»Warum muss ausgerechnet ihr das passieren?«
»Auf diese Frage gibt es leider keine adäquate Antwort«, entgegnete Florence.
»Ich weiß ja ...«
In diesem Moment wurde die Tür des Krankenzimmers geöffnet, und ein uniformierter Polizist trat auf den Flur. Er ging auf die beiden Frauen zu und wandte sich an Valéries Mutter. »Madame, Sie können jetzt zu Ihrer Tochter. Wir sind so weit fertig.«
Florence stellte sich kurz vor.
»Das ist sehr gut, dass Sie Madame Rammiers unterstützen.« Er sah auf seinen Notizblock, den er noch immer in der Hand hielt. »Sie hat sich mit ihrer Aussage schwergetan.«
»Kein Wunder«, warf Valéries Mutter ein. »Franck ist ihr Mann.«
Der Beamte nickte. »Häusliche Gewalt ist immer ein sehr heikles Thema. Aber die Verletzungen Ihrer Tochter sind nicht ohne. Der Täter, in diesem Fall leider ihr Mann, muss dafür auf jeden Fall zur Rechenschaft gezogen werden.«
»Ich habe sie darin bestärkt, Anzeige zu erstatten. Monsieur Rammiers muss erkennen, was er getan hat«, sagte Florence.
»Ich werde ihn im Anschluss direkt kontaktieren«, erwiderte der Polizist. »Mal sehen, was er mir zu sagen hat.« Er verabschiedete sich und entfernte sich von ihnen.
Valéries Mutter klopfte und öffnete kurz darauf die Tür. »Bonjour, mein Kind.«
Florence folgte ihr ins Zimmer und grüßte Valérie ebenfalls. »Eigentlich wollte ich noch mal mit Ihnen reden. Wegen der Formulare, die wir ausfüllen müssen, um für Sie Wohngeld beantragen zu können. Und wegen einiger Selbsthilfegruppen, die ich Ihnen gern ans Herz gelegt hätte.« Sie sah zwischen Mutter und Tochter hin und her. Valéries Augen waren rot verquollen. »Aber das können wir auch an einem anderen Tag erledigen. Ich denke, jetzt ist

es erst mal wichtiger, dass Sie jemanden hier haben, der Sie in den Arm nehmen und Ihnen Beistand leisten kann.« Sie schenkte den beiden Frauen ein aufmunterndes Lächeln. »Ich komme einfach morgen noch mal. Ist das okay?«
Valérie nickte. »Vielen Dank.«
»Dem schließe ich mich an«, ergänzte ihre Mutter, die sich vorsichtig auf die Bettkante setzte und die Hand ihrer Tochter ergriff.

Eine halbe Stunde später zog Florence ihre Sandalen aus und betrat den breiten Sandstrand. In ihrem Kopf überschlugen sich die Gedanken, daher hatte sie sich entschlossen, die Mittagspause am Meer zu verbringen, bevor sie ihren nächsten Termin wahrnehmen musste. Sich ein wenig den Wind um die Nasenspitze wehen zu lassen, erschien ihr verlockender, als in der drückenden Hitze durch die Gassen Sètes zu schlendern. Sie hatte sich ein Schinkensandwich geholt, das sie nun auspackte und genüsslich verzehrte.

Lediglich eine Handvoll Leute hatten sich an diesem Montagmittag hierher verirrt. Florence setzte sich in den Sand und sah aufs Wasser. Über ihr kreischten drei Möwen, als wollten sie sich über fehlendes Futter beschweren. Florence legte den Kopf in den Nacken und beobachtete die aufgebrachten Vögel. Wenn sie doch auch nur ihre Arme ausbreiten und vom Boden abheben könnte ...

Noch immer konnte sie kaum fassen, was Julien ihr gestern offenbart hatte. Wie hatte er ihr das antun können? Sie rief sich die damalige Situation in Erinnerung. Als sie von seinem angeblichen Betrug erfahren hatte. Julien hatte ihr das Herz gebrochen. In jenem Moment war die Welt für sie eingestürzt. Erst hatte sie gar nicht wahrhaben wollen, dass ihr bodenständiger, herzensguter und stets zuvorkommender Julien sie tatsächlich mit einer anderen betrogen hatte. An ihr damaliges Kopfkino mochte sie gar nicht denken.

Tagelang hatte sie nichts essen können, nächtelang hatte sie wach gelegen und sich gefragt, was sie falsch gemacht hatte. Die Schwangerschaft war ein Unfall gewesen. Unfall, wiederholte sie wütend. Ambre war kein Unfall. Sie hätten es schaffen können. Ob Juliens Eltern davon wussten? Was hatte er ihnen wohl erzählt, nachdem ihre Trennung offiziell geworden war? Es gab noch so viel Ungesagtes zwischen ihnen. Florence schloss die Augen und sog die mit Salz geschwängerte Luft ein. Noch vor Kurzem hätte sie sich tatsächlich einen Neuanfang vorstellen können. Der gestrige Nachmittag hatte dort angeknüpft, wo sie vor fünfzehn Jahren aufgehört hatten. Warum nur tat seine Beichte so weh? Er hatte sie damals nicht betrogen. Doch er hatte sie belogen, ergänzte sie sofort. Julien hatte sie nach Paris gehen lassen. Ein Wort von ihm hätte genügt, um ihrer beider Leben einen völlig anderen Verlauf zu geben. Ein verfluchtes Wort!

Sie öffnete die Augen wieder und erhob sich. Gedankenversunken schlenderte sie aufs Ufer zu und trat in das seichte Wasser. Neben ihr kreischten zwei Kinder auf einer roten Luftmatratze vergnügt auf. Die Eltern, es schienen Holländer zu sein, standen daneben und lachten. Ambre hätte all die Jahre mit Vater aufwachsen können, dachte Florence wehmütig, während ihr unzählige Situationen durch den Kopf gingen, in denen sie zwischen Schule, Job und Haushalt jonglieren musste, um alles unter einen Hut zu bringen. War Julien bewusst, welche Bürde er ihr mit seiner Lüge auferlegt hatte?

Wieder begann ihr Handy zu klingeln. Sie sah nur kurz aufs Display, bevor sie es wieder wegsteckte. Vielleicht sollte sie doch mit ihm reden. Florence war klar, dass sie sich kindisch verhielt. Irgendwann musste sie sowieso mit ihm Kontakt aufnehmen. Und befände sich einer ihrer Schützlinge in einer ähnlichen Situation, stände es außer Frage, was sie ihm raten würde. Redet miteinander, klärt eure Probleme! Ja, anderen einen Ratschlag zu geben, war Florence schon immer leichtgefallen. Ihre eigenen Schwierigkeiten anzugehen, stand hingegen auf einem ganz anderen Blatt. Obwohl ihr Verstand ihr eindeutig signalisierte, einen Schlussstrich so dick wie ein Zypressenstamm unter das Kapitel mit Julien zu ziehen, sprach ihr Herz eine ganz andere Sprache.

Florence zog ihr Handy hervor und sah auf die Meldung, dass sie einen unbeantworteten Anruf erhalten habe. Sekundenlang ließ sie ihren Daumen über Juliens Nummer schweben, bis sie schließlich der Mut verließ. Sie trat aus dem Wasser, stopfte das Telefon zurück in die Tasche und ärgerte sich über ihre eigene Unschlüssigkeit.

Als Florence um kurz vor halb sieben ihren Wagen auf das Anwesen der Familie steuerte, saßen ihre Mutter, Pauline und Antoinette auf der Veranda und unterhielten sich. Florence parkte neben der Rosenvilla, nahm ihre Tasche vom Beifahrersitz und stieg aus.

»Bonsoir, Kind.« Louise winkte ihr zu. »Magst du dich zu uns setzen?«

»Ist Ambre schon daheim?« Florence hängte sich ihre Tasche über die Schulter.

»Ja, seit einer halben Stunde. Hunger hatte sie keinen«, erwiderte ihre Mutter.

»Dann schaue ich erst mal nach ihr.«

»Und wenn du rüberkommst ...«, setzte ihre Uroma an und zwinkerte vergnügt. »Könntest du noch etwas von deiner leckeren Tarte aux pommes mitbringen?«

Florence unterdrückte ein Grinsen. »Ein kleiner Rest von gestern ist noch da.«

Antoinette nickte zufrieden.

»Bis gleich.«

Als Florence die Rosenvilla betrat, empfing sie eine angenehme Kühle nach den schweißtreibenden Temperaturen, die im Freien herrschten. Sie packte ihre Tasche aus und wollte gerade an die Tür ihrer Tochter klopfen, als sie sie in ihrem Zimmer sagen hörte: »Ich vermisse dich auch.« Dann leises Lachen. Ambre klang glücklich. »Ja, mir geht es genauso«, fuhr ihre Tochter fort.

Florence ließ ihre Hand wieder sinken. Wenn Ambre mit Louis telefonierte, wollte sie sie nicht stören. Die erste Liebe war etwas Wundervolles. So leicht und unbeschwert fühlte sich keine Beziehung danach mehr an. Sie musste daran denken, wie aufgeregt sie zu Beginn gewesen war, wenn sie Julien getroffen hatte. Was sollte sie sagen, wie sollte sie sich verhalten, was sollte sie tun? So viele Fragen hatten sie damals umgetrieben.

Manchmal war Florence ehrlich froh darüber, dass sie kein Teenager mehr war. Aber war die Liebe jetzt wirklich einfacher? Sie seufzte, während sie über die Antwort nachdachte. Rasch holte sie den restlichen Kuchen aus dem Kühlschrank und verließ die Rosenvilla wieder.

Als sie sich der Terrasse näherte, erkannte sie »L'hymne à l'amour« der Piaf, das aus dem Wohnzimmer ertönte. Ihr Herz krampfte sich zusammen, während sie an ihre eigene Liebeshymne denken musste. Doch darüber wollte sie jetzt nicht weiter nachgrübeln. Sie hob den Teller mit dem Kuchen und präsentierte ihn Antoinette.

»Deine Ururenkelin hatte letzte Nacht offensichtlich eine Heißhungerattacke. Mehr ist leider nicht mehr da.«

»Ambre weiß die Backkünste ihrer Mutter eben auch zu schätzen«, witzelte Pauline, während sie Florence den Teller aus der Hand nahm und ihn vor ihre Mutter stellte.

Florence ließ sich auf einen der freien Stühle sinken und streckte ihre Beine von sich.

»Anstrengend bei der Hitze, nicht wahr?« Ihre Mutter sah sie mit einem Ausdruck des Mitgefühls an, bevor sie ihr ein leeres Glas hinschob und aus einer Karaffe Wasser einschenkte. »Trink.«

Dankbar nahm Florence einen großen Schluck.

»Deine Mutter hat eine Verabredung«, verkündete Pauline geheimnisvoll lächelnd.

»Maman!«

Florence sah von ihrer Oma zu ihrer Mutter. »Stéphane?«

Louise zuckte mit den Achseln. »Er möchte mit mir essen gehen.«

»Wie schön. Ich freue mich für dich.« Florence seufzte. »Deine Enkelin schwelgt ja ebenfalls im Liebesglück.«

Louise' Mundwinkel bewegten sich. »Liebesglück! Florence, ich bin alt. Mit Liebesglück hat das nicht allzu viel zu tun.«

»Ach, Louise. Papperlapapp!«, merkte ihre Mutter an. »Du und alt.«
»Also bei dem Thema habe ich auch noch ein Wörtchen mitzureden«, mischte sich Antoinette ein, während sie sich ein Stück Kuchen mit der Gabel abteilte.
»Stéphane ist eben auch allein«, erwiderte Louise. »In unserem Alter ist es nicht mehr so leicht, neue Freundschaften zu schließen.«
Pauline lachte. »Neue Freundschaften.« Sie schüttelte den Kopf. »Wohin hat sich denn deine Menschenkenntnis verabschiedet? Dieser Mann sucht doch keine Freundschaft. Der Kerl ist bis über beide Ohren in dich verschossen, Louise.«
Florence gluckste.
»Obwohl Paulines Antennen oft nicht wirklich feingestellt sind, muss ich meiner Tochter in diesem Fall recht geben«, bekräftigte Antoinette kichernd. »Mit Freundschaft haben die Avancen dieses Herrn nichts zu tun.«
»Jetzt fängst du auch noch an, Oma«, stöhnte Louise sichtlich verlegen.
»Was meinst du mit nicht feingestellten Antennen?«, wandte sich Pauline mit gerunzelter Stirn an ihre Mutter.
Antoinette tätschelte die gesunde Hand ihrer Tochter. »Ich denke, du weißt sehr genau, was ich meine.« Sie lächelte. »So haben wir eben alle unsere Schwächen und Stärken.«
Pauline entzog ihr die Hand. »Weißt du, Maman, manchmal bist du unmöglich.«
Florence genoss die Kabbelei der beiden Frauen. Manche Dinge änderten sich wirklich nie.
»Wo geht es denn hin?«, wandte sie sich an ihre Mutter, während Pauline weiter mit Antoinette diskutierte.
»Ich habe keine Ahnung.«
»Was war eigentlich mit der angekündigten Überraschung?«, fiel Florence ein. Wegen ihrer eigenen Gefühlswirren hatte sie völlig vergessen, ihre Mutter nach deren Ausflug am Wochenende zu fragen.
Louise wand sich sichtlich.

»Maman?«

»Ein Picknick hat er mit ihr veranstaltet«, mischte sich Pauline ins Gespräch, nachdem Antoinette sich wieder ihrem Kuchen gewidmet hatte.

»Wow! Das klingt ... romantisch.« Florence war ehrlich beeindruckt. »Und wo hat dieses ... Picknick stattgefunden?«

Louise sah zu Pauline. »Meine Mutter posaunt es ja doch gleich aus. Stéphane hat auf einem seiner Weinfelder einen Tisch aufstellen lassen. Mit karierter Tischdecke, frischem Baguette, Salami, Käse, Oliven, Kapern ...« Sie fuhr sich über die Wange. »Es war wunderschön«, sagte sie leise.

»Und da denkst du wahrhaftig, er sucht nur deine Freundschaft?« Florence beugte sich vor und musterte ihre Mutter. »Maman, die Sache ist ja wohl eindeutig.«

Louise schnaubte.

»Deine Mutter hat Angst«, erklärte Pauline unbeeindruckt. »Sie denkt, sie sei nicht gut genug, weil sie mit ihrem Bein keinen Marathon mehr laufen kann.«

»Maman, ich habe dir doch schon gesagt, dass ...«, wollte Florence ihr Mut zusprechen.

Pauline winkte ab. »Und wir haben es ihr auch begreiflich machen wollen: Dieser Mann ist verliebt. Und zwar in deine Mutter. Mit all ihren Schwächen und Stärken.« Bei den letzten Worten warf sie Antoinette einen finsteren Blick zu.

»Stéphane ist sehr viel unterwegs. Er hat mir erzählt, dass er mehrmals im Jahr an Weinmessen teilnimmt, auch im Ausland.«

»Na und? Sicher würde er sich freuen, wenn du ihn ab und zu begleitest. Als Frau an seiner Seite.« Florence verstand das Problem nicht.

»Ihr seid verrückt«, widersprach Louise sichtlich aufgewühlt. »So einfach ist das nicht. Ich bin ... Ich habe ...« Sie schluckte.

»Du hast es verdient, Maman.«

Pauline nickte bekräftigend. »Jeder Mann kann sich glücklich schätzen, eine Frau wie Louise zu haben.«

Florence' Mutter sah auf ihre Hände. »Es fällt mir nicht leicht«,

gab sie leise zu. »Ich fühle mich immer noch Laurent sehr verbunden.«
»Daran sollst du ja auch gar nichts ändern«, gab Pauline zurück. »Laurent ist der Vater deiner Tochter. Aber du bist schon so viele Jahre allein. Das Glück begegnet uns nicht alle Tage. Doch wenn es sich uns zeigt, sollten wir es nicht abweisen.«
Antoinette nickte heftig. »Pauline hat recht.«
»Dem kann ich auch nichts hinzufügen«, ergänzte Florence grinsend.
Louise legte beide Hände an ihre Wangen und verdrehte die Augen. »Wisst ihr, dass ihr furchtbar seid?«
»So ist das bei fünf Frauen unter einem Dach«, merkte Pauline ungerührt an. »Eine weiß immer etwas beizusteuern.«

47

Heute möchte ich dir den Rest erzählen. Dies ist der bitterste Aspekt der Geschichte, aber er ist nun mal ein Teil meiner Vergangenheit.

Nach der Durchsuchung des Weinguts konnte ich nächtelang nicht mehr schlafen. Immerzu musste ich an das anzügliche Grinsen des Deutschen denken, während seine Hand über meine Kleidung streifte. Was hatte ich bloß getan? Ein kleiner Funken Hoffnung in mir wollte daran glauben, dass der Nazi mich bereits wieder vergessen hatte. Dass er niemals auf das Angebot zurückkäme, welches ich ihm irrsinnigerweise gemacht hatte. Ach, Florence. Es waren schreckliche Tage. Paul und Richard ahnten ja nichts von meinen inneren Qualen. Die Abende mit Paul wurden immer intensiver, obwohl sich in meinem Hinterkopf diese furchtbare Angst eingenistet hatte, die mich nicht mehr verließ. Keine Minute lang.

Eines schönen Tages, es muss Mitte Mai gewesen sein, lag ich mit Paul auf seiner Matratze. Richard hatte sich vor über einer Stunde diskret zurückgezogen. Obwohl ich ihm sehr dankbar war, dass er uns diese Zeit der Zweisamkeit schenkte, tat er mir leid. Was musste wohl in ihm vorgehen, wenn er da draußen allein durch die Weinberge streifte?

Während Paul mir gerade von seinen beiden jüngeren Geschwistern erzählte, die noch zur Schule gegangen waren, als er verhaftet wurde, schweiften meine Gedanken immer wieder ab.

»Was hast du?« Er ließ seinen Zeigefinger über mein Gesicht wandern. »Ich merke doch, dass dich etwas beschäftigt.«

Ich unterbrach mein Grübeln und sah Paul in seine wunderschönen Augen. »Es ist nur ... Richard ... Wie es ihm wohl geht, wenn er weiß, dass wir beide ...?« Ich schürzte meine Lippen.

»Er freut sich für uns.« Paul hauchte mir einen Kuss auf die

Wange. »Was meinst du, welches Gesprächsthema wir den ganzen Tag haben?«
Ich stützte mich auf meine Ellbogen und sah ihn missbilligend an. »Ihr redet über mich?«
Er lachte. »Was denkst du denn?«
»Redet ihr auch über...?« Ich blickte an mir herab. Mein dünnes Unterhemdchen offenbarte mehr, als es verbarg.
»Was hältst du von mir?« Paul streichelte über den dünnen Stoff. »Ich würde niemals über Dinge sprechen, die nur uns beide etwas angehen.« Er zögerte. »Aber ich schwelge schon sehr oft in Zukunftsträumen. Das muss ich zugeben.« Er grinste.
Ich schubste ihn spielerisch an.
»Du bist mir wichtig, Antoinette. Sehr wichtig. Ich hätte niemals damit gerechnet, dass unsere hiesige Gastgeberin mir derart den Verstand raubt.«
Seine Worte machten mich verlegen. »Paul.«
»Es ist die Wahrheit.« Er senkte seine Stimme. »Ich kann mir nichts Schöneres vorstellen als die Hoffnung, dass wir beide eine gemeinsame Zukunft haben könnten.« Er nahm meine Hand. »Diese Hoffnung trägt mich durch die Tage, Antoinette. Wie sollte ich diese endlosen Minuten und Stunden überstehen ohne etwas, auf das ich mich unbändig freue?«
Ich wusste nichts zu erwidern.
»Und du brauchst dir um Richard keine Gedanken zu machen. Der Gute hat seine große Liebe längst gefunden. Sie heißt Carine und kommt ebenfalls aus dem Norden. Seine schlimmste Sorge ist, dass sie nicht weiß, was mit ihm geschehen ist.«
»Er hat eine... Freundin?«
»Sie sind bereits verlobt.« Paul lächelte. »Und er redet nur von ihr, wenn er mit mir allein ist. Da ist es doch nur gerecht, wenn ich ebenfalls von meiner Traumfrau schwärme.«
Ich musste lachen. »Oje. Zwei liebeskranke Männer, die rund um die Uhr zusammen eingepfercht in diesem Kabuff hausen.«
»Es ist nicht so schlimm, wie es sich anhört.« Auch Paul musste nun lachen, bevor er wieder ernst wurde. »Aber es ist verflucht

schwer, unter diesen Umständen die Tage zu überstehen. Wir sind schon so verdammt lang von unseren Familien getrennt. Ich hätte ihnen unendlich viel zu sagen, meinen Eltern, Maurice und Yvette.« Er schüttelte bekümmert den Kopf. *»Du denkst, dein Kopf muss irgendwann platzen, so viele Gedanken, so viele Überlegungen stauen sich darin auf.«*
»Es tut mir leid«, erwiderte ich voller Mitgefühl. Hatte ich je ernsthaft darüber nachgedacht, was diese Situation mit zwei jungen Männern machte? Es musste schrecklich sein, zu wissen, dass die Familie sich um einen sorgte, aber keine Möglichkeit zu haben, ihnen eine entsprechende Nachricht zukommen zu lassen.
Paul führte meine Hand an seine Lippen und hauchte einen zarten Kuss darauf. »Ich wünsche mir nichts sehnlicher, als offiziell zu dir stehen zu können. Ohne Versteckspiel, ohne Geheimniskrämerei. Ich ... möchte, dass du bei mir bleibst.«
»Aber ich bin doch bei dir«, erwiderte ich beschämt. Seine Worte berührten mich tief, niemals zuvor hatte ein Mann mich auf diese Weise angesehen, auf diese Art mit mir geredet.
»Wirst du auch bei mir sein, wenn diese Grausamkeiten ein Ende gefunden haben?« Er sprach so leise, dass ich ihn kaum verstand.
Ich schluckte schwer. Dann nickte ich, weil ich fürchtete, meine Stimme könnte versagen.
Ich glaube, dies war der eindringlichste, aber auch der berührendste Moment zwischen uns zu jener Zeit. Wir mussten nicht viel sagen, um zu wissen, was in dem jeweils anderen vorging. Es schien, als verstünden wir uns ohne Worte. Unsere Wünsche vereinten sich zu einem großen, unsere Hoffnungen gingen Hand in Hand. Fast schien es, als verschmölzen wir zu einem Ganzen.
Doch meine Sorge konnte auch jener Abend nicht vollends vertreiben. Als Martin mir das nächste Mal drei Kuverts überreichte, die ich ihren Empfängern bringen sollte, erzählte ich ihm in meiner Not von der Begegnung mit dem Deutschen. Martin war der Einzige, dem ich mich anvertrauen konnte. Ich hoffte, er würde wissen, was zu tun sei.
Nachdem ich ihm alles offengelegt hatte, schwieg er minuten-

lang. Mit angehaltenem Atem sah ich ihn an und wartete auf eine Reaktion.
»Ich könnte untertauchen«, durchbrach ich die Stille, als ich die Anspannung nicht mehr aushielt. »Meinen Eltern könnte ich sagen, dass ich ...«
»Nein, das wäre viel zu auffällig. Dann müssten wir für Richard und Paul ebenfalls einen neuen Unterschlupf finden. Die Deutschen sind gerade extrem vorsichtig und nervös. Die Gerüchte um die Alliierten, die offenbar einen Großschlag vorbereiten, gehen auch an den boches nicht spurlos vorüber.«
»Es sind doch nur Gerüchte«, wiegelte ich ab. Wie oft wurde schon erzählt, die Befreiung stünde unmittelbar bevor? Die Deutschen könnten keine weiteren Rückschläge mehr verkraften? Und was war tatsächlich geschehen? Ja, die Nazis hatten einige herbe Rückschläge erlitten. Doch wir merkten nichts davon, dass diese Misserfolge auch nur irgendetwas für uns verbessert hätten.
»Diesmal steckt mehr dahinter«, widersprach Martin.
Ich sah ihn fragend an, doch er schüttelte nur den Kopf.
»Aber was soll ich tun, wenn dieser ... Soldat hier wieder auftaucht?«
»Du könntest versuchen, die Situation für uns zu nutzen. Informationen aus ihm herauslocken.«
Ich konnte es nicht glauben. »Dieser Nazi denkt, dass ich ...« Ich brachte die Worte nicht über meine Lippen.
»Viele Französinnen tun das, Antoinette.«
Aber ich war nicht wie viele Französinnen. »Ich kann das nicht. Niemals würde ich ...« Ich begann zu weinen. »Ich bin keine Hure.« Meine Stimme war nur noch ein ersticktes Wimmern.
Martin hob seine Hand und strich mir übers Haar. »Das weiß ich, Antoinette«, erwiderte er sanft. »Aber wir befinden uns im Krieg. Gesetze, die bis vor wenigen Jahren galten, sind außer Kraft gesetzt. Wenn der Gegner mit schweren Waffen kämpft, müssen wir das auch tun. Anders können wir ihn nicht besiegen.«
»Aber ... ich kann das nicht. Mein Körper ...« Meine Kehle wurde eng.

»Niemand würde dich verurteilen«, gab Martin zurück. »Jeder tut, was getan werden muss, um diese schreckliche Zeit endlich zu beenden.«

Ich musste an Paul denken. An seine Worte, seine Hoffnung uns beide betreffend. Niemals würde er verstehen, wenn ich mich ... Verzweiflung stieg in mir auf.

»Vielleicht hat er dich längst vergessen«, durchbrach Martin mein Grübeln.

Leider hatte Martin nicht recht. An einem Morgen nur wenige Tage nach der Durchsuchung des Weinguts wurde ich vor dem Anwesen von einer Gruppe deutscher Soldaten abgefangen. Als ich den jungen Nazi erkannte, dem ich in der Rosenvilla dieses furchtbare Angebot gemacht hatte, durchfuhr mich ein Zittern, meine Handflächen wurden feucht, mein Magen rebellierte.

Er bedeutete mir anzuhalten und trat auf mich zu. Während er mich von Kopf bis Fuß musterte, musste ich mich regelrecht zwingen stillzuhalten. Sein Blick war demütigend und verächtlich. Mit seinen Handknöcheln fuhr er über meine Wange. Am liebsten hätte ich ihm seinen Arm weggeschlagen, doch ich wusste, dass ich mit einem derart unbedachten Verhalten nicht nur meine Familie, sondern auch Paul und Richard in Lebensgefahr gebracht hätte.

»Du gehst mir nicht mehr aus dem Kopf«, wisperte er dicht an meinem Ohr. »Wie sieht es heute am frühen Abend aus? Ich habe um fünf Feierabend.«

Das durfte nicht wahr sein. Ich verfluchte mich selbst, Martin, die Résistance, alle, denen ich auch nur den Hauch einer Mitschuld an meiner Situation zuschieben konnte. Meine Kehle fühlte sich wie ausgetrocknet an. Ich konnte nichts sagen, nickte nur.

Er verzog seine Lippen zu einem zufriedenen Lächeln, das seine kalten Augen nicht erreichte.

»Schön. Ich freue mich.«

Wieder nickte ich und presste meine Lippen fest zusammen. Ich hätte schreien mögen. Toben, fluchen, schimpfen. Noch nie in meinem Leben fühlte ich mich so ohnmächtig wie in jenem Moment. Nachdem er mir den Weg freigegeben hatte und ich meine

Transportfahrt fortsetzen konnte, schossen mir die Tränen in die Augen. Was sollte ich tun? Martin war mit seinem Vater den ganzen Tag unterwegs. Und außer ihm wusste niemand von meinem Dilemma. Wenn der Deutsche mich nicht wie vereinbart antraf, würde es schlimme Konsequenzen für uns alle haben.

Ich saß in einer Falle, aus der es keinen Ausweg gab. Was sollte ich Paul und Richard sagen? Ich musste die beiden irgendwie dazu bewegen, sich in den Weinreben zu verstecken. Meine Gedanken überschlugen sich, ich war wie von Sinnen, während ich den Wein ausfuhr und hoffte, dieser Tag möge niemals zu Ende gehen. Doch die Stunden schritten voran, und der Zeitpunkt meines persönlichen Alptraums rückte unaufhaltsam näher. Ach, Florence, ich kann dir heute gar nicht mehr beschreiben, welche Ängste ich an jenem Tag ausgestanden habe. Ich konnte kaum noch klar denken. Ich fühlte mich, als würde man mich zu meiner eigenen Hinrichtung führen. Ich weiß, dass dieser Vergleich natürlich überzogen ist. Aber ich stand völlig neben mir. Jeder Meter, den ich mich am Nachmittag dem Château näherte, schnürte mir ein wenig mehr die Luft ab. Ich war fest davon überzeugt, dass ich die nächsten Stunden nicht überleben würde. Wenn ich mir nur vorstellte, dass dieser Deutsche Dinge mit mir vorhatte, die bisher nur Paul und ich getan hatten ...

Nein, auf keinen Fall wollte ich das Besondere, was Paul und mich verband, durch das entweihen, was mir bevorstand. Meine Eltern waren an jenem Tag bei einem unserer Kunden, um über neue Preise zu verhandeln. Zumindest um sie musste ich mir somit keine Sorgen machen.

»Ihr müsst für die nächsten zwei Stunden verschwinden«, erklärte ich Paul und Richard tonlos, nachdem ich mein Rad abgestellt und die Rosenvilla betreten hatte. »Um fünf wollen einige Deutsche kommen, und niemand weiß, ob sie nicht erneut auf die Idee kommen, unsere Räumlichkeiten zu durchsuchen.«

Ich konnte den beiden nicht in die Augen sehen. Doch keiner von ihnen schien meinen aufgewühlten Zustand zu bemerken. Sie versprachen mir, sich weit genug entfernt zu verstecken und abzuwarten, bis ich ihnen mitteilen würde, dass die Gefahr gebannt sei.

Ich dankte ihnen mit belegter Stimme und wartete, bis sie gegangen waren. Es war kurz nach halb fünf. Jede Minute zog sich plötzlich wie Stunden. Unruhig tigerte ich durch die Küche, bevor ich zum hundertsten Mal auf die Uhr sah und im Anschluss aus dem Fenster blickte. Würde er allein kommen? Ich zitterte wie Espenlaub. Mir war schwindlig. Wieder und wieder strich ich über meine Bluse, da ich nicht wusste, was ich mit meinen Händen anfangen sollte. Meine Unruhe wuchs ins Unermessliche. Vielleicht würde er gar nicht kommen. Möglicherweise war ihm etwas dazwischengekommen. Vielleicht dauerte sein Dienst länger als gedacht. Mein Gedankenkarussell ließ sich nicht mehr anhalten. Als ich durchs Fenster erkannte, wie er auf einmal lässig die Auffahrt heraufgeschlendert kam, rutschte mir das Herz in die Hose. Ein weiteres Mal strich ich über meine Bluse und betrat die Veranda.

Der Soldat hob die Hand und winkte mir zu, als seien wir alte Bekannte. Wie sollte ich bloß die nächsten Minuten überstehen? Mein Körper wehrte sich mit jeder Faser gegen das Unvermeidbare. Schritt für Schritt zwang ich mich, die Treppe hinabzusteigen.

»Salut«, grüßte der Deutsche und grinste frech.

Ich dankte Gott, dass ich allein auf dem Gut war. Da ich nichts zu sagen wusste, steuerte ich schweigend auf die Rosenvilla zu. Der boche folgte mir. Im Inneren des Anbaus blieb ich stehen und drehte mich um. Ich hatte keine Ahnung, wie ich mich verhalten sollte. Was der Soldat von mir erwartete.

Ohne zu zögern, hob er eine Hand und schob sie unter meine Bluse. »Wie alt bist du?«

Ich schloss meine Augen, da ich es kaum schaffte, gegen die aufsteigenden Tränen anzukämpfen. »Fast achtzehn.«

Er nickte. Dann packte er mich und drückte mich grob auf die Matratze. Wo ich wundervolle Stunden mit Paul verbracht hatte. Wo ich meinen Körper nun einem anderen Mann zur Verfügung stellen musste. Während der Deutsche an meiner Kleidung herumnestelte, ging sein Atem schwerer. Ich bewegte mich nicht, blieb nur reglos liegen und hoffte, es möge schnell vorbeigehen.

Florence, ich erspare dir die Einzelheiten. Es war furchtbar. Ich schaffte es einfach nicht, meinen Verstand von meinem Körper zu lösen, wie ich es von anderen schon gehört hatte. Es fühlte sich grauenhaft an. Ich schämte mich zutiefst, und dieses Gefühl hält bis zum heutigen Tag an, wenn ich nur daran denke. Ich weiß, dass mir damals keine andere Wahl blieb. Ich war jung und hatte aus einem Impuls heraus gehandelt, um schreckliches Unheil von uns abzuwenden. Aber ... das macht es nicht besser. Ich habe Paul betrogen, auch wenn ich der festen Überzeugung war, keine andere Möglichkeit gehabt zu haben.

Nachdem der Soldat das Weingut verlassen hatte, ging ich ins Haus, um mich zu waschen. Den äußeren Schmutz konnte ich entfernen, aber der innere Schmerz begleitete mich ab diesem Tag fortwährend. Als ich Paul und Richard zwischen den Weinreben fand und ihnen sagte, dass sie zurückkehren könnten, sahen sie mich nur mitleidig an und fragten, ob alles gut gegangen sei. Fast hätte ich laut losgeweint. Ob alles gut gegangen sei. Nein, nichts war gut. Nichts würde je wieder gut werden nach diesem Tag. Doch ich musste gute Miene zum bösen Spiel machen, durfte mir nichts anmerken lassen. Paul durfte niemals erfahren, was ich getan hatte.

Die nächsten Tage waren schwierig. Meine Liebe zu Paul bedeutete mir unendlich viel, doch in meinem Hinterkopf schwelte ständig die Angst, wann der Deutsche wieder Ansprüche an mich stellen würde.

Martin übergab mir weiterhin Päckchen und Nachrichten, mein Alltag ging weiter, und doch erschien plötzlich alles in einem völlig anderen Licht. Mein Gewissen ließ mir keine Ruhe. Ich hatte Paul betrogen. Und ich würde ihn wieder betrügen, wenn der Nazi erneut meine »Dienste« fordern würde. Und er forderte. Etwa jeden dritten Tag musste ich zu seiner Verfügung stehen. Meine Eltern haben glücklicherweise nie etwas davon mitbekommen. Ich kann bis heute nicht abschätzen, ob dieser Umstand großes Glück oder tiefes Unglück bedeutet hat. Was hätte mein Vater unternommen, wenn er mitbekommen hätte, was sich direkt vor seiner Nase abspielte?

Ich habe es meinen Eltern nie erzählt, auch nach dem Krieg nicht. Auch von der Beziehung zu Paul wussten sie zu dem dama-

ligen Zeitpunkt nichts. Meine Liebe zu ihm war mein alleiniges süßes Geheimnis. Martin fragte immer wieder nach, ob der Nazi sich erneut bei mir gemeldet hätte. Ob ich etwas aus ihm herausbekommen hätte. Ob ich ihm wichtige Informationen hätte entlocken können. Doch die Treffen spielten sich immer gleich ab. Wir redeten kaum miteinander. Der Deutsche arbeitete sich an mir ab … ja, ich kann es nicht anders ausdrücken, denn genau dieses Empfinden hatte ich. Und wenn er genug hatte, ging er wieder. Ohne Abschiedsgruß, ohne ein weiteres Wort. Ich fühlte mich jedes Mal benutzt und weggeworfen.

Wenn ich mit Paul zusammen war, musste ich mich regelrecht zwingen, nicht vor ihm zurückzuweichen, wenn er mich berührte. Obwohl ich mich so sehr nach seiner Nähe und seiner Wärme sehnte, war ich nicht mehr in der Lage, seine Liebkosungen zu genießen. Ich war völlig verzweifelt.

Eine weitere Widerstandskämpferin wurde kurz darauf verhaftet. Tagelang vernahmen die Nazis die junge Frau, die für drei Anschläge auf hochrangige Wehrmachtsoffiziere verantwortlich war. Sie knickte nicht ein, die Deutschen konnten sie nicht bezwingen. Eine Woche später erschossen sie sie. Ohne Gerichtsverhandlung, ohne anwaltlichen Beistand. Angeblich habe man sie auf der Flucht erwischt, hieß es aus Kreisen der Deutschen.

Die Moral unserer Gruppe war am Boden. Misserfolg reihte sich an Misserfolg, und obwohl ich weiterhin als Übermittlerin tätig war, fiel ich in eine Art Ohnmachtsstarre. Mein Körper funktionierte noch, aber mein Geist hatte sich hinter einer hohen Mauer verkrochen. Zu jener Zeit hätten wir alle dringend einige aufmunternde Neuigkeiten benötigt. Doch die Rückschläge der Deutschen blieben nicht folgenlos. Die Besatzer benahmen sich noch brutaler als in der Vergangenheit. Immer wieder wurden Einwohner aus fadenscheinigen Gründen festgenommen, misshandelt und vernommen. Die meisten kehrten wenige Tage später zu ihren Familien zurück, einige wenige allerdings tauchten nie wieder auf. Und die Freigelassenen waren nicht mehr dieselben.

Papa erzählte von jungen Männern, die nach ihrer Verhaftung jede Nacht schreiend aus ihrem Bett aufwachten, die sich zigmal umblickten, wenn sie durch die Straßen gingen, die eingeschüchtert und verschlossen blieben und niemandem erzählen wollten, was in den Tagen ihrer Haft geschehen war. Diese Wochen waren die düstersten meines Lebens. Alle befanden sich in Wartestellung. Die Verluste der Nazis waren allbekannt, doch es schien, als hätten die ›Herrenmenschen‹ unendlichen Nachschub. Wurden sie an einer Front geschlagen, meinte man, es rückten zehnmal so viele Soldaten nach. Wo kamen nur diese Massen an Leuten her? Mehr und mehr schwand unsere Hoffnung, dass dieser Krieg ein baldiges Ende finden würde. Ein Ende zu unseren Gunsten. Ein Ende, bei dem Hitlerdeutschland für immer besiegt werden würde.

Natürlich bemerkte Paul, dass ich mich verändert hatte, dass ich mich anders verhielt. Meine Lüge von den Deutschen, die nun regelmäßig unser Weingut zwecks Großbestellungen heimsuchten, hinterfragten weder er noch Richard. Im Nachhinein weiß ich, dass Paul sich sehr wohl Gedanken machte, was es mit diesen ominösen Stunden, in denen sie das Weingut verlassen mussten, auf sich hatte. Damals ging ich jedoch noch davon aus, dass sie die veränderten Umstände anstandslos akzeptierten.

Nach wie vor verbrachten Paul und ich Zeit allein, meist nach dem Abendessen. Diese Leichtigkeit zwischen uns, diese Sorglosigkeit, die uns immer überkommen hatte, wenn wir in Zukunftsträumen schwelgten, war jedoch verschwunden. Ich wusste nie, wann der Deutsche wieder auf mich zukommen würde. Meine Anspannung wuchs und wuchs und drohte alles Glück, das ich in Pauls Gegenwart empfand, zu überlagern und unter sich zu begraben. Nie zuvor waren meine Gefühle auf eine solche Belastungsprobe gestellt worden.

Paul war der Mann, mit dem ich mir so unendlich viel vorstellen konnte. Sogar von Heirat hatte er mir gegenüber schon gesprochen, obwohl niemand von uns ahnte, wann unser Wunsch in Erfüllung gehen konnte. Auf der anderen Seite lauerte das Böse, das mich innerlich der Liebe meines Lebens immer weiter entfremdete. Und das diese Liebe beinahe für immer zerstört hätte.

Florence, was ich dir nun erzähle, ist ... sehr bitter. Sehr aufwühlend. Auch jetzt noch. So viele Jahre nach den eigentlichen Geschehnissen. Paul ist tot. Er kann dir seine Sicht der Dinge nicht mehr erklären. Aber ich denke, dies ist auch nicht unbedingt nötig. Du bist erwachsen und kannst dir ein eigenes Bild machen.

Es geschah an einem Tag, an dem es mir sowieso schon nicht gut ging. Wieder einmal hatte sich der Deutsche angekündigt. Meine Transportfahrten erledigte ich an jenem Mittwoch wie in Trance. Ein einziger Aspekt überlagerte seit Wochen all mein Denken. Die dreckigen Hände dieses Mannes auf meinem geschundenen Körper. Wie lange sollte dieser Alptraum noch andauern? Wenn ich mir nur ins Gedächtnis rief, was die Nähe des Nazis, seine Annäherungen, seine Berührungen jedes Mal mit mir anstellten, stieg Galle in mir hoch. Ich konnte nicht mehr. Ich musste dringend noch mal mit Martin sprechen. Er musste mir einfach helfen, das sah ich als seine verdammte Pflicht an. Seinetwegen war die Lage doch erst derart eskaliert und hatte mich in diese schreckliche Sackgasse manövriert. Heute weiß ich, dass meine damaligen Anschuldigungen unfair und eindimensional waren. Wenn jemand Schuld an der Situation hatte, dann waren es die Nazis, die unser Land besetzt hatten und Menschen zu Dingen zwangen, die sie sich vorher niemals hätten erträumen lassen. Es war meine Entscheidung gewesen, Paul und Richard bei uns zu verstecken. Und es war mein Mund gewesen, der dem Deutschen dieses unheilvolle Angebot gemacht hatte.

Wenn ich heute über jenen Tag nachsinne, scheint es mir fast, als hätte ich geahnt, dass eine dunkle Wolke über mir schwebte, die nur darauf wartete, Leid und Schmerz auf mich niederzuregnen. Viel später dachte ich oft darüber nach, ob mir insgeheim klar gewesen war, dass mein Doppelspiel irgendwann zu einem tragischen Ende finden würde.

Der Deutsche kam am späten Nachmittag und forderte erneut ein, was er meinte, das ihm zustehe.

Während sein schwerer Körper mich auf die Matratze drückte und er auf mir ächzte und Geräusche von sich gab, die einem Bären ernsthafte Konkurrenz hätten machen können, schweiften meine

Gedanken wieder und wieder ab zu dem Mann, der die letzten Monate heimlich und zauberhaft mein Herz erobert hatte. Ein weiteres Mal versuchte ich, meinen Körper von meinem Geist abzukoppeln. Ich zwang mich, daran zu denken, wie Paul mich zum ersten Mal geküsst hatte, wie wir uns von unseren Familien erzählt hatten, von unserer Kindheit. Als ich meinen Blick durch den halbdunklen Raum wandern ließ, blieb mir plötzlich fast das Herz stehen. Paul stand in der Tür. Noch heute kann ich mich ganz genau an jenen furchtbaren Moment erinnern. An Pauls Augen. An sein Gesicht, das mich mit ungläubigem Ausdruck anstarrte. Der Schmerz, der ihn bei meinem Anblick ergriffen haben musste, war unübersehbar, hing greifbar im Raum. Augenblicklich wurde mein Körper von einem heftigen Zittern befallen. Meine Kehle schnürte sich zu, ich meinte, keine Luft mehr zu bekommen. Meine Eingeweide begannen zu rebellieren. Meine Gedanken rasten. Was machte Paul hier? Warum war er hier?

Der Nazi schien ihn nicht bemerkt zu haben. Zumindest hielt er in seinen Bewegungen nicht inne. In jenem Moment explodierte in meinem Kopf unsere kleine Welt, in der es nur Paul und mich und unsere Zukunft gegeben hatte, von der wir so oft gesprochen hatten. Was sollte ich tun? Der Deutsche durfte Paul auf keinen Fall entdecken. Aber wie konnte ich hier liegen und mich einem anderen Mann hingeben, während mein Geliebter danebenstand und zusah? Angestrengt blinzelte ich die aufsteigenden Tränen weg und bemühte mich um Ruhe. Wenn Paul aufflog ...

Nein, das durfte nicht passieren! Aber was machte er hier? Und wo war Richard? Als ich erneut wagte, einen Blick zur Tür zu werfen, war der Rahmen leer. Paul war verschwunden. Ich hätte am liebsten laut aufgeschluchzt. Mein Verhalten hatte alles kaputtgemacht, was mir jemals etwas bedeutet hatte. Schlagartig wurde mir bewusst, dass ich Paul für immer verloren hatte. Dass es nichts gab, was ich ihm hätte sagen können. Was mein Handeln gerechtfertigt hätte.

Nachdem der Deutsche endlich gegangen war, zog ich mich hastig an. Ich konnte es nicht abwarten, in die Weinberge zu stürmen.

Schon von Weitem erkannte ich Richard, der am gleichen Platz saß wie auch schon die Male davor, als ich die beiden zurückgeholt hatte, und gedankenverloren ein Rebenblatt zerpflückte. Mit leerem Blick sah er mir entgegen.

»Wo ist Paul?« Ich rannte, als ginge es um mein Leben. Und irgendwie stimmte der Vergleich auch.

»Er ist weg«, antwortete Richard tonlos.

»Weg?«, schrie ich ihn an. »Was meinst du mit ›weg‹?«

»Er ist gegangen.« Wie in Zeitlupe erhob er sich und schüttelte den Kopf. »Wie konntest du das tun, Antoinette?«

Ich begann zu weinen. Verzweifelt schlug ich meine Hände vors Gesicht. »Aber ... es ist nicht so, wie es aussah.«

Er lachte bitter. »Es fällt mir schwer, das zu glauben. Was Paul mir erzählt hat ...«

»Aber er kennt doch gar nicht die Wahrheit«, fiel ich ihm schluchzend ins Wort. »Dieser Nazi ...« Ich konnte nicht weiterreden, da meine Stimme brach.

»Du hast Paul betrogen.« Richard klang verärgert. »Paul liebt dich sehr. Schon als er dich zum ersten Mal sah, war es um ihn geschehen. Immer wieder lag er mir in den letzten Wochen in den Ohren, wie sehr er sich wünschte, eines Tages hier mit dir leben zu können. Offiziell, nicht in diesem Verschlag.«

»Ich weiß doch«, gab ich bekümmert zu. »Wo ist er nur hingegangen?«

Er zuckte mit den Schultern. »Er war sehr ... aufgewühlt. Und wütend.«

»Wenn die Deutschen ihn schnappen ...« Ich durfte mir gar nicht ausmalen, was geschähe, wenn er in eine Kontrolle geriete. Was hatte ich nur getan? Hatte es denn wirklich keine andere Lösung gegeben? Ein schweres Gewicht drückte auf meine Lungen und meinen Brustkorb. Mir wurde schwindlig. Ich taumelte nach hinten, und wenn Richard mich nicht rechtzeitig aufgefangen hätte, wäre ich wahrscheinlich rücklings in Ohnmacht gefallen. Behutsam half er mir, mich auf den staubigen Boden zu setzen. »Warum hast du das getan?«

Ich schloss meine Augen. »Bei der Durchsuchung ...«, ich fühlte mich nur noch leer und kraftlos, »... dieser Soldat hat die Matratzen entdeckt.« Wieder musste ich aufschluchzen.
»Davon hast du uns nichts gesagt.« Richard musterte mich aus zusammengekniffenen Augen.
»Warum auch?« Ich stützte meine Ellbogen auf den Knien ab. »Ihr hättet ja doch nichts tun können.«
»Wir hätten verschwinden können«, erklärte er leise.
»Aber das wollte ich nicht. Als der Nazi mich darauf angesprochen hat ... Ich weiß von der Gruppe, dass es Frauen gibt, die sich mit den Besatzern einlassen, um an Informationen für Sabotageakte zu kommen ... Und es gibt Französinnen, die den Deutschen ... besondere Dienste anbieten ...«
Ich schwieg für einige Sekunden. Richard bedrängte mich nicht, sondern wartete geduldig ab.
»Ich sagte dem Nazi, dass er meinem Vater nichts von seiner Entdeckung verraten solle.«
»Du hast ihm weisgemacht, du würdest hier mit Soldaten ...«
Ich nickte. »Nicht direkt, aber ... ich habe es auch nicht abgestritten. Er meinte daraufhin, dass er gern auf mein ... Angebot zurückkäme. Dafür würde er seinem Vorgesetzten nichts sagen.«
Wieder überkam mich mit voller Wucht die Hoffnungslosigkeit, die sich in den letzten Minuten in mir eingenistet hatte. »Wenn ich ihm keine plausible Erklärung geliefert hätte, hätte er mit Sicherheit keinen Stein auf dem anderen gelassen. Sie wären mit ihren Schäferhunden gekommen und hätten euch hier aufgespürt. Paul und du ...«
Ich schluckte. »Ich wollte euch nur schützen.«
»Merde«, entfuhr es Richard.
»Er wird mich nicht anhören«, murmelte ich mehr zu mir selbst.
»Ich sollte auch gehen.«
Erschrocken sah ich auf. »Nein! Bitte nicht. Paul hat mir von Carine erzählt.«
Er erwiderte meinen Blick mit gequältem Ausdruck.
»Sie würde nicht wollen, dass du dich in Gefahr begibst. Du

bist hier sicher.« Ich fasste nach seiner Hand und drückte sie leicht. »Bitte bleib.«

Ich weiß nicht mehr, wie lange wir da zwischen den Weinreben saßen und unseren Gedanken nachhingen. Von einem auf den anderen Moment war so unendlich viel zerbrochen. Meine Liebe, meine Zukunft, mein Leben. Richard schien Ähnliches zu beschäftigen. Er machte sich ebenfalls große Sorgen um Paul.

Seit diesem Tag bewegte ich mich wie in einem dichten Nebel. Ich funktionierte, ich tat, was von mir erwartet wurde. Nach wie vor half ich Martin beim Überbringen der Päckchen und Botschaften. Meinen Vater unterstützte ich weiterhin beim Ausfahren der Bestellungen. Und Richard versorgte ich mit Essen. Oft saßen wir beide abends zusammen, redeten jedoch kaum miteinander. Es gab nichts zu sagen. Das Schweigen zwischen uns war seltsam, auf der einen Seite beängstigend, da es entlarvte, wie leer und sinnlos auf einmal alles erschien, auf der anderen Seite beruhigend, da uns ähnliche Gefühle, ähnliche Ängste umtrieben. Richard fürchtete um das Leben seines besten Freunds, ich um das Leben meines Geliebten.

Florence, ich kann dir mittlerweile nach so vielen Jahrzehnten sagen, dass diese Wochen die schlimmste Zeit meines Lebens waren. Auch der Deutsche forderte weiterhin seinen Anspruch ein.

Erst als die Alliierten Anfang Juni 1944 in der Normandie landeten und die Deutschen in dieser grauenvollen Schlacht zurückdrängen konnten, endeten seine Besuche. Von einem auf den anderen Tag hörte ich nichts mehr von ihm. Ich ging davon aus, dass er nach dem schweren Rückschlag der Nazis in den Norden versetzt worden war. Letztlich war es mir beinahe gleichgültig. Was geschehen war, konnte ich nicht mehr ungeschehen machen. Dass ich ihm nicht mehr zur Verfügung stehen musste, hätte Erleichterung und Freude in mir auslösen sollen, doch mein Körper war taub vor Schmerz. Ich weinte die Nächte durch und hoffte doch immer noch, ein Lebenszeichen von Paul zu bekommen.

Niemals hätte ich mir vorstellen können, dass ein Mensch zu derartigem Leiden fähig ist. Mein Herz war gebrochen, und ich war selbst schuld. Ich hatte den Mann betrogen und belogen, der mir alles bedeutet hatte. Der mir noch immer alles bedeutete. Wenn ich mir ausmalte, wie tief Pauls Enttäuschung sitzen musste, stieg Übelkeit in mir auf. Und doch wusste ich nicht, was ich hätte anders machen sollen. Wenn ich den beiden von der Entdeckung des Nazis erzählt hätte, hätten sie sich mit Sicherheit zu einer unbedachten Tat hinreißen lassen, die uns alle nur in große Gefahr gebracht hätte.

Auch meine Eltern bemerkten natürlich, dass mit mir etwas nicht stimmte. Zu Pauls Verschwinden hatten sie sich nicht wirklich geäußert. Wahrscheinlich vermuteten sie, dass er sich erneut in den Untergrund begeben hatte und weitergezogen war. Auch ich hatte nichts dazu gesagt. Nein, ich wollte mit niemandem über meine Trauer, meinen Schmerz, meine verlorene Liebe reden. Keiner konnte nachempfinden, was ich verloren hatte. Ich suhlte mich in meinem Selbstmitleid und schottete mich komplett ab.

Bis zu dem Tag, an dem ich feststellte, dass ich schwanger war... Als mir klar wurde, dass ich mit meinem Verdacht richtiglag, brach die Welt erneut für mich zusammen. Konnte es noch schlimmer kommen? Mir wurde doch bereits alles genommen. Warum bestrafte man mich auf diese Weise? Ich war knappe achtzehn Jahre alt. Was sollte ich mit einem Kind? Ohne dazugehörigen Vater? Ich hatte das Gefühl, dass ich mich immer tiefer in eine Sackgasse manövrierte, aus der ich nie wieder unbeschadet hinauskommen würde.

Eines Abends, als ich es nicht länger für mich behalten konnte, erzählte ich Richard von meinem Zustand. Er starrte mich mit offenem Mund an.

»Was soll ich denn jetzt tun?«, wisperte ich unter Tränen.

»Ist Paul... der Vater?«

Seine Frage traf mich wie ein ungebremster Faustschlag. »Ich weiß es nicht«, hauchte ich voller Schmerz. »Ich wünsche es mir, aber...«

Richard sah zu Boden.

»Wo könnte er sein?«

»*Ich denke, er ist nach Le Chambon-sur-Lignon zurückgekehrt. Paul weiß genau, dass er sich in Lebensgefahr begibt, wenn er sich den Falschen anvertraut. In Le Chambon kennt er viele Leute. Er kann den Pfarrer und seine Familie um Hilfe bitten.*«
»*Wie sicher bist du dir, dass er sich dort aufhält?*«
»*Ich wüsste nicht, wo er sonst sein sollte. Er ist seit Wochen weg, Antoinette.*« Sein Blick wurde mitfühlend.
»*Und ich vermisse ihn jeden Tag mehr*«, gab ich leise zurück. »*Er fehlt mir so unendlich. Manchmal denke ich, ich kann den Schmerz nicht mehr aushalten.*«
Richard strich mir über den Rücken, als mir eine Idee kam. »*Würdest du ihn suchen? Für mich?*«
Seine Augen weiteten sich überrascht. »*Was meinst du?*«
»*Du kennst den Ort doch auch. Wir könnten Martin fragen, ob er dir eine sichere Mitfahrmöglichkeit besorgen kann.*« Ein Funken Hoffnung glomm in mir auf. »*Bitte, Richard. Fahr zu Paul und sprich mit ihm. Erkläre ihm, wie es dazu kam, was ich getan habe. Und richte ihm aus, wie sehr ich ihn liebe. Wie sehr er mir fehlt, wie stark ich ihn brauche. Bitte! Du bist meine letzte Hoffnung.*«
Richard zögerte. »*Du liebst ihn wirklich.*«
»*Mehr als mein eigenes Leben*«, bestätigte ich mit fester Stimme. »*Ich kann ihn nicht gehen lassen. Nicht auf diese Weise. Es steht so viel Ungesagtes zwischen uns.*« Ich hielt inne. »*Ich würde selbst fahren, aber meine Eltern ... das Gut. Und ich kenne dort niemanden. Vielleicht würde man mich gar nicht zu ihm bringen. Ich muss mit ihm sprechen. Wenn er dann zu dem Schluss kommt, dass er mich nicht mehr ...*« Meine Stimme versagte.
Richard seufzte.
»*Ich weiß, dass ich sehr viel von dir verlange.*« Bittend sah ich ihn an.
»*Du hast uns hier versteckt*«, erklärte er nachdenklich. »*Und ich möchte dir für deine Hilfe etwas zurückgeben.*« Jetzt sah er mich offen an und nickte. »*Ich fahre zu ihm.*« Er lächelte. »*Ich verspreche dir, dass ich mit ihm reden werde, aber ...*«
»*Es ist seine Entscheidung*«, ergänzte ich mit Bedacht. »*Du

kannst ihn nicht zu einer Rückkehr zwingen. Aber ich werde hier auf ihn warten. Ich möchte, dass du ihm das sagst. Ich bleibe hier und bete jeden Tag, dass er zu mir zurückkommt.«

Nachdem wir mit Martin gesprochen hatten, der von unserer Idee zwar alles andere als begeistert war, in jenem Moment allerdings realisierte, was zwischen Paul und mir entstanden war, und letztlich einwilligte, zu helfen, verließ Richard zwei Tage später das Weingut. Ich blieb zurück, bangte und haderte tagelang, da ich nichts mehr von ihm hörte.

Als ich schon fast die Hoffnung aufgegeben hatte, je wieder ein Lebenszeichen von Richard oder Paul zu erhalten, kam diese Postkarte an. Die du gefunden hast, Florence. Schon wieder kommen mir die Tränen, wenn ich nur daran denke, was ich empfunden habe, als ich die Karte das erste Mal in meinen Händen hielt. Sie lebten. Sowohl Paul als auch Richard hatten den Weg nach Le Chambon-sur-Lignon unbeschadet überstanden. Aber würde Richard Paul davon überzeugen können, mir eine zweite Chance zu geben? Mich zumindest anzuhören? Viele lange Tage zitterte ich und fragte mich mit Sicherheit mehr als tausend Mal, ob ich nochmals von den beiden hören würde.

Doch es kam keine Nachricht mehr.

Eines Morgens jedoch, sehr früh, kurz nachdem die Dämmerung angebrochen war, kam Paul die Einfahrt hinaufgelaufen. Ich war schon früh auf den Beinen, da ich wieder einmal nicht hatte schlafen können, und wollte nach unseren Hühnern sehen, als ich die dunkle Gestalt registrierte, die sich mir langsam näherte. Im ersten Moment schrak ich zurück, doch als ich ihn erkannte, meinte ich, mein Herz würde vor Glück zerspringen. Ich konnte es kaum fassen.

»Du bist da.«

Paul blieb vor mir stehen und musterte mich schweigend. Seine Wangen waren eingefallen, er hatte dunkle Schatten unter den Augen. Er wirkte schmaler, als ich ihn in Erinnerung hatte.

»Ich ...«, setzte ich an, doch meine Stimme versagte beim Anblick des tief eingegrabenen Schmerzes und der Enttäuschung in

seiner Miene. Ich schüttelte den Kopf und schlug die Hände vors Gesicht. »Es tut mir so leid«, schluchzte ich auf und wandte meinen Kopf ab. »Ich ... wollte das alles nicht. Ich ...«
Paul trat einen Schritt auf mich zu und berührte mich an den Schultern. »Bitte nicht, Antoinette. Richard hat mir erzählt, dass du schwanger bist.«
Ich nickte und schluckte meine Tränen hinunter.
»Warum hast du nicht mit uns geredet?« Er legte eine Hand an meine Wange. »Wir hätten doch ...«
»Genau deswegen«, fiel ich ihm ins Wort. »Ich wollte euch schützen. Ich wollte unbedingt vermeiden, dass sie ihre Suche intensivierten. Ich wollte ...«
»Pscht!« Paul schlang seine Arme um mich und zog mich dicht an sich. Als ich seinen Herzschlag hörte und die Wärme seines Körpers spürte, schloss ich die Augen und ließ mich endlich fallen. In jenem Moment wusste ich instinktiv, dass alles gut werden würde.

Wir haben damals geredet. Er hat über seinen Schmerz und die Enttäuschung gesprochen, ich habe ihm von meinen Ängsten erzählt, die mich wochenlang begleitet hatten.

Florence, es war alles andere als einfach. Und es dauerte Wochen, vielleicht sogar Monate, bis wir endlich dort anknüpfen konnten, wo wir aufgehört hatten. Aber es hat sich gelohnt. Der Sommer brachte uns Hoffnung, die Deutschen zogen ab, Frankreich wurde von den Alliierten vollends befreit.

Als Paul und ich meinen Eltern von uns erzählten, fielen sie aus allen Wolken, freuten sich aber sehr. Ab dem Tag, als Paul sich nicht mehr verstecken musste, ging er meinem Vater zur Hand und erlernte das Winzerhandwerk von der Pike auf. Es machte unheimlich Spaß, ihm bei der Arbeit zuzusehen. Er blühte regelrecht auf, wenn er mit meinem Vater durch die Weinberge ging, um die Trauben zu kontrollieren. Wenn sie Kunden verköstigten und neue Verträge aushandelten.

Und als unsere Pauline auf die Welt kam, war unser Glück perfekt.

Florence wagte kaum zu atmen, so hatte sie die Erzählung ihrer Uroma in den Bann gezogen.

»Das ist ...« Sie zog die Postkarte zu sich heran und blickte auf die Kirche. »Das ist eine unglaublich anrührende Geschichte.«

»Es ist meine Geschichte«, verbesserte Antoinette sie lächelnd. »Auf einiges bin ich nicht stolz, aber vieles habe ich in meinem Leben richtig gemacht. Die Gesamtbilanz stimmt«, griff sie ihre eigene Formulierung erneut auf.

»Du hast zwei Leben gerettet«, fasste Florence nachdenklich zusammen. »Vielleicht noch viele mehr. Mit deinen Transportfahrten ...«

»Niemand kann heutzutage mehr nachvollziehen, wer was getan hat. Wer wo wie gehandelt hat.« Antoinette seufzte. »Und das ist auch gut so. Jeder hat damals das gemacht, was er für richtig hielt. Es herrschten andere Gesetze. Oftmals ging es um Leben oder Tod, je nachdem, wie man sich entschied.«

»Uropa muss dich sehr geliebt haben.« Florence musste an Julien und seine Lüge denken.

»Weil er mir verziehen hat?« Ein Hauch von Wehmut überzog Antoinettes Gesicht. »Paul hat mich sehr geliebt. Und er war sehr großherzig. Es ist ihm mitnichten leichtgefallen, mir diese ... Sache zu vergeben, geschweige denn sie zu vergessen. Doch er hat irgendwann verstanden, warum ich es getan hatte. Es ist wichtig, eine Handlung nicht nur vordergründig zu bewerten, sondern auch die Beweggründe miteinzubeziehen, die dahinterstehen. Hätte ich Paul mit einem anderen Mann betrogen, weil er mir nicht genug gewesen wäre oder weil ich mich zu einem anderen hingezogen gefühlt hätte, er hätte mir in hundert Jahren nicht verziehen. Doch er spürte, wie sehr ich ihn liebte, was er mir bedeutete, welchen Stellenwert er in meinem Leben eingenommen hatte. Und nur das zählte, als er sich endgültig dazu entschied, bei mir zu bleiben. Wir hatten eine sehr gute Ehe. Natürlich gab es Höhen und Tiefen, das ist wohl normal. Wir durchlebten Zeiten, da dachte ich, wir schaffen es nicht. Aber am Ende zählt nur das Ergebnis, nicht wahr? Es waren viele wundervolle Jahre, die er mir, nein, die er uns mit seiner Rückkehr nach Sète geschenkt hatte.«

Ihre Worte berührten Florence. Konnte sie derart großmütig sein? Julien hatte ihr erklärt, warum er sie damals gehen ließ. Nicht, weil er sie nicht mehr liebte, sondern weil er zu große Angst vor der Verantwortung gehabt hatte. Aber konnte sie diesen Beweggrund nachvollziehen? Im Grunde schon, musste sie sich eingestehen. Auch Florence hatte damals große Befürchtungen gehegt, wie es mit einem kleinen Kind weitergehen solle. Doch sie hatte nicht die Möglichkeit gehabt zu fliehen. Das Baby war in ihrem Bauch herangewachsen. Sie hatte die Verantwortung tragen müssen, Furcht hin oder her.

»Was denkst du?«, unterbrach Antoinettes Frage ihr Grübeln. Florence schüttelte den Kopf. »Ich weiß es nicht. Ich bin noch ganz ... berührt von deiner Erzählung. Dass es eine derart tragische Geschichte in unserer Familienvergangenheit gibt ... Das hat mich irgendwie kalt erwischt.«

Antoinette streckte ihre Hand aus und berührte Florence' Unterarm.

»Das Leben stellt uns oft vor große Herausforderungen, Kind. Wir müssen uns ihnen stellen, ob wir wollen oder nicht. Doch nach mehr als neun Jahrzehnten auf dieser Welt kann ich guten Gewissens sagen, dass sich jede Mühe lohnt. Wenn wir auf unser Herz hören, werden wir immer die richtigen Schlüsse ziehen, die richtigen Entscheidungen treffen.« Sie tätschelte Florence' Wange. »Auch du.«

48

Als Florence am nächsten Morgen die Fenster ihres Schlafzimmers öffnete, wurde sie sofort vom süßen Duft des Jasmins umhüllt, der sich mit dem intensiven Geruch der blühenden Rosen vermischte. Florence genoss für einen Moment die Wärme der frühen Sonnenstrahlen auf ihrem Gesicht. War das ehemalige Weingut mit seiner unbändigen Pflanzenpracht nicht der Inbegriff einer wahren Idylle? Bei Tageslicht schien die düstere Vergangenheit des Anwesens weit entfernt, und doch hatte Florence kein einziges Wort aus Antoinettes Erzählung vergessen.

Als in der Küche eine Schranktür geöffnet wurde, verdrängte Florence die Gedanken und verließ das Schlafzimmer.

»Bonjour, Süße. Schon so früh auf den Beinen?«

Ambre stand am Kühlschrank und holte eine Flasche Milch heraus. Ihr lockiges Haar hatte sie zu einem hohen Knoten aufgetürmt. Ein paar Strähnen hingen ihr ins Gesicht. Sie sah zu Florence und lächelte.

»Louis holt mich gleich ab.«

Florence zog die Brauen hoch. »Wow!« Dann blickte sie an sich hinab. »Dann werde ich mich wohl schleunigst umziehen müssen, wenn wir so früh am Morgen schon Herrenbesuch erwarten.«

»Maman!« Ihre Tochter rümpfte die Nase, doch die strahlende Miene konnte ihr Glück nicht verbergen.

»Gib mir zwei Minuten«, erwiderte Florence grinsend und huschte zurück ins Schlafzimmer. Nachdem sie sich ein dünnes Sommerkleid übergezogen hatte, trat sie ins Freie. Ihre Mutter stand an einem der Beete, die linke Körperhälfte auf den Gehstock gestützt, und fuhr mit der freien Hand über die prallen Blüten.

»Bonjour, Maman.«

Louise drehte sich um und winkte. »Bonjour, Kind. Hast du gut geschlafen?«

Florence wiegte den Kopf leicht. »Geht so. Antoinettes Vergangenheit geht mir ganz schön an die Nieren. Und dann noch die Sache mit ...«

Ihre Mutter humpelte auf sie zu. »Wenn du reden möchtest, bin ich immer für dich da, Florence.«

Sie umarmte ihre Mutter kurz. »Danke, das weiß ich sehr zu schätzen.« Nachdem sie sich wieder von ihr gelöst hatte, sah sie einen Augenblick schweigend zu den Olivenbäumen. »Aber in meinem Kopf herrscht gerade ein heilloses Chaos. Ich glaube, ich muss das erst einmal für mich selbst auf die Reihe bekommen.«

Als ihre Mutter etwas erwidern wollte, kam ein dunkelhaariger Junge die Auffahrt hinaufgefahren.

»Das muss Louis sein«, raunte Florence ihrer Mutter zu.

»Er kommt vorbei, um sie abzuholen?« Louise machte ein Geräusch der Anerkennung. »Na ja, mit dem Namen kann er ja nur ein Netter sein.« Sie lachte.

»Ja, es scheint etwas Ernstes zu sein«, gab Florence lächelnd zurück. Sie freute sich für ihre Tochter.

»Bonjour«, grüßte der Junge in ihre Richtung und bremste. »Ist Ambre schon fertig?«

Florence trat auf ihn zu und nickte. »Sie müsste gleich da sein.«

»Ich bin Louis«, stellte der Junge sich vor.

»Florence«, erwiderte sie. »Ich bin Ambres Mutter.«

In dem Moment stürmte Ambre auch schon aus der Rosenvilla, die Wangen erhitzt, den Schulrucksack locker über die linke Schulter gehängt. »Salut!«

Unsicher blickte Louis von Florence zu Ambre. »Salut!«

»Ich bin schon weg. War nett, dich kennenzulernen, Louis.« Florence hob ihre Hände und zuckte entschuldigend mit den Achseln. »Euch beiden einen schönen Tag.« Dann drehte sie sich um und kehrte zu ihrer Mutter zurück. »Da wollen wir das junge Glück mal nicht stören.«

Nachdem die beiden jungen Leute das Anwesen verlassen hatten, hakte sich Florence bei ihrer Mutter unter. »Hast du Zeit für einen Kaffee? Ich muss erst in einer Stunde im Büro sein.«

Louise nickte. »Sehr gern.«

Nachdem Florence das Wasser aufgesetzt hatte, lehnte sie sich gegen die Küchenplatte. Ihre Mutter setzte sich auf einen Esszimmerstuhl ihr gegenüber. »Du kennst Uromas Geschichte.« Es war eine Feststellung, keine Frage.

»Ja, sie hat sie mir vor sehr langer Zeit erzählt.«

»Nach Papas Tod?« Florence kniff die Augen zusammen.

Louise nickte langsam.

»Was ist mit Pauline?«, wagte Florence endlich, die Frage zu stellen, die sie seit gestern Abend beschäftigte. »Ist sie ...?«

Louise zögerte. »Damals gab es noch keine Vaterschaftstests, Florence.«

»Aber später? Wollte Uropa denn nie wissen, ob Pauline wirklich seine leibliche Tochter war?«

Louise seufzte leise. »Die Zeiten haben sich geändert, Kind. Sowohl Antoinette als auch Paul hatten lange Jahre des Verzichts, der Angst und der Entbehrung hinter sich. Ich glaube, die Leute waren damals überglücklich, als der Krieg endlich zu Ende war. Die Frage nach einer Vaterschaft war mit Sicherheit nicht ihr drängendstes Problem.«

Florence überlegte. »Du könntest recht haben«, stimmte sie schließlich zu. »Trotzdem kann ich mir kaum vorstellen, dass diese offene Frage nie eine Rolle zwischen den beiden gespielt hat.«

»Das glaube ich auch nicht«, gab Louise zu. »Aber selbst wenn Pauline nicht Pauls leibliches Kind ist, sie hat nie einen anderen Vater kennengelernt. Er hat sie geliebt, wie ein Vater sein Kind nur lieben kann. Er hat sie durchs Leben begleitet und war für sie und Antoinette da. Vielleicht war die Antwort auf die Frage nach der biologischen Vaterschaft einfach irgendwann nicht mehr von Relevanz.«

»Antoinette ist eine sehr starke Frau«, erwiderte Florence, bevor sie die Kaffeemaschine ausschaltete. »Und Pauline und du wisst ebenfalls genau, was ihr wollt.«

Louise lachte kurz auf. »Du irrst dich, Kind.«

Florence schüttelte den Kopf. Dann trat sie an den Tisch und schenkte ihrer Mutter und sich selbst eine Tasse dampfenden Kaffee ein.

»Du bist sehr konsequent, Florence. Manchmal ist es aber auch gut, von seinen eigenen eng gesetzten Grenzen abzurücken.« Sie nickte leicht. »Julien liebt dich.«

Florence' Augen begannen zu brennen.

»Gib ihm eine Chance, mir dir zu reden. Was hast du schon zu verlieren? Die letzte Entscheidung liegt bei dir.«

»Er hat mir sehr wehgetan.« Florence stützte den Kopf in ihre Hände.

»Er hat einen Fehler gemacht. Aber sind Fehler nicht menschlich? Wir sind keine Maschinen, Florence. Jeder von uns ist einzigartig, hat eigene persönliche Erfahrungen gemacht, hegt Gefühle, von denen niemand sonst etwas weiß. Wenn wir nicht miteinander reden, ist es um uns sehr schlecht bestellt.«

»Warum bist du nur so verdammt klug, Maman?« Florence stöhnte frustriert auf.

»Weil ich deine Mutter bin«, antwortete Louise mit einem kecken Lächeln. »Wir Mütter müssen doch klug erscheinen. Zumindest für unsere Kinder.«

49

»Als ich morgens um zehn mit ihr verabredet war, konnte ich ihre Fahne schon von Weitem riechen«, endete Sylvie Famony und fuhr sich über die Stirn. »Es ist so frustrierend. Diese Frau weiß gar nicht, was sie ihrer Familie mit ihrem Verhalten antut.«
»Alkoholismus ist eine Krankheit«, brachte Florence vorsichtig vor. »Eine Sucht. Was sagt denn ihr Mann dazu?«
Ihre Kollegin seufzte. »Monsieur ist selten zu Hause. Als Pilot fliegt er ständig durch die Weltgeschichte. Ich denke, das ist auch ein Aspekt, warum sie trinkt. Sie fühlt sich einsam, vernachlässigt.« Sie schlug mit ihrem Kugelschreiber auf die Tischplatte. »Aber er ist der Meinung, dass ein Gläschen Sekt am Morgen seine Frau doch nicht gleich zur Alkoholikerin mache.«
»Übel«, bekannte Thomas und lehnte sich auf seinem Schreibtischstuhl zurück. »Was willst du jetzt machen?«
»Ich habe keine Ahnung«, antwortete Sylvie. »Die Kinder sind ja nicht mehr ganz jung, aber die Klassenlehrerin der Tochter hat mir erzählt, dass Simone sich immer mehr vom Unterrichtsgeschehen zurückzieht, dass ihre Leistungen rapide abgesunken sind und sie sich kaum noch an außerschulischen Aktivitäten beteiligen würde. Klar, das Mädchen ist dreizehn. Sicherlich bleibt ihr nicht verborgen, dass die Mutter am Nachmittag, wenn sie nach Hause kommt, bereits einen sitzen hat.« Sie schüttelte bekümmert den Kopf.
»Und die Frau sieht nicht, dass sie ... ein Problem hat?«, hakte Florence nochmals nach.
Ihre Kollegin verneinte.
Während sie sich den Kopf zerbrachen, wie der Familie geholfen werden könnte, klingelte Florence' Telefon. »Fournier.«
»Bonjour, Madame. Mein Name ist Nathalie Chantier. Es geht um meine Tochter Léah.«

»Wie kann ich Ihnen helfen, Madame Chantier?« Florence gab ihren Kollegen ein Zeichen, dass sie sich erst einmal aus ihrem Gespräch ausklinken musste.

Thomas nickte, erhob sich und umrundete den Schreibtisch, um sich weiter leise mit Sylvie unterhalten zu können.

»Ich hatte gestern einen Anruf der Schule. Léah scheint in den letzten Wochen immer mal wieder die Schule geschwänzt zu haben. Bisher ist es wohl nicht aufgefallen, da sie immer Entschuldigungen vorlegen konnte.« Die Frau machte eine kurze Pause. »Gefälschte Entschuldigungen, denn ich habe sie nicht unterschrieben.«

»Können Sie sich vorstellen, warum Ihre Tochter sich so verhält? Ist in letzter Zeit etwas passiert? Gab es besondere Vorkommnisse, die Léah aus der Bahn geworfen haben könnten?« Florence zog sich ihren Notizblock heran und schrieb die Namen darauf.

»Nein, mein Mann und ich können uns überhaupt nicht erklären, was mit ihr los ist. Aber sie hat seit einigen Monaten einen Freund, Henri. Er ist etwas älter als sie und ... na ja, wir finden ja, dass er nicht wirklich zu ihr passt.« Sie räusperte sich.

»Wie meinen Sie das?«

»Henri ist ... er hat keine Ausbildung. Er arbeitet in der Gastronomie, hilft mal hier aus, mal dort. Nicht die Sorte junger Mann, die man sich als Partner für das eigene Kind wünscht.«

»Sie denken, Léah schwänzt wegen Henri die Schule?«

»Der Gedanke liegt nahe, oder nicht? Seine Arbeit beginnt oft erst am späten Nachmittag. Das heißt, die beiden können sich nach der Schule kaum sehen. Und klar, am Wochenende muss er ebenfalls oft arbeiten ...«

»Haben Sie Ihre Tochter darauf angesprochen?«, wollte Florence von der Frau wissen.

»Natürlich, mehrfach«, gab Madame Chantier zurück. »Aber sie blockt sofort ab, wenn ich auf sie zugehe. Schmeißt mich aus ihrem Zimmer und weigert sich, mit mir zu reden. Mit uns«, setzte sie nach kurzem Zögern nach. »Die Lehrerin meinte, wenn es so weiterginge, sei Léahs Versetzung gefährdet. Ich meine, sie kann sich doch nicht ihre Zukunft nur wegen ihres Freundes verbauen. Will sie dann auch in irgendeinem Bistro als Hilfskraft anheuern?« Die Hilflosigkeit der Frau war unüberhörbar.

»Soll ich mal mit ihr sprechen?«

»Deshalb rufe ich an«, erwiderte Madame Chantier. »Wir wissen einfach nicht mehr weiter. Vielleicht wäre es gut, wenn jemand von außen versucht, auf sie einzuwirken.«

»Dafür sind wir da. Geben Sie mir bitte Ihre Adresse. Wir können gern einen Termin vereinbaren, an dem ich bei Ihnen vorbeischaue. Im Idealfall sollte Léah selbstverständlich auch da sein.«

Nachdem Florence und Madame Chantier sich auf einen Termin geeinigt hatten, beendete sie das Gespräch. Dann notierte sie sich die restlichen Eckdaten, die Léahs Mutter ihr genannt hatte. Als sie sich wieder dem Gespräch ihrer Kollegen anschließen wollte, klingelte erneut ihr Telefon, diesmal ihr Smartphone. Sie zog es hastig aus der Tasche, da sie ahnte, wer sie anrief. Als Florence tatsächlich Juliens Namen auf dem Display las, rief sie sich die Worte ihrer Mutter ins Gedächtnis.

»Ich bin mal kurz draußen.« Sie erhob sich und verließ das Zimmer. »Ja?«

»Florence, ich bin's«, meldete sich Julien. »Ich versuche seit …«

»Es ging nicht«, unterbrach sie ihn. »Ich konnte nicht mit dir reden. Was du mir vorgestern offenbart hast …« Sie seufzte.

»Florence, es tut mir so unendlich leid. Ich weiß, dass ich der größte Depp bin, der unter dieser Sonne herumläuft, aber … Bitte lass uns reden. Sonntagnachmittag … war wunderschön für mich. Bis Ambre kam und … alles außer Kontrolle geriet.« Er unterbrach sich kurz. »Verflucht, Florence, ich hätte mir keinen schlechteren Zeitpunkt aussuchen können, um dir endlich zu beichten, was damals wirklich geschehen war.«

Florence lehnte sich gegen die Wand und schloss die Augen. Jeder Mensch machte Fehler, der eine gravierendere, der andere weniger schwerwiegende. Die Worte Antoinettes. Sie biss sich auf die Lippe, während sie überlegte, was sie tun sollte.

»Bist du noch da?«

»Ja«, erwiderte sie nach kurzem Zögern. »Ja, ich bin noch da. Ich weiß nach wie vor nicht, wie ich damit umgehen soll, Julien. Du hast ... mich im Stich gelassen. Ambre ist ohne Vater aufgewachsen. Ich war fünfzehn Jahre in dem Glauben, dass du mich ... betrogen hast.«

»Ich weiß.« Er klang verzweifelt. »Florence, glaub mir, ich weiß, wie verdammt schäbig ich mich verhalten habe. Und trotzdem glaube ich, dass wir noch eine Chance haben könnten. Das vorgestern, das war doch nicht ... nichts. Das hat doch etwas bedeutet.«

Was sollte sie sagen? Ihr ging es ja ähnlich.

»Ich würde dich gern sehen, Florence«, fuhr Julien fort. »Bitte lass uns nochmals reden. Wie wäre es nach Feierabend an unserem Strand?«

An unserem Strand. Florence wusste genau, was Julien meinte. Ihr Herz wurde schwer, als alte Erinnerungen in ihr aufkeimten. Als sie zusammen gewesen waren, hatten sie sich oft an einem Strandabschnitt zwischen Sète und Agde getroffen, der wenig frequentiert war. Stundenlang hatten sie im Sand gesessen und geredet. Oder auch nur geschwiegen. Zwischen ihnen hatte es nicht vieler Worte bedurft. Die Nähe und Vertrautheit zwischen ihnen war derart intensiv gewesen, dass Florence sich nach ihrer Trennung immer wieder gefragt hatte, ob sie je nochmals ein solches Zusammengehörigkeitsgefühl erleben würde. Heute musste sie sich eingestehen, dass sie etwas Ähnliches nie wieder erfahren hatte.

»Bitte, Florence. Gib mir diese eine Chance.«

Sie schluckte den Kloß in ihrer Kehle hinunter. »D'accord. Ich kann gegen fünf da sein.«

»Danke.«

Sie konnte förmlich hören, wie Julien ein Stein vom Herzen fiel.

»Ich freue mich.«

Sie brachte es nicht übers Herz, ihm zuzustimmen, obwohl sich auch in ihr ein Hauch von Vorfreude regte.

»Ein Kollege meines Mannes ist ein angesehener Jugendpsychologe«, erklärte Charlotte Dumonde und schlug ihre Beine übereinander. Das Gesicht von Corinnes Vater zeigte keinerlei Regung.

»Ihre Tochter braucht jetzt Ihre Unterstützung«, wiederholte Florence fast mantraartig den Rat, den sie den Eltern schon mehrmals gegeben hatte. Corinne sollte heute entlassen werden. Bevor sie noch mal mit dem Mädchen unter vier Augen sprechen wollte, hatte sie die Gelegenheit ergriffen, ein paar Worte mit den Eltern zu wechseln, solange sich die Visite in Corinnes Zimmer aufhielt.

»Wenn Sie ihr die Freiheiten lassen, die junge Mädchen in diesem Alter dringend benötigen, werden Sie eine sehr zufriedene und ausgeglichene Tochter bekommen.« Florence lächelte aufmunternd.

Richard Dumonde schüttelte den Kopf. »Ich verstehe das immer noch nicht ... Andere Kinder wären froh, wenn sie derartige Chancen hätten ... Stattdessen schluckt sie ...« Er verstummte.

»Richard«, ermahnte ihn seine Frau leise und legte eine Hand auf seinen rechten Unterarm. »Wir sollten auf Madame Fournier hören.«

»Sie sollten auf Ihre Tochter hören, Madame«, korrigierte Florence sie behutsam. »Corinne möchte sich ausprobieren, sie möchte ausloten, welche Möglichkeiten sie hat. Sie ist noch so jung, und das ganze Leben liegt vor ihr. Lassen Sie sie ihren eigenen Weg gehen. Und tadeln Sie sie nicht, wenn sie Fehler macht oder Rückschläge erleidet. Das gehört doch zum Leben dazu. Und nur daraus können wir lernen.«

Amen, fügte sie in Gedanken hinzu. Wie schaffte sie es nur immer wieder, anderen Menschen gute Ratschläge und Lebensweisheiten mit auf den Weg zu geben und sie selbst in ihrem eigenen Leben konsequent zu ignorieren? War es nicht ihr eigener Ex-Freund gewesen, der einen Fehler gemacht hatte und dem sie bis heute nicht zu hundert Prozent verzeihen konnte? Sie spürte, wie ihre Konzentration abschweifte, und riss sich wieder zusammen.

»Aber wir müssen doch eingreifen, wenn wir merken, dass Corinne sich auf dem Holzweg befindet. Wenn sie sich in eine fixe Idee verrennt«, widersprach Richard Dumonde hörbar ungehalten.

»Warum, denken Sie, müssen Sie das?« Florence beugte sich vor und musterte den gut aussehenden Chirurgen. Man sah ihm an, dass er es nicht gewohnt war, hinterfragt zu werden. Im Operationssaal hörte das Personal auf seine Anweisungen, zu Hause war es seine Familie, bei der er den Ton anzugeben meinte.

»Weil wir ...« Er seufzte. »Corinne ist unsere Tochter. Wir können sie doch nicht einfach in ihr Elend rennen lassen.«

Noch so eine Floskel. »Corinne ist siebzehn. Mein Eindruck von ihr sagt mir, dass sie ein sehr cleveres Mädchen ist. So einfach wird sie nicht in ihr Elend rennen«, wiederholte Florence seine Worte. »Vertrauen Sie ihr!«

»Vertrauen.« Richard Dumonde starrte den Krankenhausflur entlang.

Die Tür zu Corinnes Krankenzimmer wurde geöffnet, und drei Ärzte und vier Schwestern traten heraus.

»Ich werde Corinne weiter begleiten«, wandte sich Florence wieder an beide Elternteile. »Es ist gut, dass sie von Ihrer Seite her psychologische Unterstützung erhält. Und ich bin mir ziemlich sicher, dass wir es alle gemeinsam schaffen, Corinne zu vermitteln, dass ihr Leben wertvoll und besonders ist. Unterstützen wir sie zusammen bei der Umsetzung ihrer Träume.«

»Das klingt schön«, murmelte Charlotte Dumonde, woraufhin sie sich einen skeptischen Blick ihres Mannes einfing. Sie zuckte mit den Achseln. »Du möchtest doch auch, dass sie glücklich ist, oder nicht?«

»Ich hatte nie etwas anderes als ihr Glück im Sinn«, empörte er sich. »Fast bekomme ich das Gefühl, als sei alles, was ich getan habe, falsch.«

»Das ist ganz sicher nicht der Fall, Monsieur«, warf Florence ein. »Und das möchte hier auch niemand behaupten. Ich denke, Corinne konnte sich in der Vergangenheit nicht genug Gehör verschaffen. Sie wollte es Ihnen recht machen und hat sich nicht getraut, ihre eigenen Vorstellungen zu verdeutlichen. Aber das hatten wir ja schon besprochen.« Sie erhob sich. »Bitte lassen Sie mich zehn Minuten mit ihr allein sprechen, dann können Sie sie mit nach Hause nehmen.«

Sie klopfte und öffnete die Tür zum Krankenzimmer.

»Florence.« Corinnes Augen leuchteten auf.

»Bonjour, Corinne. Wie geht es dir?« Florence trat zu dem Mädchen, das bereits fertig angezogen auf seinem Bett saß, eine kleine gepackte Reisetasche lag neben ihr auf dem Boden.

»Gut«, erwiderte Corinne und rutschte zur Seite, um Florence Platz zu machen.

»Deine Eltern warten draußen.« Florence setzte sich.

»Maman war gestern allein da«, setzte Corinne leise an. »Sie hat gesagt, wie leid es ihr tue, dass sie nicht gemerkt hat, was mit mir los sei. Dass sie so viel gearbeitet hat und keine Zeit für mich hatte. Sie überlegt, ob sie eine Assistentin einstellt, damit sie etwas entlastet wird.«

»Das ist sicher ein vernünftiger Gedanke«, entgegnete Florence.

»Ich habe ihr gesagt, dass ich nach dem Abitur gern länger verreisen würde. Allein, möglicherweise sogar ohne konkretes Ziel.«

»Was hat sie dazu gesagt?« Florence warf Corinne einen Seitenblick zu. Corinne wirkte heute zuversichtlicher und energiegeladener als in den letzten Tagen.

»Sie fand meine Idee toll. Natürlich macht sie sich Sorgen, wenn ich ohne Begleitung unterwegs bin, aber es gibt ja Handy.« Corinne lächelte. »So ihre Worte.«

Florence fasste nach ihrer Hand und drückte sie kurz. »Dir steht die Welt offen, Corinne. Du musst sie dir nur erobern.«

»Ich bin mir noch nicht so sicher, was Papa davon hält«, fuhr sie mit etwas weniger Enthusiasmus in der Stimme fort.

»Ich denke, er wird etwas länger als deine Mutter brauchen, um sich an seine neue eigenständige Tochter zu gewöhnen«, pflichtete Florence ihr bei. »Aber letztlich wird er deine Entscheidungen ebenfalls akzeptieren.« Sie stand auf. »Jetzt wollen wir deine Eltern nicht länger warten lassen.« Sie sah Corinne in die Augen. »Egal, was passiert, Corinne: Du kannst mich jederzeit anrufen, wenn du reden möchtest oder wenn es Probleme in irgendeiner Richtung gibt. Egal, wann, egal, um welche Uhrzeit, d'accord?«

Corinne nickte und erhob sich ebenfalls.»Danke.«

»Ich bin für dich da, solange du das möchtest. Wenn dir danach ist, können wir zusammen einen Kaffee trinken gehen. Oder wir treffen uns zu einem kleinen Spaziergang und reden einfach ein wenig.« Florence nickte aufmunternd.»Du schaffst das. Und freue dich auf das, was noch vor dir liegt. Das Leben ist vielfältig und wunderschön. Und wenn Hürden auftreten, sollten diese uns nur anspornen, unsere Anstrengungen zu verstärken. Aufhalten lassen sollten wir uns nicht, wenn uns etwas wirklich wichtig ist.«

»Ich melde mich bei Ihnen, versprochen.« Corinne klang gerührt.

Als Florence über den Parkplatz vor der Uniklinik Montpellier lief, klingelte ihr Telefon.»Fournier.«

»Florence, hier spricht Valérie Rammiers.«

»Valérie, bonjour.« Florence blieb vor ihrem Wagen stehen und sah zur hellen Krankenhausfassade, die in der grellen Sonne leuchtete.

»Meine Mutter kommt gleich und holt mich ab«, erzählte Mathéos und Léonies Mutter.»Die Ärzte haben grünes Licht gegeben. Ich soll zu Nachuntersuchungen meinen Hausarzt kontaktieren, aber ich muss nicht mehr hierbleiben.«

»Das sind sehr gute Neuigkeiten, Valérie«, antwortete Florence erfreut.

»Ja, ich bin auch sehr froh, wenn ich hier rauskomme.« Sie machte eine Pause.»Ich wollte Ihnen nur kurz Bescheid geben, damit Sie nicht umsonst zum Krankenhaus fahren.«

»Das ist nett von Ihnen. Vielen Dank. Gibt es sonst Neuigkeiten?«

»Franck wird wohl angeklagt«, fuhr Valérie mit gesenkter Stimme fort.»Der Polizist war ein weiteres Mal hier, da er noch einige Fragen hatte. Es ist nicht einfach, aber ich denke, ich tue das Richtige.«

»Das sehe ich wie Sie.«

»Und meine Mutter hat vorhin angerufen. Eine ehemalige Arbeitskollegin von ihr hat wohl demnächst eine Wohnung zu vermieten, die für die Kinder und mich passen könnte.«

»Das klingt doch wirklich toll.« Florence überlegte. »Was halten Sie davon, wenn wir uns die nächsten Tage zusammensetzen und besprechen, wie es mit Ihnen und den Kindern weitergeht?«

»Es wäre eine große Erleichterung für mich, wenn Sie mir helfen würden.« Valérie seufzte leise. »Ich fühle mich momentan ziemlich überfordert. Plötzlich alleinerziehend, ohne Job, ohne Wohnung.« Sie atmete laut. »So hatte ich mir das alles nicht vorgestellt.«

»Melden Sie sich, wenn Sie so weit sind. Wir bekommen das hin.«

Nachdem Florence aufgelegt hatte, durchströmte sie ein Gefühl der Erleichterung. Es schien, dass es bei einigen ihrer Schützlinge bergauf ging, dass sich die Probleme etwas relativierten und kurz vor einer guten Lösung standen. Wieder einmal verspürte sie Dankbarkeit, einem solch erfüllenden Beruf nachgehen zu dürfen. Florence tat, was sie am besten konnte. Sie half anderen Menschen, die oft keinen Ausweg mehr aus ihrer Situation sahen. Mit einem zufriedenen Lächeln auf den Lippen stieg sie in ihren Wagen und fuhr nach Sète zurück.

Nachdem Florence mit Thomas eine kurze Mittagspause verbracht hatte, traf sie Marlène Lorrant im Besprechungszimmer neben ihrem Büro. Das Mädchen strahlte beim Eintreten über das ganze Gesicht.

»Gibt es Neuigkeiten?«, wollte Florence wissen, nachdem sie sich gesetzt hatten und sie der Schwangeren ein Glas Wasser angeboten hatte.

»Wir haben die Wohnungsfrage geklärt«, verkündete Marlène mit einem breiten Grinsen. »Ich war gestern bei Nathans Eltern, und wir haben alles in Ruhe besprochen.«

»Wie schön«, bekannte Florence schmunzelnd. »Das heißt, jetzt könnt ihr gezielt planen, wie es weitergeht.«

»Nicht nur das«, gab Marlène zurück. »Es ist ... es wird jetzt alles irgendwie konkreter. Maman ist mit dieser Lösung auch zufrieden, da es ihr lieber ist, wenn wir Nathans Eltern als Unterstützung in unserer Nähe haben. Das Wohnheim war toll, aber ...«

»Wenn ihr Familie habt, bei der ihr wohnen könnt, ist das meiner Meinung nach auf jeden Fall die einfachere Lösung. Das Wohnheim richtet sich eher an Jugendliche, die eben keine Unterstützung von daheim erfahren. Für solche Situationen ist es tatsächlich eine super Einrichtung.«

»Nathans Vater hat uns gefragt, was er vor unserem Einzug noch umbauen soll. Es wird eine richtig schöne Wohnung mit allem, was wir benötigen«, sprudelte es aus Marlène heraus. »Wir dürfen uns sogar die Badfliesen selbst aussuchen.« Wieder lachte sie.

»Ich freue mich sehr für euch. Eine bessere Ausgangssituation hättet ihr gar nicht erwischen können. Und mit der Hilfe eurer Eltern werdet ihr alles andere auch schaffen.«

»Wir haben uns am Wochenende auch schon mit den Kursen beschäftigt, die Sie uns empfohlen haben. Nathan möchte zu dem Geburtsvorbereitungskurs unbedingt mitgehen. Und diese Treffen für junge Eltern ... Da haben wir eine Mail hingeschrieben, aber noch keine Antwort erhalten.«

»Wow.« Florence war aufrichtig beeindruckt. Die beiden jungen Leute legten mehr Engagement an den Tag als manch werdende Eltern, die jahrelang auf ihr Wunschkind hatten warten müssen. »Euch ist es richtig ernst.«

Marlène legte beide Hände auf ihren noch flachen Bauch und blickte einen Moment lang versonnen ins Leere. »Ich freue mich jetzt richtig. Anfangs hatte ich echt Bammel, wie das alles werden sollte. Mit Kind, mit der Schule. Aber Nathans Mutter meinte, wir würden einfach einen Plan aufstellen, wer wann auf das Kleine aufpasst, sodass jeder weiß, wann er an der Reihe ist und es keine Unstimmigkeiten gibt. Sie möchte eine Art Babysitting-Plan erstellen, wo sich jeder einträgt.« Marlène schüttelte den Kopf. »Sie ist Buchhalterin.«

»Okay, das erklärt einiges.« Florence lachte ebenfalls.

»Helfen Sie uns trotzdem?« Die Augen der Jugendlichen weiteten sich flehentlich.

Florence nickte. »So lange ihr das möchtet. Selbst die besten und ausgeklügelsten Pläne werden nicht verhindern, dass immer wieder einmal Hindernisse auftreten können. Das ist ganz normal und kommt überall vor. Da ihr noch nicht volljährig seid, sind hier dann eure Eltern gefragt, aber auch ich kann jederzeit unterstützend hinzukommen. Auch, wenn es um schulische Belange geht ... Manche Rektoren und Lehrer sind kooperativer, andere muss man ab und zu auf die gesetzlichen Regelungen hinweisen. Aber ich bin fest davon überzeugt, dass ihr das meiste ganz allein hinbekommen werdet.«

Marlène verdrehte die Augen. »Manchmal denke ich, dass es doch gar nicht sein kann, dass ich mich so auf das Kind freue. Ich meine, ich bin ja selbst noch so jung. Aber mit Nathan ... Wir wollen auf jeden Fall zusammenbleiben. Und für das Baby ist es doch auch später toll, so junge Eltern zu haben.«

Florence musste an ihre eigene Situation, an Ambre denken. Ja, eine junge Mutter zu sein hatte neben vielen anstrengenden Aspekten auch sehr schöne Seiten. »Es hat alles seine Vor- und Nachteile. Wichtig ist, dass ihr eure schulische Situation ernst nehmt und eure Abschlüsse im Auge behaltet. Nur mit einer guten Schulbildung und im Anschluss mit einer soliden Ausbildung oder einem Studium werdet ihr dauerhaft finanziell abgesichert leben können.«

»Das werden wir auf jeden Fall beherzigen. Auch Nathan möchte nicht ewig bei seinen Eltern wohnen bleiben. Sobald wir ordentliche Arbeitsstellen haben, wollen wir ausziehen. Vielleicht gehen wir ganz weg aus Sète. Wir haben uns überlegt, ob es nicht spannend wäre, auszuwandern. Nach Norwegen oder Schweden. Oder nach Island.«

Florence hob überrascht ihre Brauen. »Ich glaube, langweilig wird es in eurem Leben nicht zugehen. Aber jetzt konzentriert euch erst mal auf die nächsten Schritte.«

Marlène nickte eifrig. »Ich habe ganz schön Angst vor der Geburt.«

Nachdem Florence mit ihr noch einige formale Dinge besprochen hatte, verabschiedete sie sich von ihr und begleitete sie aus dem Zimmer. Als sie in ihr Büro zurückkehren wollte, sah sie Guillaumes Mutter die Treppe hinaufsteigen. »Madame Passant?«

»Bonjour, Madame Fournier.« Die Frau schnaufte, während sie sich am Geländer festklammerte. »Ich wollte nicht stören. Wenn Sie keine Zeit für mich haben, kann ich auch gern ein anderes Mal wiederkommen.«

Da Florence heute keine weiteren Termine mehr hatte, schüttelte sie den Kopf.

»Kein Problem. Kommen Sie.« Erneut betrat sie den Besprechungsraum und bat Linda Passant, sich zu setzen.

»Ich komme gerade vom Arzt«, berichtete die Frau. »Eigentlich hätte ich auch anrufen können, aber ich war gerade in der Nähe. Da dachte ich, ich könnte genauso gut kurz bei Ihnen vorbeigehen.«

»Das ist schön«, erwiderte Florence.

»Docteur Fontagnon weiß jetzt alles.« Linda Passant schluckte. »Anfangs hatte ich erst Hemmungen, ihm die volle Wahrheit zu sagen, aber dann dachte ich, was es brächte, wenn ich erneut mit den Lügen begänne.« Sie fuhr sich über die rechte Wange. »Ich habe ihm alles erzählt. Wie es angefangen hat. Wie es sich dann nach und nach weiterentwickelt hat …« Sie schnaufte. »Ich habe mich so geschämt.«

»Dafür gibt es keinen Grund. Ich finde Ihr Handeln sehr mutig«, warf Florence ein.

»Ich habe gestern Abend auch mit Guillaume gesprochen. Es war mir wichtig, dass der Junge weiß, dass ich jederzeit für ihn da bin.« Sie unterbrach sich. »Auch, wenn ich es in letzter Zeit nicht immer war. Aber das möchte ich unbedingt ändern. Ich bin seine Mutter. Und außer mit hat er doch niemanden sonst.«

»Was hat der Arzt gesagt?«

Die Frau verknotete ihre Finger ineinander. »Er war sehr ehrlich. Ein Entzug ist kein Spaziergang. Er meint, man müsse sehen, wie wir vorgehen. Ob ich es zu Hause schaffe oder ob es besser sein wird, wenn ich es stationär irgendwo versuche.«

Florence nickte. »Guillaume ist kein kleines Kind mehr. Er wird Sie unterstützen. Und auch mich können Sie jederzeit anrufen, oder Sie kommen einfach vorbei. Ich denke, Sie benötigen ebenfalls jemanden, mit dem Sie reden können.«

»Docteur Fontagnon hat mir einen guten Psychologen empfohlen. Mir ist klar, dass diese ... Sache nicht von heute auf morgen vorbei sein wird, aber ich versuche alles, um von den Medikamenten loszukommen.«

50

Als Florence Julien an den Holzbohlen erkannte, begann ihr Herz augenblicklich, schneller zu klopfen. Sollte sie nicht ärgerlich und wütend auf ihn sein? Doch sie konnte ihre Gefühle nicht mehr überlisten.

Der zurückliegende Tag war anstrengend, aber erfolgreich verlaufen. Sie hatte einige neue Fälle bekommen, um die sie sich in nächster Zeit kümmern würde, wohingegen sie anderen Menschen auf dem Weg in deren weitere Zukunft bereits hatte helfen können, die Weichen neu zu stellen.

»Salut.« Sie trat auf ihn zu.

Julien umfasste ihre Unterarme und zog sie einen kurzen Moment an sich, offenbar unschlüssig, wie viel Nähe sie zulassen würde.

»Salut«, wiederholte er ihren Gruß. »Schön, dass du gekommen bist.«

Florence schenkte ihm ein Lächeln.

»Du siehst müde aus«, stellte er fest, während er ihr behutsam eine Strähne aus der Stirn strich.

Florence zuckte mit den Achseln. »Es gab einiges zu tun.«

Er nickte. »Immer unermüdlich im Einsatz für deine Schützlinge.«

»Ich kann eben nicht aus meiner Haut heraus.«

Er nahm ihre rechte Hand in seine und sah sie voller Anerkennung an. »Genau das macht dich aus, Florence. Wollen wir ein paar Schritte gehen?«

Sie erwiderte seinen Blick. »Ein Spaziergang am Strand, und alles ist wieder gut?«

Seine Schultern sackten ab. »Florence, ich …«

»Pardon.« Sie winkte ab. »Es tut mir leid. Ich hätte das nicht sagen sollen. Das war unangebracht.«

»Nein, war es nicht. Du bist immer noch stinksauer«, stellte er resigniert fest, während sie sich in Bewegung setzten und über die Bohlen auf den Strand traten. Nur noch wenige Besucher tummelten sich am Meer. Sie wandten sich nach rechts Richtung Agde und schritten langsam nebeneinander an der Brandung entlang. Die Wärme des Tages war nicht mehr ganz so drückend. Eine schwache Brise wehte vom Meer herüber.

»Ich bin nicht stinksauer«, durchbrach Florence das Schweigen. »Es ist einfach nur ... Ach, ich weiß auch nicht.« Sie blieb stehen und drehte sich zum Wasser. Julien stellte sich neben sie und legte locker einen Arm um ihre Schulter. »Es tut mir unendlich leid, Florence.«

Sie blickte weiter zum Horizont und nickte. »Das sagtest du schon.« Eine Segelyacht zog in einiger Entfernung an ihnen vorbei. Eine Möwe schwamm auf den Wellen und wartete auf ihre nächste Mahlzeit.

»Ich war ein Idiot ... nein, ich war ein Riesenidiot.« Sein zerknirschter Ton ließ Florence leicht schmunzeln, bevor sie wieder ernst wurde.

»Fünfzehn Jahre, Julien. Du hast uns fünfzehn Jahre genommen. Ist dir das wirklich bewusst? Warum hast du es mir nie gesagt? Es hätte doch so viele Möglichkeiten gegeben.«

Er seufzte. »Ja, die hätte es gegeben. Und ich kann es dir einfach nicht beantworten. Ich war damals ... Ich hatte solche Angst vor der gesamten Situation. Wir und ein kleines Kind ... Diese Verantwortung erschien mir unvorstellbar. Jetzt denke ich nur noch, wie konnte ich bloß.« Er blickte auf sie herab. »Du bist eine so starke Frau, Florence. Sieh, was du alles geschafft hast. Ambre ist ein wundervoller Mensch.«

Florence lächelte schief. »Na ja, irgendetwas wird sie auch von ihrem Vater haben.«

Er runzelte die Stirn. »Aber sicher nicht ihre positiven Eigenschaften.«

Florence drehte sich zu Julien und sah ihm offen in die Augen. »Was willst du?«

Er legte eine Hand an ihre Wange und streichelte sie. »Dich, Florence. Ich will nur dich. Ich weiß, dass fünfzehn Jahre eine unendlich lange Zeit sind. Und ich weiß, dass wir erst ganz langsam wieder zueinanderfinden müssen. Ich habe so viele Fehler gemacht, nicht nur diesen einen. Aber ich bitte dich aus tiefstem Herzen, gib mir eine neue Chance.« Er rollte mit den Augen. »Das war ein wenig kitschig, ich weiß. Aber es ist genau das, was ich empfinde.«

Seine Worte berührten sie trotzdem. Im Grunde hatte er recht. Er konnte die Zeit nicht mehr zurückdrehen. Wenn sie neu beginnen wollten, mussten sie nach vorne schauen und nicht zurück. Fünfzehn Jahre waren beinahe ihr halbes Leben. Doch das Feuer zwischen ihnen brannte noch, das konnte Florence nicht länger leugnen.

»Was da am Sonntag passiert ist ...«, setzte sie an.

»... war für mich wunderschön«, beendete er ihren Satz.

»Für mich auch«, gab sie leise zu. »Aber denkst du wirklich, das mit uns könnte noch mal etwas werden? So richtig?«

»Etwas werden? Ich glaube, das muss nichts werden, Florence.« Er nahm ihre Hand und legte sie auf sein Herz. »Da ist doch schon etwas.« Er küsste sie sanft. »Das vielleicht nie ganz weg war.«

Sie nickte. »Ich hatte in den letzten Jahren kein glückliches Händchen in Männersachen.«

»Ich möchte, dass du *jetzt* glücklich wirst, dass du glücklich *bist*. Wenn das jemand verdient hat, dann du.«

Florence musste an Antoinettes Geschichte denken.

»Was hast du?«

Sie schüttelte den Kopf. »Hast du Zeit?«

»So viel du willst«, gab er zurück und drückte ihre Hände. »Wollen wir weitergehen oder uns in den Sand setzen?«

»Lass uns laufen. Was ich dir erzählen möchte, ist sehr ... aufwühlend.«

Er zog seine Brauen hoch, auf seiner Miene breitete sich Verwunderung aus.

»Es geht um meine Uroma Antoinette.«

»Der größte Piaf-Fan Frankreichs«, ergänzte er grinsend.

»Ganz genau. Sie hat mir in den letzten Tagen davon berichtet, unter welchen Umständen sie ihre große Liebe kennengelernt hat.« Florence räusperte sich. »Und davon, wie sie sie fast wieder verloren hätte.«

»Oje, das klingt nicht gut.«

Florence blieb stehen, sah nachdenklich auf die Wasseroberfläche und seufzte schwer. »Ich fasse es dir zusammen, sonst laufen wir die ganze Nacht, bis ich am Ende angekommen bin, nur so viel vorab: Wenn ihr zukünftiger Mann, also mein Uropa Paul, ihr nicht verziehen hätte, dann ...« Florence verzog ihre Mundwinkel. »... dann hätte sich unsere jüngere Familiengeschichte möglicherweise ganz anders entwickelt.«

»Jetzt hast du mich aber neugierig gemacht«, erwiderte Julien.

Sie zogen ihre Schuhe aus und liefen in der Brandung weiter.

»Sie hat mir aufgezeigt, dass es wichtig ist, zu hinterfragen, warum jemand etwas tat, das einen anderen möglicherweise verletzte.«

»Mein Motiv war kein ehrenwertes«, bekannte Julien in bedauerndem Ton.

»Du warst Ambre trotz der Entfernung immer ein guter Vater.« Die Wellen wurden durch den aufkommenden Wind etwas stärker. Das Plätschern des Wassers klang in Florence' Ohren vertraut, nach Heimat, nach Jugend, nach Zuhause. »Als die Sache mit Louis passierte, kam Ambre zu dir. Und nachdem sie sich mit ihm ausgesprochen hatte, ebenfalls.« Florence blieb wieder stehen und sah Julien erneut an. »Du nimmst einen wichtigen Teil in ihrem Leben ein. Und du bist kein schlechter Mensch.«

»Ich fühle mich aber so. Ich war ein schlechter Partner für dich und ein schlechter Vater für Ambre. Beides möchte ich ändern.« Er lächelte leicht. »Wenn du, wenn ihr mich lasst.«

»Du denkst, wir sollten es wagen?« Florence legte ihren Kopf schief und blinzelte kokett.

»Ich denke, das sollten wir unbedingt.« Seine Miene wurde schelmisch.

Florence kannte diesen Ausdruck nur allzu gut. »Das wagst du nicht.«

»Nein?«

»Nein«, wiederholte sie lauter. »Wir sind keine siebzehn mehr. Und ich stehe hier in voller Montur vor dir.«

»Tatsächlich?« Er begann zu grinsen. »Das ist mir gar nicht aufgefallen.«

Florence rutschte das Herz in die Hose. »Aber ich wollte dir doch von Antoinette ...«

Er nickte. »Später, chérie. Später, es wird dauern, bis unsere Klamotten wieder trocken sind.«

»Nein, bitte nicht«, flehte Florence erneut, obwohl ihr klar war, was sie gleich erwartete. Bevor sie sich umdrehen und flüchten konnte, wurde sie schon von seinen Armen umfasst und hochgehoben. Sie strampelte und versuchte, sich aus seiner Umarmung zu befreien, doch keine Sekunde später tauchte er mit ihr unter. Sie spürte das kalte Wasser an ihrer Haut, den Salzgeschmack auf ihren Lippen. Als sie wieder auftauchte, spuckte und japste sie, bevor sie in seine Richtung schimpfte: »Du bist verrückt.«

»Nach dir, chérie«, erwiderte er lachend. »Nur nach dir.«

Er schwamm zu ihr und zog sie in seine Arme. »Deshalb lasse ich dich auch nicht mehr gehen.«

Florence ließ sich bereitwillig von ihm durchs Wasser ziehen und schüttelte den Kopf. »Was denken denn die Leute von uns?«

Er blickte zum Strand. »Welche Leute? Und außerdem: Was interessiert uns die Meinung anderer?«

Glückshormone durchströmten warm ihren Körper. Florence sah in seine blitzenden Augen und nickte. »Du hast recht. Was interessieren uns die Leute?«

Während Julien sie mit dem rechten Arm weiter umschlang, wischte er mit der linken Hand über seine Brillengläser, von denen Hunderte Wassertropfen abperlten. Dann umfasste er ihre Taille und zog sie noch dichter an sich.

»Wir haben viel zu lange gewartet«, raunte er an ihrem Ohr, bevor er sie erneut küsste. Florence' Herz vollführte einen doppelten

Salto, sie schloss ihre Augen und genoss Juliens nasse Haut an ihrer und seine feuchten Lippen auf ihrem Mund. Und sie spürte, dass seine Liebkosungen genau das waren, was sie in diesem Augenblick wollte, was sie in diesem Augenblick brauchte.

Epilog

Vier Wochen später

Als Florence in die Küche trat, entlockte ihr der Anblick ein warmes Lächeln. Selten hatte sie ihre Mutter in den letzten Jahren so entspannt gesehen wie in Stéphanes Gegenwart. Auch wenn es für Florence anfangs noch etwas ungewohnt war, einen Mann an Louise' Seite zu sehen, bei dem es sich nicht um ihren Vater handelte, so freute sie sich doch sehr für sie. Viel zu lange hatte Louise die Bürde des tragischen Unfalls allein getragen und alles immer wieder mit sich selbst ausgemacht. Und viel zu lange war sie allein gewesen, ohne einen Partner an ihrer Seite, der ihr Halt und Stabilität geben konnte. Der Winzer trug Louise förmlich auf Händen. Immer wieder überlegte er sich kleine Überraschungen für seine Angebetete, vor Kurzem hatte er sie für ein Wochenende nach Bordeaux entführt.

»Eine echte Aioli braucht kein Ei«, behauptete er in diesem Moment gerade und hielt Louise einen kleinen Löffel vor den Mund.

Louise schüttelte mit missbilligender Miene den Kopf.

»Gibt es Probleme?«, machte Florence sich bemerkbar.

Die beiden schauten nur kurz in ihre Richtung, bevor sie sich wieder auf die weiße Crème konzentrierten, die auf der Küchenplatte zwischen ihnen stand.

»Ohne Eigelb kann sich der Geschmack doch gar nicht entfalten«, beharrte Louise weiter.

»Probier es bitte!« Stéphane hielt ihr bestimmt den Löffel hin. »Danach reden wir weiter.«

Amüsiert verfolgte Florence, wie Louise widerwillig den Mund öffnete und von der Knoblauchcrème kostete.

»Und?«
Louise schloss kurz die Augen, ihre Kiefer bewegten sich leicht.
»Deine Tochter hat dich etwas gefragt.« Stéphane grinste.
Louise wackelte mit dem Kopf. »Es ist ... ganz okay.« Florence prustete los.
»Ganz okay, ja?« Empört stemmte Stéphane die Hände in die Hüften. »Ma chère, du willst nicht zugeben, dass diese Aioli vorzüglich ist. So sieht es aus.«
»Maman?« Florence trat an den Schrank und holte die Teller heraus, für die sie eigentlich gekommen war.
»Ja«, druckste Louise herum. »Es ist ganz gut dafür, dass es ohne ...«
»Nein, nein«, fiel ihr der Winzer sanft ins Wort. »Nicht ›dafür, dass ...‹, sondern genau deswegen.« Er nahm die Schüssel auf und hielt sie Louise hin. »Mal sehen, was die anderen Frauen der Familie dazu sagen.«
Louise warf ihrer Tochter einen gespielt genervten Blick zu. »Männer ...«
Florence hob die Hände. »Ich halte mich da raus. Die Herstellung einer Aioli hat für mich nicht wirklich das Zeug zu einer echten Beziehungskrise.«
Stéphane nickte. »Hörst du, was deine Tochter sagt? Du möchtest nur nicht zugeben, dass ich mit meiner Behauptung recht hatte.«
Louise verdrehte die Augen. »D'accord. Deine Aioli ist besser als meine, obwohl ...« Sie lächelte verschmitzt. »Nein, nicht obwohl, sondern weil sie ohne Eigelb gemacht wurde.« Sie küsste Stéphane. »Zufrieden?«
Er nickte, während er seine Arme um sie legte und seine Miene weicher wurde. »Mehr als zufrieden, Madame Fournier.«
Hastig umfasste Florence die Teller fester und floh aus der Küche.
Als sie auf die Terrasse trat, stand Pauline am Geländer und sah zum Hühnergehege hinüber. »Louis ist ein guter Junge.«
Ambre und ihr Freund standen vor dem großen Käfig und redeten leise miteinander.

»Ja, ich mag ihn auch sehr«, pflichtete Florence ihr bei, stellte die Teller auf den Tisch und trat neben ihre Oma. »Wie geht's dem Arm?«

Pauline wedelte mit der rechten Hand herum und seufzte. »Es wird. Aber es ist sehr zäh. Mein Physiotherapeut meinte, es könne in meinem Alter etwas langwieriger sein, bis ich ihn wieder uneingeschränkt bewegen kann.« Ihr Blick wurde verwegen. »Übrigens ein sehr attraktiver Kerl, dieser Charles Dufort.«

Florence musste lächeln.

»Etwas jung vielleicht«, fuhr Pauline fort. »Aber ... was sind schon zwanzig Jahre?«

»Er ist zwanzig Jahre jünger als du?«

Pauline zuckte mit den Achseln. »Würde ich schätzen, ja.«

Florence dachte nach. »Ein junger Mann würde durchaus zu dir passen.«

Paulines Miene hellte sich auf. »Findest du wirklich? Ich hatte mir schon überlegt, ob ich ihn mal ... frage, ob er mit mir essen gehen würde.«

Florence verfolgte, wie Louis Ambre an sich zog und ihre Wange streichelte. Ihr Herz machte einen kleinen Hüpfer. Die Liebe hatte auf Château Blanc endlich wieder Einzug gehalten. Viel zu lange war der Frauenhaushalt in der Hinsicht unterversorgt gewesen. Und nun hatten gleich drei Frauen auf einmal ihr Herz verschenkt. »Frag ihn, Oma! Was hast du zu verlieren? Du bist eine gut aussehende Frau. Wenn er Nein sagt, weiß er nicht, was er verpasst. Aber wenn er Ja sagt ...« Vielsagend zog sie die Brauen hoch und lächelte. »Apropos, wo ist eigentlich Julien?«

»Antoinette hat ihn gebeten, sie zum Pavillon zu bringen.«

Florence musterte Pauline verwundert. »Zum Pavillon? Was will sie denn dort?«

»Keine Ahnung. Wenn meine Mutter sich etwas in den Kopf gesetzt hat ...«

In diesem Moment näherten sich Ambre und Louis der Veranda. »Ich sterbe vor Hunger«, verkündete Ambre. »Wann geht es denn los?«

»Gleich«, beruhigte Florence ihre Tochter. »Dein Vater ist noch mit deiner Ururoma unterwegs.« Sie trat zur Seite. »Setzt euch doch schon mal. Oma und Stéphane müssten auch jeden Moment kommen.« Wenn sie nicht weiter über die Konsistenz der perfekten Aioli stritten, setzte Florence stumm hinzu.

Als sich die beiden zwei Stühle zurechtrückten, knirschten die Räder von Antoinettes Rollstuhl auf dem Kies des Vorplatzes. Florence winkte ihr und Julien zu, während die Augen ihres Freundes vergnügt aufblitzten.

In Antoinettes Schoß lagen zart violettfarbene Schmuckkörbchen-Blüten.

Louise und Stéphane traten ins Freie, Julien schob Antoinette die Rampe zur Veranda hoch. Die ältere Dame hob die prächtigen Blütenköpfe bis auf einen auf und hielt sie Florence hin. »Steckt sie euch ins Haar.«

»Die Blüten?« Gerührt nahm Florence sie entgegen.

Antoinette nickte. »Das haben wir oft gemacht, als wir noch junge Mädchen waren.« Sie sah zu ihrer Tochter, die sich gedankenverloren über den Arm strich. »Du auch, Pauline.«

»Cool«, bekannte Ambre und machte sich sofort daran, die Blüte mit einer ihrer zahlreichen Haarspangen im Haar zu befestigen. »Wenn jemand noch eine Spange benötigt …« Sie deutete lachend auf ihr Haar.

Nachdem sich alle gesetzt und die Frauen die Blumen angebracht hatten, sah Julien in die Runde.

»Ihr seht wunderschön aus.«

Stéphane nickte. »Julien hat recht. Jede einzigartig auf ihre ganz eigene Weise. Die Frauen von Château Blanc.«

»Greift zu«, bat Louise und zeigte auf den reich gedeckten Tisch, auf dem sich neben Banon, Brie und Picandou Bayonner Schinken, Saucissons du Chasseur und Saucisses de Morteau türmten. Es gab sowohl schwarze als auch grüne Oliven, getrocknete Sardellen und einen prall gefüllten Brotkorb mit Baguette, Croissants, Madeleines und Brioches. Diverse Brotaufstriche, sämiger Lavendelhonig und viele weitere Köstlichkeiten vervollständigten die Auswahl.

Während sich jeder seine Lieblingsspeisen nahm, beobachtete Florence ihre Familie. Konnte es noch schöner kommen? Die letzten Wochen mit Julien waren wie im Flug vergangen. Sie hatten Pläne für einen Sommerurlaub gemacht und hatten überlegt, mit Ambre und Louis ein paar Tage in die Schweiz zu fahren. Obwohl sie die verlorene Zeit niemals wieder würden aufholen können, hatte sie mit den damaligen Ereignissen ihren Frieden geschlossen und genoss die Zweisamkeit umso intensiver. Das Loslassen hatte sie befreit. Endlich konnte sie zu ihren Gefühlen stehen. Endlich konnte sie mit dem Mann zusammen sein, der ihre Liebe auch verdiente. Denn dass Julien nach wie vor der Richtige war, spürte sie jeden Tag aufs Neue. Verstohlen warf sie ihm einen Seitenblick zu.

Antoinette räusperte sich, bevor sie in die Runde sah. »Ich bin sehr glücklich, euch alle hier bei mir zu wissen.« Sie lächelte schüchtern. »Keine Angst, ich möchte keine lange Rede halten. Nur ein paar Worte, die mir am Herzen liegen. Esst ruhig weiter.« Sie strich sich mit einer Hand über ihr dünnes Haar. »Es ist ... einfach wundervoll, dass Florence und Ambre zu uns zurückgekehrt sind. Die Familie ist endlich wieder vereint. Da meine Zeit sehr bald abgelaufen sein wird, ist es für mich ein überaus beglückendes Gefühl, zu wissen, dass meine Pauline bei ihrer Tochter und der jungen Generation gut aufgehoben ist.«

»Maman«, warf Florence' Oma ein und seufzte leise.

Antoinette nickte. »Doch, doch, so ist es. Wir Frauen vom Château müssen zusammenhalten. Das war schon immer so und bleibt hoffentlich noch viele Jahre so.« Sie sah zu Louise. »Jede von uns hat schwierige Zeiten hinter sich, das Leben ist nun mal kein ewiger Erholungsurlaub. Was uns bei der Bewältigung unserer ganz persönlichen Krisen hilft, ist die Stärke, die jede Einzelne von uns in sich trägt. Und ...«, ihre Miene wurde verschmitzter, »... was mich ganz besonders freut, ist der Umstand, dass das Château nicht länger nur in Frauenhand ist. Was wären wir Frauen ohne euch Männer?« Sie sah von Stéphane erst zu Julien, dann zu Louis, der verlegen den Blick senkte. »Ihr seid es, die uns glücklich machen.

Die uns ergänzen und unterstützen. Viel zu lange war das Weingut männerlos.« Wieder lächelte sie. »Was sich ja Gott sei Dank geändert hat.«

Unter dem Tisch tastete Julien nach Florence' Hand und drückte sie sanft. Berührt von den Worten Antoinettes und der so zarten, aber liebevollen Berührung Juliens quoll Florence' Herz fast über vor Glück und Dankbarkeit. Wie hatte sie je daran zweifeln können, dass hier ihre wahre Heimat lag? In diesem Moment, mit den Schmetterlingen im Hintergrund, die an den Rosenstöcken herumflatterten, mit den summenden Bienen an den farbenprächtigen Blumen, die vom süßen Nektar tranken, und unter einem Himmel, den kein Maler schöner und strahlender erschaffen konnte, fühlte sie sich vollkommen. Wenn sie aufsah, erblickte sie die Menschen, die ihr das Wichtigste im Leben waren.

Ergriffen erwiderte sie Juliens Händedruck und sah ihn an. Endlich war sie genau dort, wo sie sein wollte, mit genau den Menschen, die sie um sich wissen wollte.

Sie war zu Hause.

Danksagung

Liebe Leserinnen und Leser, ich freue mich sehr, dass Sie sich für dieses Buch, für »Die Frauen von Château Blanc« entschieden haben. Von der ersten Idee bis zum fertigen Buch ist es immer wieder ein sehr langer Weg, an dem viele Menschen beteiligt sind. »Die Frauen von Château Blanc« zu schreiben war ein echtes Herzensprojekt von mir. Es war mir ein großes Anliegen, den Beruf der Sozialarbeiterin zu beleuchten, der so unglaublich wichtig ist und dabei doch viel zu wenig Aufmerksamkeit in der Gesellschaft bekommt.

Inspiriert zu der Geschichte wurde ich durch meine liebe Bekannte Ulrike Walzer, die mir ihren Beruf, den sie jahrzehntelang ausgeübt hat, an einem wundervollen Nachmittag bei Kaffee und Kuchen in allen Details nähergebracht hat. Danke dir, liebe Ulrike, für die schönen Stunden, die wir gemeinsam mit Reden und Essen verbracht haben. Es tut mir unendlich leid, dass du die Veröffentlichung dieses Buches nicht mehr erleben kannst. Da ich dich bei einem unserer Treffen fragte, ob ich dir dieses Buch widmen darf, und du lächelnd eingewilligt hast und mir erklärtest, das würde dich sehr freuen, ist es mir eine besondere Ehre, unsere Freundschaft auf diese Weise nochmals aufleben zu lassen. Danke für alles. Es ist so schön und bereichernd, dich gekannt zu haben. Du warst ein ganz besonderer Mensch.

Mein großer Dank gilt wie immer meiner Familie, ohne die ich nicht da wäre, wo ich bin. Danke, danke, danke. Ihr wisst, wofür.

Ein weiteres Dankeschön geht an meine liebe Testleserin und Freundin Claudia Hugo, die mir nach wie vor seit vielen Jahren die Treue hält. Wie viele Bücher haben wir jetzt schon besprochen? Ich weiß es selbst gar nicht so genau. Danke, dass du noch immer nicht genug hast.

Danke schön, lieber Olaf Kauffmann-Lange. Dir verdanke ich (und nun auch die Leserinnen und Leser) das superleckere Tarte-aux-pommes-Rezept, das Florence mehrmals in der Geschichte backt und das auch bei mir schon öfter auf den Tisch kam. So einfach und immer wieder ganz vorzüglich. Ein Hauch von Frankreich, den man sich auf diese Weise jederzeit nach Hause holen kann. Danke dir, dass ich es hier verarbeiten und veröffentlichen darf.

Ein riesengroßes Dankeschön geht an meinen Verlag Grafit, der das Potenzial der Geschichte zu meiner großen Freude gesehen hat und mir sofort zugesagt hat, »Die Frauen von Château Blanc« zu verlegen. Danke für eure tolle und nie endende Unterstützung, Franziska Emons-Hausen, Daria Gaberdan, Christel Steinmetz, Ingeborg Simandi, Nora Dutz, Mike Jauß, Jana Budde und alle anderen Mitarbeiter, die ich jetzt hier vergessen habe.

Danke schön, liebe Marion Heister, für das wunderbare Lektorat. Sie schaffen es immer wieder, das Beste aus meiner Geschichte herauszuholen.

Liebe Leserinnen, liebe Leser, danke schön für Ihre Treue, Ihr Vertrauen, Ihre Unterstützung, Ihre netten und so motivierenden Rückmeldungen, danke, dass es Sie alle gibt. Ich hoffe sehr, dass die Geschichte um Florence und Ihre Familie Ihnen ein paar schöne Lesestunden bescheren konnte. Und falls Sie nun das Rezept der Tarte aux pommes ausprobieren möchten, wünsche ich Ihnen schon jetzt einen guten Appetit.

Liebe Grüße
Ihre Silke Ziegler

Rezept

Tarte aux pommes

Für den Teig:
160 g Mehl
75 g Zucker
1 Ei
85 g Butter

Alles gut verkneten, dann den Teig ausrollen und in eine Auflauf- oder spezielle Tarteform drücken, einen kleinen Rand formen.

Für den Belag:
125 g Joghurt
125 g Schmand
3 Päckchen Vanillezucker
1 Ei
1 Schuss Armagnac
2–3 Äpfel, je nach Größe

Alles bis auf die Äpfel verrühren.
Äpfel schälen, vierteln, entkernen und längs in Scheiben schneiden. Abwechselnd Flüssigkeit und Apfelscheiben auf den Teig geben, die Tarte bei 185 Grad Umluft für 40 Minuten backen.

Die Südfrankreich-Krimis von Silke Ziegler: Spannung und Romantik

Im Schatten des Sommers – Spurensuche im Roussillon
ISBN 978-3-89425-481-0
Auch als eBook erhältlich

Sophias Eltern und ihr kleiner Bruder sind vor vierundzwanzig Jahren verschwunden. Als jetzt bei einem Autounfall ein Mann schwer verletzt wird, ergibt sich eine neue Spur. Denn der Unbekannte trägt ein Foto der Familie bei sich. Sophia bricht ins idyllische Argelès-sur-Mer an der südfranzösischen Küste auf – sehr zum Missfallen des ermittelnden Polizisten Nicolas Rousseau. Dabei verbindet die beiden mehr, als sie am Anfang ahnen ...

Im Angesicht der Wahrheit – Rückkehr ins Roussillon
ISBN 978-3-89425-491-9
Auch als eBook erhältlich

Nach einem traumatischen Erlebnis hat die Französin Estelle Miroux ihrer Heimat den Rücken gekehrt und ein neues Leben in Deutschland begonnen. Als sie eine kleine Auberge erbt, kehrt sie nach Argelès-sur-Mer zurück. Kurz darauf beginnt eine Mordserie und die junge Frau gerät unter Tatverdacht. Denn den Opfern wurde ein Datum in die Stirn geritzt – das Datum der schlimmsten Nacht in Estelles Leben.

Im Licht der Erinnerung
ISBN 978-3-89425-580-0
Auch als eBook erhältlich

Eine Frau wird verdächtigt, zwei Jugendliche niedergeschossen zu haben, aber sie leidet an einer Amnesie. Um ihrem Gedächtnis auf die Sprünge zu helfen, erklärt sich Polizist Cédric Douchet widerwillig bereit, bei einem waghalsigen Spiel mitzuspielen. Schon bald muss er feststellen, dass ihn die schöne Unbekannte alles andere als kaltlässt – und ganz eigene Pläne verfolgt ...

Im Tal der Hoffnung
ISBN 978-3-89425-594-7
Auch als eBook erhältlich

Eine grausame Verbrechensserie erschüttert das südfranzösische Montpellier: Jahr für Jahr wird eine Studentin entführt, missbraucht und getötet. Als Adèle Nélard verschwindet, wendet sich ihr Vater an Raphaël Dumont. Der charmante Ex-Polizist genießt einen hervorragenden Ruf als Privatdetektiv und sieht nur einen Weg, sich dem Täter zu nähern: Er muss Coralie Beladier finden und sie überzeugen, ihm zu helfen. Denn sie ist das einzige Opfer, das der Entführer hat laufen lassen. Und dafür muss es einen Grund geben ...

Im Zauber der Stille
ISBN 978-3-98659-006-2
Auch als eBook erhältlich

Unter dem Deckmantel seiner Hotel- und Casinokette betreibt Rémy Beauvolet Drogen- und Menschenhandel im großen Stil. Seine Ehefrau Fleur erträgt die Situation nicht länger und plant, ihn zu verlassen. Dafür ist sie bereit, gegen ihren Mann auszusagen, und wird mit der Hilfe von Capitaine Kylian Plevantier, der seit Jahren gegen Rémy ermittelt, in ein Zeugenschutzprogramm aufgenommen. Aber die Dinge laufen anders als geplant: Rémy sieht seine Chance gekommen, sich nicht nur seiner untreuen Ehefrau, sondern auch seines verhassten Widersachers Kylian zu entledigen. Als Plevantier klar wird, dass auch Fleur ihm gegenüber nicht mit offenen Karten spielt, droht die Situation zu eskalieren.

Im Sog des Schweigens
ISBN 978-3-98659-019-2
Auch als eBook erhältlich

Die Zwillingsschwestern Charlène und Aurélie würden alles füreinander tun – sogar die Rollen tauschen. Für einen beruflichen Termin geben sie sich einen Abend lang als die jeweils andere aus. Am nächsten Morgen ist Charlène tot. Sollte tatsächlich sie sterben, oder hätte Aurélie das eigentliche Opfer sein sollen? Um das herauszufinden, beschließt Aurélie, die Rolle ihrer Schwester weiterzuspielen. Doch statt Antworten ergeben sich immer neue Fragen. Warum behandelt Charlènes Ehemann sie derart abweisend? Und was hat es mit den verstörenden Tagebucheinträgen ihrer Schwester auf sich? Während sich Aurélie immer tiefer in ihre Rolle verstrickt, muss sie mehr und mehr erkennen, dass die ganze Wahrheit noch viel grausamer ist, als es den Anschein hatte …

Mehr Spannung in Frankreich

Am Ende der Unschuld
ISBN 978-3-89425-772-9
Auch als eBook erhältlich

Milla Seifert erhält die Chance ihres Lebens: Sie soll einen Leitartikel über Robert Hoffmann schreiben, der seit fünf Jahren wegen Mordes in einem Pariser Gefängnis sitzt. Doch bei den Interviews mit Hoffmann kommen Milla zunehmend Zweifel an dessen Schuld. Kann sie ihrem Instinkt trauen, der sie glauben lässt, dass bei der Verurteilung Fehler gemacht wurden und er womöglich so unschuldig ist, wie er behauptet? Oder spielt der charismatische Mann ein perfides Spiel mit ihr? Als es im Gefängnis zu einem brutalen Zwischenfall kommt, trifft Milla eine folgenschwere Entscheidung ...

Sina-Engel-Krimis von Silke Ziegler

Die Nacht der tausend Lichter
ISBN 978-3-89425-488-9
Auch als eBook erhältlich

Ein ermordeter Verlobter, sie selbst hochschwanger – in Sina Engels Leben passt gerade nichts zusammen. Doch als in Weinheim an der Bergstraße das größte Sommerfest der Region näher rückt, muss das Privatleben der Kommissarin zurückstehen. Denn seit zwei Jahren treibt ein Serienmörder auf der Kerwe sein Unwesen. Die Polizei arbeitet mit Hochdruck, um ein weiteres Opfer zu verhindern. Da wird Sina ausgerechnet der ehemalige Kollege ihres Verlobten zur Seite gestellt. Matthias Sommer ist charmant und intelligent, doch Sina ist alles andere als gut auf ihn zu sprechen. Können die beiden sich zusammenraufen, um den Mörder rechtzeitig zu stoppen?

Stille Sünden
ISBN 978-3-89425-588-6
Auch als eBook erhältlich

Dieser Fall geht der alleinerziehenden Hauptkommissarin Sina Engel unter die Haut. Der elfjährige Fabian ist von zu Hause weggelaufen. Die eisigen Temperaturen erhöhen den Druck, ihn zu finden: Lange kann ein Kind auf der Straße nicht überleben. Dann wird ein Flüchtling vor seiner Unterkunft erschossen, der Mörder entkommt unerkannt. Auch hier drängt die Zeit. Unterstützung erhält Sina von Matthias Sommer, mit dem sie ein kurzer Flirt verbindet. Zwischen den beiden knistert es noch immer. Können sie das Gefühlschaos hinter sich lassen und die Fälle aufklären?

Zerbrochene Träume
ISBN 978-3-89425-783-5
Auch als eBook erhältlich

Eigentlich hat sich Kommissarin Sina Engel auf ein paar ruhige Bürotage eingestellt. Doch dann steht Weinheim plötzlich kopf: Zunächst verschwindet ein junges Mädchen aus gutem Haus, wenig später wird Sinas Schwager auf offener Straße zusammengeschlagen und lebensgefährlich verletzt. Als kurz darauf auch noch ein Mord geschieht, haben Sina und ihr Kollege Matthias Sommer, mit dem sie inzwischen mehr als ein reines Arbeitsverhältnis verbindet, auf einmal drei Fälle zu lösen. Einzig eine Sechzehnjährige könnte Licht ins Dunkel bringen – doch da ist es schon fast zu spät ...

Böse Stimmen
ISBN 978-3-98659-015-4
Auch als eBook erhältlich

Hauptkommissarin Sina Engel erhält einen anonymen Brief mit der rätselhaften Botschaft »Das Spiel beginnt«. Als kurz darauf ein Doppelmord geschieht, wird ihr klar, dass der Absender einen perfiden Plan geschmiedet hat. Und er ist noch längst nicht an seinem Ziel. Weitere Briefe treffen ein, weitere Menschen müssen sterben, und wer das nächste Opfer wird, liegt in Sinas Hand. Fieberhaft versucht sie, die Schritte des Täters vorauszuahnen. Wird sie es rechtzeitig schaffen, die stetig näher rückende Katastrophe abzuwenden?

|grafit|